MIA WINTER

Zahlen des Todes

21

MIA WINTER

ZAHLEN DES TODES

Roman

LYX

LYX in der Bastei Lübbe AG
Dieser Titel ist auch als E-Book erschienen

MIX
Papier aus verantwortungsvollen Quellen
FSC® C083411
www.fsc.org

Originalausgabe

Textredaktion: Maike Hallmann
Umschlaggestaltung: bürosüd, München
Satz: Greiner & Reichel, Köln
Gesetzt aus der Adobe Caslon
Druck und Verarbeitung: CPI books GmbH, Leck – Germany
Printed in Germany
ISBN 978-3-7363-0217-4

1 3 5 7 6 4 2

Sie finden uns im Internet unter www.lyx-verlag.de
Bitte beachten Sie auch: www.luebbe.de und www.lesejury.de

Für Nina!
Danke für dreißig Jahre unzerbrechliche
Freundschaft, auf die nächsten dreißig!

1. SAMSTAG

»Dieser Mord ist persönlich.« Leana tippte auf das Display von JJs Smartphone.

Sie befanden sich bei ›La Copa‹, einer beim LKA äußerst beliebten Tapasbar in der Düsseldorfer Carlstadt. Der Laden war bis auf den letzten Platz besetzt, selbst an der Theke drängten sich die Leute und aßen. Dass die hohen Tische mit den Barhockern nicht sonderlich bequem waren, verzieh man gern, denn die weißen, mit blauen Motiven bemalten Kacheln an den Wänden, die Serranoschinken, die über der Theke reiften, authentische Tapas und der gute Service ließen das schnell vergessen. Immer wieder trugen die Kellner brutzelnde Gambas in Tonschalen, Teller mit Lammfilet, Tintenfisch oder Oliven an ihnen vorbei. JJ blickte ihnen sehnsüchtig hinterher, sein Magen beschwerte sich vernehmlich. Leana hatte den lärmenden Trubel ringsum vergessen, sie starrte immer noch auf das Foto. Es erinnerte sie an eine alte Fotografie von 1920 in George Batailles Buch ›Die Tränen des Eros‹. Auf einer der letzten Seiten befand sich die Fotografie eines Mannes in China, dem bei lebendigem Leib die Gliedmaßen abgesägt wurden. Leana wusste noch, dass in dem Text unter dem Foto stand, die verurteilende Instanz hätte den Tod durch Verbrennen als zu gnädig befunden. Und irgendjemand hatte geknipst, als man dem Mann, dem schon beide Arme oberhalb der Elle abgetrennt worden waren, das erste Bein absägte. Ihm standen, das würde Leana nie wieder vergessen, vor Grauen die Haare hoch. Es war weniger sein Gesichtsausdruck gewesen als dieser Fakt, der Leana immer wieder verfolgt hatte: dass die Kopfhaare eines Menschen hochstehen konnten vor Entsetzen.

Dieser Mann in JJs Smartphone hatte zwar nur kurze Haare, aber sie standen ab, als habe er in eine Steckdose gefasst. Sie hatte es sich damals bei Batailles Foto gefragt und fragte es sich auch jetzt: *Warum schenkt der Körper einem in solchen Momenten keine Bewusstlosigkeit?* Leana wusste, was körpereigene Drogen alles bewirken konnten und dass eine Mischung aus Adrenalin, Noradrenalin und körpereigenem Opioid zur völligen Schmerzunempfindlichkeit führen konnte.

Der Kellner kam mit den ersten Tapas.

»Alles einpacken, bitte«, kommandierte JJ, und der Kellner drehte augenblicklich um. Man kannte das hier. JJ sah Leana entschuldigend an. »Ich schätze, wir müssen ein bisschen arbeiten und im Konferenzraum essen. Wartest du auf die Tapas? Ich geh schon mal raus, rufe in München an und besorg uns ein Taxi.«

Dieser Abend war ganz anders geplant gewesen, sie hatten in Ruhe essen wollen, hinterher vielleicht noch ein paar der unzähligen Bars in der Düsseldorfer Altstadt besuchen.

Leana nickte und fragte sich, ob es ihnen jemals vergönnt sein würde, eine Aussprache zu führen. Eine Aussprache darüber, was vor vielen Jahren nicht passiert war, dafür aber vor zwei Monaten. Darüber, warum sie seit jener Nacht umeinander rumschlichen und sich gleichzeitig aus dem Weg gingen.

Auf dem Weg nach draußen wählte Dr. Janosch Jacob Köhler seinen Münchner Kollegen an. »Danke, Fin, du hast mir gerade einen romantischen Abend versaut.«

»Wie traurig«, antwortete Fin lakonisch, »aber ist das nicht das Aushängeschild eures Kompetenzcenters? Rund um die Uhr? Es heißt, ihr könnt immer?«

»Leck mich.« JJ lachte. »Also, schickt alles rüber, was ihr an Tatortfotos, ersten Analysen, Hintergrundinfos habt.«

»Köhler«, seufzte Fin, »heute ist Samstag. Wir haben den Mann vor einer Stunde gefunden, und stell dir vor, das Erste, woran ich gedacht habe, bist du! Das ist doch auch ganz romantisch, oder etwa nicht?«

»Du sagst mir also gerade, dass ihr gar nichts habt außer den Fotos?«

»Mhm, so in etwa.«

»Dann beweg deinen Arsch hierher, mitsamt den Tatortspuren, Blutproben, allem, was du bisher hast. Mit kleinem Team fang ich sofort an, der Rest könnte dann morgen früh starten, wenn du hier aufschlägst. Und nichts für ungut, aber ich schicke noch einmal meine eigenen Leute durch den Tatort, also sieh zu, dass er unberührt bleibt, bis sie morgen so früh wie möglich da sind!«

»Großartig. Ich sammle bis Mitternacht, was geht, und setze mich dann in den Zug, rechne mit mir so um acht Uhr.«

Es klickte. JJ seufzte und sah durch die Scheiben der Tapasbar Leana, die gerade eine Tüte in die eine und Restgeld in die andere Hand gedrückt bekam. Sie wechselte ein paar Worte mit dem Kellner und lächelte ihn an. Ihr braunes Haar trug sie offen, was selten war, und der Kerzenschein von den Tischen tanzte darin. Es reichte ihr fast bis zur Taille. Sie schob sich zwischen den hohen Tischen hindurch, öffnete die Tür, blickte ihn fragend an und zog ihre Jacke zu, obwohl der Oktoberabend lau war. Die Erinnerung an das Bild ließ sie frösteln.

»Komm, wir nehmen oben am Carlsplatz ein Taxi«, antwortet JJ auf die unausgesprochene Frage. Während sie die Straße hinaufliefen, schickte er eine SMS an Tanni, die Spezialistin für Computerforensik und Recherche: Sie sollte sofort im LKA aufschlagen. Dem restlichen Team hinterließ er die

Nachricht, dass ihr Wochenende morgen früh um sechs Uhr zu Ende sei.

Als das Taxi das LKA erreichte, sahen sie von unten, dass oben bereits Licht brannte. Links am Geländer des Eingangs lehnte Tannis buntes Rennrad, mit zwei Ketten gesichert. Obwohl Leana sich nach fast zwei Monaten ein wenig an die professionelle Schnelligkeit des Kompetenzcenters gewöhnt hatte, staunte sie doch immer wieder. In allen Büros brannte Licht, die Computer waren bereits hochgefahren, im Konferenzraum auf die Hauptwand vor Kopf die Tatortfotos eingespielt, an den Seiten die ersten Ergebnisse der Rechercheabteilung. Die junge Frau, erst achtundzwanzig Jahre alt, stets bunt gekleidet wie ein Papagei, leitete die Computerforensik und Recherche im Kompetenzteam.

»Hi, Fools«, begrüßte sie Leana und Dr. Janosch Jacob Köhler, »das ist echt krass, meine Güte. Ich habe hier ja schon so einiges gehabt, aber das? Wow!«

Leana stellte die Tüte ab und ging ganz nah an den Bildschirm heran. Jetzt sah sie es deutlich. Ganz wie in Batailles Buch standen tatsächlich auch diesem Mann die kurzen Haare zu Berge. Sein Entsetzen war greifbar, fast konnte Leana seine Angst riechen. *Aber da ist noch etwas,* dachte sie, *eine andere Angst, er hatte nicht nur Angst vor dem, was mit ihm geschah. Aber vor was noch?,* fragte sie sich und fand keine Antwort in ihrem Inneren.

»Dieser Mord ist persönlich!«, wiederholte sie. »Sehr persönlich«, setzte sie nach, und ihre Worte schwebten durch die Stille des Konferenzraums.

Der große Hauptbildschirm vor Kopf zeigte jedes Detail des Ermordeten in Übergröße. Die vor Entsetzen aufgerissenen Augen, die vor Schmerz gespreizten Finger, die hochstehenden Haare. In München Bogenhausen, im Cosimapark, hatte die Putzfrau eines edlen Chinarestaurants ihren Chef tot aufgefunden: in seiner eigenen Blutlache stehend und an eine Säule gefesselt. Von Kabelbindern an Armen und Beinen, die in sein totes Fleisch schnitten, aufrecht gehalten. Ein goldener Drachenkopf, der die Säule krönte, lächelte versonnen auf den toten Vietnamesen herab. Man hatte dem Mann die Ohren abgeschnitten und ihm in den Mund gestopft. Den Mund mit groben Stichen zugenäht.

»Das viele Blut beweist, dass ihm die Ohren ante mortem abgetrennt wurden«, sagte Leana leise.

»Meinst du, auch das Zunähen fand statt, als er noch lebendig war?«, fragte Tanni und zog die Schultern hoch.

»Ganz sicher.« Ein Frösteln durchlief Leana. »Wir brauchen einen Experten für Serienmord und einen Experten für Mafiamorde.«

»Du meinst, es wird weitere Opfer geben?«, fragte JJ hinter ihr.

Leana hätte lieber Nein gesagt. Aber auch wenn sie noch nicht wusste, was an diesem Tatort ihr das sagte, es war da, deutlich spürbar. »Ja! Ganz sicher.« Sie drehte sich langsam um. »Was hast du schon, Tanni?«

Tannis Finger tanzten über den liegenden Bildschirmtisch. Die Fotos des Ermordeten wanderten an den unteren Bildschirmrand, und in der Mitte erschien ein Foto des Vietnamesen zu Lebzeiten. Seine untere Gesichtshälfte war rund, die Stirn gedrungen, seine Wangen glänzten rot, das schwarze Haar war voll, die Zähne standen ungeordnet nebeneinander, und um den seltsam weichen, fast weibischen Mund spielte die Andeutung eines Lächelns.

Dr. Janosch Jacob Köhler kam nach vorn und faltete seine knapp zwei Meter Größe auf einem Stuhl neben der stehenden Leana zusammen. Wie elektrisiert starrte er das Bild an, und Leana spürte, dass es ihm auf andere Weise naheging als die meisten Mordfälle … wie hätte es auch anders sein können, die Grausamkeit der Tat war außergewöhnlich.

»Die Kollegen aus München haben das: Nguyen Thien Duc. Wobei Nguyen der Nachname ist. In seinem Pass steht, dass er achtundvierzig Jahre alt ist und geschieden. Er führt das Restaurant seit knapp zehn Jahren. Es läuft gut, macht Sahneumsätze. Sein Konto bestätigte mir das.« Tanni sah kurz hoch und grinste. Wie immer trug sie sehr buntes Make-up, ein Auge war blau, das andere grün geschminkt, ihr T-Shirt zeigte ein Schweinegesicht, darunter den Schriftzug: *I am the devil.* »Nun, ich habe dann mal unsere Datenbanken nach Thien Duc suchen lassen und kann hiermit aufwarten: Thien Duc wurde wohl – genauer ist das den Behörden weder in Vietnam noch in Deutschland bekannt – Ende der Sechziger in Südvietnam geboren, in Thang Tam. Mit acht Jahren kam er nach Deutschland, immer angenommen, die Zahlen stimmen einigermaßen. Er wurde damals von der Kap Anamur aufgelesen«, Tanni sah hoch, »haben alle das noch auf dem Schirm? 1,6 Millionen Boatpeople?«

»Weiter«, knurrte Dr. Köhler.

»Yes, Sir. Er machte hier, genau genommen in Stuttgart, eine Schulausbildung, brach aber kurz vor dem Abitur ab. Versuchte sich als Drogendealer. Wurde für vier Jahre einkassiert. Kam mit vierundzwanzig raus, ging nach München. Er heiratete eine Krankenschwester, Vietnamesin, Bian Chai, ein Kind folgte ein Jahr nach der Hochzeit, ein Mädchen mit dem Namen Hoa. Die Ehe wurde nach zwei Jahren geschieden. Mutter und Tochter migrierten in die USA. Unser Opfer arbeitete fortan als Kellner. Danach bietet er einen lückenlosen Lebenslauf in der chinesisch-vietnamesischen Gastronomie.« Das Dokument erschien auf dem Hauptbildschirm.

»Der Lebenslauf ist zu lückenlos, und die Stationen verteilten sich über ganz Deutschland«, brummte JJ. Tanni nickte zustimmend und fuhr fort: »Es scheint, er hat sich hochgearbeitet, vom Hilfskellner und Küchenjungen zum Oberkellner, Geschäftsführer, Partner und dann Pächter. Er hat gespart und ist sesshaft geworden.« Tanni machte eine Pause und warf neue Fotos auf den Hauptbildschirm. »Das ist seine Freundin, Susanne Hilgers, einunddreißig, und hier zwei entzückende eurasische Kinder, sechs und acht Jahre alt, Liang Su und Li Mo.«

Die Fotos zeigten eine liebevolle Familie: ein Vater, der stolz und schützend die Hände um die schmalen Schultern seiner Kinder legte, eine schöne und starke Mutter, die ihren Mann aus vollem Herzen anlachte.

»Alle drei verschwunden«, endete Tanni.

»*Das* ist es, was in seinen Augen steht, die Angst um seine Familie. Was fürchtet er, was ihnen passieren könnte? Hat jemand sie entführt? Aber doch sicher nicht, um ihn zu erpressen?«

Tanni und JJ zogen die Schultern hoch. Leana ließ sich auf den Stuhl neben JJ sinken. »Was haben wir außerdem?«

JJ räusperte sich, stand auf, trat an den Bildschirmtisch, rief eine E-Mail auf und schickte sie auf den Seitenbildschirm: »Fin, mein Kollege vom LKA in München, hat das hier geschickt.«

Das ausschließlich vietnamesische Personal des Restaurants Dragon House schweigt, trotz Dolmetscher. Der Geschäftsführer Nguyen Tai schwört, dass sie regelmäßig den Tribut an ihre vietnamesischen Beschützer abgeführt hätten. Bei Rückfrage im Mafiateam hieß es, ein toter Vietnamese macht noch keinen Mafiakrieg, man hat aber gleich zu bedenken gegeben, dass wir deutschlandweit sehr wenig über die asiatischen Mafiaorganisationen wie Yakuza, Triaden und deren Ableger wissen. Bisher hatte Deutschland vor allem mit der Mafia aus Italien, Ungarn, Russland und Polen zu kämpfen. Allerdings würde der vietnamesische Ableger der Triaden über Polen Zigaretten nach Deutschland schmuggeln. Es heißt, zehn bis zwanzig Millionen Euro gehen jährlich an Vietnam zurück. Die einen sagen, es gäbe weder Triaden noch Yakuza in Deutschland, die anderen warnen, die hätten längst die Geschäfte übernommen. Unbemerkt und gut verborgen. Die Leiche reist schon zu euch, unser Gerichtsmediziner hat gleich die Hände gehoben, als er den Namen Maxim Winter hörte. Ich habe zwei Hotelzimmer gebucht, Dario Guillermo Rodriquez reist auch an. Dario ist spezialisiert auf ostasiatische Bandenkriminalität. Er hat in New York gelernt, war in China und Japan und ist vor drei Jahren nach Europa zurückgekehrt. Ihm hatte ich die Fotos auch gemailt, kenne ihn von einem Seminar, und da er gerade in Brüssel ist, hat er es nicht weit. Er gehört übrigens zu denen, die fest daran glauben, dass die ostasiatischen Gangs uns überrollen werden oder schon dabei sind. Dario hat mir geraten, unsere Polizei in Habachtstellung zu bringen. Denn sollte dieser Mord ein Auftakt zu einem Krieg der Gangs sein, hätten wir es sehr bald mit viel mehr Toten zu tun.

JJ blickte zu Leana hinüber und nickte ihr anerkennend zu. Leana wandte das Gesicht ab und lächelte. Sie wusste genau, dass ihr unerklärliches Gespür für Mordfälle allem widersprach, woran JJ glaubte. Wie die meisten Menschen nahm er mit einer seltsamen Mischung aus Ratlosigkeit und Arroganz nur widerwillig hin, dass es Menschen gab, die Farben hören konnten, auf einen Blick die Zahl der Streichhölzer in einer Schachtel bestimmten … oder wie Leana an einem Tatort das Echo des Mörders spürten oder anhand einer Tat die Folgetat erahnten.

»Wie machen wir weiter?«, fragte Tanni.

»Du suchst alles raus, was du zur Familie finden kannst.

Meistens ist so einer Geschichte noch etwas anderes vorausgegangen. Ein Familienstreit, eine geplatzte Hochzeit, aber auch Waffendeals, Drogengeschäfte; alles, worin unser Opfer verwickelt sein könnte. Mach Lücken in seinem lückenlosen Lebenslauf sichtbar. Finde seine erste Familie in Amerika, ich will wissen, warum die Ehe geschieden wurde, vielleicht gibt uns das einen Anhaltspunkt. Schlage vor, JJ und ich arbeiten uns ein ins Thema Mafiamorde in Deutschland.« Leana band ihre langen braunen Haare mit einem Tuch zu einem Knoten und blickte JJ fragend an.

»Ich übernehme die Recherche zur ostasiatischen Mafia in Deutschland, du suchst nach inszenierten Morden, vielleicht finden wir etwas Vergleichbares«, entschied JJ.

Tanni stöpselte ihren Laptop vom Bildschirm ab und ging zu dem Teil ihres Teams, das Nachtschicht hatte. Das Kompetenzcenter musste rund um die Uhr besetzt sein, für Momente wie diesen, aber auch, um deutschlandweite Anfragen der Kollegen umgehend zu bearbeiten. Besondere Fälle übernahmen die Chefs der Abteilungen selbst. Der auf so grausame Weise ermordete Vietnamese war so ein Fall. JJ baute seinen Laptop im Konferenzraum auf, Leana verzog sich in ihr Büro. Sie setzte sich an ihren Schreibtisch, schaltete den Bildschirm an und stand wieder auf, um das Fenster zu öffnen. Die Oktobernacht roch nach Herbst, obwohl der Spätsommer Düsseldorf momentan noch mit zweistelligen Nachttemperaturen verwöhnte. Es war die Würze des bunten und bald fallenden Laubes. Nach achtzehn Jahren in Südafrika würde dies ihr erster Herbst und Winter in Deutschland sein, und Leana verspürte ein wenig Angst vor der grauen dunklen Jahreszeit. Sie hörte JJ hereinkommen, der sich hinter ihr an der Kaffeemaschine zu schaffen machte. Er hatte sie ihr zum Einstand geschenkt und damit gleichzeitig das Recht erworben, in ihr Büro zu platzen, wann immer ihm der Sinn nach einem guten Kaffee stand. JJ reichte ihr eine Tasse schwarzen Kaffee mit einer perfekten Crema obendrauf.

Leana umschloss die Tasse mit beiden Händen und drehte sich wieder zum Fenster. »Dieser Mord ist so unglaublich persönlich«, wiederholte sie.

»Warum sagst du das immer wieder?« JJ trat neben sie.

»Ich fühle es, ich fühle es so deutlich, wie ich die Kälte in der noch warmen Luft dieser Nacht spüre.«

JJ räusperte sich: »Holen wir unseren Abend bald nach?«

»Irgendwann ganz sicher. Wenn wir gleichzeitig freihaben, du deine Zwillinge nicht hast, mein Mann nicht gerade in Deutschland ist oder ein Mordfall wie dieser uns vereinnahmt.« Sie wandte sich ihm zu, sah ihm von unten in die hellblauen Augen und zuckte mit den Schultern. »Tut mir leid, JJ, es ist nur …«

»Was?« fragte er sanft nach und legte seine Hände auf ihre Schultern. Leana machte sich frei, brachte ihre Tasse zum Schreibtisch und setzte sich.

»Wir sehen uns …«, sie blickte auf die kleine Uhr rechts unten auf ihrem Bildschirm, es war kurz nach Mitternacht, »… um zwei Uhr im Konferenzraum?«

JJ lächelte. »Du hast eine wirklich nette Art zu sagen: Verschwinde!« Er nahm seine Tasse, stellte sie im Spülstein ab und ging.

Leana atmete ein paarmal tief ein und aus. Am Horizont sah sie das Lichtspiel des Rheinturms, dahinter wölbte sich der schwarze Nachthimmel. Sie gönnte sich einen Moment Sehnsucht nach Südafrika, der klaren Luft und den immensen Weiten. Ihr Ehemann Gregor hatte Deutschland vor vier Wochen mit ihren beiden Töchtern wieder verlassen. Beim Abschied am Flughafen hatte er ihr ins Ohr geflüstert, dass er den Antrag auf

Scheidung rückgängig machen würde, denn er habe sich neu in sie verliebt. Leana selbst hatte Südafrika Anfang August verlassen müssen, am Rand eines totalen Zusammenbruchs, weil sie die zahllosen vergewaltigten Mädchen und Frauen nicht mehr aushalten konnte, während sie zugleich knietief in den Scherben ihrer Ehe stand. Der gut aussehende Dr. Gregor Meister hatte eine Affäre mit Marlo gehabt, einer Ärztin im gleichen Krankenhaus. Leana dachte an die Freundin ihres Mannes. Sie hatte sie kennengelernt und gemocht, auch dann noch, als sie schon wusste, was los war. Leana verstand jede Frau, die sich in Gregor verliebte. Er war einfach zu gut, um wahr zu sein: Groß, schwarze Locken, helle Augen, ein sinnlicher Mund, klug, eine hypnotisierende Stimme, und er verfügte über einen sehr charmanten Witz.

Leana hatte das Feld geräumt, räumen müssen, zu müde, zu erschöpft zum Kämpfen. Ihr Start in Deutschland nach achtzehn Jahren Südafrika war temporeich gewesen und hatte ihr kaum Zeit zum Nachdenken gelassen. Dann war ihre Tochter in Afrika gestürzt und für eine Untersuchung nach Deutschland gebracht worden, Gregor und ihre andere Tochter folgten. Für ein paar Wochen waren sie wieder als Familie vereint, und selbst ihre Töchter Georgia und Louisa hatten ihren Hass auf ihre Mutter beiseitegelegt, wie ein Kleidungstück, das ihnen nicht mehr passte. Dann musste Gregor zurück, das Krankenhaus in Kapstadt konnte und wollte nicht länger auf seinen Herzchirurgen verzichten. Vier Wochen war das jetzt her. Gregor hatte sofort nach seiner Rückkehr nach Kapstadt die Beziehung zu Marlo beendet und es Leana gesagt. Seitdem rief er sie jeden Tag an. Und jeden Tag endete das Telefonat mit dem hartnäckigen Schweigen über die unausgesprochene Frage und die unausgesprochene Antwort darauf: Gibt es für unsere Ehe noch eine Chance? Ja oder nein? *Ob Marlo wohl um ihn kämpft?*, fragte sich Leana und war sich gleich sicher, dass Marlo es tat. *Wie auch nicht, sie arbeiten im gleichen Krankenhaus, es ist fast unmöglich, einander aus dem Weg zu gehen.* Plötzlich tauchte eine weitere Frage in ihr auf: *Teilen Marlo und Gregor schon längst wieder das Bett?* Ein paarmal atmete sie tief ein und aus und wartete auf den Schmerz der erneuten Zurückweisung. Aber er kam nicht. *Ist es vorbei,* fragte sie sich, *die große Liebe zu diesem großartigen Mann*? Leana schüttelte den Kopf, um diese Gedanken loszuwerden, denn sie glaubte an Familie und daran, dass man Krisen überwinden und zusammenbleiben sollte. Sie senkte die Fingerspitzen auf die Tastatur und fütterte das Programm, das Tanni geschrieben hatte und das auf interne und zugleich auf alle im Internet zur Verfügung stehenden Datenbanken zugriff – und ganz sicher auf noch ein paar, die niemand außer Tanni kannte – und die Ergebnisse nach Relevanz sortierte. Sie gab die Suchbegriffe nacheinander ein: ritualisierte Morde; Sprache der Morde; Sprache der Täter; Morde Yakuza; Morde Triaden … Zur Sicherheit gab sie auch Camorra, Ndrangheta, Cosa Nostra und Sacra corona unita ein, suchte nach der russischen, tschechischen, bulgarischen, rumänischen und der polnischen Mafia. Zahlenkolonnen liefen über ihren Bildschirm, Fotoserien spulten am Rand entlang. Sie ging die Bilder durch und versuchte, innerlich Distanz zu wahren. Da wurden Schädel gespalten, vor den Augen der Kinder, Enthauptungen vorgenommen, bei lebendigem Leib die Haut abgezogen. Stets ging es darum, mit demonstrativer Grausamkeit möglichst viele Menschen zu ›erziehen‹, damit sie keinen Widerstand leisteten. Ob sie nun Schutzgelder zahlen, Drogen schmuggeln, Waffen oder Zigaretten verkaufen oder im Auftrag morden sollten. Es war das Geschäft mit der Angst. Leana wusste sehr genau: Wenn ein wirklich skrupelloser Mensch einmal das Ausmaß seiner Grausamkeit demonstriert hatte, das, wozu er fähig war, wirkte es wie ein lähmendes Gift auf sein Umfeld. Das funktionierte in Familien, in Dörfern, in Städten und, wie die Geschichte immer wieder gezeigt hatte, in ganzen Nationen.

Als Leana eine Pause brauchte und sich gerade einen neuen Kaffee machte, kam Tanni in ihr Büro gerannt: »Komm sofort in den Konferenzraum, es ist einfach unglaublich!«

Tanni drehte sich um und eilte zurück. Irgendetwas schrillte in Leana auf, ein jäher Kopfschmerz. Frösteln und schweißfeuchte Hände ließen sie einen Moment innehalten. Sie legte ihre Hände auf den Solarplexus und atmete dagegen an. JJ erschien im Türrahmen, und Leana bemerkte seinen sorgenvollen Blick. »Was ist?«

»Es tut mir schrecklich leid.« JJ drehte die Handflächen nach oben. »Kommst du?«

Leana fühlte sich wie in einem Vakuum. Sie hörte ihre Schritte nicht, nicht die Geräusche des Beamers, nur ihren Herzschlag vernahm sie überdeutlich und beängstigend. Als sie endlich den Konferenzraum erreicht hatte, sah Tanni sie mitfühlend an. JJ drückte sie auf einen Stuhl. Tanni schob eine Videodatei auf den Hauptbildschirm, blickte JJ fragend an, und als er nickte, startete sie den Film.

2. SONNTAG

Leanas Nacken schmerzte, als sie versuchte, sich aufzusetzen. Sie war noch betäubt von dem Schlafmittel, das JJ ihr eingeflößt hatte. Als sie die Augen aufzwang, klebten die Lider aneinander. Ihre Armbanduhr zeigte kurz vor sechs. Der elende Geschmack im Mund erinnerte sie daran, dass sie sich in der Nacht mehrfach übergeben hatte. Sie schloss die Augen wieder, und die Bilder kamen zurück: in glänzenden schwarzen Handschuhen verborgene Hände, die dem Vietnamesen mit einer Sichel die Ohren abtrennten. Der Schnitt wurde mit einer schnellen Bewegung ausgeführt, es war, als hätte das Ohr noch einen Moment neben dem Kopf geschwebt, bevor es zu Boden fiel. Dann das andere. Der Mann hatte nicht geschrien, nur die Augen verrieten sein Entsetzen. Er würgte, als ihm seine eigenen Ohren in den Mund gezwängt wurden. Die Nadel musste so scharf wie die Sichel gewesen sein, denn der Mörder führte sie durch die Lippen des blutenden Mannes, als sei er aus Wachs. Da ihr Magen wieder rebellierte, zwang Leana sich dazu, die Bilder zu verdrängen und tief durchzuatmen. *Leana Meister! Finde die wahren Täter!*

Leana sprang auf, lief ins Bad und übergab sich noch einmal. Sie zog sich aus, stellte sich unter die Dusche und drehte das Wasser so heiß, dass es gerade eben noch auszuhalten war. Immer wieder tanzte dieser Satz, der den Abschluss des Videos krönte, durch ihre Gedanken: *Finde die wahren Täter! Finde die wahren Täter* … Unten links im Bild, das hatten JJ und Tanni zunächst gar nicht wahrgenommen, gab es insgesamt sechs Spielpüppchen, wie man sie von einem Mensch-ärgere-dich-nicht-Spiel kannte. Fünf standen aufrecht, eines lag auf der Seite, als ob es schliefe.

Es klopfte laut an der Tür: »Leana?«

Sie trat aus der heißen Dusche, wickelte sich in ein Handtuch und öffnete.

JJ machte eine Geste, als wolle er sie umarmen, aber sie wehrte ab. Da sich zu ihren Füßen eine Pfütze bildete, ging sie noch einmal ins Bad zurück und wickelte auch um ihre langen nassen Haare ein Handtuch.

»Ich habe das Team aufgescheucht. Bis auf Sven sind alle schon seit vier Uhr im Konferenzraum und werden von Tanni auf Stand gebracht. Kaffee oder lieber Tee?«, fragte JJ über die Schulter, er machte sich an der Kaffeemaschine zu schaffen.

»Kaffee!« Leana trat ans Fenster und lehnte die Stirn gegen die kühle Scheibe. »Wie kann das sein? Warum ich?« Sie drehte sich herum. »Nie war ich in Asien, ich gehe nicht einmal in irgendein asiatisches Restaurant. Wo soll meine Verbindung zu einem derart brutalen Mörder sein?«

JJ reichte ihr die Tasse. »Ich schätze, es ist sehr simpel. Du bist viel in der Presse. Dein Korbinian Baumgartner schreibt fast jede Woche über dich.« Leana hörte den Groll in JJs Stimme und war nicht sicher, ob es Eifersucht war oder seine gekränkte Eitelkeit – ob es ihm einfach nicht passte, dass zumeist nur über sie geschrieben wurde.

Leana knallte die Tasse auf das Fensterbrett, der Kaffee schwappte über. »So ein Unsinn! In den zwei Monaten, seit ich hier bin, haben wir deutschlandweit Morddelikte entweder selbst gelöst oder lokale Ermittlungen unterstützt. Keiner hat mit wahren oder falschen Tätern zu tun. Davor war ich achtzehn Jahre in Südafrika. Was«, Leana schluckte, »will dieses Monster von mir, verdammt noch einmal, was?«

JJ kam zu ihr. »Hör sofort damit auf. Du bist dafür nicht verantwortlich.«

»Die anderen Spielpüppchen«, flüsterte Leana, »sind das die nächsten Opfer? Warum liegt eine, warum stehen die anderen, sind das alles Menschen, die noch ermordet werden?!«

»Wir wissen es noch nicht!« JJ seufzte. »Sobald Tanni ein wenig Luft hat, will sie ein Profil von allem erstellen, was in den letzten Monaten über dich in der Presse war, um so vielleicht herauszufinden, wie der Täter ausgerechnet auf dich gekommen sein könnte.«

Leana schloss die Augen. »Das ist eine gute Idee.«

»Der Heli fliegt in dreißig Minuten mit Natalia, Zorro und Theo los. Schaffst du es, mitzufliegen?«

»Ich muss. Ich muss es einfach.« Leana ging zu dem Schrank auf der Rückseite des Badezimmers, ließ ihr nasses Handtuch fallen und nahm sich eine frische Jeans, eine Bluse, Socken, Unterwäsche und eine Strickjacke. Jedes Büro im Kompetenzcenter verfügte über Badezimmer, Schränke und eine Schlafcouch. Was auf den ersten Blick als Luxus erschien, war nichts anderes als die Perfektionierung des effektiven Durcharbeitens. Manchmal betrat sie morgens ihr Büro, und Mitarbeiter, die sie noch nie gesehen hatte, kamen aus ihrem Badezimmer oder schliefen auf ihrer Couch.

Als Leana um die Ecke bog, sah sie, wie JJ mit dem Unterkiefer mahlte. »Geh zu den anderen«, sagte sie. »Ich möchte noch einen Moment alleine sein. Natalia soll mich abholen, wenn wir fliegen.«

Als er sie anblickte, waren seine Augen kalt und leer. Er ging ohne ein weiteres Wort, zog die Tür langsam hinter sich zu und verschwand. *Ihm geht der Fall besonders nah,* dachte Leana, *jeder*

Ermittler hat das, irgendeinen Fall, der einem besonders zu schaffen macht. Sie holte sich den Kaffee von der Fensterbank, schaltete ihren Bildschirm ein und sah sich das Video noch einmal und noch einmal und noch einmal an. Immer wieder stoppte sie, versuchte ein Auge, ein Stück Mund des Täters in den Messingbeschlägen der Theke zu entdecken. Sie fand nichts. Die Präzision der Schnitte, die sichere Hand, mit der er dem Opfer den Mund zunähte, jeder Schritt, jeder Atemzug auf dem Video zeigte, dass die Person ein Profi war. Kein Zögern, kein Innehalten, kein Abwarten.

Sie wandte den Kopf, als Natalia klopfte und – wie immer – eintrat, ohne ein Herein abzuwarten. Ihr schmaler schlanker Körper steckte in einem geblümten Sommerkleid, das Haar hatte sie streng nach hinten gebunden, was ihre scharfen slawischen Gesichtszüge noch markanter wirken ließ. Leana vermutete, dass die Blümchenkleider eine zarte Frau vortäuschen sollten, wo eine zähe Dan-Karateka drinsteckte. Mehr als einmal hatte Leana erlebt, wie ein Gegenüber vollkommen davon überrumpelt wurde, wie unglaublich schnell und hart diese grazile Frau zupacken konnte. »Wie wollen wir vorgehen?«, fragte Leana und drehte sich langsam ganz zu ihr um.

»Der Heli ist bereit, Zorro und Theo packen schon ihren Kram ein. Tanni quält die Datenbanken. Wenn der Typ aus Barcelona ohnehin das Ass ist für die Mafia aus Ostasien, sollten wir mit dieser Recherche nicht unsere Zeit verschwenden. Maxim wartet auf die Leiche, und wenn Fin aus München da ist, untersucht Sven die mitgebrachten Spurenträger und füttert unsere Maschinen, sodass wir Vergleichsproben haben, wenn wir zurück sind. Und eingedenk deiner Fähigkeit, die ich nicht verstehe, dachte ich, es wäre gut, wenn wir uns beide den Tatort ansehen. Außerdem könntest du noch ein bisschen schlafen im Heli, du siehst nämlich echt …«

»Sag es nicht.« Leana lächelte gequält.

Sie gingen schweigend an den verschiedenen Abteilungen vorbei, Biologie, Kriminaltechnische Untersuchung/Spurensicherung, Physik, Gerichtsmedizin und die Nerds. Jede Abteilung umfasste dreißig bis fünfzig Mitarbeiter, die auf Anfrage Mordfällen in ganz Deutschland als Spezialisten zugeteilt wurden. Neben Tanni, die als jüngste Chefin die Abteilung der Nerds leitete, deren offizieller Name *Computerforensik* lautete, führte Theo ten Wolde die Physiker, Sven Alius die Biologen, Zorro die Spurensicherung und Professor Maxim Winter die Gerichtsmedizin inklusive der Psychologischen Forensik. Insgesamt verfügte das LKA-Kompetenzcenter über gut zweihundert Mitarbeiter.

Draußen erwarteten sie frische Herbstluft und ein tiefroter Himmel, der den anbrechenden Tag ankündigte.

Als sie vom Dach des LKAs in die aufgehende Sonne starteten, fragte sich Leana, wie ein Morgen so bezaubernd und friedlich sein konnte und zugleich so blutdurchtränkt wie dieser Himmel.

Es war kurz nach neun Uhr, als das Team den Tatort im Münchner Cosimapark erreichte. Das ›Dragon House‹ befand sich leicht zurückgesetzt in der Klingsorstraße, gegenüber einem kleinen Einkaufszentrum mit Commerzbank, Supermarkt und Apotheke. Der Vorplatz war leer bis auf einen alten Mann mit Hut und Hund, der sie beäugte. Die Luft war warm, ein lauer Wind trieb ein paar zu früh gefallene Blätter vor sich her. *Die friedliche Fassade eines Sonntags,* dachte Leana.

Das ›Dragon House‹ versteckte sich unter Schatten spendenden Bäumen. Zwei Löwenkörper mit Drachenkopf flankierten den Eingang, sie ähnelten dem Drachenkopf, den sie schon von den Fotos kannten. Der junge uniformierte Polizist, der sie am Flughafen eingesammelt hatte, löste die Versiegelung der Eingangstür.

Er ließ den Frauen den Vortritt und blieb selbst am Eingang stehen. Theo und Zorro schlüpften in ihre Anzüge, reichten Natalia und Leana ebenfalls welche und machten sich umgehend an die Sammlung und Katalogisierung möglicher Spuren. Leana und Natalia fotografierten in Tannis Auftrag. Der Modergeruch des trocknenden Blutes vermischte sich mit dem schweren Duft nach Räucherstäbchen. Links in der hinteren Ecke leuchtete ein Aquarium. Die bunten Koi-Karpfen darin verrieten Leana, dass das Opfer wirklich sehr gut verdient haben musste, denn Kois waren ein kostspieliges Hobby. Ihre Recherche der letzten Nacht hatte ergeben, dass Kois schon lange nicht mehr als Zeichen für Schutzgeldzahlungen galten. Sie trat an das Aquarium und sah, dass ein Koi tot am Grund des Beckens lag.

»Dieser ätzende Föhn macht mir jetzt schon Kopfschmerzen«, grollte Natalia dem unangenehm warmen Wind, der zur Tür hereinwehte und einem das Atmen erschwerte. Als sie jeden Winkel des Lokals gefilmt und fotografiert hatten, bat Leana Natalia, sich vor den Pfeiler zu stellen, wo der Tote gestanden hatte, denn Natalia hatte ungefähr seine Größe.

Natalia stellte sich so hin, wie sie es von dem Video in Erinnerung hatte.

»Theo, stellst du dich bitte vor Natalia, und da du zu groß bist, geh weit in die Knie, bis ich Stopp sage.«

Theo strich seine Locken unter die weiße Kapuze, stellte sich Natalia gegenüber und ging langsam runter.

»Stopp.« Leana trat von hinten an Theo heran. »Kannst du einen Moment aushalten?«

»Stunden, wenn es sein muss«, behauptete Theo.

Leana fotografierte sämtliche spiegelnden Oberflächen

rechts und links von Natalia. Das Messing der Theke, den Drachenkopf über ihr, die verkehrt herum hängenden Flaschen. Die Gläser.

»Danke Theo, das genügt.«

Seine Kniegelenke knackten, als er sich wieder zu seiner vollen Größe von einem Meter dreiundneunzig aufrichtete. »Verrätst du mir, warum? Die Größe des Mörders werde ich dir ohnehin genau ausrechnen.«

Leana speicherte die Fotos und schickte sie direkt von der Kamera an Tanni, während sie es Theo und Natalia erklärte: »Ich habe im Video auch mit maximalen Vergrößerungen im Chrom nichts erkennen können. Jetzt, wo ich aus dem Winkel fotografiert habe, wo unser Täter gestanden hat, hoffe ich, dass Tanni gezielt suchen und vielleicht doch mit maximalen Ausschnittvergrößerungen irgendwas erkennen, sichtbar machen kann.«

»Gute Idee«, gab Theo unumwunden zu.

»Siehst du, Theo«, Natalia löste sich von dem Pfeiler, »ich frage schon gar nicht mehr, warum Leana irgendetwas tut.«

Leana zog ihre Handschuhe wieder an und ging noch einmal durch den gesamten Laden. Sie öffnete jedes Schubfach, sammelte Rechnungen ein, Bestellzettel, entlockte der elektronischen Kasse die Buchungen der letzten drei Wochen und druckte sie aus, stapelte alle Fotos, die sie finden konnte, und packte die Sachen in eine extra dafür vorgesehene Tasche. Zorro würde zunächst sämtliche möglichen Spuren sammeln, Haare, Hautschuppen, Fingerabdrücke. Sven würde in der Biologie das analysieren, was Zorro als nicht menschlich einstufte.

»So langsam müssen wir«, mahnte Natalia und klopfte auf ihre Smartuhr, »der Heli soll um dreizehn Uhr fliegen, die nächste Besprechung ist um sechzehn Uhr, also – haben wir alles?«

Leana nickte und folgte Theo, Natalia und Zorro zur Tür. Der junge Polizist wollte sie gerade wieder versiegeln, da sagte Leana: »Warten Sie, ich will die Kois noch mitnehmen.«

Natalia rollte mit den Augen: »Muss das sein?«

»Wie war das gerade noch«, fragte Theo mit hochgezogener Augenbraue, »du fragst schon gar nicht mehr?«

Leana verschwand noch einmal im Restaurant. In der Küche fand sie einen sauberen Eimer, neben dem Aquarium einen Kescher, behutsam sammelte sie die Kois ein. Auf dem Weg zurück zum Heli schickte sie Maxim eine Nachricht und fragte, ob er etwas in seiner Gerichtsmedizin habe, das vier Koi-Karpfen aufnehmen könne. Prompt kam zurück, er habe zu Hause noch ein Aquarium und würde gleich jemanden schicken, der es holte.

Leana lächelte in sich hinein. Dieser junge Gerichtsmediziner und sie lagen auf eigenartige Weise auf einer Wellenlänge. Wenn sie gemeinsam mit dem gesamten Team nachdachten, konnte der eine oft die Sätze des anderen vervollständigen. Manche Nächte hatten sie schon damit zugebracht, ungestört von den anderen an einem Fall zu tüfteln. Er hatte die seltene Gabe, keine Idee, keine Meinung sofort zu beurteilen, sondern ließ erst einmal alles gelten, durchdachte es sehr gründlich und schien bar jeder Eitelkeit zu sein, wann immer er etwas für richtig oder falsch befand. Er bezog keine Meinung, keine Äußerung auf sich selbst.

Leana stellte die Kois im Heli zu ihren Füßen und hoffte, dass die Tiere den Flugstress gut überstehen würden. Hinter ihr verstauten Zorro und Theo die mit Proben gefüllten Transportkisten.

»Willst du jetzt drüber reden?«, fragte Natalia und blickte Leana von der Seite an.

»Ich habe dazu nichts zu sagen, nicht einmal ein Gefühl. In Kapstadt habe ich auch Drohbriefe bekommen, ja. Bin auch mal tätlich angegriffen worden. Aber dass ein Mörder wie aus dem Nichts kommt?«

»Es ist sehr merkwürdig«, gab Natalia zu, »zudem es auch noch München ist und du gerade erst zwei Monate bei uns arbeitest. Mal sehen, was Tanni herausfindet. Sie findet eigentlich immer was«, versuchte sie Leana Mut zu machen.

Ein Windstoß fegte ins Innere des Helis. »Ich glaube nicht, dass es mit meiner Pressepräsenz zu tun hat, Tanni soll lieber nach anderen Sachen suchen.«

»Lass Tanni ihren Job machen, und wir machen unseren«, antwortete Natalia knapp. Die Tür ging zu, sie schnallten sich an, und kurz darauf hob der Heli schwankend in den Föhnwinden ab mit Kurs auf Düsseldorf.

Nach der Landung brachte Leana als Erstes die Karpfen in die Gerichtsmedizin. Maxim hatte das Aquarium fachgerecht aufgebaut und mit allem versehen, von dem er annahm, dass die Fische es brauchten. Als Leana langsam den Eimer ins Wasser gleiten ließ, fragte Maxim: »Warum hast du sie mitgebracht?«

»Ich weiß es noch nicht«, Leana blickte in das Wasser, »es war mehr ein Gefühl als eine konkrete Überlegung. Sie sind offiziell als Beweismittel geführt, und so macht es nichts, wenn sie hier ein paar Tage herumschwimmen. Oder stören sie dich?«

So unvoreingenommen Maxim Ideen und Meinungen auch gegenüberstand, inzwischen hatte Leana mehrfach miterlebt, wie schnell ihn selbst kleinere Änderungen in vertrauten Räumen irritieren konnten.

»Es wird schon gehen«, antwortete Maxim, »sie machen ja keine Geräusche.«

Leana ging in ihr Büro und fand an ihrer Kaffeemaschine JJ vor und einen Mann, der seine dunkelbraunen Haare zu einem Pferdeschwanz gebunden hatte, einen sichtbar teuren schwarzen Anzug trug und mit dem Rücken zu ihr stand. Sie dachte, sie müsste Natalia einmal fragen, wie sie es schaffte, dass niemand ihr Büro benutzte, um dort zu duschen, zu schlafen oder sich einen Kaffee zu machen. Denn in Momenten wie diesem nervte sie die WG-Mentalität des Kompetenzcenters. Sie hätte gern ein paar Minuten für sich gehabt, um sich zu sammeln.

»Gibt's auch einen Kaffee für mich?«, fragte sie schroffer als beabsichtigt. Der Unbekannte schnellte herum und streckte ihr eine große, behaarte Hand hin: »Finley Fitzpatrick, entschuldigen Sie, dass wir Ihr Büro besetzt haben.«

Seine grünen Augen blitzten unter dichten Brauen. Leana bemerkte, dass die Haare auf seinem Handrücken rot waren. Sein braunes, von einzelnen grauen Strähnen durchsetztes Haar hatte ebenfalls einen rötlichen Schimmer. Der Pferdeschwanz machte das sehr eckige Gesicht etwas weicher. Wie JJ trug auch er ein T-Shirt unter dem Jackett. Was Leana am meisten erstaunte, waren die Tattoos, die an den Handgelenken und am Hals zu erkennen waren. Sie entzog ihm ihre Hand.

»Leana Meister!«

»Oh, das weiß ich, und zwar seit unzähligen Jahren. Nein, genau genommen, seit Sie vor einundzwanzig Jahren Janosch Jacobs Team zugeordnet wurden.«

»Nun, ich weiß von Ihnen erst seit gestern Abend!«

Fin lachte lauthals. »Und wie wäre es mit dem Namen ›Harley‹?«

»Sie sind … der Ire?«

»Genau, und JJs bester Freund. Als Sie nach Ihrer Ausbildung in sein Team kamen, ging ich gerade als Harley in den Untergrund. Und ehe ich von dort wieder zu Besuch kam, waren Sie nach Afrika verschwunden. Das war, wenn mich mein Zahlengedächtnis nicht täuscht, vor gut achtzehn Jahren, richtig?«

Kaffeegeruch erfüllte den Raum.

»Ja«, sagte Leana, »das ist richtig. Entschuldigung, dass ich so unfreundlich war. Ich bin Leana!« Sie reichte ihm noch einmal die Hand, die er herzlich ergriff. Leana erinnerte sich, dass Harley/Fin lange undercover bei den Hells Angels ermittelt hatte. JJ brachte ihr schwarzen Kaffee.

»Heute nennt mich niemand mehr Harley, genauso wenig wie Janosch Jacob noch JJ genannt wird.«

»Außer von mir.« Leana grinste.

»Tatsächlich?« Fin schmunzelte. »Nun, wenn Harley Ihnen besser gefällt …«

»Fin ist wunderbar.« Sie trank und verschluckte sich fast.

»Wie war es in München?«, fragte JJ.

»Lasst uns in den Konferenzraum gehen«, bat Leana, »dann ist es gleich für alle.« Sie legte ihre Tasche auf den Schreibtisch und ging vor, ihren Block in der einen, den Kaffee in der anderen Hand.

Der Konferenzraum war überfüllt. Wie immer bei solchen Gelegenheiten lagen auf ein paar Stühlen Zettel mit dem Hinweis »Teamleitung«. Tanni stand am Bildschirmtisch und warf rundum auf die Monitore, was sie gefunden hatten.

Als im Raum Ruhe eingekehrt war und Tanni gerade loslegen wollte, ging die Tür des Konferenzraums noch einmal auf.

»Entschuldigen Sie die Verspätung, der Zug … Ich bin Dario Guillermo Rodriquez. Hi, Fin!« Dario schlug Fin, der direkt an der Tür saß, auf die Schulter und beugte sich kurz zu einer Umarmung hinunter. Leana nahm aus dem Augenwinkel wahr, dass Natalia einen Moment lang der Mund offen stehen blieb.

Dario war wie das fleischgewordene Klischee eines Südspaniers. Knapp eins achtzig groß, sehnig, tiefschwarze Augen und Haare und dunkler Teint. Er trug ein schwarzes Hemd zur Jeans, Gold hing um seinen Hals, fand sich als Ringe an seinen Händen wieder und als linker Eckzahn seines Gebisses.

»Setz dich, Dario, wir stellen dir das Team später vor.«

Tanni starrte Dario ebenfalls einen Moment zu lange an und errötete, weil er es bemerkte und sie anlächelte.

»Also«, Tannis Stimme klang piepsig, sie räusperte sich, »wir haben das hier über unser Opfer zusammengetragen.« Sie wiederholte, was sie schon in der Nacht gefunden hatten, warf noch einmal den Lebenslauf von Nguyen Thien Duc an die Wand und gab zu, dass sie bisher keine Lücke in seinem lückenlosen Lebenslauf gefunden hatten. »Die Ehe von Thien Duc wurde vor zwanzig Jahren geschieden. Unmittelbar nach der Scheidung, die aus Amerika eingereicht wurde, verschwanden seine Exfrau und die Tochter. Wir haben zwar die Einreisepapiere nach USA gefunden, aber dann kam ein schwarzes Nichts.« Tanni hob entschuldigend die Hände.

Leana drehte sich zu JJ um. »Zeugenschutz?«

»Kann ich mir nicht vorstellen. Tanni, war Thien Duc in dieser Zeit in irgendwas verwickelt?«

Tanni hob wieder die Hände. »Nein, gar nichts. Nach seinem Drogendelikt ist er sauber geblieben. Zumindest laut der digitalen Datenbanken – ihr wisst, das prädigitale Papier braucht eklatant länger.«

»Na ja«, meldete sich Dario mit dunkler Stimme und leichtem spanischen Akzent zu Wort, »wenn ich dazu was sagen darf: Vor zwanzig Jahren als Asiate in Amerika zu verschwinden war relativ leicht. Man reiste mit Touristenvisum ein, verschwand, gerade als Mensch mit Schlitzaugen, in irgendeiner Chinatown einer großen Stadt. Übernahm irgendwann und gegen viel Geld dann – denn gestorben wird immer – die Sozialversicherungsnummer eines anderen im ähnlichen Alter, und schon war man seinen ursprünglichen Namen für immer los. Wir nannten es *Zeugenschutz für das Fußvolk*.«

»Hm«, bestätigte JJ, »das kennen wir auch aus Ostdeutschland, die haben uns die Vietnamesen eingebrockt. Immer der gleiche Pass mit dem gleichen Namen, aber unzählige verschiedene DNS-Signaturen. Weiter, Tanni.«

Theo kam nach vorn an den Bildschirmtisch und legte die Analyse zur Größe des Täters dar. Aufgrund der Schnittrichtung der Sichel und der Hebelbewegung, die er mit dem Arm vollführt hatte, ließ sich auch sein ungefähres Gewicht ableiten. »Das war für uns eine ziemliche Überraschung. Einen Meter achtundfünfzig, achtundvierzig bis zweiundfünfzig Kilo schwer.«

»Ganz sicher?«, hakte JJ nach.

»Janosch Jacob, ich rechne seit Jahren und habe noch nie danebengelegen«, Theo schob sich eine dunkelbraune Locke aus der Stirn, »und trotzdem haben wir es im Team dreimal durchgerechnet. Unser Täter ist mit nur acht Zentimetern an der Mikrosomie vorbeigezogen. Die sich daraus ergebene Frage, wie ein so kleines Wesen einen so stattlichen Mann in Schach halten konnte, wird Maxim beantworten.«

Maxim verbeugte sich leicht in Richtung Leana. Gab ein paar Befehle am liegenden Bildschirm auf dem Tisch ein, und auf den Monitoren ringsum erschien das Opfer, nackt auf dem Sektionstisch. Der Mund war von der Naht befreit, die Ohren lagen links und rechts neben dem Kopf. Bei dem fürs Nähen verwendeten Material handelte es sich, wie Zorro gemeinsam mit der Spurensicherung herausgefunden hatte, um einen extrem dünnen Draht, der sich wie Zwirn verhielt, aber tausendfach stabiler war. Maxims dunkelblonde Haare waren wie immer mit Gel nach hinten gekämmt, und ihm haftete die leicht exaltierte

Körperhaltung eines durchtrainierten Florettfechters an. »Unser Opfer stand unter Drogen. Wir haben in der Lippennaht Spuren von blauem Lotus gefunden. *Nymphea Caerulea*, Blauer Lotus, wir kennen die Droge von den Ägyptern, die sich damit in rauschhafte Zustände versetzt haben. Blauer Lotus gehört zu den ethnobotanisch bedeutsamen Pflanzen und ist in Deutschland legal. Er versetzt uns in einen hypnotischen Zustand und wirkt zugleich schmerzlindernd. Wir haben eine sehr hohe Dosis im Blut unseres Opfers gefunden – als wir dann wussten, wonach wir suchen sollten –, der schmerzlindernde Effekt ist dennoch keinesfalls so stark, dass er keine Schmerzen mehr gespürt hat. Aber an Hand- und Fußgelenken zeigen sich überhaupt keine Spuren, dass er sich gegen die Kabelbinder gewehrt hat, die Abdrücke, die hier sichtbar sind, sind jedenfalls post mortem entstanden. Also liegt der Schluss nahe, dass er keine Schmerzen hatte. Wenn es so war, muss es an einer anderen Droge liegen, wir haben jedoch noch nichts gefunden, auch keine Hinweise darauf, wie sie gegebenenfalls injiziert wurde. Ich kann also nicht ausschließen, dass weitere Drogen eingesetzt wurden, aber keine, die wir kennen, das erschwert die Suche. Zusätzlich zu den injizierten Drogen werden die körpereigenen Drogen zur Schmerzfreiheit beigetragen haben, hoffentlich!«

»Körpereigene Drogen?« fragte Fin belustigt nach.

»Die sogenannten Endorphine«, antwortete Maxim. »Das Endorphinsystem wird in Notfallsituationen aktiviert. Bisher ging man davon aus, dass die Endorphinausschüttung in bestimmten Situationen das Schmerzempfinden unterdrückt. Neuere Erkenntnisse zeigen, dass das aus der Hypophyse in die Blutbahn freigesetzte beta-Endorphin …«

»Maxim«, sagte Leana leise, und er verstand den Wink, dass er zu weit ausholte.

»Jedenfalls ist medizinisch gesichert, dass Schmerzerfahrungen beispielsweise bei einem Marathonlauf einen individuell höchst unterschiedlichen Grad an Glückszuständen hervorrufen, das sogenannte *Runner's High*, was den Endorphinen den leicht irreführenden Namen ›Glückshormone‹ eingebracht hat. Wir haben noch die Opiatpeptide ... okay, entschuldige, Leana. Es zeigt sich immer wieder, dass schwer verletzte Menschen wie unser Opfer hier für einen individuell sehr unterschiedlich ausgeprägten Zeitraum keine Schmerzen verspüren.«

»So genau wollte ich es gar nicht wissen«, sagte Fin lakonisch.

»Nun, wir schon«, gab Maxim zurück. »Todeszeitpunkt elf Uhr morgens.«

»Das Restaurant hat an Sonn- und Feiertagen geschlossen«, meldete sich Fin nochmals zu Wort, »und die Geschäftsführung teilte uns mit, dass das Opfer sich an diesen Tagen oft dort aufhielt, um in Ruhe Abrechnungen zu machen, manchmal Inventur. Das war langjährige Routine.«

»Wir«, Tanni ging wieder nach vorn und schob Maxim mit einer versöhnlichen Geste zur Seite, »haben hier«, sie strich über den liegenden Monitor und warf einen Film auf den Hauptbildschirm vor Kopf, »das Material der Überwachungskameras der Umgebung zusammengeschnitten.«

»Ihr seid ätzend«, murmelte Fin düster.

»Nur kein Neid«, gab JJ lächelnd zurück.

»Hier kommt Thien Duc in seinem weißen Mercedes in die Straße gefahren und, hopp, verschwindet in der Tiefgarage. Genau neun Uhr! Danach«, Tanni verdreifachte die Geschwindigkeit des Films, »kommen und gehen ein paar betagte Herrschaften, der Mann mit Hut und Hund hier zum Beispiel.«

»Wurde befragt und hat nichts gesehen«, brummte Fin.

»Danke. Noch zwei Autos, ein Escort, ein VW Beatle, zwei Fahrradfahrer, das war's. Alle fahren dran vorbei.«

Leana drehte sich zu Fin um. »Habt ihr die Tiefgarage geprüft? Als wir da waren, wusste ich nämlich nicht einmal, dass da eine ist.«

»Ich auch nicht, ich schicke gleich Leute hin«, gab Fin zerknirscht zu. Er nahm sein Smartphone aus der Innentasche seines Jacketts und ging raus, um zu telefonieren.

»Die sollen mir die Fotos mailen«, rief Tanni ihm hinterher.

»Das bedeutet, dass der Täter schon im Gebäude war«, sagte Natalia, zog sich mit einer nachlässigen Geste das Zopfgummi aus dem Haar und massierte sich sanft die Kopfhaut. »Habt ihr auch das Filmmaterial der Nacht und des Abends davor?«

»Klar, Mam, und schon durchgesehen. Noch ein zweites Mal, als wir von Theo die Größe und das Gewicht bekamen.«

Natalia legte den Kopf schräg. »Zeig das ganze Haus.«

Tanni wischte über den Bildschirm, und auf der rechten Seite des Konferenzraums erschien das ›Dragon House‹ in voller Größe. Es sah aus, als wäre es zwischen den Bäumen regelrecht eingezwängt.

»Zoom das Dach näher ran«, bat Natalia.

Fin kam in den Raum zurück und setzte sich wieder.

»Hast du auch 360 Grad?«, drängte Natalia weiter.

Tanni ließ das Haus um die eigene Achse kreisen.

»Stopp!«

Jetzt sahen es alle: Auf der hinteren Seite des Dachs stand ein Fenster offen.

»Er ist übers Dach gekommen«, sagte Natalia bestimmt.

»Keine Kameras auf der Seite, Mam«, Tanni hob die Hände.

Einen Moment herrschte Stille.

»Was haben wir noch?« JJ strich mit den Händen über seine kurz geschnittenen grauen Haare.

»Die Analyse von Leanas Fotos. Selbst bei zweitausendfacher Vergrößerung und anschließender neuer Feinkörnung sehen wir gar nichts.« Tanni schob das Haus an den unteren Bildschirmrand, stellte einige Fotos nebeneinander und vergrößerte sie. »Wir haben das im Team diskutiert und denken, der Täter hatte nicht nur schwarze Handschuhe, sondern war komplett schwarz gekleidet.«

»Deshalb werden wir wohl auch keine verwertbare DNS finden«, nuschelte Zorro, »unser Täter ist eingenäht in einen Anzug, der entweder keine Fasern verliert oder so übliche Fasern hat, dass es gar nicht auffällt unter den tausend Fasern, die wir in einem Restaurant finden.«

»Danke, Tanni, Maxim, Zorro, Theo und euren Teams. Dario, können Sie uns ad hoc etwas zu dem Mordritual sagen? Für euch andere: Dario Rodriquez hat in Amerika Kriminalistik studiert, war oft in Ostasien und kennt sich mit der Mafia dieser Länder bestens aus. Deshalb haben wir ihn gebeten, uns zu helfen. Dario?«

Dario ging nach vorn, stellte sich vor den großen Bildschirm und sich selbst kurz vor. »Einen kurzen Abriss«, sagte er dann mit spanischem Akzent und einem schiefen Lächeln, »müssen Sie über sich ergehen lassen …«

Er ging nicht auf Entstehung und Geschichte der Mafia in Asien ein, sondern beschränkte sich auf die Triaden in Europa, die sich bis vor ein paar Jahren überwiegend in den Niederlanden, Frankreich und England breitgemacht hatten. In den Niederlanden gab es zahlreiche Ritualmorde zu verzeichnen. In Deutschland tickte die Bombe immer lauter, die Triaden finanzierten exklusive Hotels, traten als Baufirmen auf oder wickelten Geschäfte über In- und Exportfirmen ab, die über Hamburg oder Rotterdam ihren internationalen Handel betrieben. Dario selbst habe letztes Jahr eine Untersuchung in München betreut, und dabei sei herausgekommen, dass 95 Prozent der chinesischen Lokale Schutzgelder zahlten. In den Neunzigern habe es dreißigtausend legal in Deutschland lebende Chinesen gegeben, 2010 schon weit über hunderttausend, mittlerweile nähere man sich der zweihunderttausend, von der Dunkelziffer gar nicht zu reden.

»Sie kommen auf leisen Sohlen, und sie gehen auf leisen Sohlen. Spurt jemand nicht, macht er offiziell eine Reise in sein Heimatland und wird dann in Hongkong als Leiche aus dem Meer geborgen. Kaum ein deutscher Ermittlungsbeamter, kaum ein europäischer, spricht Chinesisch, erst recht nicht einen der Dialekte. Die Schmugglerbanden verfügen über ein weltumspannendes Netzwerk von Gold- und Juwelenhändlern, Handelsgesellschaften, Wechselstuben, legalen Casinos in Asien und eben auch in Europa. Per Codes laufen weltweite Zahlungsanweisungen. Die Triaden haben eine eigene Kassibersprache, die wir kaum entschlüsseln können. Aber so weit kommen wir meist ohnehin gar nicht, denn die chinesische Gemeinschaft ist in allen Ländern der Welt eine geschlossene Gesellschaft.« Dario trat zur Seite und bat Tanni, noch einmal das Tatortfoto des Toten auf den Hauptbildschirm zu geben.

Er ging ganz nah an den Hauptbildschirm heran, studierte kurz den Schnitt an den Ohren, dann zeigte er auf den zugenähten Mund. Leana fröstelte, als sie wieder in die entsetzten Augen des Ermordeten blicken musste.

»Das ist eine sehr deutliche Sprache. Niemand vollstreckt eine Hinrichtung dieser Art, nur um das Opfer zu quälen. Das hier ist eine persönliche Botschaft! Ein Mord dieser Art passiert auch nicht, um auf eine besonders brutale Weise Rache zu nehmen. Das hier ist wenigstens eine Warnung, wenn nicht sogar Drohung oder auch gezielte Mitteilung an jemanden, der noch lebt.«

»Könnten Sie es uns bitte übersetzen«, bat Natalia, »also was genau dieser Mord hier der Welt mitzuteilen hat?«

Seine dunklen Augen ruhten einen Moment auf ihr. »Die

Ohren abzutrennen bedeutet, er hat etwas gehört, was er nicht hätte hören sollen, er hat also heimlich etwas nicht für ihn Bestimmtes belauscht. Eine abgeschnittene Zunge steht als Zeichen, dass jemand etwas gesagt hat, was er nicht hätte sagen sollen. Gleiches gilt für die Augen. Wenn beide Augen entfernt werden, heißt das: Du hast etwas gesehen, was du nicht durftest oder solltest. Dann gibt es noch die Kombinationen. Ohren und Zunge entfernt: Du hast gehört und ausgeplaudert, beziehungsweise etwas oder jemanden verraten. Und das hier«, Dario drehte sich wieder zu dem Toten um und deutete auf den zugenähten Mund, »das heißt: Er hat etwas gewusst und es unterschlagen. Hier wurde jemand getötet, weil er sein Wissen für sich behalten, geschwiegen oder sogar gelogen hat. Und wie ich schon sagte, ein Mord dieser Sorte ist immer eine Botschaft, eine Warnung an alle, die noch damit zu tun haben oder hatten. Findet ihr diese Leute, findet ihr auch die Gründe für den Mord.«

Leana blickte sich um und sah in ratlose, betretene Gesichter, nur Natalia lächelte Dario zu, was er so offensichtlich erwiderte, dass Leana prüfend Svens Gesicht musterte, um herauszufinden, ob er das Knistern zwischen den beiden mitbekam.

JJ stand auf und ging nach vorn. »Danke, Dario. Sie bleiben ein paar Tage?«

»Bis Mittwoch, danach müssten wir sehen.«

»Gut. Fragen?«

Ein paar Hände hoben sich, und Maxim beantwortete Fragen danach, ob schon die genaue Todesursache geklärt war, ob Zorro Verwertbares in den Spuren gefunden hätte, wo man sich dransetzen könnte, welche Versuche die Biologie anlegen würde … Danach wurde entschieden, was die Nachtschicht bearbeiten sollte. *Es ist einiges*, dachte Leana, *was wir wieder einmal in so kurzer Zeit zusammengetragen haben, aber nicht genug, um meine dringlichste Frage auch nur ansatzweise zu beantworten: Warum ich? Warum wendet sich der Täter an mich persönlich? Dafür muss es Gründe geben!*

»Dann Schluss für heute«, bestimmte JJ, als die Fragerunde vorbei war, »jeder weiß, was zu tun ist, ein paar von uns, Tanni und Leana und meine Wenigkeit, werden ein paar Stunden schlafen. Keine Widerrede. Nächste Besprechung ist morgen früh um sechs. Natalia, Sie übernehmen die Nacht, geht das?«

»Kein Problem, Dr. Köhler.«

Stühle wurden gerückt, Unterlagen zusammengelegt, die meisten gingen. Dario, Fin, JJ und Leana blieben zurück.

»Denken Sie, es ist ein Mord innerhalb der Triaden?«, fragte Leana Dario.

»Es ist zumindest die Sprache der Triaden. Die bilden für solche Racheakte Einzelkämpfer aus. Oder wie viele Morde haben Sie in Ihren Datenbanken, die dieses Bild hinterlassen?«

Leana nickte. »Keinen vergleichbaren. Ich hoffe, Sie bleiben länger, denn wir haben keinen Mafiaexperten im Kompetenzcenter.«

»Dario«, sprach JJ ihn an, »ich fahre Sie und Fin in Ihr Hotel.«

»Sehr gut«, sagte Fin. »Wo ist es denn?«

Dario grinste. »Alten Zeiten zuliebe ist es direkt in der Altstadt, mein persönliches Lieblingshotel, das Ciskos. Wo man auch köstliche ungarische Küche bekommt.«

Fin wandte sich JJ zu. »Essen wir zusammen?«

JJ schüttelte den Kopf.

»Du kommst nicht mit?«, fragte Fin sichtlich enttäuscht, »und Sie auch nicht, Leana?«

Leana schüttelte den Kopf. »Nein, ich muss wirklich ein paar Stunden schlafen, morgen vielleicht.«

Sie gingen als Gruppe Richtung Leanas Büro. Sie erreichten

den Treppenabsatz, und Leana wollte gerade rechts abbiegen, als Tanni atemlos angerannt kam. Sie drängelte sich an Leana vorbei, schaltete in deren Büro den Fernseher an und rief: »Kommt her!« JJ eilte voraus, Leana, Fin und Dario folgten zögerlich.

Die Siebzehn-Uhr-Nachrichten zeigten zwar keine Bilder, aber sie berichteten ausführlich über den grausam ermordeten Vietnamesen im Münchner Cosimapark. Als sie seinen Namen nannten und die Namen der verschwundenen Lebensgefährtin und der Kinder, drehte sich JJ zu Leana um und blaffte sie an: »Das haben wir deiner turtelnden Schmuserei mit diesem *dpa*-Journalisten zu verdanken! Verdammt, Leana, das wird unsere Ermittlungen behindern!«

»Du kannst mich mal! Wer hat mich denn dazu auserkoren, mit Korbinian Baumgartner regelmäßig Kontakt zu halten, damit dein ach so tolles Kompetenzcenter auch prominent in der Presse bleibt!«

»Du solltest über unsere Arbeitsweise mit ihm quatschen und nicht, das habe ich ausdrücklich gesagt, über laufende Ermittlungen!«

»Du bist echt ein Arsch!«

»Wage es nicht …«, donnerte JJ.

»Wage *was* nicht? Wann bitte, werter Chef, hätte ich denn seit gestern Abend auch nur eine Minute Zeit haben sollen, mit Korbinian zu sprechen?« Sie ging ganz nah an JJ ran. »Deine ätzende Eitelkeit lässt nicht einmal einen Millimeter Platz für den Gedanken, dass irgendwer in München, entweder Polizei, LKA oder Anwohner, es der Presse gesteckt haben könnte, hm?«

»Wow, wie in einer richtig guten Ehe«, frotzelte Fin, während Dario zu Boden blickte und Tanni versuchte, sich hinter der offen stehenden Badezimmertür unsichtbar zu machen.

»Halt's Maul, Fin!«, drohte JJ, ohne den Blick von Leana abzuwenden, die keinen Zentimeter zurückwich.

Leana wusste, dass sich hier gerade die Spannung dieses Tages entlud und dass sie beide ungerecht waren, dennoch verspürte sie den fast unwiderstehlichen Drang, ihn zu ohrfeigen.

»Komm, Dario, nehmen wir ein Taxi«, sagte Fin gut gelaunt, »dann können Mama und Papa sich wieder vertragen.«

JJ löste sich von Leana. »Unsinn, ich fahre euch. Ich muss hier raus.« Er stürmte an Fin und Dario vorbei und bedeutete ihnen mit einer Handbewegung, ihm zu folgen.

»Alphatiere unter sich«, frotzelte Fin weiter und lachte Leana an.

»Schönen Abend«, gab sie ruhig zurück und trat ans Fenster. Tanni schlich vorsichtig heran und stellte sich neben sie. »Alter Schwede, so habe ich Köhler ja noch nie erlebt. Sonst immer ganz *the cool old boy*, und jetzt das?«

Gegen ihren Willen musste Leana plötzlich lachen. Sie sahen die Männer auf den Parkplatz vor dem Gebäude kommen, Fin und JJ balgten herum und knufften sich gegenseitig mit den Fäusten wie zwei Schuljungen. Dario, davon völlig unberührt, ging ein paar Meter hinter ihnen und hantierte mit seinem Smartphone. Fin trat auf die Beifahrerseite des Volvos, Dario folgte ihm und stellte sich vor die hintere Tür. Sie warteten darauf, dass JJ die Türverriegelung aufhob. JJ zog sein Jackett aus und fummelte den Autoschlüssel aus der rechten Außentasche. Leana erinnerte sich, dass JJ immer schon Jacketts getragen hatte. Damals vor einundzwanzig Jahren, als sie nach ihrem Studium der Kriminologie zur Kölner Kripo kam, hatte JJ gerade eine Sonderkommission geleitet, und sie hatte den neun Jahre älteren Mann bewundert, der mit einunddreißig schon so charismatisch war und eine Einheit leiten konnte. Kurz darauf hatte er sie in sein Team geholt, und Leana war überglücklich gewesen. Er war ihr Ausbilder, sie lernte sehr schnell, und bald waren sie Partner bei Ermittlungen. JJ hatte ihr geholfen, ihre ganz eigene Methode zu entwickeln, und nicht die Nase gerümpft, wenn sie mit dem ankam, was sie erspürte und ahnte. Dass er damals unsterblich in sie verliebt gewesen war, hatte sie nicht gesehen, sie war zu beschäftigt damit, ihre Arbeit so hervorragend zu machen wie nur möglich. Dr. Gregor Meister erschien in ihrem Leben und riss sie mit sich: Afrika, ein Land, das Hilfe brauchte. Gregor ging mit den Ärzten ohne Grenzen und wollte, dass sie ihn begleitete. Zuerst hatte sie sich nicht recht dazu entschließen können. Aber als sie dann eines Tages annehmen musste, dass JJ eine Tatwaffe hatte verschwinden lassen, den einzigen Beweis in einer Mordsache, zögerte sie nicht länger und ging.

Leana sah, dass die Männer über das Autodach hinweg redeten und lachten, während JJ immer wieder auf dem Funkschlüssel herumdrückte. Plötzlich erstarrte die Szene, schien für eine Hundertstelsekunde wie eingefroren. Leana sah wie in Zeitlupe, dass JJ den Funkschlüssel fallen ließ und vornüber gegen das Auto kippte. Fin riss die Hände hoch und zog dann wie Dario seine Waffe. Sie duckten sich und blickten sich hektisch um. »Scheiße, die sind völlig schutzlos«, rief Leana und kommandierte: »Hol Maxim, ruf einen Krankenwagen, alarmiere die Security, niemand darf die Gebäude und unser Gelände verlassen.« Sie schnellte herum, nahm ihre Waffe, rief nach Natalia und rannte die Treppe hinunter. Als sie die Tür nach draußen öffnete, hörte sie JJ brüllen wie einen verwundeten Löwen. Natalia kam zu ihr: »Gehen wir Rücken an Rücken seitwärts. Es sind nur ein paar Meter.« Im Krebsgang erreichten sie das Auto. JJ lag gekrümmt auf dem Boden und drückte seine rechte Faust gegen das rechte Auge. Blut quoll darunter hervor. Leana hielt die Luft an. Sobald sie mit Natalia und

Fin das Auto sicherte, kam Maxim mit seiner Tasche geduckt herübergelaufen. Gleichzeitig hörte Leana, wie der Heli vom Hauptgebäude abhob.

Maxim hatte ein Funkgerät dabei. Vorsichtig berührte er JJ an der Schulter. »Bitte, Dr. Köhler, Sie müssen mich die Wunde sehen lassen, damit ich dem Heli sagen kann, wo Sie hingebracht werden müssen.« JJ nahm langsam die Faust vom Auge, die Augenhöhle war leer. Sein anderes Auge zuckte hin und her, als wäre es entsetzt darüber, dass sein Konterpart verschwunden war. Maxims Gesicht blieb unbewegt, erst legte er sterilen Mull auf die Augenhöhle, dann hantierte er an einem Blutdruckgerät, legte es JJ an den linken Arm, den rechten Arm band er ab und setzte eine Kanüle, die er fixierte, dann zog er eine hellbraune Flüssigkeit auf und spritzte sie JJ. Schließlich nahm er eine leere Spritze und zog alles an Flüssigkeit auf, was er auf JJs T-Shirt, seinem Gesicht, seiner Hand finden konnte. Mit einer zweiten Spritze sog er die Augenflüssigkeit auf, die auf dem Asphalt zu finden war.

»Was tust du da?«, flüsterte Leana.

»Später«, sagte er leise und griff nach dem Funkgerät. »Wir bringen ihn in die Augenklinik hier um die Ecke, ihr müsst nirgendwohin fliegen.« Leana hörte Maxims Stimme an, was sie selbst wusste: Da war nichts mehr zu machen, JJ hatte gerade sein rechtes Auge verloren. Am liebsten hätte sie laut geschrien, stattdessen biss sie sich in die Hand. Ein Krankenwagen bog auf den Parkplatz, einige Bewaffnete sicherten den Platz nach außen und in die Luft. Aber da war niemand, nicht auf den Dächern, nicht zwischen den Gebäuden. Leana hoffte, dass die Überwachungskamera irgendwas zeigen würde, auch wenn es JJ nichts mehr helfen konnte.

Leana sah, dass Maxim kurz mit dem Arzt sprach und nahm an, dass er JJ ein Beruhigungsmittel gegeben hatte, denn er schien zu schlafen. Sie bat Fin, im Krankenwagen mitzufahren, und versprach, gleich nachzukommen. Mittlerweile kreisten drei Helis in immer größeren Bögen um die LKA-Gebäude. Leana eilte mit Maxim und Natalia zurück nach drinnen. Im Konferenzraum lud Tanni die digitalen Filme der Überwachungskamera herunter. Eine steile Falte auf ihrer Stirn verriet ihren Stress. Theo, Zorro und Sven kamen hereingestürzt. Das Gebäude dröhnte von den über ihnen kreisenden Helikoptern.

»Mein Gott, was ist denn passiert?«, rief Theo.

»Das hier!« Tanni ließ den Film laufen.

Sie standen nebeneinander direkt vor dem großen Bildschirm. Leana sah noch einmal die Szene, die sie vom Fenster aus beobachtet hatte. Dann, wie JJ nach vorn klappte.

Theo, Sven und Zorro starrten wie paralysiert auf die Szene. »Wie konnte das passieren?«, rief Sven aus. »Wir sind total abgesichert, heißt es immer, keiner kann in die Gebäude.«

»Vielleicht war es gar nicht unser Gelände, vielleicht ein Scharfschütze von sonst wo!«, gab Theo zu bedenken. »Tanni, hast du ein Geschoss ausmachen können?«

»Da ist nichts!«, antwortete Natalia an Tannis statt und forderte sie auf: »Spiel es noch einmal ab, so langsam du kannst.«

Tanni spulte vor, bis zu dem Moment, wo JJ auf dem Funkschlüssel seines Autos herumdrückte. Es half ihnen auch die stärkste Zeitlupe nichts.

»Das ist echt spooky«, murmelte Tanni andächtig. »Haben Sie nichts gehört, Dario?«

»Es gab ein entfernt zischendes Geräusch, wie von einem Fahrradschlauch, der Luft verliert.«

»Einen Aufprall?«, fragte Maxim.

»Nein«, Dario schüttelte den Kopf, »nicht einmal das.«

»Das Auto sofort in die KTU«, nuschelte Zorro, »vielleicht

ist es etwas im Auto gewesen. Wir legen gleich los, es sei denn, du hast noch was anderes, Leana? Natalia?«

Natalia nickte ihm zu, Zorro ging.

»Ich werde für Maxim die aufgesogenen Flüssigkeiten analysieren«, meldete Sven sich zu Wort und blickte Natalia an, die wieder nickte, sodass auch er verschwand.

»Ich fahre ins Krankenhaus«, sagte Maxim. »Ich hoffe, ich darf Fotos von der Augenhöhle machen, vielleicht verrät mir die Ausfransung des Auges etwas über Tatwaffe und Winkel.«

»Tanni und ich werden gemeinsam nach ausgefeilten Mordwerkzeugen suchen und können dann vielleicht berechnen, von wo Was-auch-immer gekommen ist«, sagte Theo.

»Yep, bin dabei«, Tanni hatte sich wieder etwas gefangen, »mein Team überprüft die Kameras. Eigentlich gibt es hier keinen Winkel, den wir nicht filmen, also muss etwas darauf sein!«

Leana hätte Tanni gern schlafen geschickt, aber ihr selbst pulsierte so mächtig das Adrenalin in den Adern, dass es sie mühelos die ganze Nacht wachhalten würde. Sie nahm an, dass es Tanni genauso ging, und ließ sie ziehen. Natalia, Leana und Dario blieben im Konferenzraum zurück.

»Es ist vielleicht ein sehr unpassender Moment«, sagte Dario leise, »aber dieses Team ist schon außerordentlich.«

Leana gab die Blumen mit einer müden Geste an Natalia weiter: »Sie hat es aufgebaut, ich bin erst seit zwei Monaten hier und genieße jeden Tag mit diesen Kollegen.«

Sie lehnte sich an den Tisch. Stand wieder auf und ging noch einmal an den Bildschirmtisch, ließ noch einmal den Film aus der Kamera laufen. Stoppte, zurück, vor und wieder von vorn. Natalia und Dario setzten sich. Keiner der drei sprach, sie starrten einfach nur auf die Leinwand. Sie sahen die Tat aus jedem Blickwinkel, die die LKA-Kameras zu bieten hatten. In jeder möglichen Zeitlupenverlangsamung.

»Da!« rief Leana endlich nach über zwei Stunden.

»Was?« Natalia reckte den Hals und drehte sich zu ihr um.

»Sein Schlüssel, immer wieder drückt er auf diesen Schlüssel!«

»Das ist Wunschdenken, wir haben zu lange gestarrt«, sagte Natalia enttäuscht, »außerdem sind die Dinger die Pest und funktionieren nie so, wie sie sollten.«

»No, no«, mischte Dario sich ein, »lassen Sie es noch einmal laufen, Leana.«

Sie zählten gemeinsam mit: zweimal, dreimal, viermal … achtmal drückte JJ insgesamt auf den Schlüssel.

Leana wählte mit der Telefonspinne auf dem Konferenztisch die vier für die KTU.

»Zorro am Apparat!«

»Konferenzraum. Habt ihr den Schlüssel von JJ auch in der KTU?«

»Liegt hier.«

»Sag Theo, er soll ihn auseinandernehmen. Erkläre ich später.« Erschöpft ließ Leana sich auf einen Stuhl sinken. »Wie machen wir weiter?« Sie blickte Natalia fragend an.

»Schlage vor, du gehst jetzt ins Krankenhaus und leistest Fin und, falls er wach ist, JJ Gesellschaft. Ich fahre zu JJs erster Frau und dann zu seiner zweiten mit den Kindern und gebe dort Bescheid.« Natalia blickte Leana aus starren, müden Augen an.

»Gut, machen wir.« Leana sah auf ihre Uhr: 21.20 Uhr. »Sagen wir, um ein Uhr wieder hier? Zeit, um zu essen, zu duschen. Schlafen kann ich sowieso nicht.«

Natalia stand auf. »Bin dabei.«

»Ich würde sehr gern mit ins Krankenhaus kommen«, bat Dario ungelenk.

»Dann kommen Sie.«

Sie liefen schweigend in die Dunkelheit hinaus. Dario passte sich ihrem Schritt an, und Leana war ihm sehr dankbar, dass er keine Fragen stellte. Sie verspürte den Wunsch wegzulaufen, einfach weit fort, und sich einzureden, dass das alles nie passiert sei. JJs Brüllen rauschte in ihren Ohren, immer wieder wechselten die Bilder in ihrem Kopf: Wie er sie angeblafft hatte, dann die leere blutende Augenhöhle. Plötzlich hielt ihr Dario ein Taschentuch hin. Leana hatte gar nicht bemerkt, dass sie weinte.

»Danke«, murmelte sie, blieb stehen und trocknete ihr Gesicht.

»Da vorn der China-Imbiss ist noch auf. Lassen Sie uns dort wenigstens eine warme Suppe essen.«

»Ich kann jetzt nicht essen.« Sie blickte ihn bittend an.

»Doch, das können Sie. Versuchen Sie es wenigstens. Glauben Sie mir, danach wird es Ihnen ein ganz kleines bisschen besser gehen. Kommen Sie.« Dario zog sie hinter sich her, sie überquerten die Straße und betraten den kleinen Imbiss.

Dario bestellte in einer Sprache, die Leana nicht kannte.

»Sie sprechen Chinesisch?«

Dario nickte: »Ja, das auch. Aber das hier sind Vietnamesen. Immer mehr chinesische Restaurants und Imbisse werden von Vietnamesen geführt. Weil wir sie nicht unterscheiden können, bemerken wir es in der Regel nicht.«

»Also sprechen Sie auch noch Vietnamesisch?«, fragte sie lahm.

»Genug, um zu sagen, dass ich in der Suppe kein Glutamat haben möchte. Setzen wir uns.« Leana gehorchte und vergrub ihren Kopf in den Händen. Sie hob ihn erst wieder, als Dario, der sich noch eine Weile in vietnamesischem Singsang mit dem Koch unterhalten hatte, zwei große Suppenschalen auf den Tisch stellte. Als Leana ihre Ellbogen vom Tisch nahm, schob er die eine Schale noch näher an sie heran, legte Stäbchen und einen Suppenlöffel aus Porzellan daneben.

Leana stieg ein würziger Duft in die Nase, es roch nach Sesamöl, frischem Koriander und Lauch. In der dunklen Brühe glänzten ein paar Teigtaschen. Ihr Magen macht so laute Geräusche, dass Dario lachte.

»Wann haben Sie zuletzt gegessen?«

Leana tauchte den Löffel ein, ließ Brühe hineinlaufen, pustete und schob ihn sachte in den Mund. Sie schluckte.

»Vor sechsunddreißig Stunden, glaube ich.«

Dario hob zwei kleine Löffel Sambal in seine Suppenschale und rührte um. »Sie können nicht gut ermitteln, wenn Sie nicht dafür sorgen, dass Sie bei Kräften bleiben.«

Leana lächelte gequält. »Das sage ich anderen auch immer.«

Als sie die Schale geleert hatte, glühte ihr Gesicht.

»Es gibt Zeiten, da wünscht man sich, man würde nicht existieren, nicht wahr?«, fragte Dario.

Leana nickte. »Ja, und dabei glaubt man meistens, es sei gut, wichtig zu sein.«

»Die Aufmerksamkeit anderer Menschen haucht uns Leben ein. Je wichtiger wir sind, je mehr leben wir in der Aufmerksamkeit anderer Menschen, als wäre sie eine eigens für uns hergerichtete Bühne.« Er schaute Leana zwar an, aber sie hatte das sichere Gefühl, er schaue durch sie hindurch. »Wir glauben«, fuhr er fort, »es sei unsere Bühne, aber in Wahrheit ziehen andere die Fäden und amüsieren sich dabei, uns zuzusehen, wie wir uns abmühen, das Richtige zu tun.« Sein Blick kehrte zurück. »Entschuldigung, es ist sicher nicht der richtige Zeitpunkt für diese Gedanken.«

Der kleine Koch mit der schmierigen Schürze kam um die Kochinsel herum, brachte zwei Becher mit einem dunklen Gebräu und räumte die leeren Suppenschalen ab.

»Trinken Sie das«, sagte Dario. »Es schmeckt nicht gut, aber es wird Ihren Geist schärfen. Es ist die vietnamesische Variante von Kaffee, sehr stark. Sie haben den Kaffee von den Franzosen geerbt und etwas Eigenes daraus gemacht. Die Catimorbohne kickt einen wach, der Zucker in der süßen Kondensmilch gibt Ihrem Gehirn, was es braucht.« Leana blickte Dario über den Rand des Bechers an und dachte, dass dieser Mann mit der Ausstrahlung eines Latin Lovers ausgesprochen klug war. Der Kaffee schmeckte bitter und süß zugleich. Sie trank langsam, denn sie wollte den Moment hinauszögern, da sie an JJs Krankenbett treten musste. Dario stand auf, zahlte und wartete in der offenen Tür auf sie. »Ohne Sie finde ich das Krankenhaus nicht.« Ein Lächeln auf seinen vollen, weichen Lippen. Leana erhob sich schwerfällig und kam zu ihm.

»Da ist es«, sie zeigte auf die andere Straßenseite, »genau gegenüber.«

Sie wiesen sich am Eingang aus, und man erklärte ihnen den Weg zu JJ. Intensivstation.

»Warum?«, fragte Leana panisch.

»Sprechen Sie bitte mit dem Doktor oben, ich weiß gar nichts«, sagte der junge Mann hinter der Scheibe entschuldigend.

Leana eilte die Treppen hinauf, klingelte an der Intensivstation und wartete ungeduldig. Dario stand ruhig hinter ihr.

Die Schwester, die öffnete, wies darauf hin, dass maximal zwei Leute hereingelassen werden könnten, und da der Freund von Dr. Köhler schon am Bett sitze, dürfe nur noch ein weiterer Besucher zu ihm.

»Ich warte hier auf Sie«, Dario legte seine beringte Hand auf Leanas Arm, »gehen Sie hinein. Ich kenne ihn ja nicht einmal.«

Leana zog den ihr gereichten Schutzanzug an und folgte der

Schwester, vorbei an Zimmern mit schwer kranken oder frisch operierten Menschen. JJ lag hinter einer weißen Stellwand. Fin saß links neben seinem Kopf und hatte seine große Hand auf JJs Schulter gelegt, als müsse er ihn festhalten. JJs rechtes Auge war verbunden.

»Er hat ihn so erwischt, dass es auch ins Gehirn blutet«, sagte Fin tonlos. »Sie kontrollieren ständig den Hirndruck«, er zeigte auf die Monitore, »es kann sein, dass sie ihm den Kopf aufbohren müssen.«

Leana schloss kurz die Augen. »Ist er ansprechbar?«

»Künstliches Koma«, antwortete Fin, »zu seinem eigenen Schutz.«

»Hast du etwas gesehen oder gehört?« Leana trat auf die andere Seite des Bettes.

»Maxim hat mich das vorhin auch schon gefragt. Seit ich hier sitze, lasse ich es wieder und wieder in meinem Kopf Revue passieren. Nichts, nada, leer. Da war einfach nichts. Wir lachten, er sah mich über das Autodach hinweg an, und plötzlich platzte sein Auge, so als habe er es von innen gesprengt.«

Fins Gesicht war grau und eingefallen. Leana schob ihre Hand auf JJs Rechte, die leblos neben seinem Köper lag. Sie schauderte, weil ihr wieder einmal bewusst wurde, dass es nur eine einzige Sekunde braucht, und ein Mensch ist nicht mehr. JJ lag still in diesem Bett, und über ihm schwebte der Tod, um die Seele in die Bedeutungslosigkeit zu geleiten. In ihrem Inneren hörte sie plötzlich den Song von Chris de Burg, *Spanish Train*, in dem Gott und der Teufel am Bett eines Sterbenden um seine Seele pokern.

»Wenn sie bohren müssen, hilft es nicht immer. So oder so kann es sein, dass er Schäden zurückbehält, ein Pflegefall wird.« Fin blickte Leana von unten an.

»JJ nicht«, sagte sie bestimmt. Es war unvorstellbar, dass

dieser große charismatische Mann, der von Natur aus an die Spitze gehörte, nicht mehr das LKA führen, sie und das Team anleiten würde.

»Entschuldigung, die Angehörigen sind jetzt eingetroffen«, sagte hinter ihr die Schwester.

Leana drehte sich zu ihr um. »Wir kommen. Fin, du musst uns helfen, lass uns das tun, was wir am besten können, ermitteln. Also komm bitte mit!«

Vor der Eingangstür zur Intensivstation unterhielt sich Dario mit einer kleinen, runden Frau. Sie trug einen bodenlangen Rock, eine bunte Bluse, hatte einen Zopf, der bis zu ihrem Po reichte, war behängt mit Armbändern, Ketten, Ohrringen und stellte sich Leana als Susan Köhler vor. Janosch Jacob hatte den Nachnamen seiner ersten Frau angenommen und ihn gleich der zweiten Frau geschenkt.

»Ich bin JJs einzige Verwandtschaft. Natalia kam zu uns und hat uns hergebracht. Wie geht es Janosch Jacob?«

»Nicht gut«, gab Leana zu und staunte, als hinter Susan ein Zwillingspaar auftauchte. Leana schätzte sie auf neun Jahre.

»Unsere Töchter, ich wollte sie nicht allein zu Hause lassen.«

Die Mädchen hatten die eisblauen Augen, den hohen schlanken Wuchs ihres Vaters und die Haarmähne ihrer Mutter zu einer neuen gelungenen Kombination vereint.

»Gehen Sie zu ihm«, bat Leana, »und bleiben Sie, wenn Sie können. Ich komme wieder.«

Sie schob die kleine dralle Frau mit ihren Töchtern Richtung Krankenschwester, die mit weißen Anzügen wartete.

»Willst du noch mit dem Arzt sprechen?«, fragte Fin.

»Nein. Es ist schon halb eins, lasst uns zum LKA zurückgehen.«

Als Leana den Konferenzraum betrat, sah sie auf einen Blick, dass niemand etwas gefunden hatte. Sie spürte die eigene Frustration und wusste zugleich, es war idiotisch, so schnell Ergebnisse zu erwarten. Sie ging zu Natalia, setzte sich neben sie und sagte leise in ihr linkes Ohr: »Schicken wir sie nach Hause, wir brauchen alle eine Pause.«

Natalia nickte. Sie stand auf, klatschte einmal in die Hände, um die Aufmerksamkeit aller auf sich zu ziehen: »Ihr wisst, was jetzt kommt, und ihr wisst auch, dass es in jedem Fall hin und wieder notwendig ist.«

»Wir können jetzt nicht aufhören!«, trotzte Tanni.

»Doch, und zwar, damit wir ab morgen früh wieder effektiv sind. Jeder von uns ist sauer, frustriert, wütend und vor allem todmüde. Jetzt ist es halb zwei. Wir sehen uns morgen früh um acht Uhr hier wieder. Keine Widerrede. Tanni, dich fahre ich nach Hause, um sicher zu sein, dass du dort auch ankommst. Theo, Sven, Zorro, Maxim, ich verlasse mich darauf, dass ihr schlafen geht. Unsere Nachtschichtteams arbeiten ja weiter. Also, raus mit euch!«

Murrend erhoben sie sich. Trotzdem sah Leana in den meisten Gesichtern, wie die Spannung abfiel und Müdigkeit sich breitmachte. Auch sie fühlte die Erschöpfung.

Leana setzte Fin und Dario in ein Taxi, beschloss, nicht noch einmal ins Krankenhaus zu gehen, und klappte in ihrem Büro das Sofa auseinander, warf das Bettzeug hin, zog sich aus und schlief, kaum dass sie lag, augenblicklich ein.

3. MONTAG

Um fünf Uhr war sie schon wieder wach. Leana wälzte sich auf den Rücken, schloss noch einmal die Augen und fühlte in sich hinein, ob sie noch einmal einschlafen würde. Der Schlaf wollte sie nicht mehr. Also stand sie auf und gönnte sich eine ausgedehnte Dusche. Nass und dampfend trat sie wieder in ihr Büro. Ihr Blick fiel auf die Kaffeemaschine, und Tränen stiegen in ihr auf, die sie hinunterschluckte. Noch gestern Abend war sie genervt davon gewesen, wie selbstverständlich JJ in ihr Büro kam und sich Kaffee machte, nur weil er ihr die Maschine geschenkt hatte. Jetzt wünschte sie, es wäre noch so.

Jemand klopfte leise an ihre Bürotür.

»Herein?«

Maxim erschien in der Tür. »Ich habe drüben im Krankenhaus angerufen. Alles unverändert. Es entscheidet sich heute Morgen, wie es jetzt weitergeht.«

»Danke, dass du mich informiert hast.«

»Wir haben auch ein paar Sachen rausgefunden, willst du es sehen?«

Da Leana wusste, dass Maxim mit sehr wenig Schlaf auskam, fragte sie gar nicht erst, ob er geschlafen hatte. »Klar, ich zieh mich nur rasch an.«

»Prima. Kaffee ist im Konferenzraum. Theo ist gerade Brötchen holen. Sven und Natalia sind auf dem Weg hierher, nur Tanni konnte ich nicht erreichen. Ihr Smartphone liegt auf ihrem Schreibtisch.«

»Sie ist ganz sicher bei JJ im Krankenhaus«, sagte Leana.

»Denkst du? Was sollte sie da machen?«, fragte Maxim und zog die Stirn kraus.

»Sie fühlt sich verantwortlich. Egal, Maxim, geh schon mal vor, ich komme gleich.« Leana schüttelte den Kopf. Maxim konnte ohne Tanni fast nicht existieren. Die beiden hatten ein sehr enges Verhältnis, denn Tanni gehörte zu den wenigen, die ihn verstanden. Aber Maxim kam nicht auf die Idee, dass andere Menschen ein ähnlich enges Verhältnis hatten, und schon gar nicht mit Tanni.

Leana hingegen hatte es vom ersten Tag an gespürt. Es war mehr als ein Chef-Mitarbeiter-Verhältnis, JJ und Tanni hatten etwas von Verbündeten an sich. Und obwohl sie ihn mit Dr. Köhler, Sir oder Chef ansprach, erlaubte sie sich eine Flapsigkeit ihm gegenüber, die sich nicht einmal Leana traute.

Im Konferenzraum roch es nach warmen Brötchen und Kaffee. Man begrüßte sich nicht wie sonst mit ein paar lockeren Sprüchen, sondern ruhig und zurückhaltend.

»Darf ich dich was fragen, Leana?« Theo blickte sie über die in Hufeisenformation stehenden Tische hinweg an. Leana nickte.

»Was sagt dir dein Gefühl, hängen die beiden Fälle zusammen, oder ist es eine Koinzidenz?«

Leana atmete tief ein. Sie wollte lieber nicht sagen, was sie dazu fühlte. Natalia und Sven kamen herein und verschafften ihr ein wenig Zeit.

»Was bedeutet das Schweigen?«, fragte Natalia und schnappte sich eine Kaffeetasse und ein belegtes Brötchen. Theo wiederholte, was er gefragt hatte.

»Spuck's schon aus, Leana!« Natalia nahm Platz. »So ermitteln wir nicht in die falsche Richtung.«

Leana biss sich auf die Unterlippe.

»Also ja!« sagte Natalia bestimmt. »Aber du willst nicht, dass es so ist, richtig?«

Leana zuckte mit den Schultern, nahm sich ebenfalls Kaffee und ein Brötchen und setzte sich zu Natalia. »Die Wahrheit ist, ich bin ganz sicher, dass es zusammenhängt.«

»Dr. Köhler und die ostasiatische Mafia?« Maxim blickte sie an. »Ist das dein Ernst?«

»Ja, Maxim«, antwortete Leana, »schließlich kann es dafür viele Gründe geben. Angefangen bei Rache, weil er irgendwann mal jemanden in den Bau gebracht hat, über Verwechslung bis hin zu der Weigerung, Schutzgelder zu bezahlen.«

»Trotzdem werden wir auch annehmen müssen, dass er was mit denen laufen hat«, sagte Natalia bestimmt, »wir werden Dr. Köhler so gründlich durchleuchten wie jedes andere Opfer auch. Konten, E-Mails, Kreditkarten, das ganze Programm.«

Leana schluckte ihre Wut hinunter. »Maxim, was haben wir also?«, lenkte sie sich selbst ab. Maxim referierte, dass Tanni ihr Team beauftragt hatte, den Film immer schneller abzuspielen, statt ihn langsamer laufen zu lassen wie am Anfang. »Die Geschwindigkeit, mit der sich Schallwellen verbreiten, hängt stark von den Deformationseigenschaften des jeweiligen Ausbreitungsmediums ab. Insbesondere im gasförmigen Medium spielen Druck, Dichte und Temperatur eine große Rolle. Und siehe, als wir die Schallgeschwindigkeit von Eis erreichten, sahen wir auch das Geschoss! Ihr werdet also nichts sehen, bis es auftaucht.« Maxim strich mit dem Finger über den liegenden Bildschirm, und der Film startete. Niemand konnte etwas erkennen, bis schließlich ein weißer Streifen erschien, der sich verdichtete, zu einem Punkt und dann zu einem kleinen Pfeil wurde.

»Tanni ist einfach genial«, schloss Maxim.

»Ein Pfeil – aber warum haben wir nichts gefunden? Er hätte doch im Auge stecken müssen!«, rief Leana aus.

»Weil er aus Eis war. Als ich wusste, wonach ich suchen musste, wusste ich auch, warum Sven aus der aufgezogenen Flüssigkeit nichts Aufschlussreiches extrahieren konnte … und doch war es da, nur wirkte es eben vollkommen unverdächtig. Wasser.«

»Wasser? Munition aus Wasser?« Fin betrat mit zerknautschtem Gesicht den Konferenzraum. Seine Haare waren zu einem unordentlichen Zopf zusammengebunden.

»Ja, aber Wasser ist nicht gleich Wasser«, sagte Maxim, »und auch wenn Sie es nicht ausführlich brauchen, sollten Sie wissen, dass schon gewöhnliches Wassereis unter extrem hohem Druck seine Struktur ändert. Denken Sie nur an schwarzen Graphit und glasklare Diamanten: Beides besteht aus Kohlenstoff, aber in unterschiedlichen Verdichtungszuständen. Prof. Wilfried Holzapfel forschte nach dem Eis X, X wie die römische Zahl zehn. Experimente in Hochdruckzellen ergaben schließlich Ende der Neunziger deutliche Hinweise auf dieses Eis X. Unter einem Druck, wie er im Erdinnern …«

»Maxim, bitte!«, sagte Leana, beugte sich zu Fin und bat leise: »Bitte unterbrich Maxim nicht mehr, ich erkläre es ein andermal.«

»Nun, ich denke, es dürfte klar sein, dass ein derart dichtes Eis sich sehr wohl als Waffe eignet.« Maxim strich über den liegenden Bildschirm, und ungeschönte Fotos von JJs Augenhöhle erschienen. Maxim ließ den roten Punkt eines Laserpointers um die leere Augenhöhle wandern und hielt an: »Genau hier sehen wir einen kleinen Schnitt am oberen Lid.«

Maxim vergrößerte die Aufnahme derart, dass das Foto wie ein Aquarell wirkte. »Seht ihr es?«

Leana erkannte den Schnitt und murmelte: »Beeindruckend.«

»Wir denken«, fuhr Maxim fort, »dass wir es mit einem außerordentlichen Scharfschützen zu tun haben. Theo hat es gewagt und aus dem Schnittwinkel die Flugbahn und damit den Standort des Schützen lokalisiert. Er wird auf dem Dach von *Mr Wash* gestanden haben. Tannis Team hat auf den Aufnahmen etwas hinter der Glaskuppel auf dem Dach ausfindig gemacht, das vielleicht eine Person ist, doch es könnte auch der Schatten eines großen Vogels sein.« Maxim verkleinerte das Bild wieder, und die leere Augenhöhle starrte in den Besprechungsraum. »Ich übergebe an die Physik«, schloss er seinen Vortrag und setzte sich.

Theo stand auf und ging nach vorn.

»Leider, Leana, war deine Idee mit dem Autoschlüssel richtig. Er wurde manipuliert.« Theo blickte alle im Raum reihum an.

»Verdammte Scheiße«, rief Fin aus. »Wisst ihr, was das bedeutet?«

Leana schüttelte den Kopf, sie wollte es nicht, aber sie sprach es trotzdem aus: »Dass er uns kennt, dass er in der Nähe ist, dass er in der Lage ist, sich Zugang zu unseren Wohnungen zu verschaffen, vielleicht sogar zum LKA.«

»Das«, hauchte Natalia, »ist der Super-GAU.«

Theo warf verschiedene Aufnahmen des Schlüssels und seines Innenlebens auf den Bildschirm und erklärte, dass der gleiche Draht, mit dem auch Thien Ducs Mund verschlossen worden war, im Funkschlüssel das Signal blockiert hatte. »Wir suchen nach diesem Draht, denn es muss eine Spezialanfertigung sein. Geschmeidig wie ein dünner Nylonfaden, aber belastbar mit hundertfünfzig Kilo, bevor er abriss. Zugleich ist es ein hoch leitfähiges Material und hat in Janosch Jacobs Schlüssel agiert wie eine Funkantenne. Der Impuls, der nötig war, um den Schlüssel zu sperren, wurde mittels eines Mobiltelefons ausgelöst. Zumindest ist es die einzige Erklärung. Darauf will ich mich allerdings nicht festlegen.«

»Weshalb nicht?«, fragte Fin. »Wie denn sonst?«

»Wer weiß«, Theo blickte müde in die Runde, »wer weiß, über welche Möglichkeiten jemand noch verfügt, der mit einem solchen Draht arbeitet und mit Eispfeilen so genau zielen kann. Möglichkeiten, die wir uns vielleicht nicht einmal vorstellen können.« Er referierte mit tonloser Stimme weiter, dass der Schütze diese Verzögerung gebraucht hatte, um genau zu zielen. Indes sei anzunehmen, dass er nicht ganz genau gezielt hatte, weil sicher die nachweisbare Verletzung des Augenlides nicht geplant gewesen sei. Es folgten Bilder eines zierlichen Pfeiles, des kleinsten funktionsfähigen Bogens und der kleinsten Armbrust, mit der ein solcher Pfeil abgeschossen werden konnte.

»Eines von beiden ist die Tatwaffe. In einem Gewehr wäre der Pfeil zu großer Hitze und Reibung ausgesetzt. Wir haben zwar einen Teil des Teams abgestellt, um nach Käufern solcher Waffen zu suchen, machen uns aber keine Hoffnungen. Ein Scharfschütze bringt seine eigenen Waffen mit, die er in- und auswendig kennt.«

Maxims Smartphone klingelte: »Professor Maxim Winter?«

Er hörte zu, sein Gesicht wurde grau, er ließ das Smartphone sinken und murmelte: »Sie haben gerade bei Dr. Köhler eine Kraniotomie mit Öffnung der Dura mater durchgeführt, um sein Gehirn zu entlasten und eine weitere Hirndrucksteigerung zu vermeiden.«

Ein dichtes Schweigen breitete sich lähmend im Raum aus, wie eine Decke aus Blei legte es sich auf die Anwesenden, die in einer Starre verharrten und die Worte zu begreifen versuchten.

Plötzlich sprang Fin auf. »Leute, jetzt nicht den Kopf hängen lassen. Lasst uns weitermachen. Wenn uns das lähmt, ist es vielleicht genau das, was der Täter erreichen will, um in Ruhe weiter zu morden. Vielleicht ging es beim Anschlag auf Janosch Jacob genau darum!«

Leana atmete tief durch. Sie hoffte, dass Fin recht hatte, und fürchtete, dass es nicht so war.

»Das stimmt«, sie stand ebenfalls auf und ging nach vorn, umarmte Maxim mit einer nur angedeuteten Geste, weil sie wusste, dass er sich nicht gern berühren ließ. »Lasst uns weitermachen. Maxim, Sven, vielleicht gelingt es euch, die Beschaffenheit des Wassers, aus dem der Pfeil gemacht war, genauer zu bestimmen. Das könnte uns Hinweise darauf liefern, wo der Täter herkommt und wo er sein Material herstellt. Zorro, von dem Auto könnt ihr ablassen. Sucht weiter nach verwertbaren Spuren aus dem Restaurant. Maxim, sag Tannis Team Bescheid, dass die meine Ausdrucke der Registrierkasse im Restaurant analysieren sollen. Fin, jag dein Team durch den Freundeskreis von Thien Duc und seiner Familie. Ich will wissen, wann genau die Frau und die Mädchen verschwunden sind. Wo ist Dario?« Sie holte Luft.

»Er ist noch im Hotel«, sagte Fin, »er hat heute Morgen eine Online-Konferenz, die geht bis zehn, dann kommt er her.«

»Natalia? Wir beide fliegen noch einmal nach München, wir müssen uns die Tiefgarage vornehmen. Fins Leute haben zwar nichts gefunden, aber ich bin sicher, da ist was.« Sie drehte sich zu Fin um: »Willst du mit?«

Er hob die Hände: »Flugangst! Seit ich einmal abgestürzt bin. Ich warte auf Dario und suche mit ihm im Triadenmilieu. Er kennt ein paar Leute, und ich finde, er sollte diese Kontakte spielen lassen.«

»Gut, jeder weiß, was zu tun ist. Natalia, buchst du uns bitte den Heli, ich laufe rüber ins Krankenhaus und hol Tanni.«

Natalia sah sie mit großen Augen an. »Ist sie immer noch dort? Ich hatte ihr gesagt, nur ein paar Stunden!«

»Wieso … Ach egal, klären wir später!« Leana nahm ein Brötchen, wickelte es in Papier und lief los. Als sie am Ausgang ankam, überfiel sie kurz Panik. *Was, wenn da draußen wieder ein Schütze wartet?* Sie wehrte den Gedanken ab und trat in die milde Luft dieses Herbstmorgens. Geborgen in der Dunkelheit des frühen Tages und eingenebelt von den Abgasen der vierspurigen Völklinger Straße erreichte sie die Gladbacher Straße, bog rechts ab und stand kurz darauf vor dem Krankenhaus. Sie ließ sich von der Frau am Eingang sagen, wo die OP von Dr. Janosch Jacob Köhler stattfand, erreichte immer zwei Stufen auf einmal nehmend die erste Etage und fand Tanni auf einem Stuhl zusammengesunken vor dem OP-Saal. Leana verlangsamte ihren Schritt, glitt auf den Stuhl neben ihr und legte ihr das Brötchen in den Schoß. Erst als sie saß, bemerkte sie, dass JJs Exfrau, Susan Köhler, Tanni gegenübersaß.

»Hallo, Frau Köhler.« Leana stand wieder auf und reichte der kleinen runden Frau die Hand. »Tut mir leid, dass ich gestern nicht mehr wie versprochen wiedergekommen bin.«

Susan Köhler lächelte Leana von unten an, in ihren Augen schimmerten Tränen. »Es hätte ihm nicht geholfen.«

Aber vielleicht Ihnen, war Leana versucht zu sagen. Sie schluckte es hinunter und drehte sich zu Tanni um. »Tanni, wir brauchen dich. Bitte iss etwas.«

Wütend fegte Tanni das Brötchen von ihrem Schoß. »Ich bleibe hier, bis er aus der OP wieder rauskommt«, trotzte sie und krallte die Finger wie zur Unterstreichung rechts und links in den Plastiksitz.

Leana fluchte innerlich. Tanni musste funktionieren! Aber

sie wusste, dass jetzt etwas anderes gefragt war als ein Appell an die Effizienz. Sie ging ein paar Schritte beiseite und rief Natalia an. »Kannst du ohne mich fliegen und die Tiefgarage durchleuchten?«, flüsterte sie.

»Sie soll die Spezialkamera einpacken«, befahl Tanni, »über WLAN online gehen, wenn sie vor Ort ist, und das Team wird das Gemäuer auf alles Mögliche untersuchen. Wärme, Fugen, Hohlräume.«

»Hast du es gehört?«

»Ist sie so schlecht dran?«, fragte Natalia.

»Hm.«

»Gib sie mir!«

Leana drehte sich langsam zu Tanni um und hielt ihr das Telefon hin. Sie schlug es ihr aus der Hand. Leana hob es auf und drückte auf eine Taste. »Du bist jetzt auf Lautsprecher«, informierte sie Natalia. Kaum hatte sie das gesagt, quoll aus dem Smartphone ein wütender Schwall in serbischer Sprache. Tanni zischte ein paarmal zurück, Natalia holte noch einmal aus und sprach plötzlich wieder Deutsch: »Leana, pack Tanni ein und bring sie mit. Der Heli startet in fünfzehn Minuten.«

Tanni stand von allein auf und lief los, Leana eilte hinterher.

Am Ausgang erreichte sie Tanni, nahm ihre Hand und ging mit ihr zusammen weiter. Kurz bevor sie das LKA erreichten, sagte Leana: »Tanni, JJ kann und wird das überleben. Nicht ganz ohne Schaden, sein Auge kommt nicht zurück. Aber glaube mir, er wird wieder!«

Tanni ließ das unbeantwortet, zog ihre Zutrittskarte durch den Schlitz und verschwand im Gebäude. Leana blieb draußen stehen, denn sie sah durch die Glastüren Natalia näherkommen. Tanni blieb bei Natalia stehen, beide gestikulierten wild mit den Armen, und Leana nahm an, dass auch diese Auseinandersetzung wieder auf Serbisch erfolgte.

Schließlich ging Leana doch hinein und nahm Natalia eine der schweren Taschen ab, die Spezialkamera und Zubehör beherbergten. Wütend stampfte Natalia vor ihr her, so schnell, dass Leana kaum Schritt halten konnte.

Als der Heli seine Reiseflughöhe erreicht hatte, sagte Leana: »Natalia, was war das für ein Stress mit euch? Das ganze Team ist aufgemischt, so ein Streit zusätzlich ist im Moment eine zu große Belastung. Was ist denn mit Tanni los?«

Natalia blickte eine Weile schweigend aus dem Fenster. Dann öffnete sie ihren stramm sitzenden Haarknoten, massierte ihre Kopfhaut, seufzte und wandte sich Leana zu. »Sie …« Natalia zögerte. »Sie ist seine Tochter!«

»Wie bitte? Aber sie *siezen* sich!« Jetzt fiel Leana wieder ein, dass sie hin und wieder mitbekommen hatte, wie die beiden sich SMS schrieben, was JJ sonst mit niemandem tat, außer über den eigens eingerichteten LKA-Kompetenzkanal, wenn es um das Team ging. Das erklärte auch, weshalb sich Tanni mitunter einen so flapsigen Ton erlauben konnte.

»Er war mit zweiundzwanzig in unserem Land stationiert und verliebte sich in Tannis Mutter, die als Dolmetscherin arbeitete. Kurz bevor Köhlers Stationierung zu Ende war, wurde sie schwanger. Köhler ging zurück nach Deutschland, begann seine Karriere, studierte Kriminologie und wusste von nichts. Als Tanni achtzehn wurde, beantragte sie einen Pass, kam nach Deutschland und stellte sich ihrem Vater vor. Da hatte Dr. Köhler gerade zum zweiten Mal geheiratet, Susan war mit den Zwillingen schwanger. Also behielten sie es für sich. Köhler finanzierte Tannis Studium. Schnell erkannte er ihre Fähigkeiten und rekrutierte sie für das LKA, wo er schon auf dem Weg nach oben war. Ihr Deal: Hier durfte es keiner wissen. Tanni war das egal, sie hatte und hat eine große Familie in Belgrad, sie wollte ihren Fähigkeiten entsprechend arbeiten und war nicht auf der Suche nach einem Vater. Für das, was das LKA ihr bot, hätte sie ihre Seele verkauft.«

Leana schloss die Augen. »Ich kann es einfach nicht fassen!« Sie öffnete ihre Augen wieder: »Warum weißt du es?«

»Weil ich eine gute Ermittlerin bin?«

Leana lachte: »Ja, okay, das bist du. Was hast du vorhin zu Tanni gesagt?«

»Glaub mir, das willst du gar nicht wissen.«

Leana schüttelte den Kopf. Sie hob eine der Taschen auf und nahm die Kamera heraus. Bevor sie landeten, wollte sie sich mit den Funktionen vertraut machen. Doch ein Gedanke quälte sie: Sie selbst hatte damals nur kurz mit JJ gearbeitet und bereits eines seiner Geheimnisse entdeckt. Jetzt erfuhr sie, dass er eine uneheliche Tochter hatte, die er vor allen verbarg. Wie viele Geheimnisse gab es noch? Leana fürchtete sich davor, was das Kompetenzteam über Dr. Janosch Jacob Köhler herausfinden mochte.

Als sie beim LKA München in der Mailinger Straße aus dem Heli stiegen, wehte noch immer ein leichter Föhnwind, und Natalia schimpfte wieder darüber. Der Polizist, der sie schon beim ersten Mal betreut hatte, brachte sie auch diesmal zum Cosimapark, förderte eine Fernbedienung zutage und zeigte ihnen stolz die versteckte Tiefgarage: Ein länglicher, mit Bambus bepflanzter Blumenkübel fuhr auf Knopfdruck zur Seite.

»Die Fernbedienung haben wir ganz unten in einem Küchenregal gefunden, wo Gewürze lagern«, sagte er mit gestrafften Schultern und einem siegessicheren Lächeln. Leana gestand sich ein, dass sie diese Fernbedienung bei der Durchsuchung bemerkt hatte, aber weil sie achtlos zwischen den Gewürztüten in der untersten Schublage lag, hatte sie sie für unwichtig gehalten. Sie war darauf hereingefallen.

Das breite Garagentor öffnete sich ebenfalls automatisch. In der Tiefgarage hatten vielleicht sechs Autos Platz.

»Laut den Unterlagen, die wir inzwischen durchgesehen haben«, sagte Natalia, »gehört die zum Restaurant und ist den Angestellten vorbehalten.«

Leana und Natalia stiegen gemeinsam mit dem Polizisten aus.

»Weg nach oben?«

Er hob die Schultern. »Soweit wir das sehen, nur durch das offene Garagentor.«

Leana runzelte die Stirn: »Das kann nicht sein. Es muss einen Notausgang geben.«

Sie holte die Kamera aus dem Rucksack, Natalia baute das Stativ zusammen, gemeinsam versahen sie es mit den Rollen. Leana fuhr die Kamera hoch, die mehr einem Computer glich, und rief Tanni an, deren Stimme überraschend normal klang. »Tanni, sag mir, was ich tun soll. Ich stell dich auf laut.«

Leana folgte den Anweisungen, öffnete einen Browser, fand ein WLAN, wählte sich ein, dann stellte Tanni von ihrer Seite eine gesicherte VPN-Verbindung her.

»Wir sind hier *ready to take off*«, quoll Tannis Stimme aus dem Lautsprecher von Leanas Smartphone, »könntet ihr das Garagentor zumachen?«

»Jemand Platzangst?«, fragte der Polizist gut gelaunt.

»Nein, das nicht, aber bleiben Sie bitte am Tor stehen, da sind Sie uns nicht im Weg und können, falls nötig, schnell öffnen.«

Leana folgte Tannis Anweisungen und führte die Kamera auf dem rollenden Stativ langsam an den Wänden entlang. Mal ging sie auf Tannis Befehl näher heran, dann wieder weiter weg. Rohre wurden sichtbar, Tanni konnte sie unterscheiden, Wasser, Heizung und auch stillgelegte Gasrohre auf dem Putz.

Leana wurde schon der Arm lahm, und sie war kurz davor, aufzugeben, als Tanni rief: »Noch ein bisschen näher. Kamera fixieren. Jetzt wartet auf die Disco!«

Einen Moment wurde es ganz dunkel im Raum. Die Wand färbte sich blau, blaugrün, Rot kam hinzu. Jede Farbe wurde mit einer anderen Schwingung auf die Wand geworfen und erhielt eine eigene Resonanz. Aus dieser Resonanz berechnete das Team im Kompetenzcenter die Distanzen der Kamera zur Wand. Das Ergebnis zeigte Differenzen im Mikromillimeterbereich. Tanni ordnete jeder errechneten Distanz eine Farbe zu.

»Ladys and Gentlemen, here we go!«

Es flackerte, die Farben tasteten die Wand ab, fanden ihre Zuordnung, und dann sahen Leana, Natalia und der Polizist sie: eine Tür ohne Klinke und Schlüssel.

Natalia trat in die Lichtflut und schraffierte mit einer speziellen Kreide die Tür nach. »Sie können das Tor wieder aufmachen, bitte. Oder brauchst du noch was, Tanni?«

»Nichts, Mam. Wir führen zur Sicherheit noch ein paar Berechnungen mit den vorhandenen Daten durch.« Es klickte. Leana wollte gerade sagen, wie beeindruckt sie mal wieder war, als hinter ihr der Polizist sagte: »Was für 'ne scharfe Lightshow, ich will auch zum LKA.«

Natalia grinste. »Dafür müssten Sie nicht nur einfach zum LKA, sondern zum LKA-Kompetenzcenter.« Sie prüfte die Tür mit einer Lupe.

»Was erwarten Sie dort zu finden?«

»Fettspuren«, sagte Natalia abgewandt und ging Zentimeter für Zentimeter an dem schraffierten Bereich entlang.

»Hier«, sie zeigte Leana die Stelle, wo die Kreide dunkler war. »Jetzt brauchen wir noch einen Gegenpart.« Sie suchte weiter, Leana half ihr. Schließlich fanden sie ihn, eine Handbreit höher auf der gegenüberliegenden Seite. Natalia übte Druck auf beide Stellen aus, dann nacheinander, aber erst als sie rechts zuerst Druck ausübte und dann links, schwebte die Tür zur Seite.

»Wow, wie cool ist das denn!« Der Polizist klatschte in die Hände und drehte sich einmal um sich selbst.

»Sie gehen nach oben ins Restaurant und suchen das Gegenstück«, befahl Natalia.

»Wie denn?«

Natalia rollte mit den Augen. Leana half aus: »Diese Tür hier ist nur deshalb nahezu unsichtbar geblieben, weil sie so gut wie nie genutzt wurde. Sonst hätte man sie schon mit bloßem Auge gesehen. Das hier ist der Notausgang. Also muss in dem Raum, in den wir jetzt gehen, ein Zugang nach oben sein. Wenn Sie oben sind und uns klopfen hören, folgen Sie dem Klopfen und öffnen uns. Okay?«

»Großartig!« Er eilte davon.

Leana fand einen Lichtschalter rechts von der Tür, und ihnen eröffnete sich ein elegantes Casino mit Bar, Roulette und weiteren Spieltischen. Die Sessel und Sofas waren mit dunkelrotem Veloursleder bezogen und mit Gold abgesetzt, die Stühle das Gleiche in Marineblau. Die Bar, die beidseitig von Drachenköpfen flankiert wurde, war mit Blattgold verziert. Es gab Separees hinter Samtvorhängen, darin einander zugewandte Ohrensessel für Zwiegespräche ohne Mithörer, zierliche Bistrotische, bereits mit Stäbchen, Teegläsern und Servietten gedeckt. Tatsächlich gab es einen Lastenaufzug nach oben in die Restaurantküche. Natalia klopfte an die Wand, und von oben klopfte der Polizist zurück. »Das LKA muss die Mitarbeiter noch einmal befragen, jetzt kann mir niemand mehr erzählen, er hätte davon nichts gewusst.«

»Unten die schwarze Kohle aus Drogen, Waffen und Menschenhandel, oben die passende Waschanlage und Bilanzen, über denen das Finanzamt so ins Träumen kommt und sich so über die Steuern freut, dass niemand nachsieht.« Natalia spielte mit einem Jeton. »Hast du Fins Nummer?«

Leana schüttelte den Kopf.

Natalia rief Tanni an und bat, sie mit Fin zu verbinden, der wahrscheinlich im Konferenzraum mit Dario sei.

»Fin hier, hallo Tanni!«

»Ich bin es, Natalia, Tanni hat mich verbunden. Fin, wir brauchen noch einmal die Spusi«, sie fasste kurz zusammen, was sie gefunden hatte, »und dieses Mal bitte die erste Sahne. Wir brauchen sie sofort, und wir nehmen die Spuren dann im Heli mit. Sven, Zorro und Maxim werden sie auswerten.«

»Danke, dass ihr so viel Vertrauen in eure Kollegen aus dem Süden habt«, antwortete Fin düster.

»Bekommen wir sie?«, insistierte Natalia, ohne auf seine Worte einzugehen.

»Klar, kümmere mich.«

»Damit die sich nicht langweilen«, setzte Natalia nach, »können sie noch mal eine Trainerstunde im Verhören bekommen. Wir haben hier gleich zwei Verbindungstüren gefunden, eine zum Restaurant, eine zur Küche. Das Personal muss es gewusst haben. Wenn deine Leute sich noch mal verarschen lassen, mache ich es selbst.« Natalia hörte Dario im Hintergrund lachen.

»Du hast das Zeug zur Domina«, schickte Fin durch die Leitung.

»Weiß ich«, antwortete Natalia ungerührt und legte auf.

Leana blickte sie an: »Diplomatie ist nicht gerade dein zweiter Vorname, oder?«

»Fin ist ein selbstbewusster Typ, der kann das ab und braucht es auch ab und zu. Keine Sorge. Komm!« Sie gingen zwischen den Sofas und Tischreihen hindurch und fanden hinter einem roten Samtvorhang den Weg zu den Toiletten und den Aufgang nach oben. Als sie die letzte Stufe erreicht hatten, klopften sie gegen die ziselierte Holztür. Es klang stumpf und ohne Echo. Von dem Polizisten kam keine Antwort. »Verdammt«, grollte Natalia und hämmerte noch einmal. Wieder nichts. Sie nahm ihr Smartphone heraus und rief die Ortung auf, gab den Befehl *Standort merken* ein und sagte zu Leana: »Komm.«

Sie liefen durch das Casino, die Garagenauffahrt hoch und ins Restaurant, wo der Polizist in der Mitte wartete. »Ich habe nach dem Lastenaufzug nix mehr gehört!« Er drehte seine Hände nach oben.

Natalia rauschte an ihm vorbei, dem Punkt auf ihrem Display hinterher, Leana folgte ihr.

Zwischen den Herren- und Damentoiletten, die zum Restaurant gehörten, befand sich eine Brandschutztür mit der Aufschrift *Heizungsraum Ölbrenner, Betreten verboten*. Die Tür war verschlossen.

»Das kann nicht sein.« Mit gerunzelter Stirn starrte Natalia auf ihr Display und dann wieder hoch. Rechts und links waren die Eingänge zu den Toiletten.

»Moment.« Leana verschwand in der Küche und rief: »Komm her!«

Natalia und der Polizist kamen zu ihr. Leana zeigte auf eine große Gastherme, deren vordere Klappe sie geöffnet hatte.

»Und?«, fragte Natalia.

»Das hier ist die Heizung für die Räumlichkeiten. Was immer hinter der Brandschutztür ist, es ist keine Heizung.«

»Ganz sicher?«

»Hundert Prozent!«

Natalia machte auf dem Absatz kehrt, und kurz darauf hörte man einen Schuss.

»Oh nein!« Leana eilte in den Flur und sah gerade noch, wie Natalia die Tür, auf deren Schloss sie geschossen hatte, mit einem Fußtritt öffnete.

»Das ist ja geil!«, rief der Polizist hinter ihr.

Sie folgten Natalia in einen kleinen gedämmten Raum. Die Tür, die von außen als Brandschutztür daherkam, war von dieser Seite mit einer Schallschutzdämmung versehen wie die Türen bei einem Notar. Auch die Wände waren gedämmt. Wieder ein schwarzer Samtvorhang und dahinter die nächste verschlossene Tür.

»Auf der anderen Seite ist die Treppe.« Natalia zog ihre Schusswaffe.

»Natalia«, sagte Leana leise, »das muss jetzt nicht sein, Tanni kann bestimmt den Code knacken.«

»Verdammt, es tut aber gut«, gab Natalia unumwunden zu und schoss ein weiteres Mal. Das genügte, die Tür ging von allein auf, Natalia musste nicht mit einem Karatetritt nachhelfen.

»Wo bekomme ich die Bewerbungsunterlagen für das Kompetenzcenter?«, fragte der Polizist hinter Leana.

»Da bewirbt man sich nicht, dafür wird man ausgesucht und heiliggesprochen!«

Hinter dem Polizisten tauchte eine Frau auf, die aussah wie Natalias Zwillingsschwester. »Danke, Nati, für die Kontaminierung mit Schmauchspuren!«

Leanas Blick wanderte von der einen zur anderen.

»Wir haben auch die Schutzanzüge ausgelassen«, feixte Natalia, wandte sich Leana zu und sagte lächelnd: »Darf ich vorstellen, die Leitung der Spusi LKA München, meine Cousine Professor Sanda, eigentlich Roksanda Rac. Sanne, deine Leute haben vorher schon gepennt, das ist jetzt die Strafe.«

»Mach Platz, Nati. Fin sagte, ihr habt nicht viel Zeit und wollt alles mitnehmen. Es kommen gleich zehn Leute, die hier durchgehen, und es wäre schön, wenn ihr euch entspannt und gegenüber in der Trinkhalle einen Kaffee genießt.« Sie küsste Natalia auf beide Wangen und kniff ihr in den Po.

Natalia lachte, entzog sich ihr, kam zu Leana: »Los, Kaffee, denn jetzt weiß ich den Tatort in besten Händen.«

Als sie mit ihren Kaffees auf der Bank dem Dragon House gegenüber saßen, konnte Leana es sich nicht verkneifen zu fragen: »Nati? Ist das dein Ernst?«, dann prustete sie los. Es tat gut, für einen Moment zu vergessen, was geschehen war und über etwas Banales zu lachen.

»Wage es nicht«, gab Natalia zurück, »das stammt aus der gemeinsamen Kindheit, und deshalb darf Sanne das, so wie ich die Einzige bin, die eben nicht Roksanda oder Sanda sagt. Lass uns mal sehen, wie der neueste Stand ist, rufen wir Tanni an.«

Bepackt mit Koffern voller gesicherter Spuren, der Kamera und zwei frischen vollen Kaffeebechern stiegen Leana und Natalia mittags wieder in den Heli.

Von Tanni wussten sie, was sich bis dahin im Kompetenzcenter ergeben hatte: Susanne Hilgers, die Partnerin von Thien Duc, und ihre Kinder Liang Su und Li Mo waren zwei Tage vor der Ermordung zuletzt gesehen worden, in ihrem Wohnhaus. Dario hatte dazu angemerkt, dass womöglich Thien Duc selbst seine Familie hatte verschwinden lassen, weil er ahnte, dass etwas passieren könnte. Sven, der Biologe, hatte das Wasser aus JJs Augenhöhle zuordnen können, es ähnelte in der Zusammensetzung dem Trinkwasser im benachbarten Neuss. Bei den von Leana eingesammelten Kassendaten hätten sich keinerlei Auffälligkeiten ergeben. Dr. Köhlers Zustand habe sich stabilisiert, bis auf Weiteres bliebe er allerdings im künstlichen Koma. Leana klammerte sich an dem Gedanken fest, dass JJ es schaffen und auf keinen Fall eine empfindliche Lücke im Kompetenzcenter hinterlassen würde. Zugleich wünschte sie, er wäre wach und könnte ihre Fragen beantworten.

Als Leana ihr Büro betrat, fand sie Fin schlafend auf dem Sofa vor. Dario saß an ihrem Schreibtisch und hatte seinen eigenen Laptop vor sich.

»Darf ich an diese Kaffeemaschine dran und Ihnen und Natalia einen Kaffee zubereiten?« Leana blieb in der Tür stehen: »Hier fragt sonst keiner«, antwortete sie lahm, »aber sehr gern. Natalia ist nebenan.«

»Dann bringe ich ihr den Kaffee hinüber, wenn Sie mir sagen, wie sie ihn trinkt?« Seine schwarzen Augen blitzten.

»Dario, vielleicht sehe ich Gespenster, aber ich habe das Bedürfnis, Ihnen zu sagen, dass man es zwar nicht gleich merkt, aber Natalia und Sven sind schon lange ein Paar. Und unser Team hat gerade genug zu kämpfen und ist traumatisiert, und entsprechend sind die Mitarbeiter anfällig und angreifbar.«

»Was soll mir das sagen?« Dario hantierte an der Kaffeemaschine. Leana trat neben ihn.

»Das soll Ihnen sagen, dass Sie bitte im Moment auf einen Flirt mit Natalia verzichten. Geht das?«

Dario reichte ihr lächelnd die gefüllte Tasse. »Sie trinken ihn schwarz, nicht wahr?« Leana hatte das Gefühl, sich in seinen schwarzen Augen, denen eine ganz eigene Magie innewohnte, zu spiegeln.

»Vielleicht warten Sie einfach, bis wir den Fall gelöst haben«, schob sie nach.

»Gern. Darf ich ihr trotzdem einen Kaffee bringen, oder ist das schon zu viel?« Leana nippte an ihrer Tasse. »Sie trinkt überhaupt keinen Kaffee«, log sie und ging an ihren Schreibtisch: »Wieso, wenn ich das fragen darf, haben Sie eigentlich einen Goldzahn?«

Dario lehnte an der Kaffeemaschine, während hinter ihm zwei weitere Kaffees zubereitet wurden. »Ich stamme aus einer andalusischen Zigeunersippe und konnte dem Diamanten auf dem Schneidezahn gerade eben noch entgehen.« Er grinste sie an, der Zahn blitzte auf. »Ich hoffe, Sie haben nichts gegen Zigeuner.«

»Würde das denn für Sie eine Rolle spielen?«

»Was ist das für eine Frage?«

»Sie scheren sich nicht so viel um das, was andere von Ihnen denken. Sie sind ein unabhängiger Geist. Sie sind klug.«

Dario nahm eine der Tassen, ging zum Sofa und stupste Fin an. »Sie täuschen sich. Also, was ist mit Zigeunern?«

»Ich habe gegen niemanden etwas. Wie kommt man aus einer Zigeunersippe auf die Uni, in die Kriminologie, nach New York, China?«

Fin setzte sich langsam auf, rieb sich die Augen, nahm dankend von Dario die Tasse entgegen und antwortete an seiner statt: »Wie alle, die in kleineren Ethnien oder Gruppen leben, sind sie einfach besser vernetzt. Darios Sippe hat Connections rund um den Globus. Davon ab stimmt dein Assessment nicht, Leana, es ist ihm nicht egal, was andere über ihn denken, er ist nur nicht *everybody's darling*.«

»Oh, du hast gar nicht geschlafen.«

»Nein, ich habe nachgedacht, und das kann ich am besten im Liegen. Übrigens hast du recht, was Natalia betrifft, sie interessiert unseren spanischen Zigeuner.« Fin lachte Leana an und trank. »Und jetzt bist du mal mit dem Antworten dran, Leana – warum darf man Maxim nicht unterbrechen?«

Leana schob ihre Tasse auf dem Schreibtisch hin und her. »Er ist nur ganz haarscharf kein Asperger. Er hat einen IQ jenseits der einhundertsechzig, und bevor er den Konferenzraum betritt oder mit einem von uns spricht, macht er seine Gedankenwelt passend. So passend, dass wir ihm folgen können. Maxim überlegt vorher genau, was er uns sagen will und wie viel Information wir vertragen können. Wenn du ihn unterbrichst, ist das, als würdest du in einem Computerprogramm auf die Betriebssystemebene gehen und alle Informationen abrufen, die nötig sind, damit zum Beispiel dein Wordprogramm funktioniert. Kannst du das verstehen?« Fin stand auf, trat an den Schreibtisch und sah auf Leana hinunter. »Ja, danke.«

Natalia tauchte auf und klopfte an den Türrahmen. »Alle in den Konferenzraum, Köhlers Chefin ist da und will uns gemeinsam was sagen. Kommt ihr?«

Die gesamte Teamleitung befand sich bereits im Konferenzraum. Vor dem Hauptbildschirm stand eine kleine schlanke Frau in den Sechzigern. Sie trug einen dunkelblauen Hosenanzug, flache Schuhe und hatte neben sich einen kleinen Aktenkoffer stehen. Ihre Haare waren weiß und kurz geschoren. An ihrer linken Hand trug sie einen schweren goldenen Siegelring. Sie nickte Fin zu, er kam zu ihr und stellte sich neben sie.

Sie klopfte mit dem Siegelring auf den Tisch vor sich. »Herrschaften. Sie bekommen mich selten zu Gesicht, manche von Ihnen noch nie. Das ist auch gut so und soll auch so selten bleiben. Mein Name ist Maria Schneider. Ich bin die nicht sichtbare rechte Hand unserer Innenministerin. Folgendes habe ich Ihnen in deren Auftrag mitzuteilen.« Sie wandte sich Fin zu. »Herr Fitzpatrick ist zur Vertretung für Dr. Köhler berufen, bis zu dessen Genesung, von der wir ausgehen. Dr. Köhler wurde vor einer Stunde in ein geheimes Militärkrankenhaus verlegt, um zu gewährleisten, dass ihm kein weiterer Schaden zugefügt werden kann. Ihr Team ist ein kostspieliges Unterfangen der Landesregierung, und es geht nicht an, dass Sie auf dem Gelände niedergeschossen werden. Wenn wir für Ihre Sicherheit nicht sorgen können, wie dann für die unserer Bürger?«

Das anhebende Gemurmel unterbrach Maria Schneider umgehend, indem sie noch einmal mit ihrem Siegelring auf den

Tisch klopfte. »Sie ermitteln unter der Leitung von Herrn Fitzpatrick weiter. Allerdings bleiben auch Sie nicht hier. Ich gehe davon aus, dass jeder von Ihnen eine Notfalltasche unter seinem Schreibtisch hat. Was darin ist, muss erst einmal reichen. Sie haben eine Stunde, um ihre Familien zu informieren. Ihre Smartphones, Ihre Laptops, alles bleibt hier. Gehen Sie zu Ihren Teams und benennen Sie Vertreter. Dort, wo wir Sie hinbringen, finden Sie eine erheblich bessere Infrastruktur vor als hier. Es wird Ihnen an nichts fehlen. Wie lange Sie wegbleiben«, sie blickte jeden in der Runde einmal an, »ist ungewiss beziehungsweise hängt von Ihrem Ermittlungserfolg ab. Wer dazu nicht bereit ist oder sich nicht dazu in der Lage sieht, darf sich jetzt melden und damit gleichzeitig seinen Hut nehmen, denn Sie alle haben im Vertrag unterschrieben, dass Sie in einem solchen Falle zur Verfügung stehen. Was Sie angeht, Herr Rodriquez: Ihr Chef hat Sie auf unsere Bitte hin freigestellt, und wir würden uns freuen, wenn Sie das Team begleiten und unterstützen.«

Dario nickte ihr zu, und Maria fuhr fort: »Gut. In einer Stunde steht der Bus vor der Tür. Viel Erfolg. Denken Sie daran: Es liegt in Ihren Händen, wie lange es dauert.« Sie ging leicht in die Knie, nahm ihren Aktenkoffer hoch und verließ den Konferenzraum ohne ein weiteres Wort, ohne weiteren Blick.

Die Sprachlosigkeit, die im Raum zurückblieb, war lähmend und dicht.

»Leute, ich weiß das aus Erfahrung, eine Stunde ist nicht lang. Also legt los!«, sagte Fin.

»Du hast das schon einmal erlebt?«, fragte Leana.

»Ja, aber das ist jetzt nicht der richtige Moment für Erfahrungsberichte. Will einer aussteigen? Und nein, natürlich zieht das nicht die Kündigung nach sich, nur die Teamleitung muss abgegeben werden.«

Anstatt einer Antwort erhoben sich alle nacheinander und

verließen den Raum. Leana eilte in ihr Büro, schloss die Tür hinter sich und hoffte, das würde ihr einen Moment Ruhe verschaffen. Es fiel ihr schwer, einen klaren Gedanken zu fassen. Als Erstes überprüfte sie ihren Koffer und packte noch ein paar Sachen aus dem Schrank hinzu. Dann rief sie Angela Rotenburg an, die Staatsanwältin, die oft mit dem Team zusammenarbeitete und in deren Haus in Kaiserswerth Leana eine Wohnung bezogen hatte. Sie war Leanas einzige Freundin in Düsseldorf. So kurz wie möglich berichtete sie, was passiert war und was jetzt anstand, und bat darum, sie als Notfallkontakt für Gregor und ihre Familie angeben zu dürfen. Denn Leana war sicher, dass Angela Rotenburg, wenn es nötig sein sollte, herausfinden würde, wo sie war – wo auch immer man sie jetzt hinbringen würde. Dann rief sie ihren Mann Gregor an. Sie wurde mit dem OP verbunden, in dem er gerade operierte. Sie erläuterte in zwei Sätzen, was auf sie zukam, und gab ihm Angelas Telefonnummer. Er schwieg. Leana bat ihn, ihre Töchter zu umarmen und gut auf sie aufzupassen.

»Du tust wirklich alles für deine Karriere, nicht wahr?«, zischte Gregors Stimme durch den Hörer. Sie sah ihn vor sich, in OP-Kleidung, den Mundschutz unter dem Kinn, um frei sprechen zu können, den Hörer eingeklemmt zwischen Schulter und Kinn, um seine sterilen Hände nicht zu gefährden. Das gesamte OP-Team würde ihm zuhören, auch wenn sie kein Deutsch verstanden. Sie sah vor sich, wie sie ihn erwartungsvoll anblickten und auf ihn warteten, damit sie weiteroperieren konnten.

»Ich kann es nicht fassen, dass ich dich bei einer OP unterbreche und dir so etwas mitteile, und das ist alles, was du dazu zu sagen hast?« Leana glaubte, an ihrer Wut zu ersticken.

»Du lässt deine Kinder im Stich, um einen Mordfall aufzuklären, den ebenso gut jemand anderes aufklären könnte.«

Leana schnappte nach Luft.

»Deine Töchter«, setzte Gregor nach, »haben sich dir gerade wieder zugewandt, aber das ist dir nicht wichtig.« Leana kämpfte mit ihrer Wut und ihren Tränen. Tief in ihrem Inneren wusste sie: Selbst wenn sie Gregor hätte erklären können, was alles passiert war in den letzten achtundvierzig Stunden, er würde sie immer noch nicht verstehen, er hatte sein eigenes Wertesystem, und da fiel sie regelmäßig mit einem Ungenügend durch.

»Was ist mit Marlo? Schläfst du mit ihr?«, fragte sie leise.

»Was tut das hier zur Sache?«

Sie kannten sich lange, und sie kannten sich gut, weshalb Leana es als ein Ja deutete. Gregor hatte immer schon mit einer Gegenfrage reagiert, wenn er mit einer unbequemen Wahrheit nicht rausrücken wollte. »Also ja! Das ist dein Spiegel, Gregor. Bigott klagst du mich an, während du selbst zur Zerstörung unserer Familie beiträgst. Fick sie weiter und reich die Scheidung ein, du kannst mich mal. Falls etwas mit den Mädchen sein sollte, hab den Anstand und ruf Angela an!« Sie pfefferte ihr Smartphone gegen die Wand. Im gleichen Moment trat Fin ein. Er blickte auf die Einzelteile am Boden und sagte lakonisch: »Du hättest es eh nicht mitnehmen können.«

Leanas Festnetztelefon klingelte. Sie erkannte die Nummer: Es war ihr Zuhause in Kapstadt. Fin trat neben sie, blickte auf das Display und nahm den Hörer ab. Er reichte ihn Leana. »Es kann sehr lange dauern, also?«

Leana nickte und nahm den Hörer. Zu ihrem Erstaunen hörte sie keine wütenden Vorwürfe von ihren Töchtern, sondern viele neugierige Fragen. Im Gegensatz zu ihrem Vater fanden sie es ausgesprochen cool, was ihre Mutter da tat. Aber irgendwas an der aufgekratzten Stimmung ihrer Töchter irritierte sie. Hatten sie irgendeine Heimlichkeit geplant, von der sie ihr nichts erzählten? Normalerweise hätte sie nachgehakt, aber sie hatte jetzt keine Zeit. Also verabschiedete sie sich und schluckte die Frage herunter, was drüben in Kapstadt in ihrem alten Zuhause wohl gerade vor sich gehen mochte.

Drei Busse warteten vor der Tür. Das Team stieg nur in einen, die anderen beiden dienten der Tarnung. Die Fensterscheiben waren schwarz. Sie konnten nicht gesehen werden, sie konnten nicht sehen, wo man sie hinbrachte. Zorro, Sven, Dario, Tanni, Natalia, Theo, Leana, Maxim, sie alle stiegen mit düsteren Gesichtern ein. Fin zuletzt. Leana staunte über seine Wandlungsfähigkeit, er hatte sich im Handumdrehen vom hemdsärmeligen Kumpel in die Führungsfigur transformiert. Wahrscheinlich hatte er das bei seinen Undercover-Einsätzen gelernt. Hinter schwarzen Fenstern gefangen, nicht einmal Sichtkontakt zum Fahrer war möglich, fuhren sie durch den hereinbrechenden Abend. Fin lenkte sie ein wenig ab, indem er von ähnlichen Einsätzen erzählte. »Wir werden dreimal am Tag exzellent bekocht, jeder hat ein eigenes Zimmer und unendlich viele Filme zur Auswahl. Die Infrastruktur wird vielleicht sogar euch Freaks noch zum Staunen bringen. Wir werden medizinisch versorgt, und mit ein bisschen Glück ist es sogar eine Location, bei der wir an die frische Luft können. Als ich zuletzt in so etwas verwickelt war, da …«

Fins Erzählungen verstärkten den Verlust ihres Zeitgefühls, den die Fahrt hinter schwarz getönten Scheiben mit sich brachte, und als sie irgendwann abends in einer Art Bunker ausstiegen, in dem sich neben mehreren Bussen auch zwei Hubschrauber befanden, staunten sie nicht schlecht darüber, dass die riesige Uhr an der Wand erst halb acht anzeigte. Maxim rechnete sofort nach und schlug die Eifel vor oder den Harz.

Fin lachte. »Mit der Zeit fragt ihr euch das gar nicht mehr.

Kommt, ich bring euch zu euren Zimmern und zeig euch dann den Rest.«

»Du warst schon einmal hier?«, fragte Leana ungläubig.

»Kann sein. Kommt jetzt.« Er führte sie durch einen Tunnel, blieb irgendwann vor einem Aufzug stehen, mit dem sie alle an die Oberfläche schwebten. Leana war irritiert, weil sie im Erdgeschoss rauskamen, denn sie hatte sich ebenerdig gefühlt, als sie aus dem Bus ausstiegen. Ihre Zimmer lagen alle im selben Flur.

Leana betrat ihr geräumiges Zimmer. Tatsächlich gab es Fenster nach draußen, und sie atmete auf. Die Vegetation des Parks war so bunt und vielgestaltig, dass es unmöglich sein würde, von den Bäumen, Palmen oder Sträuchern auf den Boden zu schließen. Na ja – Sven, ihr Biologe würde es wahrscheinlich können, dachte sie, aber für alle anderen war dies ein Niemandsland. Leana starrte aus dem Fenster. Sie glaubte nicht, dass ihr Team wirklich in Gefahr war, dass einer von ihnen das nächste Ziel sein könnte. Es ging um etwas völlig anderes, etwas, in das dieser Thien Duc und JJ verstrickt waren, aber nicht das Team. *Und warum will der Mörder von mir, dass ich die wahren Täter finde?* Leana fand keine Antwort und packte langsam aus. Sie arrangierte die Fotos ihrer Töchter auf dem Nachttisch, schaltete den Fernseher ein und stellte fest, dass sie nicht mit den öffentlichen Sendern verbunden waren. Das Bad war modern und bot jeden Luxus. An der Tür hing ein Lageplan. Sie fand darin neben einem Sportraum auch eine Sauna und eine Schwimmhalle. Leana überlegte, schwimmen zu gehen, um den Kopf freizubekommen. Da sie keine Utensilien dafür mitgebracht hatte, öffnete sie alle Schubladen im Schrank und fand tatsächlich diverse original verpackte Badehosen und Badeanzüge in verschiedenen Größen. *Die haben wirklich an alles gedacht,* dachte sie anerkennend und dankbar. Sie packte einen Badeanzug in ihrer Größe aus, schlüpfte hinein, wickelte sich ein großes Handtuch um und folgte, wie der Plan an der Tür es sagte, dem blauen Band im Fußboden des Flurs. Ihre Gedanken gönnten ihr keine Pause. Sie fühlte sich nicht in Gefahr, weil sie ganz sicher war, dass sie als Team nicht das Ziel waren. Wer auch immer geschossen hatte, wollte nur JJ, und der Täter hatte JJ nicht ermorden, sondern etwas sagen wollen, vielleicht für etwas Rache nehmen. Leana dachte an den aus dem Hebräischen stammenden Satz, »Auge um Auge«, der, wie ihr Vater sie gelehrt hatte, aus dem hebräischen Bundesbuch stammte und vollständig lautete: »... so sollst du geben Leben für Leben, Auge für Auge, Zahn für Zahn, Hand für Hand, Fuß für Fuß, Brandmal für Brandmal, Wunde für Wunde, Strieme für Strieme«. *Hat JJ jemandem ein Auge genommen,* fragte sie sich, *oder ist es eine Metapher?*

Leana erreichte das Schwimmbad. Sie blickte auf das unberührte Wasser und erinnerte sich daran, wie sehr sie sich als Kind stets beeilt hatte, um in den Genuss zu kommen, als Erste die glatte Wasseroberfläche zu durchbrechen. Die fast vollkommene Ruhe dieses blau ausgeleuchteten Raums wurde nur durch das leise Gurgeln der Filteranlage gestört. Leana legte ihr Handtuch über einen Stuhl, duschte, tauchte mit einem eleganten Kopfsprung unter und kam erst am Ende der Bahn wieder hoch. In ihrer Jugend hatte sie viele Schwimmwettkämpfe für ihre Schule gewonnen, und auch nach all den Jahren fiel es ihr nicht schwer, Bahn um Bahn durchzuziehen, dreimal kraulen, einmal Luftholen. Nach der dritten Runde verlor sich langsam das Bild von JJs leerer Augenhöhle, das ihr beständig vor dem geistigen Auge gestanden hatte, nach weiteren zehn Bahnen verblassten die Fotos des ermordeten Thien Duc, ab der zwanzigsten Bahn wurde ihr Kopf leer, und sie fiel in einen meditativen Rhythmus, der ihr erlauben würde, stundenlang so weiterzuschwimmen.

Als Leana nach einer Stunde die Augen wieder öffnete und am Beckenrand hochkam, sah sie Fin in dem Stuhl sitzen, auf dem ihr Handtuch lag.

»Wie lange sitzt du schon da?«, fragte sie argwöhnisch.

»Ich weiß es nicht mehr. Es war so beruhigend, dir zuzusehen, dass ich eingenickt bin.«

»Du solltest es mal ausprobieren – wenn man selbst schwimmt, ist der Effekt noch entspannender.«

»Das glaube ich gern, wenn ich dich so ansehe!« Er stand auf, nahm ihr Handtuch von der Lehne und reichte ihr die Hand, um sie aus dem Wasser zu ziehen. »JJ hat mir mal erzählt, dass du ein Schwimmjunkie bist, deshalb kam ich hierher, als ich dich nicht auf deinem Zimmer fand.«

Leana drückte sich hoch, ergriff seine Hand und kletterte aus dem Wasser. Sie nahm das Handtuch von Fin entgegen und trat einen Schritt zurück, um die Distanz zwischen ihnen zu vergrößern. »Hier gibt es doch sicher eine Überwachungsanlage, die dir das Gleiche hätte sagen können.«

»So paranoid sind die hier nicht. Die Kameras sind nur an, wenn Gefahr droht. Jetzt wollte ich dich mit meinem guten Gedächtnis beeindrucken, und du vermasselst mir alles.« Er grinste.

»Warum hast du mich gesucht?«, wich Leana aus.

»Ich wollte mit dir über das Team sprechen.«

»Du willst wissen, ob sie dir gehorchen?«

»Nein, ich will wissen, wie ich ihnen am besten helfen kann, mit der Situation hier im Allgemeinen und der mit Janosch Jacob im Besonderen klarzukommen.« Fin runzelte die Stirn.

»Sorry, Fin, das war dumm, ich bin etwas dünnhäutig, daran ändert auch das Schwimmen nichts.« Leana wickelte ihr

Handtuch um sich und strich die nassen Haare nach hinten. »Lass dich einfach von ihnen überraschen, denn wenn sie Hilfe brauchen, sagen sie das.«

»Und was kann ich tun, um deine Dünnhäutigkeit verschwinden zu lassen?«

»Gar nichts, sie gehört zu mir, und ich will es nicht anders.«

»Ja, JJ hat davon erzählt. Wie leicht du dich in Menschen hineinfühlst, selbst in Täter, wenn du den Tatort siehst.«

»Wann hat er davon gesprochen?«

»Immer wieder in all den Jahren. Er hat dich nie vergessen, Leana.« Fin blickte sie durchdringend an. »Und es hat mich nie gelangweilt, ihm zuzuhören.«

Leana senkte den Blick, weil sie spürte, dass sie schon wieder errötete. »Ich geh mich anziehen«, murmelte sie und verließ die Schwimmhalle. Wieder folgte sie dem blauen Band im Boden, um zu ihrem Zimmer zurückzufinden.

Fin hatte sie alle gebeten, sich um neun Uhr im Restaurant zum Essen einzufinden. Danach würde er ihnen die Ermittlungsräume zeigen. Leana folgte dem grünen Band auf dem Flurboden, das den Weg zum Restaurant wies. Für Anfänger wie sie war dieses ausgetüftelte System perfekt und verhinderte, dass sie oder andere sich verirrten.

»Das ist echt abgefahren, oder?«, hörte sie jemanden hinter sich sagen. Es war Natalia, die das Zimmer neben ihr bezogen hatte.

»Das stimmt. Ich habe zwar angenommen, dass es solche Quartiere gibt, aber es ist etwas ganz anderes, wenn man dann wirklich hier ist.«

Sie hatten das Restaurant ganz für sich. Fin klärte sie auf, dass sie sich in einer Art Quarantäne befanden und noch nicht mit den anderen Teams, die hier arbeiteten, zusammentreffen könnten. Nach dem Essen, das alle ein wenig müde gemacht hatte, brachte Fin sie in ihre *Ermittlungsinsel*, wie er es nannte.

Unter einem Glaskuppeldach befand sich ein runder Raum von gut dreihundert Quadratmetern. Die gesamte Wand war mit Bildschirmen versehen, die miteinander zu einer umlaufenden Leinwand verbunden werden konnten. Fin zeigte ihnen, wie alles funktionierte, und auch, wie sich rundum an den Wänden ein gesamter Tatablauf abbilden ließ. Tanni und Maxim strahlten um die Wette. Die Schreibtische waren so angeordnet, dass jeder für sich arbeiten konnte. Für den Gerichtsmediziner gab es einen Seziertisch, auf dem er virtuelle Sektionen durchführen konnte. Fin informierte das Team darüber, dass es eine gesicherte Verbindung gab, mit der täglich dreimal alle Daten des Kompetenzcenters überspielt wurden, sodass alle Neuigkeiten ihrer Teams ihnen zur Verfügung standen.

»Was ich heute Abend noch sehr gern von euch möchte, ist, dass ihr euch von Dario ein bisschen mehr zur Geschichte der Triaden anhört.«

Dario machte sich bereits an einem Rechner zu schaffen und warf Fotos und Statistiken an die Bildschirme ringsum.

»Ich habe noch eine Frage!«, bat Leana, »warum sind wir hier? Der Täter ist nicht hinter uns her!«

Fin bedachte sie mit einem langen Blick aus seinen grünen Augen. »Zunächst einmal, weil die Regierung euch aus der Gefahrenzone haben will, denn das Kompetenzcenter ist eine Art Aushängeschild, und es macht keinen besonders guten Eindruck, wenn die Presse darüber berichtet, wie im bestgesicherten LKA von Deutschland auf die Mitarbeiter geschossen wird. Viel wichtiger aber ist, und das haben wir in den letzten Jahren schon erprobt, dass ihr für die Mafia weder sichtbar noch greifbar seid. Das muss erst einmal reichen. Dario? Bitte!«

Das Team erfuhr jetzt doch die Entstehungsgeschichte der Triaden und deren Ablegern. Sie erfuhren von der herrschenden Verschwiegenheit, von der flachen Organisationsstruktur, den einzelnen Bruderschaften und auch von dem vermeintlich Positiven, das jedwede Mafiaorganisation ihren Mitgliedern bot. Dario schloss mit den Worten: »Deshalb sprechen wir im Zusammenhang mit diesen Organisationen immer von den *Armeen*. Denn wenn eine Organisation mehrere Hunderttausend Mitglieder hat, ist es keine Bande mehr, sondern eine militärische Bedrohung. Wie ausgefeilt dieses Netz ist, konnten wir wieder feststellen, als Fins Team nach dem Fund des illegalen Casinos noch einmal das Personal des ›Dragon Palace‹ befragen wollte.« Er nickte Fin zu.

»Sie sind verschwunden«, nahm Fin den Ball auf. »Wir wissen nicht, ob aus Angst, oder ob die Organisation sie außer Landes gebracht hat. Ob sie noch leben, wissen wir ebenfalls nicht, wenn sie tot sind, wissen wir nicht, wo sie liegen könnten. Diese Menschen«, er zeigte auf die Fotos der Angestellten, die auf drei Bildschirmen zu sehen waren, »sind als Zeugen für immer für uns verloren.«

»Und das«, übernahm Dario wieder das Wort, »macht es so schwer, etwas über die Triaden zu erfahren, macht es schier unmöglich, gegen sie zu ermitteln. Das Gefährlichste, was Sie in Ihrer Laufbahn als Ermittler tun können, ist, gegen die Triaden zu ermitteln. Gefährlicher als jeder andere Fall, den Sie bisher gelöst haben.«

»Wie haben Sie es schon so lange überlebt?«, fragte Natalia.

Dario heftete seine schwarzen Augen auf Natalias Gesicht. »Ich ermittle nicht gegen die Triaden. Ich erforsche sie. Ich bin hier, um Sie zu beraten, nicht um zu ermitteln. Bitte verwechseln Sie das nicht.«

»Ist das nicht eine ziemliche Haarspalterei?«, bohrte Sven

nach und fuhr sich mit der linken Hand über seinen blank rasierten Schädel.

»Nein«, antwortete Dario ruhig, »es sichert mein Überleben. Sollte dieser Fall wirklich mit den Triaden zu tun haben, seien Sie dankbar, dass nie jemand erfahren wird, dass Sie gegen sie gearbeitet haben. Oder was glauben Sie, weshalb Ihre Regierung Sie verstecken will?«

»Genug.« Natalia stand auf: »Tanni, morgen früh will ich die Geldflüsse von Thien Duc und von Dr. Köhler auf dem Tisch haben. Leana, du wirst mit mir Schritt für Schritt durch Köhlers Leben gehen.«

»Das würde ich gern übernehmen«, unterbrach Fin Natalia, »weil ich Janosch Jacob am längsten kenne und sicher am besten die Lücken füllen kann.«

»Gut.« Natalia blickte Leana fragend an, die nickte.

»Dann arbeite ich mit dir, Tanni. Zorro, Sven, Theo, Maxim, ihr macht da weiter, wo ihr gerade wart, irgendwas muss unser Täter am Tatort hinterlassen haben. Dario, ich weiß nicht, was Sie tun können, denn mir ist nicht klar, ob Sie von hier aus Ihre Kontakte nutzen können.«

»Ich habe mich bereits mit Fin abgestimmt«, sagte er freundlich.

»Wollen Sie Ihr eigenes Süppchen kochen, oder sind Sie ein Teamplayer?«, biss Natalia zurück und sah ihn herausfordernd an.

»Entschuldigung. Ich habe bereits gestern mit meinem Netzwerk – es besteht aus ein paar Undercover-Agenten, ein paar Triadeninternen und Menschen wie mir –, um Infos aus Deutschland gebeten. Die Daten laufen mit dem nächsten Update der Server hier ein, und ich werde sie auswerten. Reicht das so?«

»An die Arbeit«, sagte Natalia, »ab Mitternacht ist hier

Schluss, hörte ich, dann sehen wir uns morgen früh um sechs Uhr.«

Das Team verteilte sich im gesamten Raum, und obwohl Leana sah, dass Tanni und Natalia miteinander diskutierten, konnte sie sie nicht hören.

»Eine ausgefeilte Akustik«, sagte sie anerkennend.

Fin setzte sich ihr gegenüber. »Tja, so viel Innovation traut man Deutschland nicht zu, und ich denke, das ist Absicht. Also, wo wollen wir anfangen?«

»Bist du bereit, dich auf meine Methode einzulassen?«

»Als da wäre?«

»Du erzählst mir alles über JJ, was dir einfällt. Was dir wichtig erscheint. Ich schreibe Punkte mit, frage hier und da nach. Verlass dich einfach auf mein Gespür.«

Fin schloss die Augen und begann chronologisch. Er erzählte Leana, wie er Köhler kennengelernt hatte. Sie waren gemeinsam als junge Polizisten nach Jugoslawien geschickt worden, weshalb Fin auch Tannis Mutter kannte, ohne zu wissen, dass sie damals von JJ schwanger geworden und Tanni JJs Tochter war. Fin schwärmte von JJs scharfem und schnellem Verstand und seinem Mut, auch zu handeln und Verantwortung zu übernehmen. Er ging detailliert auf JJs Verhörtechniken ein, von denen sie alle gelernt hatten. Auch das Leana bekannte Prinzip des »Teilens und Herrschens« im Team blieb nicht unerwähnt. Immer wieder gab Leana Stichworte in den Computer ein. Fins Bericht näherte sich dem Zeitpunkt, an dem er selbst undercover ging. »Mein Gott, hat der von dir geschwärmt. Ich wollte dich unbedingt kennenlernen, aber er wollte es nicht.«

»Warum nicht?«, hakte Leana nach.

»Weil er dich für sich haben wollte, und solange er dich nicht sicher hatte, wollte er jeden Konkurrenten fernhalten. Hast du das nie gemerkt?«

Leana schüttelte den Kopf. »Ich habe ihn zu sehr bewundert, war so unsicher … nein, gar nichts habe ich davon gemerkt.«

»Als du dann gegangen bist, war er eine Zeit lang nicht mehr er selbst. Ich glaube, es war einer der größten Tiefschläge seines Lebens.«

Fin berichtete von JJs erster und zweiter Ehe. Dass alle total überrascht waren, als er den Namen seiner ersten Frau annahm, diesen an seine zweite Frau weitergab und dass diese neue Frau Köhler so ganz anders war. Sie war spirituell, häuslich, kochte, backte ihm Kuchen, die er mit zur Arbeit nahm. Die Zwillinge kamen, und auch diese Ehe ging wieder auseinander. JJ verlor mit der Familie auch die Erdung und konzentrierte sich nur noch auf seine Karriere. Er sortierte Menschen nach Checklisten. Er wählte die Mitarbeiter zu Teamleitern, die bereit waren, sich vollkommen in ihrem Job zu verlieren. So wurden nicht die an die Spitze gestellt, die gut führen konnten, sondern die, die alles gaben und folglich von ihren Mitarbeitern alles verlangten. »Führung braucht hier niemand, das funktioniert von alleine, weil jeder Respekt vor dem Können des anderen hat«, habe JJ stets gesagt und sich frühzeitig Natalia für die Organisation ins Boot geholt, denn das habe die Landesregierung verlangt. Natürlich hatte sich JJ bei seinem kometenhaften Aufstieg Feinde gemacht, intern wie extern, er hatte genug Leute ins Gefängnis gebracht, um ein ganzes Potpourri von Menschen aufzubauen, die sich an ihm rächen wollten.

»Aber ein Auge ausschießen?«, gab Leana zu bedenken. Die Nacht hatte sich über die Glaskuppel gesenkt, und träge stieg ein fast voller Mond auf. Sie ließ ihren Blick über die anderen gleiten und wunderte sich, wie schnell sie sich eingefunden hatten. Fin hatte recht, sie alle brannten für ihren Job, gaben alles, um ein Verbrechen aufzuklären, und Leana war sich nicht sicher, ob der Hauptantrieb für diese Arbeitswut immer der Gerechtigkeitssinn war.

»Ja, ein Auge ausschießen, das ist eine Botschaft, denn wer so genau zielen kann, hätte Janosch Jacob auch töten können.«

»Und auch jeden von uns«, sagte Leana düster. »Dabei sind wir doch die Guten!«

Fin berührte ihren Arm. »Das geht wieder vorbei, glaub mir.«

Leana entzog ihm den Arm, denn zu ihrer eigenen Überraschung empfand sie seine Berührung als sehr angenehm und spürte, wie eine Welle der Wärme durch ihren Körper zog.

»Was geht vorbei? Dass wir die Guten sind?« Sie umfasste ihre Haare im Nacken und wickelte sie um ihre Hand.

Fin lachte sie an. »Wir sind nicht immer die Guten, und schon gar nicht aus jeder Perspektive.«

»Ist JJ immer einer der Guten gewesen?« Leana machte sich eine weitere Notiz im PC.

»So wie ich ihn kenne, ja, auf jeden Fall.«

»Warum habt ihr nicht zusammengearbeitet?«, fragte Leana unvermittelt und bemerkte, dass Fin kurz zurückzuckte.

Dann blickte er ihr in die Augen, tauchte in sie ein, verweilte und zog sich wieder zurück. Ein Schaudern ging durch Leana. Eine Erinnerung tauchte auf, erst noch vage: Sie hatte vor Jahren eine Studie über Verhörmethoden gelesen. Neben den klassischen Varianten wurde auch ein Mann beschrieben, der während des Verhörs regelrecht in die Menschen eindrang, sie mit seinem Blick festhielt und ihnen das sichere Gefühl vermittelte, die Wahrheit in ihnen zu sehen. Leana schloss die Augen, es gelang ihr, den Artikel vor ihrem geistigen Auge wiederauferstehen zu lassen. »Die Verhöre des F. Fitzpatrick« lautete der Titel.

»Wir können beste Freunde sein, aber es geht nicht, dass einer der Chef des anderen ist.«

»Zwei Alphatiere?«

»Nein, es ist mehr. Wir lieben uns wie Brüder, und wir sind so streng, wie wir es nur mit Familienmitgliedern sind … und genauso ungerecht.«

Fin stand auf, blickte in den Nachthimmel, dann einmal über das im Raum verteilte Team. »Gleich gehen hier die Lichter aus.«

»Fin, du sagst, du bist sein bester Freund. Bleibst du das?«

»Was soll das?« Er schaute auf sie hinunter.

Leana hob ihren Blick über ihn hinweg, die Uhr zeigte zehn Minuten vor zwölf.

»Ich möchte dir von einer Beobachtung erzählen, und du gibst mir morgen früh die Antwort, okay?«

Fin nickte und setzte sich wieder zu ihr. Er beugte sich nach vorn, stützte seine Ellbogen auf den Oberschenkeln ab, senkte den Kopf und hörte konzentriert zu. Leana erzählte ihm, was damals vor achtzehn Jahren passiert war, als JJ ihrer Meinung nach einen Täter hatte entkommen lassen. Der Junge, da war Leana damals wie heute sicher, hatte seine Pflegeeltern, die ihn jahrelang gequält und missbraucht hatten, im Schlaf erstochen. Da es mehrere Pflegekinder in dieser Familie gab, konnte die Tat zunächst keinem zugeordnet werden, insbesondere weil das Messer, die Mordwaffe, nicht auffindbar war. Die fünf Pflegekinder hatten in dieser Familie unvorstellbar gelitten. Alleingelassen von den Behörden, ignoriert in den Schulen, hatten sie von niemandem Hilfe bekommen. Bei einer weiteren Hausdurchsuchung, schon damals Leanas Spezialität – sie fand immer noch etwas, wenn alle Teams schon durch waren –, hatte sie gemeinsam mit JJ die Mordwaffe entdeckt. Es war spät in der Nacht, also verwahrten sie das Messer mit den Blutspuren und Fingerabdrücken in JJs Kofferraum. Am nächsten Morgen war der Wagen aufgebrochen. Anlage, CD-Spieler, Funk, alles fehlte, und eben auch das Messer.

»Und JJ«, endete Leana, »sagte damals: Es ist besser so. Hätten wir das Messer abgeliefert, hätten wir den Hauptverdächtigen noch einmal im Stich gelassen.«

»Aber …«, hob Fin an, doch Leana unterbrach ihn. »Morgen früh, sagte ich. Und noch eines, Fin: Du solltest wissen, dass Tanni JJs Tochter ist. Gute Nacht.« Sie stand auf, lächelte ihn an und ging.

Natalia passte sie an der Tür ab. Schweigend liefen sie zu ihren Zimmern. Leana drückte bereits die Klinke ihrer Tür hinunter, da sagte Natalia: »Ich habe den Kellner vorhin bestochen, er ist ein Jugo. Lust auf einen Wein?«

Leana überlegte einen Moment, sie schwankte zwischen Müdigkeit und Verwirrung. Aber sie hatte sich von Anfang an gesagt, dass sie Natalia nicht fragen würde, ob sie mal zusammen essen oder was trinken gingen, sie hatte es ihr überlassen wollen, und jetzt fragte sie, also folgte sie Natalia in deren Zimmer. In Ermangelung von Sesseln oder Stühlen zogen sie die Schuhe aus und machten es sich auf dem riesigen Bett bequem. Natalia zauberte darunter eine Flasche Wein und vier in ein Handtuch gewickelte Weingläser hervor, von denen sie eines Leana reichte, eines für sich auf das Bett legte. Leana ließ sich einschenken und erzählte noch einmal ihre Geschichte mit JJ, auch von der einen Nacht vor zwei Monaten, als sie mit JJ geschlafen hatte. Natalia hatte gerade die zweite Flasche Wein unter dem Bett hervorgezogen und Leana erklärt, dass Jugos nicht anders könnten, man handle nicht um eine Flasche, sondern mindestens um einen Karton, in ihrem Fall um fünf Kartons, da ging die Tür auf und Tanni stand im Rahmen. Sie kam zum Bett, Natalia und Leana rückten ein wenig zur Seite, Tanni kletterte hinein, faltete ihre Beine zum Schneidersitz und nahm Natalias Glas. Sie erzählte ihnen, dass sie am System ein wenig rumgetrickst hätte, denn dieser Laden hier hätte einen Filter für ein- und ausgehende Daten gesetzt, der sicher für den BND Sinn mache, aber die Datenübertragung so verlangsame, dass die Völklinger Straße die Infos gleich mit der Post senden könnte. Tanni versicherte Leana, dass sie es natürlich so gemacht hätte, dass niemand was merken würde. Sie leerte das Weinglas, reichte es Natalia, um es noch einmal füllen zu lassen, und erzählte die Geschichte mit ihrem Vater aus ihrer Sicht. Jetzt hörte Leana auch, dass Natalia versucht hatte, JJ zu verführen, um an den Leitungsposten zu kommen. Sie quatschten bis tief in die Nacht hinein, als Erste schlief Natalia ein. Als Tanni mitten im Gespräch einfach umsank, zögerte Leana einen Moment, ob sie in ihr Zimmer gehen sollte, aber die Nähe der so unterschiedlichen Frauen war tröstlich und das Bett riesig. Also nahm sie sich ein Kissen, schloss die Augen und schlief ebenfalls ein.

4. DIENSTAG

Leana war sich nicht sicher, ob es der Qualität oder der Menge des Weines geschuldet war, dass ihr Kopf so dermaßen schmerzte. Tanni schnarchte leise neben ihr, das bunte Make-up hatte sie im Schlaf verwischt. Verschwommen sah sie Natalia, die mitten im Zimmer Liegestütze machte. Bei jedem zehnten drückte sie sich so weit vom Boden ab, dass sie in die Hände klatschen konnte. Leana stöhnte: »Ich hasse dich! Wie viele machst du davon?«

»Jeden Morgen einhundertfünfzig«, keuchte Natalia, »du solltest es versuchen, es vertreibt jeden Kater, stabilisiert deinen Körper und kräftigt deine Arme.«

»Danke, nein.« Leana drehte sich auf den Rücken, weil sie das Gefühl hatte, ihr würde schwindelig, wenn sie Natalia weiter zusah.

»Fang mit zehn an.«

»Wann gibt es Frühstück? Ich habe einen riesigen Hunger«, hörte Leana Tanni neben sich und stand auf. »Irgendwie habt ihr Jugos andere Gene. Ich geh duschen«, murmelte sie und wechselte in ihr Zimmer, wo sie zwei Kopfschmerztabletten aus ihrer Tasche mit unter die Dusche nahm.

Nach einem üppigen Frühstück fand sich das Führungsteam des Kompetenzcenters unter der Glaskuppel zusammen. In der Mitte des runden Raums stand ein großer Konferenztisch, ebenfalls rund und mit Drehhockern versehen, sodass man sich leicht jedem Abschnitt der umlaufenden Leinwand zuwenden konnte. Sie stellten die Ergebnisse der Arbeit von gestern Nacht vor. Tanni machte den Anfang: Auf JJs Konten waren keine Unregelmäßigkeiten aufgetaucht, was Leana erleichterte. Ihre Angst vor JJs Entzauberung war größer als gedacht. Es gab einen kindlichen Wunsch in ihr, diesen charismatischen großen Mann, der irgendwie immer wusste, was er wollte, weiter bewundern zu können.

»Bei Thien Duc sieht es ein bisschen anders aus. Ich habe, besser gesagt, *mein Team* hat nämlich ein Konto in Luxemburg entdeckt, das auf den Namen seiner Lebensgefährtin läuft, die einmal verheiratet war und dort als Susanne Esser geführt wird. Die gute Susanne Hilgers – Hilgers ist ihr Mädchenname – ist zweimal im Monat über die Grenze gefahren und hat stattliche Sümmchen eingezahlt.« Tanni warf die Kontoauszüge auf die Bildschirme. »Bevor ihr nachrechnet, ich habe es schon getan: Auf drei Konten verteilen sich achthunderttausend Flöckchen, und …«, Tanni holte eine Überweisung auf den Bildschirm, »… hier haben wir einen Kontoauszug, wo Geld nach Amerika, Florida, überwiesen wird. Es handelt sich um eine regelmäßige Zahlung, und zwar einmal im Jahr dreihunderttausend. Abgehoben wird es von einer Amerikanerin, Ellen Healer …«

»Er finanziert seine erste Familie mittels Geldboten, einer hier, einer in Amerika«, rief Leana aus.

»Yes, Mam. Scheint, unser Thien Duc war ein moderner Typ, schickt seine Freundin, um seine Ex auszuhalten.«

»Sie ist ein perfekter Geldbote«, meldete sich Dario zu Wort. Er stand auf und trat nah an den Bildschirm heran. »Können Sie zurückverfolgen, wann es angefangen hat mit dem Geld?«

»Vor genau einundzwanzig Jahren, der Moment, wo sein lückenloser Lebenslauf begann. Allerdings erfolgten die Einzahlungen von verschiedenen Konten aus dem Ausland auf sein

Konto in Deutschland, dafür gibt es Rechnungen als Gegenbeleg. Das Luxemburg-Konto gibt es erst seit zehn Jahren.«

»Dann ist er«, sagte Dario abgewandt, »damals in die Mafia eingetreten oder rekrutiert worden. Jemand hat ihn klug beraten, seine Familie außer Landes zu schaffen und die Spuren zu verwischen.«

»Er hat sich aus Liebe scheiden lassen?« Natalia zog eine Augenbraue hoch.

»Ob es Liebe war«, Dario drehte sich zu Natalia um, »kann ich nicht sagen, aber zumindest haben sie ihm genug bedeutet, dass er wollte, dass sie leben und er nicht durch sie erpressbar ist!« Er hob die Hände. »Das haben wir schon oft beobachten können: Sie schicken ihre Familien weg, und erst wenn sie fest im Sattel sitzen, wir nennen diesen Moment die Überlegenheitsillusion, nehmen sie wieder Kontakt auf.«

»Wieso Überlegenheits*illusion*?«, fragte Sven.

»Weil sich niemand jemals einbilden sollte, innerhalb der Triaden sicher zu sein. Aber es gibt diesen Moment, wenn alles gut läuft, richtig Geld fließt und man denkt, man spielt ganz oben mit, dass man glaubt, die Fäden des eigenen Lebens wieder in den Händen zu halten. Wenn, wie hier bei Thien Duc, ein paar Jahre vergehen, tauchen neue Frauen auf, die sie aber nicht heiraten. Da überhaupt kein Kontakt besteht, beginnen die weggeschickten Frauen oft ein neues Leben. Also bleibt die Freundin, und zur früheren Familie wird parallel wieder Kontakt aufgenommen, wenn man glaubt, die Gefahr sei vorüber. Dieser Thien Duc hat nach zehn Jahren geglaubt, er säße fest im Sattel.«

»Was glauben Sie«, Leana trat neben Dario, »ist Susanne Hilgers mit den Kindern abgehauen, oder wurde sie entführt?«

»Keine Ahnung, ich müsste raten, und darin bin ich nicht besonders gut. Fin, ihr habt die Freunde von Susanne befragt.«

»Ja. Keiner, weder ihre Mutter noch ihre Schwester noch ihre Freundinnen, hatte auch nur die leiseste Ahnung, dass Susannes großzügiger Freund in der Triadenliga spielt.«

»Dann ist anzunehmen, dass sie entführt wurden. Susanne hatte keine Ahnung, denn Frauen«, Dario blickte entschuldigend Leana und Natalia an, »haben die Eigenschaft, sich wenigstens ihrer besten Freundin anzuvertrauen, die dann wiederum auspacken, wenn so was wie hier passiert. Allerdings könnte es auch sein, dass er selbst eine Entführung inszeniert hat, um sie in Sicherheit zu bringen.«

»Das glaube ich eher nicht«, sagte Leana. »Diese andere Angst in Thien Ducs Augen sagt mir sehr deutlich, dass er nicht weiß, was mit seiner Familie ist, es ist die Angst eines Menschen, der weiß, es geht mit ihm zu Ende, und er kann seinen Lieben nichts mehr sagen, nichts mehr erklären, aber vor allem: kann sie nicht mehr retten!« Leana legte den Kopf schräg und schauderte, weil sie daran denken musste, wie schrecklich es für die Kinder sein musste und für eine Mutter, sie nicht beschützen zu können. »Unser Täter hat die Familie vorher entführt, um sicherzugehen, dass Thien Duc kooperiert.«

»Er kam doch oft an freien Tagen ins Restaurant, er musste nicht kooperieren«, nuschelte Zorro und schob sich eine widerspenstige Strähne aus der Stirn.

»Ja«, Leana kritzelte auf den Block vor sich, »du hast recht, nur können wir nicht wissen, welche Informationen unser Täter Thien Duc vor seinem Tod entlockt hat, also bevor er aus ihm eine Botschaft an Unbekannt machte!«

»Gute Arbeit, Tanni«, meldete Fin sich zu Wort. Leana hörte am Klang seiner Stimme, dass er sie jetzt vor allem als JJs Tochter sah und nicht mehr nur als Mitglied des Kompetenzteams. Sie wartete ungeduldig auf den Moment, da er ihr etwas zu gestern Abend sagen würde.

»Was haben wir noch?«, fragte Fin in die Runde.

Zorro und Sven mussten zu ihrem Leidwesen gestehen, dass sie selten so viele Spuren an einem Tatort eingesammelt hatten und noch nie so wenig hatten vorweisen können – in diesem Fall nämlich absolut nichts.

»Wir gehen davon aus«, murmelte Zorro, »dass unser Hightech-Täter, der Pfeile aus Eis herstellen kann, Scharfschützenqualitäten hat, das LKA ins Visier nimmt, irgendeinen Anzug aus Plastik trug, der keinerlei Fasern verliert. Wir wissen, dass der Geheimdienst so was entwickelt.« Seine Stirn lag in tiefen Falten und zeigte seine Frustration. Tanni hatte sich an die Kleinarbeit gemacht, die Funkmasten auszuwerten, die in der Nähe des LKAs standen.

»Was willst du damit erreichen?«, fragte Dario interessiert.

Tanni warf ihr Szenario auf die Bildschirme, trotz der Umstände hatte sie sichtlich Spaß an den Funktionalitäten, die sich ihr hier boten. Das Team sah noch einmal, wie die drei Männer zum Auto kamen, sah, wie JJ den Schlüssel aus seinem Jackett nahm.

»Ab hier hat es eine Funkfrequenz gegeben, die den Schlüssel blockierte. Und zwar genau …« Weitere Bildschirme gingen an, die Gebäude von *Mr Wash* wurden sichtbar, ein Schatten auf dem Dach. »… so lange, wie diese Person brauchte, um anzulegen und genau zu zielen. Ein gut ausgebildeter Scharfschütze ist in weniger als zwanzig Sekunden schussbereit. Um so genau zu treffen, musste der Schütze sicher sein, dass Dr. Köhler still steht. Erst dann konnte er zielen. Also rechne ich mit einer Minute, um auf der sicheren Seite zu sein.«

Weitere Filmausschnitte der LKA-Kameras folgten. Tanni legte Köhlers Weg zum Auto auf mehrere Bildschirme und ließ in den Fußleisten den Datumsstempel laufen. Leana wartete gespannt ab, worauf sie hinauswollte.

»Wir sehen auf all diesen Filmen, wie Köhler zu seinem Auto geht.« Tanni blickte herausfordernd in die Runde.

»Großartig!«, rief Maxim, »Tanni, dass du das gesehen hast … er nimmt seinen Schlüssel nie aus der Tasche, er drückt in der Tasche drauf und muss ihn nicht rausholen.«

»Genau.« Tanni lächelte Maxim an: »Er hat es nur an diesem Tag getan, weil der Schlüssel nicht funktionierte. Zorro hat einen Teilfingerabdruck isolieren können, der nicht zu uns gehört, und wir dachten, wir können das vernachlässigen, aber jetzt glaube ich, dass der vom Täter sein muss, zumindest wäre es möglich! Leider kein Match in unseren Datenbanken.«

»Das bedeutet«, sagte Leana aufgeregt, »jemand muss JJ schon länger beobachtet haben.«

Theo räusperte sich, streckte seinen Rücken gerade durch: »Das alles kann leider schon vor Wochen geschehen sein. Wir können dem Draht im Schlüssel nicht ansehen, wann er eingebracht wurde.« Er kniff die Augen zusammen. »Janosch Jacob hat, wenn ich mich recht erinnere, vor sechs Monaten seinen neuen Wagen bekommen. Es könnte bereits im Autohaus passiert sein, zu Hause in seiner Wohnung, auf der Tankstelle gegenüber, wo er sein Auto regelmäßig hinbringt, um es waschen und säubern zu lassen.«

»Du sagst uns also«, fragte Natalia, die mit einem Stift auf den Tisch vor sich klopfte, »dass wir diese Spur nicht verfolgen sollen?«

»Hilft es uns, das ›Wann‹ zu wissen?«, fragte Theo statt einer Antwort.

Natalia senkte den Blick auf ihre Hände, hob den Kopf wieder und antwortete: »Nein!«

»Hilft uns, wenn wir wissen, wo es passiert ist?«

»Vielleicht«, antwortete Natalia, »falls es dort eine Überwachungskamera gibt.«

»Glaubst du, dieser Täter«, Theo drehte sich einmal um sich selbst und zeigte auf alle Bildschirme mit Fotos, »macht so einen Fehler? Ein Täter, der sich auf das LKA-Gelände wagt, mitten am Tag schießt, ein Täter, der ganz offensichtlich alleine arbeitet, um alles im Griff zu haben – und dann taucht er irgendwo auf einer Überwachungskamera auf?«

»Du hast recht«, gab Natalia zu, ließ den Stift fallen und hob ihn gleich wieder auf.

»Nützt es uns etwas, zu wissen, dass der Täter Janosch Jacob schon länger beobachtet hat?«, wandte Theo sich nun an Leana, die resigniert den Kopf schüttelte. »Du hast recht, ich fürchte, wir klammern uns so sehr daran, damit wir nicht mit leeren Händen dastehen«, gab sie zu.

»Dennoch«, meldete Tanni sich wieder zu Wort, »es könnte doch sein, dass unser Täter sich Zugang zu genau diesen Filmen verschafft hat, um Köhlers Gewohnheiten zu studieren, um zu wissen, wann der Schlüssel wo ist, und vor allem, wo Köhler parkt, wann er fährt und was er davor genau macht. Ich meine, ich könnte es«, gab Tanni unumwunden zu, »und um deine Frage vorwegzunehmen, Theo, ja, der Zeitpunkt nützt uns. Mein Team überprüft die Hackerangriffe der letzten Monate auf das LKA, und auch wenn der Täter da draußen keine physikalischen Spuren hinterlässt, es dürfte ihm kaum gelingen, keine *elektronischen* zu hinterlassen. Und wenn er bisher geglaubt hat, dazu in der Lage zu sein, dann glaubt er es nur, weil er mich bisher noch nicht getroffen hat.« Sie holte tief Luft. »Und dann, dann haben wir etwas, das wir verfolgen können.«

Leana spürte, dass es für Tanni hier um sehr viel mehr als nur um einen Fall ging. Um ihren Vater und auch darum, etwas vorweisen zu können, wenn er aufwachen würde. Einen Moment breitete sich Schweigen im Raum aus, nur die Lüfter der Bildschirme, Laptops und PCs durchbrachen die Stille.

»Was ist mit den Funkstationen?«, wechselte Dario das Thema.

»Ja, die, also«, Tanni grinste, »dafür muss ich noch ein Programm schreiben. In diesem Zeitfenster, also die Minute, die es dauerte, den Schlüssel zu blockieren, zu schießen und sich wieder auszubuchen, will ich genau die Nummer finden, die nur eine Minute im Netz hing. Allerdings sind auf der Völklinger Straße, dem Südring und der Gladbacher für diese eine Minute über zweitausend Nummern registriert, auf die ich mich konzentriere. Ich schreibe nun ein Programm, das die Nummern mit benachbarten Funkstationen abgleicht. Gibt es eine Nummer in beiden, kann ich sie streichen. Gibt es eine Nummer an mehreren Tagen, kann ich sie zumindest vernachlässigen. Sicher, es gibt den Haken, dass unser Täter vielleicht sein Mobiltelefon angelassen hat, davor und danach. Aber das glaube ich bei der präzisen Vorgehensweise nicht, außerdem wird die Nummer nur an diesem Tag in diesem Funkmast auftauchen.«

»Denken Sie wirklich, unser Täter würde dieses Telefon, mit dem er sich verfolgbar macht, behalten?«, fragte Dario.

»Es ist alles, was ich im Moment habe«, konterte Tanni und zog die Stirn kraus. »Der perfekteste Mensch macht Fehler, und je klüger die Person, je dümmer sind oft ihre Fehler.«

Dario lächelte sie an: »Ja, da haben Sie sehr recht.«

Leana lauschte gebannt. Dieses hohe Maß an Reflexion über die eigene Vorgehensweise hatte sie nie vorher bei einem Team erlebt. *Ob Gregor doch recht hat*, fragte sie sich düster, *und auch bei mir alles hinter meinem Beruf zurücksteht?* Keiner von ihnen, auch sie selbst nicht, hatte eine Sekunde gezögert, sich aus ihrem Alltag, von ihrer Familie und dem sozialen Umfeld separieren zu lassen, um diesen Fall zu lösen.

»Und so nähern Sie sich der einen Nummer«, führte Dario

Tannis Vortrag zu Ende und holte Leana aus ihren Gedanken zurück.

»Tanni ist die Beste«, konstatierte Maxim. »Ich habe indes auch noch etwas Interessantes gefunden, und es passt zu Ihren Ausführungen, Dario, als Sie sagten, es sei eine Botschaft, und es ginge nicht darum, das Opfer zu quälen.«

Maxim warf die Bilder aus dem Dragon House und die der Leiche von Thien Duc in der Gerichtsmedizin an die Wände. »Außer mir würde es wahrscheinlich niemandem auffallen, und man glaubt, der Mann sei elendig ausgeblutet. Aber die Wahrheit ist, er erhielt einen präzisen Schlag auf den Karotissinus.«

»Moment«, Natalia ruckte mit dem Kopf, »das ist ein Todesschlag aus dem Kampfsport.«

Maxim nickte: »Der Karotissinus befindet sich in der Wand der Halsschlagader, der Karotisarterie, er registriert über Rezeptoren laufend den Blutdruck und meldet ihn an das Gehirn. Bei zu hohem oder zu niedrigem Blutdruck kann das Gehirn entsprechend reagieren und zum Beispiel die Herzfrequenz ändern oder die Ausschüttung blutdruckwirksamer Hormone regulieren. Ein aus dem Kampfsport stammender gezielter Schlag nutzt diese Koppelung. Der korrekt ausgeführte Schlag führt zum Herzstillstand.«

»Mein Gott, was ist das für eine Person? Es muss eine Maschine sein! Normalerweise bringt nur das Militär solche Gestalten hervor!« Natalia sprang auf und ging hin und her.

»Achtung, der Datenabgleich ist gleich durch«, informierte Tanni das Team.

»Woher weißt du das?«, fragte Fin mit gerunzelter Stirn.

»Äh, weil ich gestern ein wenig an der Systembeschleunigung gearbeitet habe und auch einen Anker versenkte, der mir meldet, wenn meine Daten abgerufen werden. Nur für den Fall, dass ich vorher noch was löschen möchte.«

»Das ist hier nicht vorgesehen.«

»Dann hatten die noch keine Tanni hier.« Leana lächelte ihm aufmunternd zu und dachte: *Ja, er hat zwar schon in solchen Einrichtungen gearbeitet, aber noch nie mit einem so außerordentlichen Team.*

»Oh wow, das Morden geht weiter«, flüsterte Tanni fassungslos. Auf dem umlaufenden Bildschirm erschienen aus verschiedenen Perspektiven Fotos von zwei asiatischen Leichen. Am auffälligsten waren ihre gespaltenen Zungen, die aussahen wie Schwalbenschwänze. Die hessische Polizei hatte einen Anruf über ein Prepaid-Handy bekommen und war zu einem Feld geschickt worden. Das Prepaid-Handy lag zwischen den Leichen. An zwei Strommasten, die sich im Abstand von zwanzig Metern im Feld befanden, standen die Männer, wieder durch Kabelbinder aufrecht gehalten, in ihrem eigenen Blut. *Um mit dieser Taktung aufwarten zu können, muss präzise und von langer Hand geplant worden sein,* dachte Leana bedrückt. *Wir haben den ersten Mord noch nicht im Griff, wir wissen nicht, warum JJ angeschossen wurde, und jetzt das! Wir können nicht mithalten.* Sie straffte die Schultern, um die Beklemmung loszuwerden, die ihre Brust einschnürte. Sie hob den Blick und sah ihr Team an.

Die Fassungslosigkeit stand in allen Gesichtern. Sven schlug die Hände vors Gesicht, Theo krümmte den Rücken und blickte düster auf die Toten, Natalia zerbrach den Stift, mit dem sie die ganze Zeit gespielt hat, Fin verschränkte seine Finger ineinander und ließ die Gelenke knacken, Tanni drehte sich immer wieder auf ihrem Hocker, Dario legte den Kopf in den Nacken und starrte in die Glaskuppel über ihnen. Nur Maxim saß gerade und aufrecht wie immer und betrachtete ruhig das Foto auf dem direkt gegenüberliegenden Bildschirm.

»Mein Gott«, Leana stöhnte, »ich … Fin, ich kann nicht hierblieben, ich muss an diesen Tatort.«

»Daraus wird nichts.«

»Außerdem«, sagte Natalia, »kann es doch durchaus sein, dass genau das bezweckt wird.«

Dario stand auf und ging an den Fotos entlang, wieder zurück, wieder nach vorn. Das Team beobachtete ihn und wartete. Schließlich drehte sich Dario zum Tisch um, blickte von einem zum anderen und sagte: »Sie hatten recht, Leana, diese Morde sind persönlich, und auch das hier ist wieder eine Botschaft. Die geteilte Zunge bedeutet, sie haben falsches Zeugnis abgelegt. Aber das ist nicht die Sprache der Triaden. Dann wären sie an ihrer eigenen Zunge erstickt.«

»Na toll, und was sagt uns das jetzt?« Sven fuhr sich über seinen kahlen Schädel.

Dario sah ihn an und zugleich durch ihn hindurch. »Ich habe immer mal wieder von einer Sekte gelesen, der Volksmund in Vietnam und Kambodscha nennt sie die *Cu Chi*. Das ist eigentlich kein Name, sondern darauf zurückzuführen, dass sie angeblich in einem in ganz Asien verzweigten Tunnelsystem leben, ähnlich dem, was man nach dem Krieg in Vietnam gefunden hat und was heute als Tunnelsystem von Cu Chi eine Touristenattraktion ist. Durch dieses Tunnelsystem hat der Vietcong seine Männer geschleust, deshalb tauchten sie für die amerikanischen Kämpfer immer scheinbar aus dem Nichts auf. Während des Krieges, so heißt es, erstreckte sich das Tunnelsystem über eine Länge von zweihundertfünfzig Kilometern von Saigon bis zur kambodschanischen Grenze. Es hat drei Ebenen. In dieses Tunnelsystem sind unzählige Falltüren eingebaut, zudem speziell konstruierte Wohnbereiche, Lagereinrichtungen, Waffenfabriken, Feldlazarette, Kommandozentralen und Küchen. Der Volksmund sagt, ein paar Kämpfer sind damals nach dem Ende des Vietnamkrieges nie wieder herausgekommen, sie holten sich Frauen, Kinder wurden in den Tunneln geboren, dort trainiert und zu gefürchteten Kämpfern ausgebildet, während Jahr um Jahr weitere Kilometer verborgener Tunnelwelt hinzukommen, die sich inzwischen bis nach Laos, Thailand und auch China erstrecken. Sie sind so gut verborgen, dass niemand sie findet. Keiner fällt zufällig in eine Grube, die ein Eingang ist, die Tunnel sind tief genug, dass keine Wärmebildkamera je etwas entdeckt hat. Darum glauben, *glaubten* wir, es gibt sie gar nicht!«

Tanni gab den Begriff ›Cu Chi‹ ein und warf ein paar Bilder und Filme des vietnamesischen Tunnelsystems auf die Bildschirme. Mitten im Dschungel hob sich plötzlich ein kleines Stück Waldboden, und aus einem winzigen Loch von vielleicht vierzig Zentimetern Durchmesser zwängte sich ein junger, drahtiger Vietnamese ans Licht.

»Ich und auch Kollegen von mir haben das für ein Märchen gehalten. Die asiatische Variante vom bösen schwarzen Mann«, fuhr Dario fort, »obwohl wir hin und wieder über die Cu Chi hörten, wann immer wir in Thailand, China, Vietnam, Taiwan unterwegs waren. Aber wir glaubten es nicht.«

»Und warum sind Sie jetzt so sicher?«, fragte Leana.

Dario ignorierte die Frage und sagte stattdessen: »Es heißt, sie seien praktizierende Buddhisten und morden nur, um das Gleichgewicht der Welt wiederherzustellen.«

»Buddhismus und Mord gehen eigentlich nicht so gern miteinander ins Bett«, wandte Theo düster ein.

Dario drehte sich ihm zu. »Das Gleichgewicht der Welt ist eine heilige Sache. Der passive Widerstand, den wir aus dem Buddhismus kennen, ist nur die eine Seite.« Er wandte sich wieder den Fotos zu, und Leana dachte: *Er kann nicht glauben, was er da sieht*. Sie hatte bemerkt, dass seine stolze Körperhaltung ein wenig zusammengesackt war, er spielte mit den Fingern an seinen goldenen Ringen und fuhr sich immer wieder durch die dichten schwarzen Haare.

Etwas an dieser Erkenntnis macht ihn sehr nervös. »Dario, was ist los?«, fragte Fin.

»Es ist die gespaltene Zunge«, antwortete Dario leise, »es heißt, sie ist eines der Markenzeichen dieser Sekte. Sie steht für falsches Zeugnis.«

»Kann es nicht sein, dass jemand anderes deren Sprache benutzt?«

»Das würde sich niemand trauen!«

»Meine Güte, nicht einmal die ach so mächtigen Triaden?« Sven stand auf und ging an den Fotos entlang, blieb schließlich vor Dario stehen.

Der schüttelte den Kopf: »Es geht ja um mehr als nur das bloße Trauen oder nicht. Dieser Schnitt, den Sie dort sehen, erfordert eine solche Präzision, damit die Zunge sich wie ein Schwalbenschwanz teilt, das kann man nicht so einfach imitieren. Der Schwalbenschwanz ist ihr Symbol, sie tragen es als Tätowierung auf den unteren Handgelenken, den Pulsadern.« Er öffnete den vor ihm liegenden Laptop. »Es heißt, ihre Ausbildung beginnt zwischen dem ersten und fünften Lebensjahr und dauert zwanzig Jahre, erst danach verlassen sie die Tunnel, bekommen Aufgaben für die Welt.« Dario klang fast andächtig. Er tippte ein paar Befehle in seinen Laptop.

»Zwanzig Jahre, um das Töten zu lernen, scheint mir verdammt lang«, murrte Tanni.

»Sie lernen viel mehr«, Dario starrte auf seinen Bildschirm und las, während er weitersprach, »sie töten nicht nur, sie erteilen Lehren. Jeder Finger hat eine Bedeutung, das Handgelenk, der linke oder der rechte Arm und so weiter. Das Volk sagt, es gibt keinen Ort auf der Welt, an dem man sich vor ihnen verstecken kann. Sie können sich so klein zusammenfalten wie Artisten und in Kisten verschwinden, in denen sie verschickt werden. Sie können wochenlang ohne Wasser auskommen. Sie winden sich durch engste Löcher. Sie lernen, durch Wände zu gehen.«

»Und schweben durch Glaskuppeln?« Tanni schüttelte sich. Leana blickte sich um. Allen war ein wenig unheimlich zumute, das konnte sie sehen.

Dario blickte hoch. »Hier steht auch«, er schluckte, »dass es, anders als bei anderen Organisationen, bezüglich der Augen eine Besonderheit gibt. Wird nur das linke Auge verletzt, bedeutet es: Du warst blind für das, was du gesehen hast. Das rechte Auge bedeutet: Du tatest blind, obwohl du etwas gesehen und verstanden hast.«

»Das ist doch das Gleiche!«, brummte Sven.

»Nein.« Leana hatte verstanden. »Einmal hätte ich es sehen können, aber war nicht wach, nicht klug genug und werde für meine Dummheit bestraft. Beim rechten Auge ist sicher, dass der Mensch genau gewusst hat, vor was und weshalb er die Augen verschlossen hat.« Sie zögerte, dachte an die verschwundene Tatwaffe von damals, ehe sie hinzufügte: »Genau wie bei JJ.«

»Nein!«, rief Tanni, »das stimmt nicht!«

»Glaube mir, dass ich mir im Moment nichts mehr wünsche, als dass du damit recht hast!«

Natalia hob beschwichtigend die Hände. »Fangen wir noch einmal ganz von vorn an. Mit unserer ersten Leiche und dem, was wir über ihn wissen. Er muss verdammt noch einmal in irgendetwas verwickelt gewesen sein, um auf diese Weise zu enden. Vernachlässigen wir einmal die Möglichkeit, dass es sich um gestohlenes Geld oder Drogen oder Waffen handeln könnte. Lasst es uns, so eigenartig es uns vorkommt, einmal vom ethischen Standpunkt aus betrachten, aus der Perspektive einer Sekte, die sich für fähig hält, Urteile im Sinne des Gleichgewichts der Welt zu fällen.«

»Was soll das bringen?«, maulte Sven.

»Dass wir uns nicht noch einmal im Kreis drehen«, zischte Natalia, »ich will keine Zeit damit verlieren, dass wir klassisch vorgehen, wenn an den Morden nichts Klassisches ist. Lassen wir uns auf Darios Ansatz ein, wenigstens für vierundzwanzig Stunden. Also, Tanni, durchleuchte Thien Ducs Leben aufs Neue. Denk an den Fall Monika Gruber! Wir brauchen die alten Zeitungsarchive, um dahinterzukommen.«

Tanni stöhnte. »Bitte nicht.«

»Und ob!«

»Was ist mit Janosch Jacob?«, fragte Theo. Die Antwort war Stille.

»Sein Zustand ist unverändert«, sagte Maxim.

»Das meinte ich nicht.«

»Ich weiß!«

Theo stand auf, ging an den Fotos entlang, an Dario vorbei, und wandte sich dem Team zu. Er breitete seine Arme aus. »Hat unser Chef, Dr. Janosch Jacob Köhler, mit dem wir seit Jahren arbeiten, hiermit etwas zu tun?«

Leana stand ebenfalls auf: »Wir werden ihn das fragen, wenn er aus dem Koma erwacht. Bis dahin gilt für JJ wie für jeden anderen Menschen die Unschuldsvermutung. Könnt ihr damit leben?«

Sie schaute einem nach dem anderen in die Augen, alle nickten.

Nur Fin hielt ihre Augen mit unverwandtem Blick fest und schüttelte fast unmerklich den Kopf. »Wir klagen ihn nicht an, wenn wir ermitteln. Es ist zu eindeutig, dass Janosch Jacob damit zu tun hat, also lasst uns bitte bei aller Liebe nicht so tun, als wäre es anders. Der Täter hat absichtlich für den Störsender den gleichen Draht verwendet wie für das Zunähen des Mundes beim ersten Opfer. Und trotzdem bin ich sicher: Was immer wir finden, wird euren Chef und meinen Freund entlasten, statt ihn zu belasten.«

Leana sah ihn dankbar an. Sie selbst hatte Zweifel gesät, war sich aber nicht mehr sicher, dass sie zweifeln wollte. Sie überließ es Natalia, die Arbeiten zu verteilen. Da es vorerst keine Physik und Biologie gab, teilte sie Sven und Theo für die neue Recherche ein. Nur Maxim sollte über eine gesicherte Verbindung mit der Gerichtsmedizin in Frankfurt arbeiten und wurde strengstens ermahnt, die Kollegen vor Ort erst einmal ihren Weg gehen zu lassen, denn wenn Maxim ihnen sagte, worauf sie achten sollten, würden sie vielleicht etwas übersehen, das sie andernfalls bemerkt hätten.

Das Team ging gemeinsam essen und traf dabei auf einige andere Gruppen, die hier arbeiteten. Aber alle waren so vertieft in ihre Ermittlungen, dass kaum jemand hochsah, wenn neue Leute die Kantine betraten.

Tanni arbeitete mit Theo, sie würden noch einmal bei Thien Ducs Wurzeln beginnen und sich durch die Archive der Stationen seines Lebenslaufs hangeln. Natalia und Sven wollten in der gleichen Vorgehensweise vom Verbrechenstag an rückwärtsgehen. Dario bekam die Aufgabe, mehr über die Kämpfer aus den Tunneln zusammenzutragen und über eventuelle ähnliche Verbrechen in Europa, die in den letzten Jahren von sich reden gemacht hatten. Leana und Fin spazierten noch einmal durch JJs Leben. Alle zwei Stunden gab es für das gesamte Team ein Update. Hin und wieder lief einer in die Kantine und holte Kaffee für alle, manchmal auch Säfte oder Süßigkeiten.

Es kam Leana vor wie bei einem Kartenspiel. Mal gewannen sie neue Informationen, dann wieder stellten diese sich in der nächsten Runde als nutzlos heraus. So erfuhren sie von der Spurensicherung – Natalias Cousine Professor Roksanda Rac war vor Ort –, dass man Fußspuren hatte isolieren können, die jedoch nur bestätigten, was sie bereits wussten: Der Täter war ein sehr kleiner Mensch, und alle drei Morde konnten demselben Täter zugeordnet werden. Maxim wusste von den Kollegen in Frankfurt zu berichten, dass den neuen Opfern die Zunge pre mortem gespalten wurde, und dass auch diese Opfer nach der Spaltung der Zunge mit einem Schlag auf den Karotissinus getötet wurden. Natalia und Sven gingen sämtliche Gerichtsakten durch, in denen der Name Thien Duc oder auch nur ein ähnlicher Name auftauchte, und sei es nur als Zeuge. Tanni und Theo suchten nach der vietnamesischen Ursprungsfamilie. Außerdem wartete Tanni ungeduldig auf die neue Datenübertragung, denn sie hatte ihr Team in der Völklinger Straße noch einmal darauf angesetzt, die Familie in Amerika ausfindig zu machen, jetzt, wo sie ein Konto dort hatten.

Vor dem Abendessen fanden sie sich alle noch einmal am Konferenztisch ein. Sie mussten einsehen, dass sie zwar viele zusätzliche Informationen gesammelt hatten, aber keinen Schritt weitergekommen waren. »Also«, meldete Dario sich zu Wort, nachdem alle ausgeredet hatten, »ich habe mehrere Kontakte über die gesicherte Verbindung angerufen. Es herrscht große Aufregung darüber, dass erstmalig in Europa einer der Kämpfer aktiv geworden sein soll. Wir sind sicher, dass es in Europa bisher keinen Mord dieser Sekte gegeben hat. Es wurde dringend geraten, die Morde nicht weiter unter Verschluss zu halten. Denn es sind Botschaften. Egal, ob nun von den Triaden oder diesem Geheimbund. Die Kollegen fürchten, dass weitere Morde geschehen oder sogar wir selbst in Gefahr geraten, wenn die Botschaften ihre Adressaten nicht erreichen.«

Natalia und Leana blickten sich an. »Als wir uns das letzte Mal entschieden haben, an die Öffentlichkeit zu gehen, haben wir dadurch der Täterin zugespielt«, sagte Leana mürrisch.

»Nicht jeder Täter ist eine Monika Gruber«, antwortete Fin mitfühlend, und Leana war überrascht, dass er davon wusste.

»Wollen wir weiter auf der Stelle treten oder vorwärtskommen?«, fragte Natalia in die Runde. »Ich finde Darios Vorschlag richtig, und immerhin ist er der Experte, was die Triaden und diese Märchenkämpfer angeht.«

»Was denkt denn der Experte, was passiert, wenn wir den Morden Öffentlichkeit gönnen?«, fragte Sven mit verschränkten Armen und heftete seinen Blick auf Dario.

»Diese Morde werden jemanden aufscheuchen, da bin ich ganz sicher.«

»Toll, und die stellen sich uns dann vor?«

Dario hob die Arme.

»Ich würde mich an deren Stelle wohl eher selbst im Untergrund vergraben«, setzte Sven nach.

Dario verschränkte die Arme ebenfalls vor der Brust, seine goldenen Ringe blitzten auf. »Sie haben es immer noch nicht verstanden, nicht wahr? Selbst wenn es nur die Triaden wären, müssen Sie bedenken, dass die besser vernetzt sind als jeder Geheimdienst dieser Welt. Sollte es den potenziellen Opfern tatsächlich gelingen zu verschwinden, so haben wir wenigstens ein Leben gerettet, oder nicht? Und vielleicht wendet sich der Mensch, der an seinem Leben hängt, doch an seinen Freund und Helfer, so heißt doch die Polizei in Deutschland!«

»Wir retten also ein Verbrecherleben«, murrte Sven, »wieder einmal!«

»Sven«, warnte Natalia.

»Mir reicht's.« Sven drehte sich jäh um. »Fin, was ist, können wir raus? Ich muss jetzt einfach laufen.«

»Unsere Quarantäne ist vorbei, wer also an die Luft will, kann das tun. Vielleicht täte es uns allen gut«, schlug Fin vor.

Der Lagerkoller hat uns schon nach vierundzwanzig Stunden eingeholt, dachte Leana besorgt. Fin legte ihr seine große Hand auf die Schulter, seine Wärme elektrisierte sie. »Wie wäre es mit einem Spaziergang?«

»Fragen wir Dario, ob er mitgeht?«

»Nein, ich möchte mit dir außerhalb dieser Wände über jemanden reden.« Er drehte sich zum Team: »Wir treffen uns nach dem Abendessen noch einmal hier, um einundzwanzig Uhr.«

Schweigend liefen sie nebeneinander her bis zur Tür. »Und hier ist dann die große weite Welt?«

»Nicht so ganz. Es ist der innere Wald. Der wird umgeben von Gebäuden und die dann noch einmal von einem Waldring und dieser wieder von acht Meter hohen Mauern, die elektronisch und mechanisch gesichert sind. Aus der Luft sind wir nicht wahrnehmbar, die Gebäude wirken von oben wie Wald.«

»Keine Sollbruchstelle?«, fragte Leana und ging an Fin vorbei, der ihr die Tür aufhielt.

»Es gibt immer eine«, gab er zu. Die Luft roch würzig, und dunkle Wolken drohten mit Regen. Leana atmete ein paarmal tief durch. Sie folgten einem Pfad, dessen Schild einen drei Kilometer langen Rundweg ankündigte. Direkt daneben lief Sven gerade los, er nahm den Fünf-Kilometer-Pfad, und Leana ahnte, dass er ihn wahrscheinlich wenigstens zweimal laufen würde. Fin blickte dem Läufer hinterher. »Gibt es Spannungen zwischen dir und Sven?«, fragte er. Leana schüttelte den Kopf. »Nicht dass ich wüsste. Wir waren alle wütend, als Monika Gruber uns am Schluss entwischt ist. Allerdings hat Sven Natalia und mir unterstellt, dass wir mit der mehrfachen Mörderin sympathisierten.«

»Und, habt ihr?« Fin lächelte sie an.

»Was hat JJ dir noch erzählt?«, fragte Leana statt zu antworten.

Fin schmunzelte. »Eine ganze Menge. Ich meine, es war ein spektakulärer Fall, bundesweit in der Presse, und Janosch Jacob war sich sicher, dass sie ohne dich nie dahintergekommen wären. Und damit wären wir auch schon beim Thema.« Der Wald verschluckte sie, und Leana war bezaubert von dem alten Baumbestand, der sich mit Bambusinseln vermischte, die kleine Tümpel umgaben. »Ein bisschen wie bei Alice im Wunderland«, sagte sie und fuhr fort: »Du willst über JJ reden, und das hier draußen, ohne dass es einer mithört, richtig?« Sie blieb stehen und schaute zu Fin hoch. Seine grünen Augen blitzten, aus seinem Zopf hatte sich eine Strähne gelöst, die er jetzt hinter das Ohr strich. Er schob die großen Hände in die Vordertaschen seiner verwaschenen Jeans. »Richtig.«

»Dafür musst du zunächst mir ein paar Fragen beantworten.«

»Oh, hört, hört, wir müssen also handeln.« Fin lachte.

»Genau.« Leana spürte, dass sie schon wieder miteinander flirteten, und für einen Moment hoffte sie, Fin habe sie nur unter einem Vorwand von den anderen weggelockt, um mit ihr allein zu sein. Sie schalt sich kindisch. »Wieso kennst du solche Orte wie diesen hier, und woher dieser enge Kontakt zu dieser Maria Schneider?«

»Enger Kontakt?«

»Fin, versuch es gar nicht erst. Eure Blicke, eure Körpersprache, die Art, wie ihr aufeinander reagiert habt, all das zeigt mir sehr deutlich, dass ihr euch schon ein paar Jahre kennt, ohne dass du es mir sagen musst. Also?«

»Janosch Jacob hat nicht übertrieben. Mam«, er machte eine galante Geste, »wollen wir dabei weitergehen?« Leana nickte. Während sie nebeneinander herliefen, erfuhr sie, dass Fin an der Entwicklung dieser geheimen Zentren beteiligt gewesen war. Es gab drei davon in Deutschland, weitere waren geplant. Sie dienten längst nicht nur der Aufklärung von Verbrechen, sondern insbesondere der Spionage, der Bekämpfung von Internetkriminalität und der Entwicklung neuer Überwachungsmöglichkeiten. Bei den wirklich großen Mafiageschichten waren sie dann auf diese Zentren ausgewichen, um die Ermittler zu schützen und der Mafia keine Möglichkeit zu geben, durch gezielte Morde Ermittlungen zu unterbinden.

»Also ein Nebenprodukt?«

»Genau. Könnten wir dann jetzt über unseren gemeinsamen Bekannten sprechen?«

»Noch nicht. Wie bist du da reingeraten?«

»Darf ich die Frage als Interesse an meiner Person werten?«

Leana errötete und drehte sich leicht weg: »Nein, ich muss nur besser verstehen, wer du bist, damit ich weiß, ob ich dir vertrauen kann. Es passiert mir selten, aber du bist sehr undurchsichtig für mich!«

Fin lachte. »Das ist ein hübsches Wort.« Er blieb stehen. Leana ging noch zwei Schritte, dann hielt sie an und drehte sich zu ihm um.

»Das«, sagte er, »was ich am besten kann, ist ermitteln, und zwar in allen Varianten. Sei es, dass ich undercover gehe, sei es, dass ich ein Team leite. Sei es, dass ich solche Zentren mit entwickle. Ich ertrage das Böse der Welt nicht so gut. Ich habe keine Schwester, die Opfer eines Gewaltverbrechens, keinen Bruder, der von der Mafia umgelegt wurde, aber hier drin«, er klopfte mit seiner linken Hand auf sein Herz, »hier drin fühlt es sich so an. Ich bin davon getrieben, Gewalt zu verhindern, wo ich nur kann, und wo ich es nicht kann, will ich, dass die Täter und Täterinnen zur Rechenschaft gezogen werden. Ich kann nicht schlafen, solange da draußen einer rumläuft und Menschen wie diese Vietnamesen abschlachtet. Ich weiß, dass du nicht aufgehört hast, nach Monika Gruber zu suchen. Und ich kann das verstehen, denn ich suche auch nach ihr, wann immer ich Zeit habe. So bin ich da reingeraten.«

Leana sah die Glut in seinen Augen und spürte, wie ihr flau wurde. Obwohl sie es nicht wollte, streckte sie ihre Hand aus und legte sie auf Fins Arm. Sie fühlte seine sehnigen Muskeln unter den Tattoos. »Danke. Also ... JJ?«

Sie gingen weiter, schwiegen eine Weile. Unter ihren Füßen knirschte der Kies. Irgendwo trällerte eine Amsel und läutete die Abenddämmerung ein. Aus den Tümpeln antworteten ein paar Frösche.

»Es gab immer mal wieder interne Ermittlungen gegen Janosch Jacob, und ich habe sie geleitet«, sagte Fin leise.

»Du hast sie geleitet, obwohl du sein Freund bist?«

»Ich habe sie übernommen, *weil* ich sein Freund bin.« Fin seufzte. »Wir haben nie etwas gefunden, außer den üblichen kleinen Vergehen, die wir alle auf dem Kerbholz haben. Trotzdem war und blieb es seltsam, dass er immer wieder unter Verdacht geriet und wir nie etwas finden konnten.«

Leana ließ die Worte auf sich wirken und verabscheute, was daraus logisch folgte. »Du sagst damit, dass es entweder nichts gab oder er irgendwo so tief mit drinsteckt, dass er geschützt wird?« Sie hörte, wie schrill ihre Stimme klang. »Und ich habe jetzt Wasser auf die Mühlen gegossen, nicht wahr?« Wieder blieb sie stehen und widerstand nur mühsam dem Impuls, auszuspucken. »Er ist mein Freund, er hat immer die Hand über mich gehalten, er hat mich an die Spitze des Kompetenzcenters gestellt, ich *kann* das nicht denken, Fin!«

»Und trotzdem hat jemand an ihm Rache genommen. Denk an Monika Gruber. Wer könnte nach Jahren zurückkommen, um an Janosch Jacob Rache zu nehmen?«

»Die einzige Geschichte, die ich kenne, ist die, die ich dir gestern erzählt habe. Und wenn es so war, hatte dieser Junge garantiert keinen Grund, JJ ein Auge auszuschießen. Wie könnt ihr uns überhaupt ermitteln lassen, wenn es gegen unseren eigenen Boss geht?« Leana blickte ihn hilflos an.

»Aus dem gleichen Grund, weshalb ich es getan habe. Ihr wollt ihm nichts ans Zeug flicken, aber wenn da was ist, werdet ihr es finden. Und wenn ihr nichts findet, ist er reingewaschen.«

»Aber was macht es mit dem Team, wenn wir was finden?«

»Ob nun ihr oder ein anderes Team – der Held wird begraben, sollte da was sein.«

Leana ließ ihre Schulter sinken. Sie wusste, dass Fin recht hatte.

»Und dann ist es für Janosch Jacob allemal besser, wenn ihr es gefunden habt«, argumentierte Fin weiter. »Ich will, dass du dein Team darauf vorbereitest. Und ich will, dass du Tanni besonders darauf vorbereitest, sie ist am meisten gefährdet und am besten dafür gerüstet, etwas verschwinden zu lassen.«

»Fin, du säst Zwietracht!«

Er legte seine Hände auf ihre Schultern und drückte sie sanft: »Nein, das tue ich nicht. Ich versuche, Zwietracht zu vermeiden, und du wirst mir dabei helfen.«

Leana verspürte den Wunsch, ihre Stirn gegen seinen Brustkorb zu legen und die Welt für einen Moment zu vergessen. »Weißt du, wie es JJ geht?«, fragte sie stattdessen und ging einen Schritt zurück, um sich von Fins Händen zu befreien.

»Unverändert. Maxim und ich erhalten regelmäßig ein Update auf unsere Rechner.« Er drehte seine Handflächen nach oben.

»Wenn wir ihn doch nur fragen könnten.« Leana schüttelte den Kopf.

»Bist du dir denn sicher, dass er uns die Wahrheit sagen würde?« Fin ging einen Schritt auf sie zu. Leana drehte sich um und lief weiter. »Ich weiß es nicht, ich weiß überhaupt nichts mehr. Lass uns wieder reingehen, ich habe genug frische Luft bekommen.« Leana verspürte den Wunsch zu rennen. *Nur wenn wir diesen Fall lösen, können wir auch JJ helfen*, dachte sie, *wir müssen es herausfinden, was immer auch diese Wahrheit für uns bereithält.* Gleichzeitig hatte sie das Gefühl, vor Fin davonzulaufen, er beunruhigte sie. Leana erreichte die Tür und blickte sich nach ihm um. Er war verschwunden. »Fin?«, rief sie und hörte, dass ihre Stimme etwas hysterisch klang. Statt Fin kam Sven aus dem Wald gelaufen. »Ich mach noch eine Runde, oder ist dazu keine Zeit?«

»Doch. Hast du Fin gesehen?«

»Ja, er lief in die andere Richtung. Alles okay?« Sven zog sein T-Shirt nach oben, um sich damit den Schweiß vom Gesicht zu wischen, und entblößte dabei seinen muskulösen Bauch.

»Ich weiß es ehrlich gesagt nicht, nicht mehr oder noch nicht wieder.«

»Leana, es ist für uns alle eine Ausnahmesituation. Du musst das nicht mit dir allein abmachen.«

Irritiert sah sie Sven an, der sein linkes Bein dehnte, indem er mit der Hand den Fuß nach hinten und oben zog. »Denkst du, das tue ich?«

»Yes, Mam, und mit dem Gedanken bin ich nicht allein. Aber vielleicht liegt es auch nur daran, dass keiner von uns, mit Ausnahme von Maxim vielleicht«, er ließ das linke Bein los und nahm das rechte hoch, »in der Lage ist, dir in deiner Gedankenwelt zu folgen.« Sven ließ auch das rechte Beine los, beugte seinen Rücken und legte die Hände flach auf den Boden. »Als du vor ein paar Wochen in Hannover plötzlich gekotzt hast, weil du die Wut der Mörderin gefühlt hast, haben wir alle überlegt, wie wir es hinbekommen, dass du wieder nach Afrika verschwindest.« Sven begann damit, Liegestütze zu machen.

»Und jetzt?«

Auch Sven klatschte zwischendurch in die Hände. Er kam wieder hoch, rieb den Staub von seinen Händen: »Jetzt? Haben wir gelernt, dass du Sachen kannst, die wir eben nicht können. Zorro, Theo, ich, irgendwie auch Natalia, wir sind sehr gut in unseren Jobs, weil sich unser Fleiß mit Erfahrungen und die Erfahrungen wieder mit neuem Wissen vermischen. Aber Maxim und auf andere Weise auch Tanni, die haben im Gehirn ein paar andere Schaltkreise, die sie schneller und anders denken lassen als uns. Und du, du hast in der Seele, in deiner Empfindsamkeit, einige Wellenbewegungen mehr auf dem Schirm. So als würde man einen Stein in einen stillen See werfen, und wir, die wir am Rand eines Verbrechens stehen, sehen die letzten und äußeren Kreise, die ein Steinwurf hervorgerufen hat. Du gehst da viel weiter, nämlich bis zum Zentrum. Das trennt dich eben auch von uns.«

»Also nicht zurück nach Afrika?« Leana versuchte ihre Irritation über Svens Worte wegzulächeln.

»Nein, im Moment nicht!« Sven grinste.

»Danke, dass du mir das gesagt hast.« Leana öffnete die Tür und verschwand im Gebäude. Sie konzentrierte sich auf die Laufbänder im Boden, die ihr den Weg wiesen. Sie war völlig durcheinander, einerseits wegen dem, was Fin in ihr auslöste, dann wegen dem, was Sven gerade gesagt hatte. Sie wusste, dass ihr »Anderssein« oft auch zu Wut und Aggressionen bei anderen führte. So auch bei ihren Töchtern und ihrem Mann Gregor. Mit dem Zerwürfnis ihrer Familie war sie offenbar noch so beschäftigt gewesen, dass sie den Groll gegen sie im Team gar nicht wahrgenommen hatte. Trotz ihrer Empfänglichkeit. Leana lief weiter und versuchte, die Gedanken abzuschütteln.

Im Ermittlungsuniversum angekommen – so hatte Tanni es getauft –, ging sie die drei Stufen zum Innenraum hinunter, setzte sich an ihren Platz, öffnete den Laptop, und noch bevor der Computer hochfuhr, warf das Display ihr Gesicht zurück wie ein Spiegel. Ihre Haare waren ungekämmt und strähnig, die Lippen rissig und spröde. Unter ihren Augen lagen tiefe dunkle Schatten, und doch lag ein Glanz in ihnen, der ihr mehr verriet, als ihr lieb war.

Sie hörte die Tür hinter sich aufgehen. »Willst du nichts essen?«, holte Natalia sie aus ihren Gedanken.

»Ich denke darüber nach, was wir der Öffentlichkeit präsentieren können und wie.« Leana tippte auf ihrer Tastatur herum und warf alle Fotos auf die umliegenden Bildschirme. Sie stand auf, ging die Stufen zur Bildschirmgalerie hoch und daran entlang: »Wollen wir schockieren und die Tatortfotos publizieren?« Sie zeigte auf Thien Duc, und wieder zuckte das Bild des zersägten Chinesen durch ihren Kopf. »Oder bitten wir um Mithilfe, um diese beiden Männer zu identifizieren?« Leana blieb vor dem Foto mit den Toten in dem hessischen Feld stehen.

»Wenn wir aufschrecken wollen, wenn wir sichergehen wollen, dass es sich wie ein Virus verbreitet und wirklich jeder Depp es mitbekommt, dann müssen wir mit den Tatortbildern arbeiten.« Natalia massierte ihren Kopf.

»Und Nachahmer riskieren.«

»So präzise wird keiner sein«, gab Natalia resigniert zu. »Ich habe den dritten Dan im Shotokan-Karate, und doch beherrsche ich diesen Todesschlag nicht wirklich präzise.«

»Wie bitte übt man das?« Leana wandte sich zu Natalia um. »So häufig waren die Gelegenheiten ja nicht, hoffe ich.«

Natalia lächelte und schüttelte nur den Kopf. »Das Detail mit dem Todesschlag könnten wir für uns behalten, um maximale

Sicherheit zu haben, einen Nachahmer zu entlarven. Davon ab glaube ich nicht, dass überhaupt jemand Lust hat, irgendwas davon nachzuahmen, wenn wir die richtigen Informationen rausgeben. Und wenn wir Dario glauben, was ich persönlich tue, kann ohnehin niemand einfach so diesen präzisen Zungenschnitt ausführen.« Sie kam zu Leana und stellte sich neben sie.

»Er gefällt dir sehr, nicht wahr?«

Natalia zog die Schultern hoch: »Wer?«

»Ach komm, verkauf mich nicht für blöd. Du flirtest mit Dario.«

Natalia blickte zu Boden. »Er ist mal was anderes. Also, folgender Aufruf: Foto Thien Duc, Text, dass wir seine Freundin suchen und um Mithilfe bitten. Fotos der beiden traurigen Gestalten auf dem Feld. Text, dass wir um Mithilfe bitten, um sie zu identifizieren, und dass davon ausgegangen werden muss, dass ihre Kinder und Frauen verschwunden sind.«

»Print oder TV?«

»Beides. Können wir das Korbinian geben?«

»Dann kann man es zu uns zurückverfolgen.«

»Unsinn, Korbinian hat Tausende Kontakte wie dich und mich. Oder hast du mit ihm schon über den Fall gesprochen?«

»Oh nein, nicht du auch noch. JJ hat mir das auch unterstellt!« Leana dachte an den Nachmittag zurück, der so ewig weit weg schien und doch nur achtundvierzig Stunden hinter ihr lag.

»Nicht so empfindlich, Chefin«, frotzelte Natalia. »Ich dachte wirklich, aus Korbinian und dir wird was, bis dann dein Super-Gregor in Deutschland auftauchte.«

»Korbinian ist ein guter Typ, aber nicht mein Typ. Ich habe mit ihm nicht über diese Ermittlung gesprochen.«

»Gut, also geben wir es ihm. Dann haben wir Sicherheit, dass er es in die richtigen Kanäle lenkt.«

Leana ging noch einmal an allen Fotos entlang. Blieb stehen und blickte zu Natalia, die ihr jetzt auf der anderen Seite gegenüberstand. »Er ist kein Super-Gregor. Er ist eitel, selbstverliebt, klug und arrogant, charmant und gut aussehend, aber nicht super.«

»Ich würde ihn nehmen.« Natalia grinste. »Also, was machen wir?

»Unser Täter ist mit allen Finessen ausgestattet, er hat mir einen Film zukommen lassen. Mich wundert, dass er es nicht selbst macht, bei dem, was er alles kann.«

Natalia nickte, setzte sich auf die oberste der drei Stufen, die zu den Schreibtischen hinunterführten. »Das ist eine sehr valide Überlegung. Du fürchtest, dass wir wie bei Monika Gruber zu seinem Plan gehören?«

»Genau. Ich meine«, Leana kam zu ihr und nahm eine Stufe weiter unten Platz, »wir bekommen diesen Film, weitere Morde geschehen, keine Filme. Nicht von JJ, nicht von Hessen. Welchen Vorteil könnte es für den Täter haben, wenn wir es an die Presse geben und nicht er?«

Natalia zog die Nadeln aus ihrem strengen Dutt, ließ ihre Haare lang über den Rücken fallen. »Nun, wenn die Info von uns kommt, wird sie gesendet. Das ist Punkt eins. Bekäme Korbinian von irgendwoher eine Info, würde er sie prüfen, vielleicht auch uns vorlegen, das kostet Zeit, ist also ein Umweg.«

»Also keine Umwege. Tauchen die Fotos oder der Film bei den einschlägigen Onlinemedien auf, steht die Öffentlichkeit zunächst einmal ratlos davor.« Leana stand auf, ging an ihren Laptop und tippte das Gesagte ein. Dann fuhr sie fort: »Wenn die Öffentlichkeit weiß, woher die Info kommt, weiß sie auch, wohin sie sich mit Infos wenden kann. Nämlich an uns.«

»Und dann wären wir die Handlanger«, sagte Natalia düster. »Er kann sich in unser System hacken, Tanni hin oder her.«

»Ich hör wohl nicht richtig.« Tanni war leise hereingekommen und hatten den beiden zugehört. »In meine Systeme nicht. Aber ganz sicher in die der normalen Polizei.«

»Und das genügt«, resümierte Leana, »aber was will er damit erreichen? Ich kann mir bei so einem Profi nicht vorstellen, dass wir irgendwas für ihn aufstöbern, was er nicht selbst finden könnte.«

»Aber was, wenn doch?« Natalia ließ ihren Kopf kreisen. »Vielleicht ist ein weiterer Mensch, an dem er Rache nehmen will, tatsächlich für ihn nicht auffindbar. Und wir sollen ihn hochscheuchen! Wir wissen, dass Thien Duc für die Triaden Geld gewaschen und davon sehr gut gelebt hat. Jetzt ist er tot. Die Triaden werden an dem Mord genauso herumrätseln, wie wir es tun, denn sie haben ihn, wenn wir Dario glauben können, nicht selbst begangen.« Natalia drehte ihre Haare wieder hoch und befestigte sie geschickt mit zwei langen Nadeln. »Denn womöglich hatte niemand innerhalb der Triaden einen Grund, Thien Duc zu ermorden, und schon gar nicht auf diese spezielle Weise. Aber das wissen nur wir. Wer immer von der Mafia mit ihm zu tun hatte, fürchtet sich jetzt.«

Tanni ging zu ihrem Platz: »Die neue Datenübertragung fängt gerade an, mal sehen, ob die was für uns haben. Wart ihr schon essen?«

»Ich habe keinen Hunger«, antwortete Leana, »geht ohne mich.«

»Nati? Die Übertragung dauert mindestens eine halbe Stunde, kommst du mit?«

Natalia nickte, stand auf und wartete, bis Tanni bei ihr war. »Ich bring dir ein Sandwich mit, Leana.«

Leana blieb allein in dem großen Raum zurück. Über der Glaskuppel senkte sich zum zweiten Mal die Nacht herab. Sie nahm an, dass alle anderen in der Kantine sein würden. In einer Stunde sollte die nächste Teambesprechung beginnen. Leana genoss es, allein zu sein, ohne Kommentare oder Geräusche von anderen Menschen noch einmal das Geschehene Revue passieren zu lassen. Sie dachte an Gregor und ihre Töchter und war im Moment froh, sie so weit weg zu wissen. Wenn das hier vorbei war, musste sie Gregor noch einmal in Ruhe sagen, dass sie die Scheidung wollte, weil sie für ihre Beziehung keine Zukunft mehr sah. Leana schob die Gedanken beiseite und konzentrierte sich wieder auf die vorliegenden Informationen. Sie las die Berichte der Forensik, alles über die Tötung, den Todesschlag, die Ergebnisse der Biologie und der Physik. Alle hatten in kürzester Zeit viel herausgefunden, aber nichts davon half ihnen weiter. Sie stand wieder auf und lief wie ein Tier im Käfig Runde um Runde an den zahlreichen Bildschirmen entlang, auf der Suche nach einem Detail, das ihr entgangen war. Erst diese brutale Folterung, dann aber der Todesschlag? Wie passte das zusammen?

Tannis PC gab ein Gackern von sich. Leana wusste, dass dieses Gackern immer erklang, wenn irgendwas im Rechner erfolgreich verlaufen war. Sie nahm an, dass die Datenübertragung durch war, und ging hin. Auf dem Display blinkte ein Icon in Form eines Ordners. *New Data* stand darunter. Sie griff nach der Maus, ging auf das Icon, klickte die rechte Maustaste und rief die Eigenschaften des Ordners auf. Alle Angaben waren ordnungsgemäß. Also klickte sie auf Öffnen.

Tannis Bildschirm wurde dunkel. »Verdammt«, zischte Leana, ihr brach der Schweiß aus. Die umlaufenden Bildschirme flackerten, dann wurden auch sie dunkel. Leana rannte los, sie musste Tanni finden. Als sie in der Mitte des Raums ankam, gingen alle Bildschirme gleichzeitig an. Auf einigen Bildschirmen lief der Film über die Ermordung Thien Ducs. Auf anderen der Schuss auf JJ, auf den verbliebenen Bildschirmen der Film der Ermordung in Hessen. Und immer wieder tauchten dazwischen aktuelle Fotos ihrer Töchter auf. »Oh mein Gott«, stöhnte Leana und drehte sich um sich selbst. Sie wollte schreien, aber sie konnte nicht, sie bekam keine Luft. Sie fühlte, dass sie zu ersticken drohte. Leana fiel auf die Knie. Sie las die Laufzeilen in den Filmen: ›*Finde die wahren Täter*‹. Im ersten Film lag eines von sechs Spielpüppchen, in JJs Film lag immer noch eines von sechs, im dritten Film drei von sechs.

»Leana, was ist passiert?« Fin sprang die Stufen zu ihr hinunter und hob sie hoch. Sie röchelte, sie hatte das Gefühl zu ersticken. Er ohrfeigte sie, und endlich bekam sie Luft und konnte schreien. Ein Schrei, der durch die Flure hallte. Fin zog sie mit sich, während sein Blick über die Fotos und Filme glitt, er hob Leana hoch, eilte über die Stufen, rannte aus dem Raum und schlug auf den roten Alarmknopf. Kaum waren sie draußen, wurde der Raum versiegelt. Leana hörte noch, dass die Sirene losschrillte, dann wurde sie ohnmächtig.

5. MITTWOCH

»Da, Maxim, sie kommt zurück«, hörte Leana weit entfernt Fins Stimme. Ihr Kopf schmerzte erbärmlich, das Atmen tat ihr weh. Sie öffnete vorsichtig die Augen, das helle Licht brannte in ihren Augen. Maxim beugte sich über sie. »Schön, dass du wieder da bist. Willkommen zurück am Mittwochmorgen um fünf Uhr dreißig.«

»Ich sehe dich rosa!« Leana hatte das Gefühl, zu lallen.

»Das kommt von den Medis. Keine Angst, alles wird wieder gut.« Als er lächelte, wurde sein Gesicht für Leana zu der Fratze einer lachenden Katze. Sie schloss die Augen vorsorglich wieder. »Was ist mit den anderen?«

»Die stehen jetzt gleich auf, gehen frühstücken und sind dann im neuen Ermittlungsuniversum. Der alte Raum wurde versiegelt und komplett vom Netz genommen, die Rechner werden nach der Untersuchung zerstört.« Fins Stimme klang wie eine falsch gespielte Geige.

»Wie lange dauern die Halluzinationen?«

»Kann noch ein, zwei Tage andauern.« Maxim lächelte.

»Wie lange war ich weg?«

»Knapp neun Stunden«, sagte Fin leise, und jetzt klang seine Stimme wie das Fiepen einer Ratte.

Leana setzte sich auf, aber ihr Kopf schmerzte so sehr, dass sie sich wieder hinlegte. »Erzähl mir alles. Aber rede nicht so leise, sonst klingt es nach einer Ratte. Wenn du lauter sprichst, eher nach einer schlecht gestimmten Geige.«

Fin lachte und fasste zusammen: Erstmalig, seit diese Einrichtung bestand, sei sie Gegenstand eines Angriffs gewesen und damit fortan für die angedachten Zwecke wertlos. Die Evakuierung hatte bereits begonnen. Die Filme seien auf allen gängigen Portalen zu sehen gewesen und hätten weltweit für Millionen Klicks gesorgt. Die Presse überschlug sich. Maria Schneider hatte am Morgen eine Pressekonferenz gehalten und um Mithilfe gebeten. Die Ermordung der Vietnamesen sei so dominant, dass bisher noch niemand nach Dr. Janosch Jacob Köhler gefragt hätte.

Leana spürte, dass es noch nicht alles war. Sie schlug die Augen wieder auf. »Was noch?«

»Nun, es ist …«, antwortete Maxim. Leana setzte sich wieder auf und ignorierte ihren schmerzenden Kopf. Maxim knetete seine Hände. »Du hast eine E-Mail erhalten. Eine Art Bekennerschreiben zu der Kontrollübernahme im Ermittlungsraum.«

»Wo ist diese E-Mail?«

Fin blickte Maxim an, der mit den Schultern zuckte. Fin nahm einen Ausdruck und reichte ihn Leana. »Kannst du selbst lesen?«

Leana nickte, setzte sich ganz aufrecht, wartete, bis der Schwindel weg war, und nahm die ausgedruckte E-Mail aus Fins Händen. Einen Moment lang verschwamm der Text vor ihren Augen, dann erkannte sie die einzelnen Buchstaben.

»Kommissarin,
das diente nur dem Beweis, dass ich immer Sie finde. Vielleicht brauche ich manchmal ein paar Tage, aber selten länger. Kehren Sie ruhig in Dienststelle zurück mit gesamte Team oder bleiben Sie, wo sind, ich weiß, wo ich Sie kann erreichen. Ihnen und Kinder geschieht nicht. Siehe Anlage.«

»Was ist in der Anlage der E-Mail gewesen?«

Fin reichte ihr weitere Ausdrucke. »Aktuelle Fotos von deinen Töchtern«, sagte er und streckte die Hand nach ihr aus. Leana nahm sie, krallte sich daran fest und sagte: »Maxim, schnell, eine Schale, ich muss kotzen!«

Nachdem Leana sich den Mund abgewischt hatte, bat sie um Wasser und trank fast die ganze Flasche leer. »Es ist wieder eine Frau, ich will verdammt sein, aber es ist wieder eine Frau. Sie hat von Monika Gruber gelesen, deshalb will sie mich!«

»Wie kommst du darauf?«, fragte Fin.

»Ich spüre es im Text. Ich kann dir nicht sagen, weshalb, aber ich bin ganz sicher, es ist eine Frau.« Sie schob langsam die Beine aus dem Bett, blickte an sich hinab und schluckte die Frage runter, wer sie ausgezogen und in diesen OP-Kittel gesteckt hatte. »Ich geh in mein Zimmer und zieh mich an.« Sie hielt mit der linken Hand hinten den Kittel zusammen.

»Fin, begleitest du sie bitte in ihr neues Zimmer? Erstens weiß Leana nicht, wo es ist, zweitens kann es sein, dass sie noch einmal ohnmächtig wird.«

Leana stützte sich auf ihn. Sie nahmen den Aufzug in die erste Etage, denn auch die ebenerdigen Räume, in denen sie geschlafen hatten, waren versiegelt. Schweigend gingen sie den Gang entlang.

»Wenn das hier vorbei ist«, sie atmete schwer, »ist meine Polizeiarbeit auch vorbei. Das schwöre ich hier und jetzt, und du wirst mich daran erinnern.«

»Das ist eine Ausnahmesituation!«

»Fin«, Leana blieb stehen, »es ist, als wäre diese Person in meinem Kopf. Noch gestern, als ich da allein in diesem Ermittlungsuniversum war, dachte ich, wie gut, dass meine Töchter so weit weg sind, weil ich sie in Sicherheit wähnte. Ich will nie wieder, dass sie meinetwegen in Gefahr sind. Hörst du, nie wieder!«

Fin legte den Arm um sie und schwieg. Er begleitete sie zu ihrem neuen Zimmer, schloss auf und ließ ihr den Vortritt. Es glich dem anderen, nur dass das Bett doppelt so groß war und die Fenster bodentief. Rechts stand ein Tisch mit einer Kaffeemaschine, deren Anblick ihr einen Stich versetzte, weil sie Leana an JJs erinnerte, die ihn ihrem Büro in der Völklinger Straße stand. Ihr Koffer war da, ihre Anziehsachen lagen über der hohen Lehne eines dunkelblauen Sofas zwischen den beiden Fenstern, durch Jalousien aus dunklem Holz fiel das dämmerige Licht des nahenden Sonnenaufgangs. Leana blieb in diesem schützenden Halbdunkel in der Mitte des Raums stehen und hörte, wie Fin hinter ihr die Tür schloss. Ihr Herz schlug wild. *Es sind nur die Medikamente*, schalt sie sich. In ihrem Kopf barsten die Nervenbahnen, weil sich die Angst um ihre Töchter mischte mit Wut und Mitleid für die Täterin, mit ihrem Zorn auf Gregor und den Schmetterlingen im Bauch, was ihr in diesem Moment als das unpassendste aller Gefühle erschien. Leana hob die Arme und versuchte, die Schnüre des OP-Kittels im Rücken zu öffnen. Sie hörte, dass Fin den Schlüssel herumdrehte, und wartete mit angehaltenem Atem. Sie vernahm das Knarren des Holzbodens unter seinen Stiefeln, dann fühlte sie die Wärme seines Körpers hinter sich. Er umschloss mit seinen großen Händen ihre. Leana seufzte. Fin schob ihre Hände nach vorn, nahm mit einer Hand ihre langen Haare und legte sie ihr nach vorn über die Schulter, dann öffnete er behutsam die Schnüre des OP-Kittels, schob ihn über ihre nackte Haut nach vorn. Leana zitterte, weil sie es kaum aushalten konnte, wie sehr sie diesen Mann begehrte. Sie ließ den Kopf nach vorn sinken. Fin ging hinter ihr ein wenig in die Knie, umfasste sie und trug sie zum Bett. Sie überließ ihren Körper seinen großen Händen, wanderte mit den Fingerspitzen über seine zahlreichen Tattoos, seine sehnigen Arme, entdeckte drei alte Schusswunden und zahlreiche Narben von Messerstechereien. Irgendwann wurde ihr Kopf völlig leer, und sie ergab sich diesem wunderbaren Gefühl, nur noch ihren Körper zu spüren.

Als Leana unter der Dusche stand, wurde ihr wieder schwindelig, aber sie genoss es, denn es war ein sinnlicher Schwindel, und die Welt um sie herum wechselte willkürlich die Farben. Leana streckte ihr Gesicht nach oben und ließ den Wasserstrahl daraufprasseln. Als sie sich einseifte, spürte sie, dass sich ihr ganzer Körper anders anfühlte, mit Empfindungen aufwartete, die neu waren, und an manchen Stellen war ihre Haut voller Erinnerungen. Leana wickelte sich nur ein Handtuch um die Hüfte und trat tropfend aus dem Bad. Fin lag nackt in den zerwühlten Laken, hatte einen Kaffee neben sich stehen und ihr einen auf den Nachttisch gestellt. Er lächelte sie an mit seinen grünen Augen, und ihr wurde sofort wieder flau. Sie blickte auf ihn hinunter und kämmte ihre langen braunen Haare aus. »Seit wann?«

Fin nippte an seinem Kaffee. »Vom ersten Moment im Konferenzraum an. Da begriff ich, warum Janosch Jacob stets dafür gesorgt hat, dass du meinen Weg nicht kreuzt. Er muss sehr sicher gewusst haben, wie ich auf dich reagiere.«

Leana legte die Bürste neben ihre Kaffeetasse, drehte Fin den Rücken zu und setzte sich auf die Bettkante. Er nutzte die Gelegenheit und glitt mit seinen Fingerkuppen von ihrem Hals bis zu ihrem Po. Wieder fröstelte Leana. Sie rückte von ihm ab, was ihm ein kehliges Lachen entlockte. »So schlimm?«

Leana ignorierte das, trank einen Schluck und las noch einmal die E-Mail. »Wieso eine Frau?«, murmelte sie vor sich hin, seufzte und blickte auf die Fotos. Sie zeigten ihre Töchter, wie sie vor dem Haus aus der gepanzerten Limousine ausstiegen. Zwei bildschöne junge Mädchen mit den Locken ihres Vaters und seinem athletischen Körperbau. Leanas Herz verkrampfte sich bei dem Anblick – wie schutzlos sie in diesem Augenblick waren!

Georgia drehte sich mit erschrockenem Blick nach irgendetwas um. Leana ahnte, dass es ein ungewöhnliches Geräusch gewesen war – Georgia hatte ihre Gene geerbt, sie hörte und spürte mehr als andere Menschen. Die Täterin wollte ihr hiermit zeigen, dass sie vor Ort war. Der Datumsstempel zeigte Montagabend, siebzehn Uhr dreißig. Das war die Uhrzeit, wenn die Töchter aus der Ganztagsschule kamen. Leana fror bis in die Knochen. Fin rückte hinter sie, spreizte seine Beine rechts und links an ihr vorbei und verschränkte schützend seine Arme vor ihrer Brust. »Wir kriegen sie, und deinen Kindern wird nichts geschehen, das verspreche ich dir.«

»Wie willst du das wissen?«

»Hätte sie ihnen etwas tun wollen, wäre das bereits geschehen.«

»Ich will mit Maxim an einem Profil arbeiten.«

»Das ist gut!« Er küsste ihren Nacken. »Kannst du jetzt aufstehen, dich anziehen, vielleicht etwas frühstücken und mit mir in die neue Ermittlungsinsel gehen?«

Einen Moment lang dachte Leana, er hatte sie nur verführt, damit sie wieder funktionierte. Aber dann fügte Fin hinzu: »Ich bekomme nämlich schon wieder einen Ständer!«

Es klopfte an ihrer Tür. Leana sprang auf, lief durchs Zimmer und fragte: »Wer ist da?«

»Ich bin es, Dario. Ich suche Fin, ist er bei dir?«

Leana blickte sich zu Fin um, der den Kopf schüttelte.

»Nein, Dario. Wir sehen uns gleich im Ermittlungsraum, ich muss mich noch anziehen und frühstücken.«

»Gut, dann bis gleich.«

Leana nahm ihre Unterwäsche von der Sofalehne und zog sich langsam an. Fin verließ murrend die warmen Decken, stellte seine Kaffeetasse neben Leanas, hob seine Jeans auf und streifte sie über seine Füße. Erst jetzt fiel Leana auf, dass seine Gürtelschnalle die Form eines silbernen Drachenkopfs hatte. Die archaische Männlichkeit, die von Fin ausging, zog sie trotz der bedrohlichen Situation unwiderstehlich an, und sie gestand sich selbst ein, dass sie völlig verknallt war. Die Wildheit, mit der er sie genommen hatte, war ihr so nie begegnet und hatte eine neue Sehnsucht in ihr geweckt.

Wieder klopfte es, und da gleich darauf die Klinke heruntergedrückt wurde, wusste Leana, dass es nur Natalia sein konnte. »Ich komme gleich in den Frühstücksraum«, rief sie.

»Ich hab Frühstück dabei, also mach auf«, quoll Natalias verschlafene Stimme durch die Tür.

»Das geht nicht. Wir sehen uns später, ich erkläre es dir dann.« Leana bemühte sich, nicht zu lachen. Sie blickte Fin an, der gerade sein T-Shirt überzog und mit dem rechten Fuß nach seinem zweiten Stiefel unter dem Bett fischte. »Du musst jetzt verschwinden, wer weiß, wer noch an diese Tür klopft«, flüsterte sie.

»Geh du lieber zuerst. Ich wette nämlich, dass Natalia da draußen steht und wartet«, flüsterte er zurück, »wenn sie nur ein bisschen so ist wie ihre Cousine Sanda.« Er trat so neben die Zimmertür, dass sie ihn verbarg, wenn Leana sie öffnete, und verbeugte sich leicht. Leana zog ihre Strickjacke über, streckte noch einmal die Hand nach ihm aus, weil sie einfach nicht fassen konnte, was gerade mit ihr passierte. Fin nahm ihre Hand und küsste sie, während er sie anlächelte. Vorsichtig drehte Leana den Schlüssel, drückte langsam die Klinke nach unten und öffnete. Schnell trat sie auf den Flur hinaus und zog die Tür hinter sich zu. Wie vorhergesagt wartete Natalia rechts von der Tür, immer noch das Frühstückstablett in den Händen.

»Da mach ich einmal Zimmerservice und werde nicht eingelassen?«

»Es ist nur ... ich habe mich im Zimmer übergeben, es riecht übel, und außerdem will ich, dass das Team sieht, dass es mir wieder gut geht.«

»Tut es das denn?« Natalia blickte sie durchdringend an. »Nun ja, wenn Ohnmachten, ein paar Medis und Übelkeit für so einen rosigen Teint sorgen, hätte ich das auch gern.«

»Komm jetzt.« Leana wandte sich zum Gehen, damit Natalia nicht sah, wie sie lächelte. Auch auf dieser Etage sorgten farbige Bänder im Boden dafür, dass man sich nicht verlief. Nach wenigen Minuten erreichten sie den Frühstücksraum, und Leana hatte keine Idee, wie er es geschafft hatte, aber Fin saß dort bereits mit Dario, Maxim und Tanni an einem langen Tisch. Dario sah sie eindringlich an. Sein besorgtes Gesicht ließ sie ahnen, wie groß der Schock für alle gewesen war. Leana verschaffte sich noch ein wenig Zeit, indem sie langsam am Büfett entlangging. Sie fühlte Fins Blick in ihrem Rücken und grinste.

»Was ist los?«, fragte Natalia leise, immer noch das Tablett in den Händen. »Du strahlst wie ein Teenie, obwohl deine Töchter bedroht wurden. Leana, das macht sich nicht so gut!«

»Später!« Leana ging zum Tisch, setzte sich Fin gegenüber neben Dario und warf einen Blick auf die große Uhr über dem Eingang: sieben Uhr. »Dario, was wissen Sie über Frauen in dieser Cu-Chi-Sekte?«

»Wir wissen, dass es sie gibt, mehr nicht. Bisher sind wir davon ausgegangen, dass sie Kinder gebären, und das war's, weil wir ja auch dachten – und ich denke es immer noch –, dass es Cu Chi gar nicht gibt. Warum?«

Natalia setzte sich Dario gegenüber neben Fin, und Leana wandte sich Dario ganz zu: »Weil wir es mit einer Frau zu tun haben. Deshalb ist unser Täter so klein und leicht. So wie Natalia, nur noch ein paar Zentimeter weniger.«

»Wie kommen Sie auf eine Frau?«, fragte Dario, und Leana hörte die Irritation in seiner Stimme.

»Es ist die Höflichkeit in ihrer Schreibweise. Ein Mann hätte Drohgebärden verwendet, auch verbal. Er hätte sich mit seinen Fähigkeiten gebrüstet und seine Überlegenheit unterstrichen.«

Dario setzte sich umständlich neu hin. »Ich glaube nicht, dass eine Frau so viel Kraft hat.«

»Du kannst es gern bei mir versuchen«, forderte Natalia ihn heraus und schmierte Marmelade auf ihr Brötchen, »es ist keine Frage der Muskelkraft, sondern der Technik. Eine Fünfzig-Kilo-Frau kann im Karate bei einem technisch einwandfrei ausgeführten Faustschlag mit hundert Kilo Schlagkraft aufwarten, möglich ist sogar mehr.«

»Du hast sicher recht«, sagte Leana und beugte sich vor, um Maxim sehen zu können. »Ich möchte mit dir an einem Profil arbeiten.«

Maxim nickte.

»Tanni, ich möchte, dass du alle Berichte über Monika Gruber raussuchst. Wann der erste erschien und was genau drinstand. Ich fürchte, die Frau hat sich von Monika inspirieren lassen, und so ist sie auch auf mich gekommen.«

Sven, dem man ansah, dass er schon gelaufen war, kam mit Zorro und Theo in den Frühstücksraum, sie klopften zur Begrüßung auf den Tisch und gingen an das Büfett.

»Fin«, Leana versuchte, nicht zu grinsen, als sie ihn ansah, »sprich mit Maria Schneider. Ich will, dass wir in die Völklinger Straße zurückkehren.«

Fin schüttelte unwillig den Kopf.

»Es ist aber wichtig«, setzte Leana nach. »Damit signalisieren wir der Täterin, dass wir ihre Post bekommen haben, dass wir sie ernst nehmen. Und ich fühle, dass das, dieses Ernstnehmen, im Moment das Dringlichste ist und vielleicht dazu führt, dass sie mit dieser Taktung aufhört und uns eine Verschnaufpause gönnt.«

Fin runzelte die Stirn und blickte Leana prüfend an. Sie versuchte ihm standzuhalten, aber schließlich gab sie auf, senkte den Blick und konzentrierte sich auf seine großen Hände. »Bitte, versuch es wenigstens.«

»Ich bin überzeugt, dass Leana recht hat«, meldete sich Maxim zu Wort. »Diese Person ist da draußen ganz allein. Egal, wie sehr sie daran gewöhnt ist, es wird ihr guttun, wenn sie gehört wird.«

»Schnickschnack.« Natalia biss in ihr Brötchen und sprach mit vollem Mund weiter. »Sie hat durch die verdammten Filme genug Aufmerksamkeit bekommen.«

Maxim schüttelte langsam den Kopf. »Es ist nicht die Aufmerksamkeit, die sie will oder die ihr guttun wird, sondern dass jemand, nämlich Leana, auf sie eingeht. Eine Beziehung mit ihr eingeht, sie verstehen kann. Die Veröffentlichung der Filme ist eher die Maßnahme eines wütenden Kindes, das seinen Willen nicht bekommen hat.«

»Du hast also mit dem Profil schon angefangen?« Leana lächelte ihn an, und Maxim nickte. »Während ich bei dir am Bett saß, haben Fin und ich erst Schach gespielt, aber dann schlief er ein.«

»Also«, wandte sich Leana wieder Fin zu, »wirst du es versuchen?«

»Wer bitte ist Tania Marencovic?«, unterbrach eine barsche Stimme die Unterhaltung am Tisch. Alle drehten sich zur Tür um.

»Wer will das wissen?«, fragte Natalia.

»Fritz Wagner!« Der zierliche Mann mit dem Irokesenschnitt kam an ihren Tisch. »Ich bin der Chef der IT-Abteilung in diesem Haus. Also, wer ist Tania Marencovic?«

»Warum wollen Sie das wissen?«, hakte Natalia nach, und Leana schüttelte den Kopf, weil Natalia sich wie eine typische große Schwester benahm.

Fritz Wagner starrte düster auf Natalia hinunter. Seine Augen waren von einem durchscheinenden Grau, tiefe Ränder darunter zeugten von zu wenig Schlaf, seine Jeans war verwaschen und zerrissen, auch sein T-Shirt wartete mit Löchern auf.

»Tania Marencovic hat trotz klarer Verbote und spezieller Firewalls, die das eigentlich unmöglich machen, Anker im System versenkt. Gestern Abend, als der Raum versiegelt wurde und damit auch die IT des Raums, jede Verbindung zu jeglichem Datennetz, hat diese Tania Marencovic die Dreistigkeit besessen, ungeachtet der Versiegelung eine virtuelle Funkverbindung aufzubauen, die die Virilität des Ankers unterstützte. Und heute haben wir dann eine nicht vorgesehene Rückverfolgung der Datenspur in der Cloud der immer noch bestehenden Funkverbindung entdecken müssen.«

Tanni sprang auf und stieß dabei ihre Kaffeetasse um. »Habt ihr die Daten gelöscht?«

»Ist das jetzt gut oder schlecht?«, fragte Fin.

»Sie sind also Tania Marencovic? Kommen Sie bitte mit«, sagte Fritz Wagner steif und doch so autoritär, dass kein Widerspruch denkbar war.

»Wir brauchen Tanni«, Leana stand ebenfalls auf. »Sie können sie nicht einfach ausleihen. Sie gehört zu unserem Team.«

»Wir müssen wissen, wie sie das gemacht hat. Wenn sie es uns nicht sagt, ist das für alle schlecht!«

Leana ahnte, dass da vielleicht sein Job auf dem Spiel stand.

»Habt ihr die Daten gesichert?«, drängte Tanni.

Fritz nickte.

»Dann komm ich gern mit!« Tanni stellte ihre Kaffeetasse

wieder hin, goss sich nach und kletterte aus der Bank. »Okay, Nati?«

Natalia nickte. »Aber nur ein oder zwei Stunden. Wir sind hier schließlich nicht im Trainingscamp.« Leana hörte den Stolz in Natalias Stimme und verspürte selbst ein Echo davon in ihrer Brust.

Der Rest des Teams brach gemeinsam auf, versorgte sich mit Kaffee und Saft und noch ein paar Brötchen, um den Tag zu starten. Da alle Spuren ausgewertet waren, die Biologie nichts zu untersuchen und die Physik nichts zu berechnen hatte, gesellten sich Sven, Zorro und Theo zu Leana und Maxim, um das Profil zu erarbeiten. Fin und Natalia wollten die von Janosch Jacob betreuten Fälle seiner aktiven Zeit als Ermittler durchleuchten. Für zwölf Uhr hatte Fin eine Videokonferenz mit Maria Schneider organisiert, an der das gesamte Team teilnehmen sollte.

Sie hatten sich ein paar Stühle vor die linke Seite der Bildschirme gestellt, und Maxim stellte vor, was er bisher zusammengetragen hatte:

Sie ist sehr gut ausgebildet, erschien auf dem ersten Bildschirm, und auf dem zweiten Bildschirm daneben die Conclusio der Aussage: *Ausdauernd.*

Eindeutig zu erkennende Handschrift (Cu-Chi-Sekte)
-> Keine Angst, sich zu erkennen zu geben, Absicht, erkannt zu werden.
Präzision der Ausführung
-> Lange Planung, Kontrollwunsch bis Kontrollfreak
Grausamkeit der Morde
-> Sie hat persönliche Gründe
Schlag auf den Karotissinus (bei allen bisherigen Opfern)
-> Mitleid (trotz des persönlichen Grundes)
Kontaktaufnahme zu Leana

-> *Wunsch, verstanden zu werden, Einsamkeit, Trauma*

»Meine Güte, wenn ich ehrlich bin, kann ich das nicht mehr hören, diese ganzen Typen immer mit Traumata in ihrer Kindheit, die dann als Erklärungen für jedwede Gewalttaten herhalten«, blaffte Sven und sah Leana herausfordernd an. Sie fragte sich, ob Fin nicht doch recht damit gehabt hatte, dass es zwischen ihnen Spannungen gab.

Leana stand auf und stellte sich vor die Bildschirme. »Wenn wir ein Profil erstellen, geht es nie darum, den oder die Täter zu verteidigen. Sondern darum, sie besser zu verstehen, damit wir wissen, wen wir suchen. Um einzuschätzen, wo diese Person Fehler machen könnte, um sie vielleicht aus der Reserve zu locken. Davon ab, Sven, mich stört es genauso sehr wie dich, dass wir Monika Gruber nicht gefunden haben. Jede freie Sekunde in den letzten Wochen, seit Monika Gruber uns entkommen ist, habe ich nach ihr gesucht, und das werde ich weiterhin tun. Was mit dieser Täterin hier passiert ist, wissen wir ebenso wenig, wie wir es von Monika Gruber wussten. Monika Grubers Wahrheit war so grausam, dass ich geweint habe. Zum Glück für uns alle hat keiner von uns jemals etwas Vergleichbares erlebt. Aber gerade *weil* kein anderer es erlebt hat, gerade die mangelnde Fähigkeit, sich auszumalen, was ihnen zugestoßen ist, macht die Einsamkeit solcher Menschen aus. Und wenn wir uns in sie hineindenken, auf sie zugehen, beenden wir ihre Einsamkeit oder stellen das zumindest in Aussicht. Und das sorgt dafür, so hoffen wir jedes Mal, dass uns der Täter entgegenkommt.« Leana rang die Hände, sie spürte ihre eigene Verzweiflung. Sie wusste, wie schwer und wie gefährlich es war, sich auf die Psyche eines Mörders, einer Mörderin einzulassen. Sie selbst war in Afrika beinahe daran zugrunde gegangen. Man konnte sich so leicht dabei verlieren, und doch war es genau diese Fähigkeit, die Leana so erfolgreich machte.

Sven hob die Hände. »Es tut mir leid, du hast völlig recht, Leana. Es ist nur – wenn ich mich in sie hineindenke, kommt es mir vor, als würde ich erlauben, dass sie so ist, als würde ich es gutheißen oder zumindest legitimieren. Und es ist, als würde es diese Seite auch in mir selbst geben.«

Leana nickte: »Ja, dazu gehört ein bisschen der Mut, sich selbst zu verlieren, ohne Garantie, dass man sich unverändert wiederfindet. Du kannst gern mit Natalia und Fin arbeiten, wenn es dir dabei besser geht. Wir sind genug für das Profil.«

»Willst du, dass ich gehe?«

»Das habe ich nicht gesagt, Sven. Aber wenn du die Blockade nicht aufgeben kannst, ist es für dich und uns besser, wenn du was anderes machst, denn so wie du dich blockierst, so blockierst du in dem Moment auch das Team.«

»Verstanden, Mam.« Er nickte ihr zu, und Leana machte den Platz wieder frei für Maxim, der mit seiner Liste fortfuhr. Am Ende seines Vortrages fügten sie weitere Attribute und deren Conclusio hinzu. Es wurde immer deutlicher, dass die Mörderin eine Einzelgängerin war und dass sie in Leana eine Verbündete sah, weil sie Monika Gruber gejagt hatte.

Während Theo, Sven, Zorro und Leana weitere Ideen sammelten, wertete Maxim Tannis Daten rund um die Zeitungsartikel über Leana aus. Als das Team mit dem Profil fertig war, übernahm er das Wort und erklärte, dass es durchaus eine Lesart gab – je nachdem, worauf man den Fokus setzte –, die die Annahme zuließ, Leana habe mit Monika Gruber sympathisiert. »Also möchte ich einen Schritt weitergehen«, beendete Maxim seinen Vortrag: »Sie wünscht sich eher Sympathie als Anerkennung von Leana.«

»Hi, Fools«, tönte es plötzlich von Tanni. »Wir haben eine echt geile Spur, und die führt mitten in den Serverraum des

Steigenberger Parkhotels. Fin versucht schon klarzumachen, dass ich mich da mal reinhacken darf, um genau festzumachen, wann sie die Daten hochgeladen hat. Die Namen der Insassen werden schon vom LKA-Team gecheckt, mal sehen, ob da eine kleinwüchsige Perle drauf ist.« Tanni war ganz offensichtlich beschwingt von dem, was ihr gelungen war.

»Hat der Typ noch seinen Job?«, fragte Theo augenzwinkernd.

»Na klar, jetzt wieder. Ich meine, das, was ich kann, können zumindest ein paar andere Freaks auch, und das muss er draufhaben, sonst kann der die Bude hier oder jede andere nicht wirklich schützen. Die gefälschte Cloud arbeitet mit gespiegelten Daten, die aber eigentlich leer sind. Zum Beispiel steht da ›Theo‹, aber nichts über Theo ist drin. Deshalb nimmt ein Suchprogramm eines Hackers diese Daten zwar wahr, aber berücksichtigt sie nicht. Meine Gelegenheit«, sie grinste über das ganze Gesicht, »den Anker genau da zu versenken: Sobald das Programm vorbeikommt, hängt er sich hinten ran.«

»Tanni, bitte!« Leana schüttelte den Kopf. »Das heißt im Klartext, sie ist in Düsseldorf?«

»Zumindest war sie es wohl gestern, als sie uns, besser gesagt dir, die Filme geschickt hat, weil wir ja davon ausgehen, dass sie ohne Hansels arbeitet.«

»Das ist ein weiterer Grund, dass wir auch dorthin zurückkehren.«

»By the way«, nuschelte Zorro, »haben wir nicht um zwölf ein Date mit Maria Schneider?«

Alle drehten sich zur Uhr um, es war bereits zehn Minuten vor zwölf. Leana ging die Stufen in die Mitte hinunter und auf der anderen Seite wieder hoch zu Natalia und Fin, die mehrere ausgedruckte Listen vor sich hatten, auf denen diverse Zeilen durchgestrichen waren.

»Natalia, Fin, es ist kurz vor zwölf. Wo findet die Videokonferenz statt?«

»Gleich hier im Raum. Lasst uns vor den großen Hauptbildschirm gehen.« Er stand auf, zeigte auf die Listen vor sich. »Es ist eine Strafarbeit, aber wir kommen voran. Was macht das Profil?«

»Wir stellen es euch gleich vor, wenn es hilft, für Maria Schneider ist es auch interessant. Tanni hat einen Durchbruch vorzuweisen: Die Täterin ist noch oder wieder in Düsseldorf.«

»Wir müssen zurück in die Völklinger, wir brauchen unser ganzes Team«, sagte Natalia, schob die Listen zusammen und stand ebenfalls auf. »Obwohl, die Kantine ist echt ein Grund zu bleiben, ich habe jetzt schon wieder Hunger.«

Fin lachte. »Wir gehen gleich nach der Videokonferenz essen, allen wird eine Pause und ein bisschen im Magen guttun.« Mit einem Blick auf Leana fügte er hinzu: »Der Morgen war kräftezehrend genug.«

Leana drehte sich weg, weil sie zu ihrem eigenen Ärger schon wieder errötete.

Der Bildschirm vor Kopf begann wie von Zauberhand zu flackern, schaltete sich komplett ein, ein Raum ohne Fenster, ohne Bilder, nur mit einem Stuhl hinter einem Tisch wurde sichtbar. *Ja,* dachte Leana, *klar, es soll nicht wiedererkennbar sein.* Als hätte sie sich seit der ersten Begegnung nicht einmal umgezogen, erschien Maria Schneider wieder in einem dunkelblauen Hosenanzug, sie trug flache Schuhe und den kleinen Aktenkoffer. Sie setzte sich, faltete die Hände so, dass der dominante Siegelring für das Team sichtbar war. Angesichts der kurz geschorenen weißen Haare und dem im Kontrast dazu sehr glatten Gesicht fragte sich Leana, wie alt Maria Schneider wohl war.

»Fitzpatrick, was gibt es?«, fragte Maria Schneider und ließ jede Begrüßung aus. Leana schielte zu Fin hinüber, den der barsche Ton nicht zu stören schien. Ein Beweis mehr für ihr sicheres Gefühl, dass die beiden sich lange kannten. Fin gab einen kurzen Statusbericht ab, beschrieb Tannis Vorgehensweise so neutral wie möglich und zog ihre Ergebnisse als sachliche Begründung dafür heran, woher sie wussten, wo die Täterin sich aufhielt. Im Anschluss erörterte er kurz und bündig, welche Gründe dafür sprachen, in die Völklinger Straße zurückzukehren (der Täterin entgegenzukommen, Bereitschaft zur Kommunikation zu demonstrieren), und welche dagegen (Team angreifbarer, der Täterin gegenüber Schwäche zeigen, sich erpressbar machen). Leana ging das nicht weit genug, und so unterbrach sie Fin: »Es geht nicht darum, ob wir Schwäche zeigen oder nicht, ob die Täterin ihren Willen bekommt oder nicht. Sondern nur darum, das Tempo rauszunehmen, mit dem sie mordet. Die Spielpüppchen weisen …«

»Frau Meister. Das hatte ich bereits Fitzpatricks Darstellung entnommen. Bitte sprechen Sie nur, wenn ich eine Frage an Sie richte.« Maria Schneider runzelte die Stirn. Leana drehte sich um und sah, dass Tanni sich wie in der Schule meldete und mit den Fingern schnippte.

»Marencovic, sprechen Sie!«

»Mam, wir müssen auch deshalb in die Völklinger zurück, weil ich nur dort mit meinem Team die Filme aus dem Netz nehmen kann. Der Laden hier ist dafür zu kompliziert, und ich würde einen Tag länger brauchen. Außerdem könnten wir erreichen, dass die Menschen, die die Opfer kennen oder zu kennen glauben, sich direkt an uns wenden, indem ich bei bestimmten Videos eine Laufzeile unterbringe.«

Maria Schneider nickte. »Verstanden. Fitzpatrick, das Team soll packen. Abfahrt in einer Stunde. Die Einrichtung wird heute geschlossen, und woanders ist kein Platz für das Team. Marencovic, wenn der Fall hier gelöst ist, haben Sie ein Gespräch im Innenministerium. Für heute Nachmittag sechzehn Uhr ist eine Pressekonferenz in den Räumen der Völklinger Straße organisiert worden. Fitzpatrick, Sie werden die Presse informieren, dass das LKA-Kompetenzcenter eine sichere Spur verfolgt. Das war es von meiner Seite.«

»Ein Wort«, bat Fin.

»Bitte.«

»Wir haben kein Update erhalten. Wie geht es also Dr. Köhler?«

»Er liegt noch im Wachkoma, alle Vitalzeichen sind gut.« Sie hob die Hand mit dem Siegelring und zog sie vor ihrem Hals entlang, der Bildschirm flackerte und erlosch.

Ein unbehagliches Schweigen entstand, das Maxim als Erster durchbrach: »Sie ist sehr auf den Punkt.«

Natalia fing schallend an zu lachen. »Maxim, sie ist eine arrogante Ziege, ungezogen, unhöflich, mischt sich in unsere Ermittlungsarbeit ein, bestimmt einfach, dass wir behaupten sollen, wir hätten eine Spur. Diese Schneider ist schlichtweg zu weit oben, um ihr sagen zu können, sie solle sich zum Teufel scheren.«

»Höre ich da ein wenig Neid?«, stichelte Sven.

»Klappe!« Natalia lächelte ihn freundlich an. Sie blickte sich um: »Wo ist überhaupt Dario?« Sie drehte sich zu Fin.

»Er hatte uns ja gesagt, dass er nur bis Mittwoch kann. Es ist irgendwas mit seiner Sippe, wo er nicht fehlen kann. Er ist in achtundvierzig Stunden zurück.«

Leana zuckte innerlich zusammen. Irgendwas daran störte sie. Zwar erinnerte sie sich auch, dass Dario gesagt hatte, er könne nur bis Mittwoch, aber dann hatte die Schneider ihm mitgeteilt, dass er von seinem Chef für diese Ermittlung freigestellt sei. Außerdem wunderte sie sich, dass entweder Dario so weitreichende Befugnis hatte, frei zu entscheiden, wann er eine Einrichtung wie diese verließ – oder Fin verfügte über die Befugnis, es ihm zu gestatten, was sie nicht minder merkwürdig fand.

»Warum hat sie uns nicht mehr über JJ gesagt?«, wandte sich Leana an Fin.

»Sie sagte, er liegt noch im Koma, und wie ich Maria Schneider kenne, meint sie genau das: Die Vitalzeichen sind okay, aber er reagiert noch nicht.«

»Wachkoma«, sagte Maxim, »das kann noch ein paar Tage so bleiben. Passiert oft, wenn Menschen im künstlichen Koma waren.«

»Also, packen wir unsere Sachen. Sichert alle Daten, sie werden gleich überspielt, und diesmal«, Fin zwinkerte Tanni zu, »bitte nicht wieder irgendeinen Anker versenken.«

Tanni hob die Hände und tat empört. Dann ging sie zu den Computern und sicherte an jedem die Daten. Natalia trat neben Fin. »Was soll das heißen, einen Termin im Innenministerium? Muss ich mir Sorgen um Tanni machen?«, fragte sie leise, aber Leana hatte es gehört und kam zu ihnen.

»Du weißt doch am besten, wie es ist, wenn man den Kopf zu weit rausstreckt!«, antwortete Fin, beugte sich nach vorn, gab etwas auf der Tastatur ein und sicherte die Daten auf seinem Laptop.

»Leck mich, Fin, sag mir, was hier los ist.« Natalia klappte Fins Laptop einfach zu.

Fin kam hoch und lächelte Natalia an, während er den Laptop wieder aufklappte und erneut hochfuhr. »Die Löwenmama sorgt sich um ihr Junges?«

»Antworte mir!«, zischte Natalia.

»Es kann sein, dass das, was Tanni kann, zu gut für euer Kompetenzteam ist.«

Natalia schnippte mit den Fingern, hakte sich bei Leana unter und sagte: »Komm, wir müssen was bereden.«

»Wir sehen uns um halb eins in der Kantine zum Essen, danach ist Abflug, halb zwei«, rief Fin ihnen lachend hinterher.

Natalia zerrte Leana hinter sich her: »Verdammt, Köhler muss wieder wach werden und vor allem einsatzbereit sein. Fin muss der Schneider gesteckt haben, was für ein heller Kopf Tanni ist. Köhler hat immer die Hand über Tanni gehalten.« Sie blieb vor Leanas Tür stehen und wartete, bis sie aufschloss. »Fin muss schnell wieder verschwinden. Ich rufe Sanda an, sobald wir hier raus sind, sie muss sich was einfallen lassen, damit Fin nach München zurückmuss.«

Leana schloss auf. »Er ist gut für unsere Ermittlung.«

»Tanni ist für alle Ermittlungen gut.« Natalia schob die Tür auf, und kurz blieb Leana das Herz stehen, weil sie an das zerwühlte Bett dachte. Aber alle Spuren waren beseitigt, das Bett gemacht, nichts zeugte von dem Liebesmorgen.

»Hat Fin eigentlich Familie?«, fragte Leana so unbeteiligt wie möglich.

»Warum willst du das wissen?« Natalia ließ sich auf das Bett fallen. Leana hob ihren Koffer hoch, legte ihn auf das Sideboard und warf die herumliegenden Sachen hinein, ohne sie zu falten.

»Hallo, Leana?« Natalia stand wieder auf, trat neben Leana, blickte sie von der Seite an und nahm die beiden Kaffeetassen hoch, die neben der Kaffeemaschine zum Trocknen standen. Sie hielt sie Leana vors Gesicht. »Vielleicht deshalb?«

»Was meinst du?«

»Chefin«, Natalia lachte, »du hast bis heute Morgen auf der Krankenstation gelegen, wurdest von Fin auf dein neues, unbenutztes Zimmer gebracht, wolltest mich um halb sieben nicht einlassen, weil ganz offensichtlich jemand hier war, denn du hast sehr verkrampft die Tür hinter dir geschlossen. Außerdem haben eben, als du aufgemacht hast, einen Moment lang deine Augen geflackert, weil du wahrscheinlich gefürchtet hast, hier sind noch Spuren von euch zu sehen. Ihr habt an alles gedacht, nur nicht an die zweite Kaffeetasse. Also? Fin?« Natalia drehte sich um, hüpfte rückwärts auf das Sideboard, auf dem Leana ihren Koffer packte und stieß die zwei Tassen klackend aneinander. »Ihr habt also. Ich meine, Hut ab, erst Köhler, zwischendrin dein Mr Sexy Superman und jetzt Fin, du hast einen erlesenen Geschmack.«

»Doofe Kuh.« Leana klappte den Koffer zu, ging ins Bad und holte ihre Toilettenartikel, öffnete den Koffer noch einmal, warf Creme, Bürste, Haarshampoo und Zahnputzzeug hinein und zog den Reißverschluss zu.

Natalia grinste sie breit an. »Lass mich raten: Mit Köhler war es eine alte Geschichte, mit Mr Sexy Gewohnheit, in Fin hast du dich verknallt?«

»Du bist zu gut in deinem Job«, seufzte Leana und setzte sich auf der anderen Seite des Koffers auf das Sideboard. »Ja, ich wollte das gar nicht. Aber irgendwas an ihm hat mich vom ersten Moment an total angezogen, und zwar«, sie wurde wieder rot, »auch körperlich.«

Natalia lachte laut auf. »Sei doch froh! Nach der Scheißfremdgeherei von deinem Mr Sexy Superman ist es doch großartig, wenn sich wieder was rührt im Innern.«

»Was weißt du also von Fin?«

Natalia sprang vom Sideboard, stellte die Tassen an ihren Platz zurück und ging zur Tür. »Das musst du schon selbst rausfinden. Nur so viel: Es gibt niemanden, dem du in die Quere kommst. Keine Familie, keine Kinder, ein Vollzeitermittler eben. Und«, sie lächelte Leana zu, »viele Frauen, die dir gern in die Quere kommen würden, darauf musst du dich einstellen. Ich geh auch packen, bis gleich, wir sehen uns in der Kantine. Ich bin echt froh, dass wir zurückkönnen.« Sie hatte die Klinke schon in der Hand, als Leana fragte: »Du hast keine Angst, dass uns dort mehr passieren könnte als hier?«

Natalia drückte die Klinke hinunter, legte den Kopf schräg. »Wir ermitteln in einem Mordfall und nicht gegen die Triaden. Die Täterin ist ausgesprochen gefährlich, aber hätte sie uns töten wollen, wäre ihr das wohl auch hier gelungen. Und außerdem, ich habe gelernt, mich auf dein Gefühl zu verlassen.« Sie zwinkerte Leana zu und verschwand. Leana blieb auf dem Sideboard sitzen und legte eine Hand auf den Koffer. Sie seufzte. Vor wenigen Wochen war sie, um sich zu erholen, mit fünf Koffern in Deutschland angekommen. Seitdem war viel passiert, was nichts mit Erholung zu tun hatte und sie doch zu sich selbst zurückgebracht hatte, weil sie nicht mehr versuchen musste, eine gute Mutter und Ehefrau *und* eine gute Ermittlerin zu sein. *Und doch werde ich das Ermitteln nach diesem Fall aufgeben, um eine gute Mutter zu sein und meine Töchter zu beschützen.* Leana resümierte, was seit ihrer Ankunft in Deutschland alles geschehen war. Sie hatte ein entzückendes kleines Apartment in Kaiserswerth bezogen und sich mit den Vermietern, der Staatsanwältin Angela Rotenburg und ihrem Mann, der ein exzellentes Restaurant im gleichen Haus führte, angefreundet. Die beiden hatten ihr schnell das Gefühl vermittelt, bei ihnen zu Hause zu sein. Sie hatte mit Köhler eine Nacht verbracht, sich mit ihrem Ehemann versöhnt und wieder mit ihm gebrochen, sich in Fin verliebt und nun schon den zweiten spektakulären Ermittlungsfall. Sie strich mit der Hand über den kleinen Koffer, er wurde Sinnbild für das, was von ihrem alten Leben mit Gregor und den Töchtern noch übrig war. Nicht sehr viel.

Es klopfte. »Herein!«

Fin trat ein, in der einen Hand seine Ledertasche, in der anderen zwei in Papiertücher gewickelte Sandwiches. Er stellte die Tasche ab, verschloss und verriegelte die Tür, legte die Brote auf die Tasche und kam zu ihr. »Ich dachte mir, wir verzichten auf das Mittagessen?« Seine grünen Augen unter den dichten Brauen blitzten, und Leana wurde flau im Magen. Sachte schob er ihre Beine auseinander, trat dicht an sie heran, streichelte mit der Hand über ihre Haare, wickelte sie leicht um seine Hand, zog Leana an sich und küsste sie.

Angela Rotenburg stand vor dem Militärkrankenhaus in der Eifel und rauchte ihre vierte Zigarette. Sie hatte sich gegen ihren alten Mercedes gelehnt, blinzelte in die Herbstsonne und trat schließlich die Zigarette aus. Sie nahm die Packung aus ihrer Manteltasche, blickte darauf, steckte sie wieder ein, drehte sich um, schulterte ihre schwere Handtasche und ging auf das Gebäude zu. Dr. Janosch Jacob Köhler war heute Morgen aus dem Koma erwacht und hatte darum gebeten, mit ihr zu sprechen. Die Staatsanwältin händigte am Empfang ihren Ausweis aus. Tasche und Mantel musste sie in dafür vorgesehenen Schließfächern verstauen. Sie trat in einen Scanner und wartete auf die Erlaubnis, ihn wieder zu verlassen. Als sie das ganze Prozedere hinter sich hatte, nahm ein Arzt sie im Empfang.

»Frau Rotenburg. Wir hatten Sie früher erwartet.«

»Ich wusste nicht, wie tief man in die Eifel eintauchen muss, um hier zu landen.«

Der mittelgroße Arzt mit den grauen Schläfen und der Designerbrille auf der Nase lachte sie an. »Ja, es ist irgendwo im Nirgendwo. Hier sagen sich nicht einmal Hase und Igel gute Nacht, und tot überm Zaun hängt auch keiner. Kommen Sie, Dr. Köhler liegt im Hochsicherheitstrakt.« Er führte Angela

Rotenburg zu einem Aufzug und gab einen Code ein; als der Aufzug die dritte Etage erreichte, war ein zweiter Code notwendig, um die Tür wieder zu öffnen. Ein fensterloser Gang, nur von den grünen Notausgangschildern beleuchtet, führte zu einer Panzertür. Der Arzt wollte gerade seine Iris scannen lassen, als Angela fragte: »Wie geht es ihm? Kann er sprechen? Lallt oder sabbert er?«

Der Arzt lächelte sie an: »Weder noch. Es geht ihm gut, er hat sehr großes Glück gehabt. Bis auf das verlorene Auge sollte er wieder ganz in Ordnung kommen, wir erwarten keinerlei Beeinträchtigung seiner Hirnfunktionen. Wenn er hier und da noch nach einem Wort sucht, dann ist das den Nachwirkungen des künstlichen Komas geschuldet und wird in den nächsten Monaten ganz verschwinden. Bereit?«

Angela nickte, und der Arzt hielt sein rechtes Auge vor den Scanner. Die Panzertür fuhr langsam zu Seite. »Das Zimmer am Ende des Flurs. Wenn Sie zurückwollen, bitten Sie Dr. Köhler, nach jemandem zu klingeln.« Er wies mit der Hand den Gang entlang, und Angela schritt an ihm vorbei. Als sich die Tür hinter ihr schloss, blieb sie erst einmal stehen. Sie starrte auf die angelehnte Tür am Ende des Flurs. »Du bist ein Feigling«, schalt sie sich selbst und ging weiter. Sie klopfte leise gegen die Tür und schob sie auf. Köhler lag mit dem Rücken zu ihr.

»Bist du wach?« Angela ging um das Fußende des Bettes herum und sah, dass Köhler mit seinem gesunden Auge in den Park vor seinem Fenster starrte.

»Ich versuche mich daran zu gewöhnen, eindimensional zu sehen. Ich werde nicht mehr schießen können, wahrscheinlich nicht einmal mehr Auto fahren. Ich bin nutzlos geworden für das Kompetenzteam.« Er sprach langsam, seine Stimme klang rau.

Angela stellte sich zwischen sein starrendes Auge und den Park. »Hast du mich herbestellt, damit ich dich bemitleide? Das Geseiere würde ich lieber den hoffentlich süßen Schwestern und Pflegern überlassen.«

Sein Auge wanderte zu ihrem Gesicht und heftete sich daran fest.

»Wenn ich auf dieser Welt einen Mann mit schwarzer Augenklappe sexy finden kann, dann dich, Köhler. Also, was willst du?«

Dr. Janosch Jacob Köhler setzte sich langsam aufrecht. Sein Gesicht war fahl und eingefallen, rings um das verbundene rechte Auge schimmerte seine Haut blau und grün. Seine sonst raspelkurz geschnittenen grauen Haare standen auf dem Kopf ab und waren auf der Seite plattgelegen. Angela Rotenburg setzte sich ans Fußende des Bettes und wartete.

»Ich will auspacken!«, sagte er mit fester Stimme.

»Janosch Jacob, ich bin nicht gekommen, um dir die Beichte abzunehmen. Ich kann dir nur einen Rat geben: Nutze deine Stunden hier, um dir genau zu überlegen, was du tun willst.«

»Du sagst mir, ich soll weiter schweigen? Ich habe diesen Thien Duc gleich erkannt.«

»Er wird nicht wieder lebendig durch deine Beichte. Und die anderen beiden auch nicht.« Angela stand auf und ging ans Fenster.

»Es hat noch mehr Tote gegeben?«

»Zwei weitere!«

»Sind sie schon identifiziert?«, fragte Köhler leise, und Angela Rotenburg schüttelte den Kopf. »Zumindest weiß ich noch nichts davon.« Sie blieb abgewandt und berichtete Köhler von der Evakuierung des Teams, dem Einbruch, also der Einspielung der Filme in die gut verborgene Einrichtung und das öffentliche Netz. »In der Einrichtung hat der Täter sich erlaubt, Fotos von Leanas Töchtern dazwischenzuschneiden und eine Nachricht an sie zu schreiben. Leana hatte einen leichten Zusammenbruch. Das Team kehrt in diesem Moment in die Völklinger zurück, heute Nachmittag gibt es eine Pressekonferenz. Fitzpatrick wird behaupten, das Team hätte eine heiße Spur«, Angela seufzte, »und Schneider will Tanni haben, wenn dieser Fall hier geklärt ist.« Sie drehte sich zu Köhler um. »Hast du Zigaretten hier?«

Köhler öffnete das Schubfach seines Nachttisches. »Ich wusste, du würdest danach fragen. Du musst links am Fenster den Alarm entsichern, sonst bekommt das ganze Haus mit, dass du rauchst.«

Angela fing die Zigarettenpackung auf, die er ihr zuwarf, darin befand sich auch ein Feuerzeug. Sie tat wie ihr geheißen, entsicherte das Fenster, öffnete es, lehnte sich nach draußen, zündete die Zigarette an und inhalierte tief. »Wir müssen ihr Tanni ausreden.«

»Oh, das werde ich höchstpersönlich übernehmen. Maria Schneider kann keinen aus dem Team haben. Das hat sie mir damals zugesichert. Ich bin nicht so wichtig. Aber dieses Team funktioniert nur im Ganzen.« Er drehte den Kopf und blickte Angela an, die nickte. Nach drei weiteren Zügen drückte sie die Kippe auf der Fensterbank aus und setzte sich wieder zu Köhler ans Fußende.

»Janosch Jacob, du musst noch einmal in Ruhe bedenken, warum du damals so gehandelt hast.«

»Mir blieb doch keine Wahl.«

Angela fuhr sich mit der Hand durch ihre kurz geschnittenen Haare. »Wie auch immer, du musst gut überlegen, wie du es jetzt handhabst. Wenn du jetzt redest, ist deine Karriere zu Ende, und viele deiner Fälle müssen neu aufgerollt werden. Mit ein bisschen Glück bekommst du noch einen Job in einer privaten Security-Firma. Wenn du weiter schweigst, musst du dir allerdings über zwei Dinge sehr genau im Klaren sein.«

»Als da wären?«, knurrte JJ.

»Gegen dich ermittelt das beste Team Deutschlands, nämlich das Kompetenzteam mit all seinen Fähigkeiten und technischen Möglichkeiten. Sie sind ohne dich genauso gut wie mit dir.«

»Willst du mich beleidigen?«

»Das ist ein Kompliment, Janosch Jacob. Jeder Chef hat die Mitarbeiter, die er verdient. Du brauchtest es nie, das Gefühl, dass ohne dich nichts geht, oder dass ohne dich alles schlechter läuft. Das ist eine deiner größten Stärken. Deshalb hast du seinerzeit die Besten ausgewählt. Während jedoch das Team irgendwann mit anderem beschäftigt ist, gibt es jemanden, der nie aufgeben und auch nicht vergessen wird, solange er das Gefühl hat, da ist noch was.«

»Leana.«

»Genau. Damals hat sie dir den Gefallen getan und den Ausweg nach Südafrika genommen, um nicht gegen dich ermitteln zu müssen. Diesen Gefallen wird sie dir kein zweites Mal tun.« Angela stand wieder auf, ging ans Fenster und zündete sich eine neue Zigarette an.

»Warum nicht? Der tolle Gregor muss doch nur wieder ernst gucken und mit seinem Arztkittel wedeln, dann geht sie zurück.«

Angela inhalierte zweimal tief und drehte sich wieder zu JJ um. »Das braucht sie nicht mehr zu tun.«

»Was meinst du damit?«

Angela ließ ihren Blick auf ihm ruhen. »Er sitzt heute Abend mit seinen Töchtern im Flieger nach Deutschland.«

»Was will er denn jetzt schon wieder hier?«

»Hier leben, mit seiner Frau und seinen Töchtern.«

»Er bleibt?« JJ starrte Angela aus dem einen Auge an, an seiner rechten Schläfe wurde die Ader sichtbar.

»Genauso ist es. Gregor hat, als er hier war, eingesehen, dass Leana einfach arbeiten muss und dass er genug getan hat für Südafrika und jetzt mal jüngere Ärzte nachrücken müssen. Leanas Vater hat seine Kontakte spielen lassen, und schwupps, tritt Gregor Meister eine Chefarztstelle an der Uniklinik an mit Option auf baldige Professur.«

»Was sagt Leana dazu?«

Angela Rotenburg zog die Mundwinkel nach unten. »Sie weiß es noch gar nicht, es ist als Überraschung geplant. Und wahrscheinlich wird es genauso beschissen laufen wie jede Überraschungsparty.« Sie zog an ihrer Zigarette und ließ Köhler nicht aus den Augen. JJ senkte den Blick auf seine gefalteten Hände, die auf dem Bauch ruhten. »Hätte ich damals gewusst, dass ich mit Leana eine zweite Chance bekomme, hätte ich ganz sicher vieles anders gemacht.«

»Hattest du denn eine zweite Chance?«

Ein beredtes Schweigen entstand und füllte schließlich den ganzen Raum.

»Ist ja auch egal«, sagte JJ endlich und blickte Angela an, die auch die zweite Kippe auf der Fensterbank ausdrückte. »Wenn der große, gut aussehende, kluge, eloquente Gregor mit den dunklen Locken und den blauen Augen kommt, hat überhaupt kein anderer Mann mehr eine Chance.«

»Höre ich da einen kleinen Minderwertigkeitskomplex heraus?«

JJ lachte und hielt sich sofort die Hand vor das verbundene Auge: »Scheiße, das tut noch weh.«

»Die andere Sache, mein Guter, ist deine Tochter. Niemand im Team wird dir den Verrat verzeihen, sollten sie es aufdecken, aber Tanni wird dir nicht nur nicht verzeihen, sie wird dich *has-*

sen für das, was du getan hast, und für das, was du ihr angetan hast. Kannst du dieses Risiko eingehen?«

Um kurz nach halb vier saßen Leana, Fin und Natalia in ihrem Konferenzraum zusammen, um dem Text, der mit der Pressekonferenz veröffentlicht werden sollte, den letzten Schliff zu geben. Das gesamte Team hatte neue Smartphones erhalten, in denen, wie immer, alle relevanten Nummern bereits eingetragen waren, auch die neuesten. Tanni war es tatsächlich in kürzester Zeit gelungen, die Filme zumindest von den gängigsten Portalen verschwinden zu lassen und durch ihre wesentlich weniger blutigen Zusammenschnitte zu ersetzen, in denen die Laufzeile dazu aufrief, sich beim Kompetenzteam zu melden. Im dafür extra eingerichteten Callcenter liefen bereits die Leitungen heiß, und sie rechneten damit, dass die zwei Opfer aus Hessen bald identifiziert sein würden.

»Trotzdem finde ich es übergriffig, dass diese Maria Schneider uns vorschreibt, was wir zu sagen haben.« Leana hatte das bereits im Bus auf der Fahrt zurück ins Kompetenzcenter mehrfach gesagt und wiederholte es jetzt wieder.

»Leana, bitte hör auf, deine Energie darauf zu verwenden, nimm es hin und sag es ihr irgendwann.« Fin zog seine Augenbrauen zusammen. »Schaffst du das?«

Leana hob die Hände. »Ich muss, nein, ich *soll* es ja nicht sagen. Es ist ja deine Aufgabe.«

»Kompetenzgerangel?«, fragte Natalia mit einem feinen Lächeln auf den Lippen.

»Quatsch. Also«, Leana stand auf und ging an den Hauptbildschirm. »Wir zeigen also die Fotos hinter uns. Die erste Frage, die kommen wird: Warum haben Sie schon einen Verdächtigen, wenn sie nicht einmal wissen, wer diese Toten sind? Richtig?« Leana blickte Fin und Natalia herausfordernd an.

»Wissen wir jetzt aber«, feixte Tanni, die hereinkam und den letzten Satz gehört hatte. »Meine Fools und ich sind eben unglaublich schnell und gewitzt, und *here we go*, Ladys and Gentlemen.« Tanni trat an den liegenden Bildschirmtisch und rief ein paar JPEG-Dateien auf. »Links sehen wir Ngoc Dao, achtunddreißig, und seinen Bruder Wai Dao, einundvierzig. Da sind ihre Zungen noch heil. Es gab nur anonyme Hinweise, davon jedoch gleich zwanzig Stück.«

»Was wissen wir über die beiden?«, fragte Fin.

»Ersatzchef, wir sind zwar Turbo, aber nicht Überschall. Gib mir und meinem Team bis heute Abend. Dann haben wir die Geburtsurkunden verifiziert, vielleicht so was wie Familie und Freunde gefunden. Die Unterlagen sind schon beim LKA Hessen, und die Jungs bereits unterwegs zu den Adressen, die uns die Melderegister ausgespuckt haben. Noch Fragen?« Sie grinste Fin an.

»War das schon alles?«, fragte er.

»Nein, Sir, wir haben …«, Tanni improvisierte einen Trommelwirbel, »… zwei lebende potenzielle Opfer! Sie heißen Thi Fan und Rojasit Foong«, sie warf zwei weitere Fotos auf den Bildschirm, »die zwei haben sich bereits diese Nacht, also kurz nachdem die Videos ins Netz gestellt wurden, in Neuss bei der Polizei gemeldet und um Schutzhaft gebeten. Sie wollen allerdings mit niemandem reden, trotz Dolmetscherin.«

»Haben sich in anderen Teilen Deutschlands noch mehr Leute freiwillig in Schutzhaft begeben?«, fragte Leana, und die Gedanken explodierten in ihrem Kopf.

»No, Mam, die sind die Einzigen.«

»Das bedeutet«, Leana sprang auf, umwickelte ihre rechte Hand mit ihren langen braunen Haaren, »sie haben aus den Filmen geschlossen, dass sie in Gefahr sind.«

»Oder es ist eine unglaubliche Koinzidenz!«, gab Natalia zu

bedenken. Leana drehte sich zu ihr um, dann wieder zu den Fotos, ließ ihre Haare los und trat ganz nah an den Bildschirm heran. »Tanni, das sind Passfotos. Ich will, dass du die Datenbanken mit diesen Gesichtern abgleichst, wir müssen wissen, ob das die korrekten Namen sind. Ruft die Kollegen in Neuss an, sie sollen sich eine Speichelprobe der zwei besorgen, und jagt auch die durch die Datenbanken.«

»Einfach so?« Natalia zog die Stirn kraus.

»Nun, wenn sie kein Deutsch können, können sie auch nicht Nein sagen«, sagte Leana, die immer noch auf den Bildschirm starrte.

»Woran denkst du?«, fragte Fin.

Leana drehte sich um. »Ich denke an das, was Dario über das Amerika vor vielen Jahren gesagt hat: Ein verstorbener Chinese oder Vietnamese wird irgendwo verscharrt, und jemand anders«, sie zeigte auf die Fotos, »übernimmt die Identität, weil die Behörden die Gesichter ohnehin nicht unterscheiden können. Und darauf komme ich«, sie wandte sich Natalia zu, »weil unsere Täterin uns vielleicht deshalb gebraucht hat. Sie kann alles hacken, aber wo nichts vorliegt, ist auch nichts zu finden. Ich kann nur hoffen, sie kommt nicht auch hier in unser System, dann weiß sie nämlich jetzt, wo weitere Opfer zu finden sind. Tanni, ruf noch mal den ersten Film auf!« Natalia und Fin standen ebenfalls auf und kamen zu Leana. Als das Video anlief, wartete Leana einen Moment und rief dann: »Stopp!« Sie zeigte auf die Leiste, wo fünf Spielpüppchen standen und eines lag. »In späteren Filmen liegen drei, und drei stehen noch. Wir haben dann jetzt drei Tote, dazu zwei Leute, die sich in Schutzhaft begaben, und ich bin ganz sicher, die taten es aus der Angst heraus, auch so zu enden wie die anderen. Macht insgesamt fünf.«

»Fehlt also noch einer«, sagte Fin anerkennend und ging an seinen Platz zurück. »Okay, Planänderung. Ich möchte, dass ihr nach Neuss fahrt, du und Natalia, um die zwei zu befragen. Natalia, beauftrage danach eine Sicherheitseinheit für Neuss, die sollen die Station sichern, bis wir entschieden haben, wie wir jetzt vorgehen und wohin mit den beiden. Ich mache die PK allein. Ist das okay für euch?«

Natalia und Leana blickten sich an und nickten. Fin trat neben Tanni an den Bildschirmtisch, warf ihren ursprünglichen Textentwurf auf den Hauptbildschirm vor Kopf und strich alle Passagen unter der Begrüßung. »Also, Text für die PK neu. Wir haben Verdächtige, wir haben Leute in Schutzgewahrsam genommen, wir verfolgen eine heiße Spur, können aber nicht näher darauf eingehen, um die Ermittlung nicht zu stören. Der Klassiker also.«

»Ganz wichtig noch«, sagte Natalia, »dass hier ein Rachefeldzug stattfindet und kein Krieg der ostasiatischen Mafias. Wir dürfen schließlich, davor hat Dario uns gewarnt, nicht als Ermittler gegen die Triaden in Erscheinung treten!«

»Wir sollten das einfach ganz rauslassen und nur drauf eingehen, wenn explizit danach gefragt wird«, schlug Leana vor. »Wie reagieren wir auf Fragen zu der besonderen Brutalität der Taten?«

»Der genaue Tathergang dieser Morde ist so aufschlussreich, als hätte man das Tagebuch des Täters vor sich.« Fin lächelte.

»Haben Sie bereits mit solchen Morden zu tun gehabt?«

»Dieses Team wurde explizit für außergewöhnliche Morde ausgebildet!«

»Rechnen Sie mit weiteren Morden?«

»Wir rechnen immer mit allem. Würden wir das nicht tun, könnten wir nicht mit einer Aufklärungsrate von achtundneunzig Prozent aufwarten.«

»Meine Güte, Fin, wo hast du das denn gelernt?«, gab Leana klein bei und erkannte, dass er für die Pressekonferenz der

Bessere von ihnen beiden war. »Der Punkt geht an die Schneider!«

»Wie bitte?«

Leana winkte ab. »Zeigen wir also gar keine Fotos?«

Natalia nickte. »Fände ich besser.«

»Lass uns ein paar zeigen, auf denen unser Professor die Leichen untersucht. Das zeigt Kompetenz und Dynamik und ist ein bisschen was zum Gruseln«, schlug Fin vor. Als Natalia und Leana zustimmten, stand er auf. »Ich mach mich kurz frisch, wir sehen uns dann nach der PK.« In der Tür blieb er nochmals stehen. »Tanni, das war wirklich sehr gute Arbeit.«

»Standard für das Kompetenzcenter, Sir.« Sie grinste unter ihrem bunten Make-up und verbeugte sich leicht. Dann klappte sie ihren Laptop zu.

»Wir sollten über die Tiefgarage rausfahren, weil vorn sicher schon die Meute wartet«, schlug Natalia vor. »Tanni, hast du Fotos von unserem Primus Maximus?«

»Klar, Mam, wie denn bitte nicht. Ich spiel sie gleich ein, wenn Fin loslegt. Cooler Typ übrigens.«

Leana und Natalia gingen schweigend nebeneinander her zu ihren Büros. Als sie an der Tür zu Leanas Büro ankamen, sagte Natalia: »Tanni hat recht, dieser Fin ist wirklich gut, ich habe ihn unterschätzt.«

Leana blickte auf Natalia hinunter: »Also soll er doch bleiben?«

Natalia zuckte mit den Schultern. »Wenn er dafür sorgt, dass Tanni bleibt: gern. Und er scheint einen besseren Draht ins Innenministerium zu haben als Köhler.«

»Es würde dir nichts ausmachen, JJ zu opfern?« Leana drückte die Klinke herunter.

»Leana, wir sind hier nicht auf dem Ponyhof! Die besagten achtundneunzig Prozent Aufklärungsquote haben wir nur deshalb, weil wir immer den Besten vorziehen. Vergiss nicht, wie du zu deinem Posten gekommen bist und ich auf meinem sitzenblieb: Weil du die Bessere von uns beiden bist. Sollte sich das irgendwann ändern, werden sich auch unsere Positionen ändern, das gilt für jeden von uns. Also, bis gleich!« Natalia drehte sich auf dem Absatz um und verschwand eine Tür weiter.

Als Leana eintrat, zog Fin gerade ein frisches Hemd aus seiner Tasche. Leana sah die lange Narbe auf seinem Rücken, die ihre Finger schon berührt hatten, zum ersten Mal bei Tageslicht. Sie war versucht, ihn zu fragen, woher sie stammte, und wusste sofort, dass es jetzt nicht der richtige Zeitpunkt war. Sie spürte, wie sie lächelte, weil sie dachte, dass eine gute Zeit vor ihnen lag, dass sie sich darauf freute, Fin wirklich kennenzulernen. Er drehte sich um, knöpfte das dunkelgrüne Hemd zu, stopfte es in die Anzughose, zog eine Krawatte mit fertigem Knoten über den Kopf, band seine Haare neu zu einem Zopf und nahm sein Jackett. »Ich geh runter, wir sehen uns später.« Als er an ihr vorbeiging, gab er ihr einen sanften Kuss auf die rechte Schläfe.

Während Fin die zahlreichen Fragen der Journalisten parierte, entstiegen Natalia und Leana ihrem Auto vor der Polizeidienststelle in der Jülicher Straße in Neuss. Ein rauer Wind fegte die ersten gefallenen bunten Blätter durch die Straßen und rüttelte an Fenstern und Türen. »Für heute Nacht ist sogar eine Sturmwarnung rausgegeben«, sagte Natalia, »irgendwie hatte es ja was, so von allem abgeschottet in der Ermittlungsinsel zu sein.«

Leana zog ihre Jacke zu. »Ist das die gleiche Frau, die noch heute Morgen sagte, sie sei froh, dass wir zurückkönnen?«

»Ich hasse dein Gedächtnis, du merkst dir wirklich jeden

Scheiß«, lachte Natalia, während sie die Tür aufzog und Leana den Vortritt ließ. Sie stellten sich vor, wiesen sich aus und wurden zu dem diensthabenden Leiter vorgelassen. Thorsten Roderick war groß und dünn mit schütterem blonden Haar und wirkte auf Leana so ungelenk und einfältig, dass sie ihn eher in einem Tierheim denn in einer Polizeidienststelle zu sehen erwartet hätte.

»Frau Meister, Frau Rac, setzen Sie sich! Welche Ehre, so hoher Besuch vom LKA-Kompetenzcenter.« Seine Stimme klang dünn und kratzig. Leana und Natalia nahmen vor dem Schreibtisch Platz. Unaufgefordert reichte er ihnen zwei Röhrchen mit Speichelproben. »War kein Problem.«

»Danke«, sagte Leana und schob die Röhrchen in ihre Tasche. »Könnten Sie noch einmal ganz von Anfang erzählen, was genau passiert ist?«

Thorsten Roderick nahm seinen Notizblock hervor und berichtete, dass um dreiundzwanzig Uhr zehn des vergangenen Tages die beiden Asiaten in die Dienststelle gestürmt seien, mit einem Zettel in der Hand. Roderick öffnete sein Schreibtischschubfach und nahm einen Zettel heraus, zu Leanas Überraschung vorbildlich in einer Spurensicherungstüte verpackt. Er las ihn laut vor: »Wir sind die Besitzer des Chinarestaurants ›Lotusgarten‹, Thorsten blickte hoch, »das ist im Stadtzentrum, mitten in der Fußgängerzone.« Er senkte den Blick wieder: »Wir werden von den Triaden bedroht, weil wir kein Schutzgeld zahlen. Bitte helfen Sie uns. Wir bitten um Schutzgewahrsam. Unser gesamtes Personal haben wir ins Ausland geschickt.« Er berichtete weiter, dass die Kollegen dann ihn zu Hause angerufen hätten, weil sie nicht gewusst hatten, was zu tun sei. Er selbst habe diesen schrecklichen Film im Netz gesehen und irgendwie gefürchtet, dass es damit zu tun habe. Er bat seine Kollegen, die zwei Männer aufzunehmen und in den

Kellergewahrsam zu bringen. Heute Morgen habe er dann im Dolmetscherbüro angerufen, und um zehn Uhr sei eine junge Studentin gekommen. Trotz der Dolmetscherin verweigerten die zwei Männer jede weitere Aussage.

»Und mehr sagen die nicht?«, fragte Natalia verblüfft. »Wie kann man in Deutschland ein Restaurant besitzen, ohne Deutsch zu können?«

»Mit deutschsprachigen Geschäftsführern«, antwortete Roderick. »Und bevor Sie fragen: Wir waren bereits beim Restaurant, es ist geschlossen, das chinesisch-vietnamesische Personal tatsächlich auf unbestimmte Zeit verreist. Die Herren weigerten sich auch danach noch, als wir ihnen noch einmal anboten, mit unserer Dolmetscherin zu sprechen. Nur als ich ihnen androhte, sie wieder auf die Straße zu setzen, also, sie den Triaden zum Fraß vorzuwerfen, drohten sie zurück.«

»Womit?«, fragte Leana und dachte: *Doch kein Tierheim, der Typ ist klug.*

»Sie drohten damit, in ihren Kreisen zu verbreiten, dass ich gegen die Triaden ermittle. Ist das eine Drohung?« Roderick zog seine linke Braue bis fast an den Haaransatz.

Leana und Natalia wechselten einen Blick. »Können wir sie sehen?«, fragte Leana statt einer Antwort.

»Sicher. Auch die Dolmetscherin ist noch da.« Er stand auf. »Folgen Sie mir. Sie werden ebenso scheitern wie ich. Die Männer wollten nicht einmal sagen, warum, also was akut sie veranlasst hat, hierherzukommen. Als ich ihnen die Fotos der Ermordeten zeigte, die Ihre Kollegin geschickt hat, haben sie keine Miene verzogen. Die ist ja im Übrigen von der ganz schnellen Truppe. Sie schickte 'ne Mail los, während sie mich in der Leitung hatte, und als es ihr zu lange dauerte, bis die Mail ankam, hat sie mich gefragt, ob mir mein PC zu lahm ist, sie könnte ihn aufräumen, wenn ich ihr mal eben kurz die Rechte überlasse. Schwupp, hat sie irgendwas gemacht mit meinem PC, und irgendeinen Schalter umgelegt. Ist echt ein Träumchen jetzt.«

Hinter ihm schüttelte Leana über Tannis Dreistigkeit den Kopf. Thorsten Roderick führte die zwei Frauen durch einen langen Flur, durch eine schwere Eisentür und eine Treppe hinunter. »Diesen Teil benutzen wir eigentlich schon lange nicht mehr. Aber ich hatte das Gefühl, es sei besser, wenn die etwas weiter weg und etwas versteckter sind.«

»Das ist gut hier unten, auch für die Männer von der Sicherungstruppe, die hoffentlich bald eintrifft, da können Sie sich schon mal drauf einstellen«, informierte Natalia ihn. »Hat der Keller auch einen Notausgang?«

Der Polizist nickte, während er mit eingezogenem Kopf die Treppe hinunterging. »Auch Kameras. Ich werde Ihre Truppe selbst einweisen, verlassen Sie sich darauf. Bis die hier sind, bleibe ich am Platz.«

Der Keller roch muffig und ungelüftet. Energiesparlampen, die lieblos in ihren Fassungen baumelten, tauchten den Keller in kaltes Licht. Vor der mit rostigen Stäben vergitterten, geräumigen Zelle saß auf einer Holzbank eine junge Chinesin. Sie hatte einen fransigen Kurzhaarschnitt, trug eine Jeans mit zahllosen Flicken und über dem schwarzen T-Shirt eine abgewetzte, zu große Lederjacke. Sie stellte sich Leana und Natalia in passablem Deutsch als Amy Sun vor und erklärte, dass sie seit zwei Jahren in Deutschland sei und sich mit dem Dolmetschen ihr Medizinstudium finanziere. Als Leana auf das Lateinbuch blickte, das auf der Bank lag, erklärte Amy Sun ihr, dass sie gerade für das Latinum paukte. Thi Fan und Rojasit Foong starrten die Frauen angstvoll an. Leana fröstelte, denn die Angst der beiden Männer, die sie auf etwa fünfzig Jahre schätzte, war so präsent, dass sie fast meinte, sie riechen zu können.

»Frau Sun, bitte fragen Sie die Männer, warum sie nicht reden können«, bat Leana.

»Das haben wir schon gefragt«, sagte hinter ihnen Roderick.

Leana drehte sich zu ihm um. »Könnten Sie uns wohl einen Moment mit den Männern allein lassen? Es kann sein, dass sie sich Frauen eher anvertrauen.«

Roderick hob die Hände: »Kein Problem. Sie finden mich oben im Büro.«

Leana zog Natalia beiseite und flüsterte: »Wollen wir es wagen, ihnen zu erzählen, wer wir sind und was wir gerade untersuchen? Um Vertrauen aufzubauen?«

Natalia zog die Schultern hoch. »Das ist sehr gewagt«, antwortete sie, »was, wenn es so an die Öffentlichkeit kommt?«

Die Männer tuschelten ihrerseits und sprachen dann kurz mit der Dolmetscherin, die einen Schritt auf die Kommissarinnen zuging. »Sie sage, dass Triaden ihre Kinder und Frauen entführt hat und ihnen nur so lange nicht geschieht, wie sie Mund halten.«

»Warum hat man die Kinder entführt?«, fragte Leana, »dafür muss es doch einen Grund gegeben haben.«

Amy Sun lächelte, sie wirkte ziemlich mitgenommen. »Ja, sicher. Weil sie nicht Schutzgeld zahlen. Sie drohten zu der Polizei zu gehen, weil glaubten, in Deutschland sei anders. Aber dann verschwanden Frauen und Kinder. Jetzt wollen sie so lange hier sein, bis deutsche Polizei die Familie gefunden.«

»Über wie viele Kinder reden wir denn hier?«, fragte Natalia sichtlich irritiert.

Amy Sun sprach kurz mit den Männern. »Fünf, drei Mädchen und zwei Jungs. Drei und fünf Jahre, vier, fünf und sechs Jahre.«

»Lassen Sie mich raten – es sind die Kinder ihrer Freundinnen, nicht ihrer Frauen, und sie sind beide geschieden?«

Amy Sun sagte etwas, und die Männer nickten.

»Sagen Sie ihnen, sie bleiben die nächsten achtundvierzig Stunden hier, und wir sehen, was wir tun können. Ich nehme an, Sie haben unterschrieben, dass Sie unbedingt Stillschweigen über diese Angelegenheit wahren?«

Amy Sun nickte. »Sicher, es nicht erste Mal.«

Leana reichte ihr ihre Visitenkarte: »Hier finden Sie meine E-Mail und Telefonnummer, falls die zwei doch noch reden möchten, bevor unsere Kollegen kommen. Die Kollegen werden hier die Bewachung übernehmen und die weitere Befragung durchführen. Je mehr die Männer sagen, desto größer ist die Chance, dass wir die Kinder finden. Sagen Sie ihnen das, wenn nötig, immer wieder. Verstanden?«

»Sicher. Ich helfe gern.« Sie lächelte Leana entwaffnend an.

»Was für eine verdammte Scheiße«, fluchte Natalia, während sie den Wagen wendete, um nach Düsseldorf zurückzufahren. »Sind es wirklich die Triaden? Dann können wir nicht weiterermitteln, ohne uns in Gefahr zu bringen.«

Leana schnallte sich an und blickte aus dem Seitenfenster. Der Regen peitschte gegen das Auto, und der Scheibenwischer lief auf höchster Stufe. »Irgendwas daran stimmt nicht. Die sind doch schon lange mit den Triaden verbandelt, und wie bei Thien Duc verschwinden die Freundinnen und die Kinder. Warum?« Sie fuhren eine Weile schweigend. »Wir sollten mit den Triaden reden, um sicher zu sein, dass es nichts mit ihnen zu tun hat. Dann wissen die, dass wir nicht gegen sie ermitteln, und wir kommen vielleicht einen Schritt weiter.«

»Das muss Fin mit der Schneider klären, der Schritt ist sehr drastisch, liebe Chefin.« Das Auto vor ihnen schlingerte, und Natalia bremste scharf. »Arschloch, kaum ein paar Regentropfen, und schon zeigen sie, dass sie nichts können.«

Leana wandte sich Natalia zu. »Du bist echt ein Phänomen«, sagte sie lakonisch, und Natalia drückte auf die Dauerhupe.

»Ich baue Aggressionen ab, und der kommt mir genau recht.«

»Super reflektiert!« Leana schüttelte den Kopf. »Mir macht das mit den Triaden auch Sorgen. Als das Wort vorhin fiel, fragte ich mich sofort, wie ich Gregor und meine Töchter nach Australien oder irgendwo ins neuseeländische Hinterland verfrachten könnte.«

Natalia hielt an der roten Ampel vor der Rheinbrücke, deren Querung sie zurück nach Düsseldorf bringen würde. »Du willst Gregor nicht mehr, aber Sorgen machst du dir doch?« Sie legte ihre Hände oben aufs Lenkrad, fixierte die Ampel und fuhr mit quietschenden Reifen los, als sie auf Grün schaltete.

»Er ist der Vater meiner Kinder, ein wunderbarer Arzt, und er war meine ganz große Liebe, klar, mache ich mir Sorgen um ihn. Wenn wir einmal nicht mehr wütend aufeinander sind, werden wir bestimmt sehr gute Freunde.«

»Und das will er auch?« Natalia trat aufs Gas und wechselte auf die linke Spur.

»Keine Ahnung.« Leana seufzte. »Er hat Marlo, sie ist klug, witzig, und er kann mit ihr endlich über seine Arbeit reden. Ich glaube, das ist total essenziell für eine Partnerschaft. So wie bei dir und Sven.«

»Wir fetzen uns ziemlich oft.«

»Zum Glück.«

»Bist du denn gar nicht eifersüchtig auf diese Frau?«

Leana schüttelte den Kopf. »Nein, tatsächlich glaube ich, sie ist sogar besser für meine Töchter als ich. Sie interessiert sich für Mode, geht mit ihnen shoppen, kreischt mit ihnen bei irgendwelchen Mädchenserien und übt mit ihnen im Sportstudio Hüpfsportarten, während ich es lieber sähe, sie würden bei jemandem wie dir Karate lernen.«

»Hüpfsportarten«, wiederholte Natalia und kicherte. »Warst du nie ein Mädchen?« hakte sie nach und bog in die Einfahrt für die Tiefgarage zum LKA ab.

Leana antwortete erst, als sie bereits ausstiegen, über das Autodach hinweg: »Mein Vater ist Diplomat, wie du ja weißt. Schon mit drei musste ich in Kostümchen adrett mit am Tisch sitzen und korrekt in Englisch antworten, egal ob es um Albert Camus ging, Monet, oder von Alabama bis Wyoming die fünfzig amerikanischen Bundesstaaten herunterbeten. Da bleibt nicht viel Zeit für Mädchenkram.«

»Was war mit deiner Mutter?«

»Sie ist Ärztin bei der UN und hat meinen Vater ein Jahr nach meiner Geburt verlassen. Der Luxus seines Diplomatenlebens passte nicht zu ihren medizinischen Notwendigkeiten im südamerikanischen Urwald.«

Natalia warf den Funkschlüssel in ihre Tasche. »Wenn Köhler in der Tiefgarage geparkt hätte, wäre ihm vielleicht nichts passiert.«

»Sie hätte einen anderen Weg gefunden. Ich glaube, dass diese Frau nach einem sehr genauen Plan arbeitet. Dennoch ist die Idee gut, dass wir fortan alle, auch die Radfahrer, diesen Eingang nehmen und hier parken.«

Sie gingen zum Aufzug. Leana drückte auf den Knopf. »Tanni muss an die Archive, ich bin mir sicher, irgendwo in den alten Zeitungsarchiven oder sogar in den sozialen Netzwerken finden sich unsere Toten und die zwei Lebendigen zusammen auf einem Bild, oder es lässt sich eine andere Verbindung finden. Und ich will wissen, seit wann die zwei dieses Restaurant in Neuss haben. Dario hat gesagt, in einer Studie, die er mitbetreut hat, habe sich herausgestellt, dass fünfundneunzig Prozent der chinesischen und vietnamesischen Lokale Schutzgeld bezahlen.« Der Aufzug meldete seine Ankunft mit einem *Ping*,

Natalia zog ihre Karte durch den Scanner, und die Tür öffnete sich. »Du hast recht, es wäre verwunderlich, wenn sie den Laden seit Jahren betreiben und jetzt plötzlich kein Schutzgeld mehr zahlen wollen. Oder sogar zu den wenigen gehören, die nie gezahlt haben.«

Als sie auf ihrer Etage ankamen, fanden sie das Team im Konferenzraum. Fin beendete gerade seinen Bericht von der Pressekonferenz, die gut gelaufen war – bis auf die Fragen eines gewissen Korbinian Baumgartner, der wissen wollte, was mit Dr. Köhler war und warum nicht wie sonst Leana Meister die Presse fütterte. Fin folgte Leana mit seinem Blick, bis sie sich zwischen Tanni und Maxim setzte, der ihr sofort seine ausgestreckte Hand hinhielt. Leana öffnete ihre Tasche und reichte ihm die Röhrchen mit der Speichelprobe. Maxim gab einen kurzen Überblick der finalen Ergebnisse aller drei Sektionen, die ihre Annahmen bestätigten: Kurz nach der Verstümmelung war der erlösende Todesschlag erfolgt. Tanni konnte noch nicht mit neuen Erkenntnissen aufwarten, informierte aber das Team, dass zurzeit nur einzelne PCs des Kompetenzcenters ans Netz gingen, wenn extern recherchiert würde, maximal mit einer Zeit von fünf Minuten am Stück und nur über einen speziellen Browser, dann wurden PC und IP-Adresse gewechselt. Das Team müsste sich also bitte jedes Mal an den Admin in Tannis Team wenden, wenn jemand online gehen wollte. Dies geschehe, um gegen Angriffe gewappnet zu bleiben, bis Tanni ganz sicher sei, dass keine Angriffe von außen zu befürchten waren. Des Weiteren habe sie auch die Polizeidienststelle in Neuss in eine lokale Schleife gehängt, sodass die zwar das Gefühl hätten, sie surften im Netz, in Wahrheit aber offline seien. Theos und Svens Teams arbeiteten eng mit Maxim zusammen, um möglichst schnell die DNS der in Neuss einsitzenden Männer abzugleichen. Zusätzlich unterstützten sie Tannis Team, das weiterhin nach Hackerangriffen auf das LKA-Kompetenzcenter suchte, aber auch in den Archiven der Polizei aus dem prädigitalen Zeitalter, und zwar nach Fällen, an denen Dr. Janosch Jacob Köhler beteiligt gewesen war. Außerdem forschten sie in anderen Archiven nach Fotos, die die drei ermordeten Männer mit den zwei in Schutzhaft sitzenden in Verbindung brachte, wenn es denn einen Zusammenhang gab. Als Tanni signalisierte, dass sie durch war mit ihrer Statusmeldung, stand Fin auf, ging nach vorn, stützte sich mit beiden Händen auf dem Tisch ab, blickte alle im Raum nacheinander an und wartete, bis es wieder ruhig wurde. »Die Pressekonferenz ist gut verlaufen. Wir werden also vielleicht weitere Beteiligte aufscheuchen. Es besteht das Risiko – das aber auch schon durch die Filme ausgelöst wurde –, dass wir jemanden aufscheuchen, den unsere Täterin nicht finden konnte, und ihr ungewollt zuarbeiten. Nun, noch ein paar persönliche Worte: Ihr seid wahrlich ein bemerkenswertes Team, und zwar in jeder Hinsicht. Ich habe noch nie erlebt, dass es in größeren Gruppen kein Kompetenzgerangel gibt, dass mühelos interdisziplinär gearbeitet wird, dass die Leiter des einen Teams sich, wenn es sein muss, dem Leiter eines anderen Teams unterordnen, weil dort gerade mehr Ressourcen gebraucht werden. Besonders beeindruckt hat mich, wie rasch ihr nach dem Vorfall mit Janosch Jacob eure Emotionen wieder im Griff hattet und wie ihr seinen Fall mit der gleichen ruhigen Sachlichkeit bearbeitet wie jeden anderen auch. Weiterhin, aber das wisst ihr sicherlich, wäre jedes Ermittlungsteam in Deutschland dankbar, einen von euch in seinen Reihen zu haben. Wir hatten einen langen Tag, deshalb: Wenn ihr die Übergabe an die Nachtschicht gemacht habt, fahrt bitte nach Hause zu euren Familien, esst mit ihnen, schlaft, wenn es geht. Wundert euch nicht, dass ihr derzeit unter einem besonderen Personenschutz steht und eure Familien ebenfalls. Wir sind zwar sicher, dass es nicht um uns geht, aber für unser aller Gefühl ist es besser so. Noch zur Info: Maxim und ich haben vor zehn Minuten das letzte Update zu Dr. Köhler erhalten. Er liegt nach wie vor im Wachkoma. Aber das ist nichts Ungewöhnliches, sie erwarten, dass er in den nächsten drei oder vier Tagen aufwachen wird. Also, wir sehen uns morgen früh um sieben Uhr dreißig hier, um die Ergebnisse der Nachtschicht zu hören und die Vorgehensweise für den Tag festzulegen. Ich danke euch!« Er klopfte mit den Fingerknöcheln auf den Tisch.

Beeindruckt von dem gleichermaßen ausführlichen wie seltenen Lob erhoben sich nach und nach alle, nahmen Laptops und Papiere vom Tisch und begaben sich zum Ausgang. Leana hielt Tanni am bunten Ärmel ihres T-Shirts fest und bat sie, noch einen Moment zu bleiben. Natalia runzelte kurz die Stirn, aber Fin hatte offenbar verstanden, denn er zog Natalia mit sich und schloss hinter sich die Tür des Konferenzraums.

»Mam?«, fragte Tanni, und Leana konnte sehen, dass sie tatsächlich verunsichert war, »ist es wegen des Tricks, mit dem ich Neuss offline geschaltet habe? Ich meine, der Typ war echt happy, weil seine olle Schluppe wieder so schnell war.«

Leana lachte: »Nein, alles gut. Es geht um deinen Vater.«

Tanni zog die Brauen zusammen, und eine steile Falte bildete sich zwischen ihren Augen.

»Deinen biologischen Vater meine ich.«

Tanni setzte sich wieder. »Du weißt davon?«

»Ja, und Fin weiß es auch.«

»Na super, und jetzt?«

»Nichts und jetzt. Ich will nur von dir wissen, ob du ganz sicher bist, gegen deinen Vater ermitteln zu wollen.«

»Ich ermittle nicht gegen ihn, ich ermittle *für* ihn, um seine

Unschuld zu beweisen«, trotzte Tanni, und Leana dachte im Stillen, wie leicht man doch übersah, dass die Leiterin der IT und Recherche wirklich noch sehr jung war. Leana wappnete sich innerlich gegen die Wut, die sie gleich treffen würde. »Du musst wissen, dass es im Laufe der letzten Jahre immer wieder zu internen Ermittlungen gegen JJ gekommen ist.«

»Wo nichts ist, kann man nichts finden!«

»Das ist richtig. Und ich glaube, dass ich direkt nach dir die Person bin, die es sich am zweitmeisten von allen Menschen auf der Welt wünscht, dass es so bleibt und dass diese Ermittlungen von Neidern und Sesselpupsern angeschubst wurden, die einfach nur missgünstig waren. Genau die jedenfalls schauen uns jetzt auf die Finger, weil sie wissen: Wenn überhaupt ein Team etwas findet, dann wir. Kriegen wir nichts heraus, ist JJ sicher für immer freigesprochen. Aber was ist, wenn wir doch was finden?« Sie blickte Tanni an, die seitlich zu ihr saß und an den bunten Bildern auf ihren Fingernägeln knibbelte. Leana wartete geduldig. Tanni legte ihre zehn Finger nacheinander auf die Tischkante, es schien fast, als wollte sie sie zählen. »Ich will ehrlich zu dir sein, Leana. Das hat Natalia mich gelehrt. Wenn man sich die eigenen Stolpersteine bewusst macht und sie anderen mitteilt, dann sind sie in der Welt, man weiß, dass der andere darum weiß, und das wird einen davon abhalten, etwas zu tun, das man nicht tun sollte.«

»Das ist ein sehr kluger Rat von ihr.«

Tanni wandte ihr den Blick zu. »Wenn ich etwas finden sollte, das meinen Vater belastet, wird es ganz sicher den Moment geben, in dem ich abwäge, ob es mir gelingen kann, diesen Beweis endgültig verschwinden zu lassen. Und dann werde ich mich erinnern, was unser Job für ein Ziel hat. Und auch daran, dass irgendwann einer kommt, der besser ist als ich. Dass ich nur im Moment die Beste bin. Und weil ich so gut bin, Mam, weiß ich besser als jeder andere: Das Netz vergisst nichts. Du kannst es super verstecken, aber niemals löschen. Weißt du«, Tanni stand auf und streckte sich, sodass einen Moment lang ihr muskulöser Bauch sichtbar wurde, »in meiner Abteilung ist es so eingerichtet, dass alle Infos, die reinkommen, auf allen PCs zugleich landen. Will ich eine Info löschen, weil ich sie für nicht relevant halte, wählt das System randommäßig zwei User aus, die über die Löschung informiert werden und sie bestätigen müssen. Wenn die User die Löschung bestätigen, kommt das einer Unterschrift gleich. Und es wird dich nicht wundern, dass wir auf einem externen Server ein Protokoll der Löschungen führen, und zwar seit es uns, also das Kompetenzcenter, gibt.« Tanni verschränkte ihre Arme hinter dem Kopf und blinzelte auf Leana hinunter.

»Ich muss mich wohl bei dir entschuldigen.«

»Nein, Mam, keine Sorge. Du kennst mich schließlich noch nicht so lange.« Sie ging um die u-förmig angeordneten Tische herum auf die andere Seite, Richtung Tür, und sah Leana wieder an. »Mein biologischer Vater hat mich nicht hier eingestellt, weil ich seine Tochter bin, sondern weil ich die Beste bin. Und weil ich gemeinsam mit ihm diese Vorgehensweise entwickelt habe, weiß ich mit hundertprozentiger Sicherheit, dass, wer auch immer auf ihn geschossen hat, es zu Unrecht getan hat.«

Leana nickte. »Sicher, Tanni«, sie stand ebenfalls auf, »nur habe ich gelernt, dass jede Sicherheit, egal, ob sie Menschen oder Fakten betrifft, hin und wieder auf den Prüfstand gehört.«

»War es das?« Tanni wippte vor und zurück.

»Danke, dass du mir zugehört hast.« An der Art, wie Tanni den Konferenzraum verließ, erkannte Leana, dass sie sie verärgert hatte. Sie packte ihre Unterlagen und ihren Block zusammen, fuhr den PC herunter und blieb einen Moment lang vor Kopf stehen. Fins Rede zum Abschluss des Tages hatte auch sie beeindruckt und berührt. Sie sah jeden Platz noch einmal besetzt, Theo, den klugen Physiker, der die aberwitzigsten Berechnungen möglich machte, Sven, den aufbrausenden Biologen, Maxim, den Ausnahmemediziner und werdenden Profiler, Tanni, bunt und ein Freak und Crack auf dem IT-Gebiet, wie sie nie einen erlebt hatte, Natalia, streng, intelligent und eisenhart. *Will ich dieses Team wirklich verlassen,* fragte sie sich und schluckte den bitteren Geschmack auf ihrer Zunge herunter, der mit dieser Frage kam. *Ich muss vor allem meine Töchter in Sicherheit wissen,* dachte sie weiter, *es darf einfach nicht sein, dass sie meinetwegen in Gefahr geraten.* Sie ballte ihre Fäuste so stark, dass es schmerzte. *Gregor bekommt also endlich, was er schon immer wollte: Dass ich nichts mehr mit Verbrechen zu tun habe.* Leana schlug die Hände vors Gesicht. Sie sah JJ vor sich, in seinem Anzug, charismatisch, der sich nie ganz in die Karten schauen ließ und als Puffer zwischen dem Team und dem Innenministerium fungierte. Im Gegensatz zu Fin hielt er eine gewisse Distanz zum Team, und er bestimmte, wie viel Raum er ihnen gab. Leana lachte plötzlich auf, als ihr klar wurde, wie ähnlich sich JJ und Gregor waren. Sie hielten sich beide nicht an Grenzen, aber sie setzten sie für andere: JJ für das Team, Gregor für seine Frau, seine Töchter, seine Mitarbeiter im Krankenhaus. Beide Männer brannten für ihre Karrieren, und während für Gregor die erfolgreich behandelten Patienten der Maßstab waren, nutzte JJ die aufgeklärten Verbrechen. Fin hingegen, dachte Leana weiter, brannte für die Aufklärung von Verbrechen, um Gerechtigkeit zu erwirken. So wie er heute hier vor dem Team gestanden hatte, voll ehrlicher Bewunderung, hatte er ein ganz anderes Charisma gezeigt als JJ. Leana schloss die Augen und schlug die Arme um ihren Oberkörper. Sie lauschte auf die quälende Gewissheit in ihrem Inneren, dass JJ mit drinsteckte, dass das Team eine Verbindung zwischen ihm und den toten Vietnamesen finden würde, und zwar keine zu seiner Entlastung. Sie dachte daran, was Tanni gesagt hatte: Dass JJ auch darauf erpicht war, dass nichts verloren ging, keiner eigenmächtig entscheiden konnte, was gelöscht wurde. Aber Tanni hatte das Programm geschrieben, also kannte sie auch die Schlupflöcher. *Warum lag ihm so sehr daran,* fragte sie sich, *wusste er aus eigener Erfahrung, wie groß die Versuchung sein kann, weil er damals die Tatwaffe hat verschwinden lassen und danach vielleicht noch anderes? Wir müssen ein Profil von JJ machen, ich und Maxim, und zwar unter Ausschluss des Teams!*

»Schläfst du im Stehen?«

Leana zuckte zusammen. »Nein, sorry, ich musste nur einen Moment nachdenken.« Sie sah Fin an und hatte Lust, die Hand nach ihm auszustrecken.

»Wie ist es mit Tanni gelaufen?«

Leana wackelte mit dem Kopf. »Ich kann es dir nicht genau sagen. Die Botschaft ist angekommen. Sie ist sich der Risiken bewusst. Du solltest Natalia fragen, sie kennt Tanni lange und weiß, wie sie funktioniert, wenn es eng wird.«

»Gut. Gehen wir?«

»Wir?« Leana zuckte zurück bei diesem Wort, das so lange zu einem anderen Mann gehört hatte und hier irgendwie unpassend schien.

»Ja, genau, wir. Und zwar erst etwas essen, bei einem wunderbaren Ungarn, und dann sehen wir weiter, denn glücklicherweise habe ich ja ein Zimmer im Ciskos, weil ich die anderen Hotels nicht ausstehen kann. Oder hast du heute schon eine andere Verabredung?«

»Äh, nein. In Kaiserswerth wartet höchstens die Staatsanwältin Angela Rotenburg darauf, dass ich sie über die Ermittlungen informiere.«

»Du wohnst mit einer Staatsanwältin zusammen?«, fragte Fin ungläubig.

»Nein, ich habe in ihrem Haus ein kleines Apartment. Es ist zauberhaft.«

»Vielleicht sehe ich es ja einmal. Aber für den Moment würde ich ein Szegediner Gulasch einer Staatsanwältin vorziehen, egal, wie schön und attraktiv sie ist, mein Magen knurrt. Also?«

Obwohl er weit weg stand, hob er die Hand, als wolle er sie zum Tanz auffordern. Und genau so fühlte es sich für Leana an mit Fin: als habe ihre Seele das Tanzen wiederentdeckt. Als sie in ihrem Büro ankamen, fanden sie neben Fins gepackter Tasche ihren Autoschlüssel mit einem Zettel von Natalia: *Autos und Fahrräder umgeparkt, alles in der Tiefgarage.* »Natalia denkt wirklich immer sofort an alles«, lobte Leana. Sie fuhr ihren PC herunter, nahm die Waffe aus dem Safe unter dem Schreibtisch, prüfte, ob ihr neues Smartphone in ihrer Tasche war und warf schließlich Fin den Autoschlüssel zu: »Du fährst. Oder hast du neben Flugangst noch andere Phobien?«

»Das erkläre ich dir *en detail* später.«

Sie verließen gerade mit dem Auto die Tiefgarage, als Angela Rotenburg wie immer vor dem LKA-Gebäude parkte, rauchend ausstieg und vor dem Eingang ein paar letzte Züge nahm. Angela stieg die Treppen in die erste Etage hoch und runzelte die Stirn, weil sie Leanas Büro leer vorfand. Sie hörte Stimmen aus dem Nachbarbüro und klopfte an die Tür von Natalia.

»Herein!«

Vor Natalias Schreibtisch saß Tanni und weinte.

»Oh, ich störe, ich kann ja später wiederkommen.«

»Keineswegs, wir sind hier fertig. Tanni?«

Tanni stand auf, würdigte Angela keines Blickes und verließ das Zimmer, allerdings nicht, ohne die Tür hinter sich zuzuknallen.

»Leana sagt, das sind die serbischen Gene«, kommentierte Natalia und sah zu Angela hoch: »Und womit kann ich dich glücklich machen oder zu Tränen rühren?«

»Höre ich da etwa leisen Zynismus heraus?« Angela setzte sich auf den Stuhl, auf dem zuvor Tanni gesessen hatte.

»Dieser Fall geht dem Team an die Nieren. Dass Köhler im Schussfeld ist, bedeutet eine Zerreißprobe für uns, aber wir alle wissen auch, dass es das Aus für das Kompetenzteam sein könnte, wenn er mit drinhängen sollte. Also, soll ich dich auf den neuesten Stand bringen?«

»Wo ist denn deine Chefin?«

»Die vögelt sich hoffentlich mit Fin Fitzpatrick die Seele aus dem Leib.«

»Ach du Scheiße!«, stöhnte Angela und schloss die Augen. »Können wir hier rauchen?«

»Nur zu, das Fenster geht auf, wenn du mir eine abgibst. Aber komm schon, es gibt Schlimmeres. Fin ist ein geiler *bad boy*, und schon als die beiden Sonntagmorgen aufeinandertrafen, hat's jeder geschnallt, nur die zwei nicht. Köhler war ordentlich angepisst, denn der hat auch gesehen, dass seine heilige Leana von seinem besten Freund angezogen wird wie von einem Magneten.«

»Ach du große Scheiße!«, wiederholte Angela, öffnete das Fenster, fummelte aus ihrer Riesentasche die Packung mit Zigaretten zutage, gab sie Natalia und kramte das Feuerzeug raus. »Scheiße, scheiße, scheiße!«, fluchte sie unbeirrt weiter. Sie nahm von Natalia die Zigarette an, gab beiden Feuer und inhalierte tief. »Scheiße!«

»Gut, Angela, das Wort ist mir geläufig, gibt's auch 'ne Erklärung dazu? Was ist dieser Fäkalausdrücke würdig?«

Angela blickte in das Dunkel vor dem Gebäude und stieß Rauch aus: »Gregor kommt!«

»Ja und? Die zwei wollen sich scheiden lassen, da wird Mr Sexy ja wohl damit zurechtkommen, dass seine Ex einen anderen hat.«

»Scheiße!«

»Angela, du fliegst gleich raus!«

Angela stöhnte: »Er kommt mit den Töchtern her. Er hat eine Stelle in der Uniklinik Düsseldorf bekommen, Chefarzt auf der Herzstation, die Mädchen sind auf der Ganztagsschule in Oberkassel angemeldet. Er und die Mädchen wollen Leana damit überraschen. Er ist wild entschlossen, ihre Ehe zu retten!« Sie inhalierte wieder tief und bekam einen Hustenanfall.

»Scheiße«, sagte nun auch Natalia, »ist der total bescheuert? Das ist doch nicht so wie bei einer beschissenen Überraschungsparty, wo man jemandem nur einen Abend versaut, weil man 'ne Party macht, die keiner will. Scheiße, Angela, das ist echt ein Problem.« Sie schnippte ihre Zigarette aus dem Fenster. »Wann kommt er an?«

Angela blickte sie an. »Morgen früh um sechs Uhr fünfunddreißig.«

»Wow!« Natalia schüttelte den Kopf. »Wo wohnt er?«

»Er hat ein Haus gekauft, in Oberkassel.«

»*Passiv aggressiv* nennt man das in Fachkreisen. Er setzt Leana unter Druck, indem er Fakten schafft.«

»Er sagt, er liebt Leana, sie ist seine große Liebe.«

»Klar, darum vögelt man auch fremd.«

Angela zündete eine neue Zigarette an: »Was machen wir jetzt?«

»Wir?«, fragte Natalia spitz. »Ich habe damit nichts zu tun!«

»Sie ist doch auch deine Freundin. Selbst wenn du es in deinem Stolz nicht zugeben willst, ich weiß, dass du Leana magst. Also, was machen wir beide jetzt?«

»Wo kommt er an?«

»Auf dem Flughafen, dann kommt er nach Kaiserswerth.«

»Wird ja minütlich besser, Angela, großartig!« Sie schlug sich mit der flachen Hand vor die Stirn. »Also, du wirst ihm sagen, dass, was ja stimmt, Leana mitten in einem sehr komplizierten Fall steckt, und schickst ihn in sein Haus nach Oberkassel. Er soll es in Ruhe gemütlich einrichten, sich einfinden, die Mädels an der Schule vorstellen, seinen Job in Augenschein nehmen. Dann muss Leana sich um nichts kümmern. So verschaffen wir ihr ein wenig Zeit.«

»Um Fin zu genießen?«

»Auch, aber ganz besonders tatsächlich, um sich auf diesen Fall zu konzentrieren, da geht jetzt kein Theater, da geht nur entspanntes Vögeln, könnten wir uns darauf einigen?«

Angela nickte. »Gut, dann bring mich jetzt mal auf Stand, was an dem Fall so kompliziert und außergewöhnlich ist und worum es dabei genau geht.«

»Hast du heute noch was vor?«

»Nein!«

»Gut, dann bestelle ich uns jetzt Pizza und eine Flasche Slibowitz und werde dir ausführlich von allem berichten, bis zu dem Moment, an dem Tanni die Tränen kamen …«

»Darf ich dich stattdessen in Victors Restaurant entführen, und wir trinken einen anständigen Roten und essen was Ordentliches? Du kannst ja später mit dem Taxi heimfahren.«

Natalia sicherte ihre Schusswaffe, nahm ihr Smartphone und die Jacke und sagte: »Das Angebot musst du mir nicht zweimal machen. Ich gehe davon aus, Wein und Essen geht auf dich?«

Im Auto versuchte Natalia vergeblich, für die Nacht ein Sonderteam nach Neuss zu schicken, alle waren im Einsatz, frühestens morgen Mittag würden vier Mann zur Verfügung stehen. Natalia informierte den Dienststellenleiter Roderick darüber, der ihr versicherte, dass sein Team es genauso gut könne, und er selbst würde auch die Nacht über dortbleiben. Zwei Männer bewachten den Notausgang von außen, in ständigem Funkkontakt mit der Dienststelle, durch die Dienststelle selbst würde wohl niemand hereinkommen. Natalia widerstand dem Wunsch, selbst nach Neuss zu fahren, lehnte sich in dem gemütlichen Sitz des alten Mercedes zurück und ließ sich von Staatsanwältin Angela Rotenburg nach Kaiserswerth chauffieren.

An diesem Mittwochabend schlug das Wetter endgültig um. Ein eisiger Wind fegte durch die Straßen der Düsseldorfer Altstadt. Nur ganz hartgesottene Raucher standen vor den zahlreichen kleinen Bars und Kneipen, hinter einem Windschutz geborgen, von oben mit einer Gasheizung gewärmt. Blätter tanzten in einer eigenen Choreographie, verbanden sich zu einem Kreis, jagten sich, stoben auseinander und fanden sich wieder. Fin hatte in der Tiefgarage der Kabarett-Bühne *Kom(m)ödchen* geparkt und legte Leana, als sie die Altstadt betraten, seinen Lammfellmantel um die Schultern. »Es ist nicht weit«, sagte er dicht an ihrem Ohr, und Leana spürte, wie ihr Körper reagierte, die feinen Härchen stellten sich auf, ein Schauer lief ihre Wirbelsäule entlang, ihr Bauch wurde warm und weich. »Mein Gott, Fin, was ist das mit uns?«, fragte Leana heiser.

Fin blieb stehen, drehte Leana zu sich, sah ihr in die Augen. »Es macht dir Angst?« Leana senkte den Blick, weil sie wirklich das Gefühl hatte, Fin könne in einen Menschen hineinschauen und, wie in seinen Verhörmethoden beschrieben, die Wahrheit in seinem Innern sehen. »Woher weißt du das?«

»Weil wir immer nur dann nach einer rationalen Erklärung suchen, wenn uns etwas neu und zugleich unheimlich ist. Ich gebe dir gern später eine rationale Erklärung, aber erst muss ich was essen. Komm.« Er zog Leana mit sich. Schweigend liefen sie durch die Andreasstraße, und als sie am Medicihaus schon fast vorbei waren, hielt Fin vor der grünen Fassade mit den roten Schlagläden an. »Hier ist es, das beste ungarische Restaurant der Stadt, und sie haben Budweiser und tolle Betten!«

»Du wohnst in einem Restaurant?«

Fin lachte kehlig und zog die schwere Tür auf. »Darf ich bitten, Madame, ich habe bei Nándor schon vorbestellt, in einem Separee, damit wir ungestört sind; dein gewitzter Journalist ist nämlich schon auf der Suche nach mir, und ich möchte nicht, dass irgendwer aus der Zeitung erfährt, was mit uns ist. Also, kommst du?«

Leana war sofort bezaubert von diesem Restaurant, das wirkte, als hätte man in ein gemütliches Wohnzimmer ein paar Tische gestellt. Rot und Gold waren die dominierenden Farben. Nándor grüßte Fin mit einem Nicken, das verriet, dass sie sich schon lange kannten. »Ich habe euch nach oben gesetzt«, zwinkerte er, »Tisch ist gedeckt, sonst kommt keiner hoch heute. Bud?«

»Zwei, und zum Essen deinen Hauswein«, sagte Fin und führte Leana zur Treppe im Nebenraum. »Ich geh lieber vor – wenn ich auf deinen entzückenden Po blicken muss, wird es doch wieder nichts mit dem Essen!« Fin rückte Leana den Stuhl zurecht, nahm ihr den Fellmantel und ihre eigene Jacke ab und verabschiedete sich kurz, um die Sachen auf sein Zimmer zu bringen. Als er zurückkam, servierte Nándor gerade zwei perfekt gezapfte Budweiser. Während sie vom Bier zum Wein wechselten und von der Vor- zur Hauptspeise, löste Fin sein Versprechen ein und gab Leana eine rationale Erklärung für das, was zumindest auf seiner Seite gerade passierte. So erfuhr sie, dass Fin sie von Anfang an beobachtet hatte – nicht weil Janosch Jacob, unrettbar in Leana verknallt, von ihr schwärmte, sondern weil Fin von ihrer Fähigkeit gehört hatte, sich in Tatorte und auch in Täter hineinzudenken, zu fühlen, was sie fühlten während der Tat. Während er JJ getröstet hatte, weil Leana mit diesem attraktiven Arzt nach Südafrika verschwunden war, brachte er mehr und mehr über sie als Ermittlerin in Erfahrung, las immer wieder Artikel über sie, über ihre zahlreichen Erfolge und die gelegentlichen Misserfolge. Es berührte Leana zutiefst, als Fin erzählte, dass er an den Fotos in den Artikeln gesehen hätte, wie es ihr von Jahr zu Jahr immer schlechter ging, dass er in den Interviews, die sie gab, gehört hatte, wie ihre Stimme und ihre Antworten immer hysterischer und dann immer resignierter wurden, die Ränder unter ihren Augen tiefer und schwärzer. Und dass er verstand, wie sehr einen alles mitnehmen konnte, wie leicht man im Blutrausch der Gewalt ertrank. »Und dann kamst du zurück, und bevor ich die Chance hatte, dich kennenzulernen, erzählt mir Janosch Jacob schon wieder, dass er dich liebt und dass ihr die Nacht miteinander verbracht habt und dass er sich benommen hat wie ein Esel.«

»Er hat dir davon erzählt?« Leanas Gesicht glühte von dem dunklen schweren Wein, den Fin immer wieder nachgoss. Sie sah ihn gern an, lächelte, weil er mit solcher Leidenschaft aß. Fin wischte sich mit der roten Stoffserviette den Mund ab, trank einen Schluck und fixierte sie über den Rand des Glases hinweg. »Ja, das hat er. Und wenn er wieder wach ist, ist die Frage: Wer von uns beiden sagt es ihm?«

Leana legte ihr Besteck an die Seite und stützte ihr Kinn auf die linke Hand. »Nun, ich finde, da ich ja schon meinem Exmann sagen muss, dass bereits ein neuer Mann in meinem Leben ist, kurz nachdem ich ihm gesagt habe, dass ich die Scheidung möchte, und ich verknallt bin wie ein Schulmädchen, dass JJ dir zufällt.«

»Noch keine ganze Nacht miteinander verbracht, aber schon etwas aushandeln?« Fin lächelte. »Ich bin es ihm irgendwie wohl schuldig. Denn seit du wieder in Deutschland bist, warte ich darauf, einen Fall zu bekommen, der mich zum Kompetenzcenter führt. Dass der genau an dem Abend auftaucht, als Janosch Jacob dich zum Essen ausführt, um dir endlich seine Gefühle zu gestehen, ist wohl so was wie Schicksal.« Er legte sein Besteck ebenfalls zusammen und schob den Teller etwas von sich, dann lächelte er Leana an. »Das wird eine Zerreißprobe für unsere Freundschaft.«

»Zeigt sich nicht immer erst dann der wahre Wert einer Freundschaft, wenn sie etwas auszuhalten hat?«

Fin nickte, stand auf, nahm in eine Hand die Weinflasche und die beiden Weingläser, zog mit der anderen Leana vom Stuhl hoch und sagte leise: »Komm!«

Sie lagen erschöpft in den zerwühlten Laken. Fin stützte den Kopf in die rechte Hand und streichelte mit der linken Leanas nackten Rücken. Auf dem Nachttisch standen ihre Weingläser und eine Flasche Wasser. Obwohl der Wind durch die kleine Gasse unter dem Fenster fegte, hörte man Stimmen von Menschen, die draußen standen. Irgendwo schlug eine Kirchenuhr die elfte Stunde. »Hast du damals wirklich nie gemerkt, dass Janosch Jacob in dich verliebt ist?«, fragte Fin, während seine Hand zu ihrem Po weiterwanderte. Leana blickte in die Flamme der Kerze, die auf der Fensterbank stand. »Nein. Ich habe ihn so maßlos bewundert, weil er mit einunddreißig schon eine eigene Einheit leitete – ich wäre nie im Traum auf die Idee gekommen.«

»Ja«, sagte Fin, »darum haben wir ihn alle beneidet. Er hatte bei einer spektakulären Schießerei, die man jemandem hatte anhängen wollen, wichtige Zeugen beigebracht. Er hat einfach nicht aufgegeben, als alle anderen schon bereit waren, einfach das Offensichtliche anzunehmen und das Urteil zu sprechen, obwohl es noch Restzweifel gab.«

Leana rollte sich auf den Rücken und sah Fin von unten an. »Zeichnet das nicht jeden guten Polizisten aus? Dass er nicht aufgibt, wenn die anderen es schon tun?«

Er küsste sie auf die Stirn, griff über sie hinweg und holte sich ein Weinglas. »Ja, du hast recht. Trotzdem war es damals ein Knaller.«

Leana setzte sich auf, nahm das zweite Weinglas und fragte: »Weißt du noch, worum es da ging?«

»Du etwa nicht, Frau mit dem goldenen Gedächtnis?«

»Doch, ich werde diese Bilder von diesem völlig in Stücke geschossenen Restaurant in Neuss nie vergessen. Zwölf Tote. Damals hieß es, die Camorra hätte die Chinarestaurants für sich entdeckt, und da die Zahlungswilligkeit nicht war wie gewünscht, wollte man ein Exempel statuieren. Bequemerweise hatte die Camorra zu ihrer eigenen Entlastung einen Eurasier als Täter auf dem Silbertablett serviert. Und dann riss JJ den Fall an sich, und alles war anders. Diesem Prinzip«, sie lächelte, »ist er bis heute treu geblieben. Wenn das Kompetenzcenter sich einmischt, nehmen die meisten Fälle eine ganz andere Wendung.«

Fin setzte sich nun auch aufrecht, schob sich im Rücken das Kissen zurecht und lehnte sich an die Wand. »Hör mal, wegen morgen: Ich möchte gern, dass du mit Maxim das Profil der Täterin abrundest und es dann diesem Korbinian Baumgartner präsentierst. Du solltest den Kontakt weiter pflegen, der Typ ist zu gut, um ihn auf Distanz zu halten. Ich kenne ihn von früher.«

Leana stellte ihr Weinglas weg und setzte sich rittlings auf Fin. »Ganz sicher, dass wir weiterhin so tun sollten, als hätten wir eine Spur?«

»Ja, Schneiders Idee war gut, so sind ein paar Ratten aus ihren Löchern gekommen. Ich werde morgen nach Neuss fahren und mir die Vögel mal selbst vornehmen. Es kann ja irgendwie nicht sein, dass die bei uns Kost und Logis bekommen und nichts dafür tun.«

»Ich könnte auch etwas für meine Kost und Logis tun«, sagte Leana, beugte sich zu Fin hinunter, nahm ihm sein Weinglas aus der Hand, stellte es auf den Nachttisch und küsste ihn.

»Ich fürchte, ich bin ein bisschen wund«, nuschelte Fin an Leanas Kuss vorbei.

»Ich werde ganz sanft sein, vertrau mir!«

Als Leana kurz vor Mitternacht in Fins Armen einschlief und dachte, dass sie sich nicht erinnern konnte, wann sie sich je neben einem Menschen so zu Hause gefühlt hatte, gab unten in der Bar ein Taxifahrer eine Tasche mit frischen Sachen für Leana ab, die Natalia und Angela gemeinsam auf den Weg gebracht hatten.

6. DONNERSTAG

Ihre Telefone klingelten gleichzeitig. Der Herbststurm rüttelte an den Schlagläden, hinter denen noch tiefe Nacht herrschte. »Raus aus dem Bett«, rief Natalia, »unten an der Rezeption steht eine Tasche mit frischen Sachen für dich, duschen, anziehen, ich hol dich in zehn Minuten ab.«

»Was ...« Weiter kam sie nicht, Natalia hatte aufgelegt. Fin drehte sich zu ihr um. »Bei mir war es Tanni, sie sagt, Natalia holt mich in zehn Minuten ab, mehr nicht.«

Leana sprang auf, streifte Jeans und Bluse über. »Es ist was passiert, ich muss unten meine Tasche holen.« Sie entriegelte die Tür und stolperte fast, weil Nándor ihr die Tasche bereits vor die Tür gestellt hatte. Leana nahm sie hoch, warf sie aufs Bett, zog sich aus, verschwand im Bad. Als sie fertig war, überließ sie Fin die Dusche, trocknete sich nachlässig ab, band ihre Haare zusammen, zog die frischen Sachen aus der Tasche und dankte Angela für ihre Weitsicht. Um fünf Uhr zwanzig standen Fin und Leana, beide mit roten Augen und einem Becher Kaffee in der Hand, vor dem Hotelrestaurant ›Zum Csikos‹.

»Sollen wir nicht vor zur Straße gehen?«, fragte Fin und pustete in seinen Kaffeebecher.

»Nein, das lohnt nicht«, antwortete Leana, und tatsächlich kam Natalia mit Blaulicht über die Einfahrt vom Burgplatz. Leana stieg vorn ein, Fin hinter ihr. Leana erkannte sofort, dass Natalia eine grausam schlechte Laune hatte.

»Sagst du uns vielleicht, wo es hingeht?«, fragte Fin von der

Rückbank und versuchte sich festzuhalten, denn Natalia nahm die Kurven durch die schmalen Gassen der Düsseldorfer Altstadt mit sehr hoher Geschwindigkeit. Aber sie blieb die Antwort schuldig. Erst als sie den Rheinufertunnel erreicht hatte und sie das Gaspedal durchtrat, fragte Natalia Leana: »Erinnerst du dich, was Dario uns zu dem ersten Opfer gesagt hat?«

»Dario erklärte: Hier wurde jemand getötet, weil er sein Wissen für sich behalten, geschwiegen oder sogar gelogen hat. Und dass so ein Mord immer eine Warnbotschaft ist. Warum, was ist denn los, Natalia?«

»Wir haben zwei neue Warnbotschaften!« Sie schlug mit der rechten Hand auf das Lenkrad.

»Oh nein …!«

»Doch, genau die.« Natalia hupte einen träumenden Autofahrer aus dem Weg, der offenbar ihr Martinshorn überhört hatte, überfuhr drei rote Ampeln und nahm die Rheinquerung nach Neuss. »Gestern am späten Abend kam die Dolmetscherin noch einmal, die Herren hatten sie wohl um was zu essen gebeten. Das war um einundzwanzig Uhr. Sie hat gemeinsam mit den Typen gegessen. Um einundzwanzig dreißig verließ sie den Keller und die Dienststelle. Die Außenposten wurden ausgewechselt, alles gut. Nur als heute Morgen dann um fünf Uhr unser guter Roderick in seinen Keller stieg, war nichts mehr gut. Wir haben zwei neue Opfer mit abgeschnittenen Ohren und zugenähten Mündern.« Noch einmal schlug Natalia auf das Lenkrad.

»Also bleibt nur noch einer übrig«, sagte Leana leise.

»Was meinst du damit?«, fragte Fin, zog sich an Leanas Sitz hoch und nach vorn.

»Die Spielpüppchen in den Filmen, es waren sechs, und fünf Tote haben wir nun schon. Findet sie den Letzten vor uns, können wir weder den Tod dieses Menschen verhindern noch die Täterin fassen.«

»Ich will verdammt sein, wenn eine einzelne Person so etwas leisten kann.« Natalias Stimme wurde zunehmend schriller.

Als sie die Dienststelle erreichten, sah Leana, dass Zorro von der Spurensicherung schon vor Ort war, ebenso Maxim, der Fotos von den aufrecht stehenden Leichnamen schoss. Beide waren mit Kabelbindern an die Zellenstäbe gebunden, ihre Gesichter blickten Leana anklagend an. Maxim wies mit einer Geste auf das viele Blut, und Leana verstand sofort: Diesmal hatte sie ihre Opfer nicht mit einem Schlag auf den Karotissinus erlöst, sie hatte sie ausbluten lassen wie Schlachtvieh. Obwohl sie mitten am Tatort stand und die bizarre Szenerie dieser grausamen Tat direkt vor Augen hatte, gelang es Leana nicht, sich in die Täterin hineinzufühlen, beziehungsweise gab es da nicht viel, in das sie sich hätte hineinfühlen können: Die ruhige Präzision, mit der sie tötete, zeigte, dass sie nichts dabei empfand. Keine Wut, keinen Zorn, keinen Drang danach, jemanden zu verletzen, sie benutzte die Opfer mit derselben Gleichgültigkeit, mit der ein Schriftsteller das Papier nutzte, um etwas mitzuteilen. Die Opfer waren nur die Leinwand, die sie brauchte, um etwas zu sagen. Leana hörte, wie Natalia oben den Dienststellenleiter Roderick zusammenfaltete, der ihr wiederum vorwarf, dass sie die Spezialistin sei und die Situation unterschätzt habe und nicht, wie zugesagt, ein Team zur Unterstützung geschickt hatte. Tanni kam die Treppe herunter und guckte vorsichtig um die Ecke. »Ich hab die Chips aus der Überwachungskamera, irgendwas muss drauf sein. Ich fahr dann zurück, wenn's okay ist, und mach mich an die Auswertung.«

Leana nickte. »Bist du mit dem Fahrrad hier?«

Tanni schüttelte den Kopf: »Maxim hat mich mitgenommen.«

»Dann sei so gut und bitte Natalia, dich zurückzufahren, sag ihr, die Filme müssen sofort ausgewertet werden, und Maxim und Zorro haben hier noch zu tun.«

Tanni machte das Victoryzeichen. Kurz darauf ebbte das Gebrüll oben ab.

Fin trat dicht neben Leana. »War es Natalias Fehler?«, fragte er leise. Leana schüttelte unwillig den Kopf. »Personalmangel ist Personalmangel, wir sind bestens ausgestattet für die Ermittlung, aber nicht für die Bewachung, da greifen wir genauso wie andere Abteilungen auf den Pool zurück, und der ist unterbesetzt.« Sie löste sich von der Wand und wich vor Fins Nähe zurück. »Was hast du noch, Maxim?«

Maxim kam aus der Hocke hoch, seine Gelenke knackten. Leana bemerkte, dass er seine Haare wie Fin zu einem Zopf im Nacken gebunden hatte, ein sehr kurzer zwar, aber ein Zopf.

»Ich kann einfach nicht begreifen, dass keines der Opfer Abwehrverletzungen hat, nicht einmal fremde Haut unter den Fingernägeln. Selbst wenn sie auch diesen beiden hier wieder Blauen Lotus eingeflößt hat und sie nicht sehr schmerzempfindlich waren, wussten sie doch, dass sie elend sterben werden. Warum kämpft man da nicht? Was ist mit dem menschlichen Überlebensinstinkt?«

Leana blickte Maxim an, der selten so emotional sprach. »Sie wird das Wertvollste bedroht haben, was ein Mensch haben kann: die eigenen Kinder. Glaube mir, auch ich würde diese Schmerzen aushalten, wenn ich meine Töchter damit schützen könnte.« Sie wandte sich Fin zu. »Komm, fahren wir auch ins LKA, wir müssen eine neue Strategie entwickeln, wenn wir die Mörderin noch zur Rechenschaft ziehen wollen.«

Fin nickte Zorro und Maxim zu. »Wir sehen euch dann im Konferenzraum, sobald ihr hier fertig seid.« Er folgte Leana die Treppe hinauf, und sie fragte einen Polizisten, ob er ihnen ein Taxi rufen könne.

Als sie vor der Polizeistation warteten, fragte Fin: »Würdest du wirklich alles für deine Töchter tun?«

»Sicher, ganz sicher, wenn es um Leben und Tod geht. Ich habe sie in die Welt gesetzt, sie haben mich nicht darum gebeten! So muss ich doch wenigstens Schaden von ihnen fernhalten, wenn ich es kann.« Sie blickte ihn von der Seite an und spürte, dass plötzlich Distanz zwischen ihnen entstand. Das Taxi wurde am Ende der Straße sichtbar. »Besser, du begreifst sofort, dass es bei mir immer Situationen geben wird, wo sie den absoluten Vorrang genießen.«

Leana stieg hinten ein und überließ Fin den Beifahrersitz. Sie lehnte sich zurück, schloss die Augen und versuchte die Tat, deren Resultat sie gerade gesehen hatte, im Geiste selbst zu vollziehen. Das Fixieren der Gliedmaßen. *Redet sie mit den Opfern?*, fragte sich Leana. *Beruhigt sie sie? Was empfindet sie, wenn sie die Klinge ansetzt, um ihre Ohren abzutrennen? Wenn sie die blutenden Ohren in ihre Münder schiebt und sie zunäht, woran denkt sie in diesem Moment?*

»Wir brauchen kein Profil der Täterin«, sagte Leana laut und noch immer mit geschlossenen Augen, »wir müssen verstehen, wen sie für die wahren Täter hält. Denn an die wahren Täter, wer immer die sind, richtet sie ihre Botschaften. Sind ihre Botschaften für uns? Für JJ? Oder ist JJ auch nur eine Botschaft an jemand anderen?« Leana schlug die Augen wieder auf. »Wir bekommen nur noch eine Botschaft. Wenn wir es bis dahin nicht verstanden haben, werden wir weder die wahren Täter finden noch unsere Mörderin.«

Fin drehte sich zu ihr um. »Was schlägst du also vor?«

Sie sah ihn lange an. »Wir müssen JJ auseinandernehmen!«

Leana ließ Fin in ihr Büro und ging nach nebenan zu Natalia. Sie klopfte, trat ein und schloss die Tür hinter sich. Natalia stand am offenen Fenster und rauchte. »Ich hatte verdammt noch einmal das Gefühl, ich sollte selbst die Überwachung übernehmen, als man mir mitteilte, dass erst ab heute ein Überwachungsteam anrücken könne. Aber anders als du gebe ich nichts auf meine Gefühle!« Natalia schnippte die Zigarette auf den Parkplatz unter ihrem Fenster, der leer war, seit alle in der Tiefgarage parkten. Leana trat neben sie und zeigte Richtung *Mr Wash* auf der anderen Seite der sechsspurigen Straße. »Glaubst du wirklich, dass ein Mensch, der von diesem Dach aus in der Lage ist, ein Auge zu treffen, sich in der vergangenen Nacht von dir hätte aufhalten lassen?«

»Ja!« Natalia zündete sich eine neue Zigarette an.

»Du bist ganz schön eingebildet!«

Natalia lachte laut auf. »Wie bist du denn drauf?«

Leana wandte sich ihr zu: »Okay, du bist von dir eingenommen, und das darfst du auch sein. Aber ehrlich, ich glaube nicht, dass wir eine Chance gehabt hätten. Hätte sie uns eine geben wollen, hätten wir sie bekommen. Aber sie will, dass wir, was immer das meint, die wahren Täter finden.«

»Ich wäre, anders als diese Schnarchnase Roderick, nicht gemütlich oben in meinem Büro geblieben, sondern hätte mich zu den Männern in den Keller begeben.«

Leana seufzte: »Du bist zu streng mit dir.«

»Es hat zwei Menschen das Leben gekostet, ich hab's vermasselt!« Natalia inhalierte tief den Rauch.

»Du hast mir einmal gesagt, wir schaffen es nicht, immer alles richtig zu machen, aber wenn wir aus jedem Fehler lernen, werden die Rückschläge immer weniger.«

»Ich hasse es, wenn man mir meine eigenen Ratschläge erteilt.« Wieder schnippte sie die Kippe auf den Parkplatz. Leana blickte ihr hinterher. Eine Windbö fegte die Kippe über den Parkplatz gegen den Bürgersteig. Es war nicht kalt, knapp elf Grad, aber der feuchtkalte Wind ließ Leana schaudern.

»Okay, was kommt als Nächstes?« Natalia schloss das Fenster, ging an ihren Schreibtisch und setzte sich. Leana erklärte ihr in wenigen Worten, was sie mit Fin besprochen hatte.

»Du bist ganz sicher, dass es mit Köhler zu tun hat?«, fragte Natalia und blickte Leana an, die am Fenster lehnte.

»Ich fühle es.« Leana schloss die Augen. »Und glaub mir, es passt mir nicht.«

»Er liegt immer noch im Wachkoma«, gab Natalia zu bedenken.

Leana öffnete die Augen wieder. »Bist du da ganz sicher, oder ist es das, was sie uns und die Welt glauben machen wollen?«

»Wow!« Natalia kniff die Augen zusammen. »Du meinst das ganz ernst, richtig?«

»Sie sagen uns nicht, wo er liegt. Ich werde Angela ansprechen und sehen, wie sie reagiert, dann weiß ich mehr.«

»Was noch?«, fragte Natalia.

Leana lachte: »Du kennst mich mittlerweile schon ganz gut. Tanni! Ich glaube nicht, dass sie es hinbekommt, JJ auseinanderzupflücken.«

»Du unterschätzt sie. Tanni hat einen ekelhaft ausgeprägten Gerechtigkeitssinn. Glaub mir, sie fühlt sich Köhler gegenüber weder schuldig, weil er ihr Vater ist, noch weil er sie auf diese Stelle gesetzt hat. Er könnte der Papst sein, und in unseren Jugogenen bedeutet das noch was, sie wird es ans Licht zerren, wenn da was ist.« Natalia stand auf. »Komm, gehen wir in den Konferenzraum und sehen nach, was wir haben.«

Als sie nebeneinander hergingen, fragte Natalia: »Wie machst du das eigentlich mit dem Fühlen?«

Leana blickte sie von der Seite an. »Willst du das wirklich wissen?«

»Ja. Jetzt ja. Denn ich wünschte, ich hätte gestern meinem Gefühl nachgegeben!«

»Nun, das, was du *Gefühl* nennst, ist nichts anderes als tieferes Wissen, das dein Gehirn gespeichert hat, du aber nicht beliebig abrufen kannst. Du hast im Prinzip nur mit deinen aktuellen und vertrauten, normalerweise ausreichenden Informationen gearbeitet. Eine Dienststelle mit vielen Polizisten, ein bewachter Notausgang, was soll da schon passieren? Richtig?«

»In etwa.« Sie erreichten den Konferenzraum, wo Tanni und Maxim Dateien hochluden. In einer Ecke saßen Zorro von der Spurensicherung und Sven und diskutierten.

»Dein sogenanntes Gefühl griff aber auch darauf zurück, dass wir es mit einem Profikiller zu tun haben, den ein paar Polizisten nicht aufhalten können, weil er eben nicht einfach mit einer Knarre in eine Polizeidienststelle marschieren würde. Du hattest wahrgenommen, dass Roderick nicht ganz blöd ist, aber auch, dass er sich gern wichtigmacht, und du wusstest, dass dieses Wichtigmachen und In-Szene-Setzen für ihn mehr zählt als das Bestreben, einen wirklich exzellenten Job zu machen.« Leana und Natalia setzten sich, Fin kam herein, setzte sich zu ihnen und hörte Leana ebenfalls zu. »Deshalb wusstest du in Wahrheit, dass er sich nicht in den Keller setzen würde, wo keiner mitbekommt, wie wichtig er ist!«

»Du bist irgendwie scheiße genial!«, gab Natalia unumwunden zu, »und jetzt fühle ich mich gleich noch schlechter.«

»Das musst du nicht. Ich habe mein Gefühl gestern Abend auch ignoriert.«

Natalia warf Fin einen fragenden Blick zu, aber er zuckte nur mit den Schultern.

»Das nicht!« Leana kniff Natalia in den Oberschenkel.

»Ich wette, wenn Tannis Team mit der Durchsicht der Überwachungskameradaten durch ist, werden wir zu sehen bekommen, dass die Dolmetscherin – die, mit der wir gestern so nett geplaudert haben –, unsere Täterin ist.«

»Kann nicht sein!«, rief Natalia aus. »Tanni, wie weit seid ihr?«

»Sie sprach nicht gut genug Deutsch, nicht für eine Dolmetscherin, die bei Verhören eingesetzt wird, sie sagte, sie lernt für das Latinum, das gibt es heute an der Uni gar nicht mehr, es gibt Latein für Mediziner, und ich spürte die Angst der Männer, und heute denke ich, es war die Angst vor ihr. Ich nahm das alles wahr, ohne es richtig einzuordnen, weil meine Gedanken woanders waren. Sie hat uns die unsichere, zurückhaltende Persönlichkeit perfekt vorgespielt. Ich denke, die Männer haben die Filme im Internet gesehen, ihre Frauen und Kinder waren bereits entführt, sie hatten vielleicht sogar schon die Aufforderung erhalten, sich irgendwo einzufinden, um ihre Kinder zu retten, aber sie flüchteten sich in die Polizeistation. Da sie kaum Deutsch sprachen, wird eine Dolmetscherin beauftragt, und da kommt eine kleine, zierliche Person, von der überhaupt keine Bedrohung ausgeht, so perfekt gespielt, dass sie auch mich getäuscht hat.«

»Okay, Fools, auch wenn Leana mir gerade die Pointe vermasselt hat: Viel Spaß beim Zusehen!«

Im Raum wurde es still. Man sah die junge Chinesin, wie sie mit einer Styroporbox aus einem China-Imbiss in die Polizeistation kam. Sie lachte mit den anwesenden Polizisten. Die nächste Kamera zeigte sie von hinten, als sie die Treppe hinunterging. Auch die nächste Einstellung zeigte sie mehr von hinten und der Seite. Mit großer Ruhe stellte sie die Box ab, öffnete sie, nahm einen schwarzen Plastikoverall heraus, zog ihn über, auch über den Kopf. Die Männer ließen sich ohne

Gegenwehr mit Kabelbindern an den Gitterstäben fixieren. Sie musste dafür nicht einmal die Tür öffnen. Leana lief ein Schauer über den Rücken.

»Wieso schreien die nicht?«, flüsterte Natalia. Leana legte ihre Hand auf Natalias Arm. Die Täterin nahm eine Spritze mit einer sehr feinen Nadel aus der Box und spritzte beiden etwas unter die Kopfhaut. »Wir haben das Toxin noch nicht isolieren können«, erklärte Maxim, »und ich muss zugeben, bei den anderen Leichen werden wir auch noch einmal die Kopfhaut absuchen müssen. Denn mit einer feinen Butterflynadel gespritzt, kannst du den Kanal einer Haarwurzel von einem Einstich nahezu nicht unterscheiden. Kann sein, dass sie ihnen ein Extrakt vom Blauen Lotus spritzt, um sie schmerzfrei zu machen. Aber ich glaube das nicht, Blauer Lotus reicht nicht …«

Sie sahen, was sie auch schon aus den Filmen kannten: Mit einer Sichel schnitt sie präzise die Ohren ab. Ruhig und ohne jede Hast, sie blickte sich nicht einmal um und schien überhaupt keine Sorge zu haben, dass jemand die Treppe herunterkam. Sie faltete die Ohren zusammen, quetschte sie in die beiden Münder, bückte sich noch einmal, nahm eine Nadel heraus, an der bereits ein Faden hing, und nähte die Münder wie schon beim ersten Opfer zu. Sie zog den Overall aus, faltete ihn zusammen, legte alles zurück in die Kiste, kam noch einmal hoch und hielt ein handgeschriebenes Papier in die Kamera: »Leana Meister! Finde die wahren Täter!«

Tanni blickte zu Leana hinüber und versuchte das Schweigen im Raum zu durchbrechen, indem sie sagte: »Nun hatte ich doch noch eine Pointe.« Keiner reagierte. »Okay!« Tanni spielte an ihren bunten Ohrringen, die heute aus Federn bestanden. »Mein Team kann noch mit was anderem aufwarten.« Sie wischte über den Bildschirmtisch. Eine Liste tauchte auf, die alle Fälle bereithielt, die Dr. Köhler in seiner Laufbahn leitend oder begleitend betreut hatte. »Mit den digitalen Daten waren wir schnell durch. Länger brauchen wir für das Zeug aus dem prädigitalen Zeitalter, aber damit ist mein Team auch durch. Und ein Fall ist uns besonders ins Auge gesprungen.« Auf dem Bildschirm erschien ein Zeitungsartikel vom *Neusser Tageblatt:* ›Triaden oder Camorra, Mafia bleibt Mafia!‹ Tanni vergrößerte das Gruppenfoto, das relativ klein unter dem Artikel abgebildet war. Fünf Köpfe hatte sie rot eingekreist, über einem runden Gesicht auf einem fülligen Körper prangte ein Fragezeichen. »Hier haben wir unsere fünf Toten schön miteinander vereint!« Die jungen Gesichter der Vietnamesen waren für Leana noch weniger lesbar als die gealterten. Der füllige Mann mit dem runden Gesicht, der deutlich älter war als die anderen, lächelte fröhlich in die Kamera. *Wenn man bei den anderen auf dem Bild überhaupt ein Gefühl wahrnehmen kann*, dachte Leana, *dann ist es Unterwürfigkeit.*

»Super, Tanni«, lobte Fin, »das ist ein außerordentlicher Job, den du da mit deinem Team machst. Ich werde mit Schneider reden, dass sie dich bestenfalls hin und wieder mal ausleihen kann. Wisst ihr auch, wer der Sechste auf dem Bild ist?«

»Yes, Sir. Sein Name ist nicht mal so unaussprechlich wie die der ganzen anderen: Ho Min Chang. Aber man nennt ihn Buddha. Er lebt in der französischen Camargue auf einer riesigen Farm und züchtet Rinder.«

Tanni blickte zufrieden in die Runde. Dann heftete sie ihren Blick auf Leana. »Und betreut und aufgeklärt hat diesen Fall?«

»JJ«, Leanas Stimme klang rau, »das war das zusammengeschossene Restaurant in Neuss vor einundzwanzig Jahren.« Ihr fiel wieder ein, dass JJ schon beim ersten Opfer so sehr unter Stress gewesen zu sein schien, dass er mit dem Unterkiefer mahlte. Es war Leana aufgefallen, weil er es früher öfter getan hatte, aber seit ihrer Rückkehr nach Deutschland war es das erste Mal gewesen. »JJ hat die Opfer …«

»Gekannt, richtig«, sagte Tanni und zeigte ein Foto, wo JJ und Buddha einander die Hände schüttelten. »Das war nach der Gerichtsverhandlung. Köhler hatte Zeugen beigebracht, die Buddhas Alibi bestätigten.« Sie deutete mit einem Nicken auf die jungen Vietnamesen auf dem ersten Bild.

»Diese Zeugen sind jetzt tot«, sagte Fin. »Ist dann dieser Buddha der Nächste?«

»Davon ist auszugehen. Wir haben die französische Polizei schon verständigt, damit sie ihn unter Polizeischutz stellen. Nur … damals bei der Schießerei kam die gesamte Familie ums Leben. Zwölf Menschen! Also wer nimmt jetzt Rache?«, fragte Natalia.

»Wir suchen nach weiteren Angehörigen in Vietnam, aber bis jetzt …«, Tanni zeigte ihre Handinnenflächen, »… nada, niente, nichts. Ein Bonbon habe ich aber noch: Das Restaurant ›Lotusgarten‹ – Besitzer waren unsere letzten beiden Opfer – hieß früher, genau genommen vor einundzwanzig Jahren ›Blauer Lotus‹.

»Dort fand vor einundzwanzig Jahren das Massaker statt«, sagte Leana ungläubig, drehte sich zu Maxim um und sagte: »Dann ist selbst die Droge, der Blaue Lotus, den sie den Opfern verabreicht, ein Hinweis an uns!«

Fin erhob sich und ging nach vorn. »Meine letzte Meldung von Maria Schneider ist, dass Janosch Jacob immer noch im Wachkoma liegt.« Leana und Natalia wechselten einen Blick. Leana fragte sich, wie weit auch Fin mit drinsteckte oder zumindest die Hand über JJ hielt. »Aber wir müssen herausfinden«, fuhr er fort, »warum er uns die Information unterschlagen hat, dass er die Opfer persönlich kannte. Tanni, ich will alle Geldflüsse von und auf Köhlers Konto in dieser Zeit.

Wenn es möglich ist, auch Telefonverbindungen, Einsatzorte, einfach alles. Ich will für mindestens achtzehn Monate wissen, vier vor der Schießerei, vierzehn nach der Schießerei, wo Köhler sich aufgehalten und was er getan hat, Minute für Minute, und wenn er nur kacken war!« Er wandte sich Zorro zu. »Alles, was es von damals noch an Spuren gibt, die hoffentlich in irgendeiner Asservatenkammer liegen, muss noch einmal durch deine Abteilung geschleust werden. Maxim, identifiziere das Gift und finde damit bitte auch heraus, wo sie es herbekommt. Vergleiche zur Sicherheit noch einmal die DNS, die am Tatort gesichert wurde, und die der Opfer von heute.«

»Es gibt die DAD, also die DNS-Analysedatei, erst seit April 1998, da brauche ich also nicht zu suchen. Es sei denn, an irgendeinem Beweismaterial klebt noch was. Tut mir leid.«

Fin nickte Maxim zu und drehte sich zur anderen Seite des Konferenzraums. »Natalia, Leana, besorgt die Gerichtsakten des Falls, die Aussagen, wir müssen wissen, was dieser Buddha für ein Alibi hatte, und vor allem, warum die Zeugen so spät auftauchten. Ich suche nach dem Typen von der Camorra, der damals diesen Buddha als Schuldigen präsentiert hat, vielleicht gibt es ihn noch.« Er sah auf seine Armbanduhr. »Jetzt ist es halb zwölf, treffen wir uns hier um siebzehn Uhr wieder. Okay?«

Fin bekam keine Antwort, aber alle standen auf und packten ihre Unterlagen zusammen. Nur Natalia und Leana blieben sitzen. Fin kam zu ihnen. Als sie alleine waren, fragte er Natalia: »Kann Tanni das?«

Natalia rollte mit den Augen: »Du bist nun schon der Zweite heute, der mich das fragt. Dabei hat sie es doch wohl hinreichend bewiesen mit dem, was sie heute präsentiert hat, oder etwa nicht?«

Dieses Mal ließ Angela Rotenburg gleich ihre Tasche im Auto. »Wo nicht mal einer tot überm Zaun hängt, kann auch keiner ein Auto aufbrechen«, murmelte sie vor sich hin. Sie ließ das Prozedere von Scanner und Begleitung bis in den Hochsicherheitstrakt über sich ergehen und klopfte energisch an die Tür.

»Herein!«

Angela öffnete und war überrascht, Köhler in Jeans und schwarzem T-Shirt am Tisch sitzend vorzufinden. »Du hast das Bett des Mitleids hinter dir gelassen?«

Köhler stand auf, lächelte auf die viel kleinere Angela hinunter und reichte ihr die Hand. »Schön, dass du mich auch freiwillig besuchst. Bist eben doch eine gute Freundin.«

Angela seufzte hörbar. Sie ging zum Fenster, entsicherte es und nahm aus Köhlers Nachttisch die Zigaretten und das Feuerzeug. »Ich bin deine Freundin, aber deshalb bin ich gerade nicht hier. Setz dich!«

Köhler tat wie ihm geheißen. Vor ihm auf dem kleinen Tisch lag aufgeschlagen das Buch, in dem er gelesen hatte.

»Wir haben nun fünf Tote, damit sind alle falschen Zeugen von damals tot.«

Köhler senkte seinen Blick: »Nun, ich habe ein Alibi.«

»Ja«, Angela lachte auf, »das hast du in der Tat. Dario holt Buddha nach Deutschland, sie werden morgen früh im LKA in der Völklinger auftauchen.«

»Wie hast du das denn geschafft?«

»Das weiß ich ehrlich gesagt auch nicht. Er war mehr als willig, seinen Zeugenschutz aufzugeben, während die französische Polizei eifrig seine Farm in der Camargue absichert. Ich hätte ihm gern ein wenig gedroht, aber es war gar nicht notwendig.«

»Was hast du vor?« Er hob den Blick und heftete sein Auge auf Angela, die erst tief inhalierte und dann sagte: »Nun, er wird hoffentlich die Ermittlung in eine andere Richtung lenken, weg von dir.« Sie nahm noch einen Zug und drückte die Kippe aus. »Ich finde, das ist er uns schuldig, er hat einundzwanzig Jahre sehr gut gelebt, oder etwa nicht?«

»Leana wird ihn durchschauen.«

Angela zuckte mit den Schultern. »Vergiss nicht den Charme, den Buddha hat, auch wenn er jetzt auf die sechzig zugeht. Er wird Leana um den Finger wickeln, so wie damals den gesamten Gerichtssaal und die Journaille.« Sie schloss das Fenster und setzte sich Köhler gegenüber. »Ich habe überlegt, Leana einzuweihen, sie hat selbst Familie und sollte es verstehen können.«

»Tu das nicht. Leana ist anders als ich.« Köhler schlug seine großen Hände vors Gesicht. »Sie wäre einfach aus dem Polizeidienst ausgeschieden. Sie lässt sich nicht erpressen, schon gar nicht für so etwas Prosaisches wie ihre Karriere.« Er machte eine Pause, nahm die Hände wieder herunter. »Im Gegensatz zu mir!«

»Wieso Karriere? Ich meine, schließlich wurden deine Angehörigen bedroht, da hätte jeder so gehandelt. Und bei dem Jungen damals, als das Tatmesser aus deinem Auto verschwand, hat sie doch auch nichts gesagt. Und war es etwa nicht verdammt noch mal richtig, diesem Kind noch eine Chance zu geben?«

»Leana war sich nicht sicher. Deshalb ging sie lieber nach Afrika, um nicht gegen mich ermitteln zu müssen, besonders mit dem Risiko, dass ich unschuldig sein könnte. Sie wusste, in diesem Fall würde es mir trotzdem schaden.« Köhler stand auf. »Weißt du, an dem Abend, als wir Tapas essen waren und Fins Anruf kam, da wollte ich reinen Tisch machen, ihr die Sache mit dem Messer beichten und ihr auch sagen, was sie mir bedeutet!« Er trat ans Fenster und zündete sich eine Zigarette an.

»Du rauchst wieder?« Angela drehte sich auf dem Stuhl zu ihm um.

»Mit irgendwas muss ich mir hier meine Tage einteilen. Du glaubst nicht, wie lang vierundzwanzig Stunden sind, wenn man ausgeschlafen ist und ein Zimmer nicht verlassen darf. Würden sie mir nicht erlauben, das Fenster zu öffnen und so wenigstens frische Luft zu atmen, die sich mit den Tageszeiten und dem Wetter wandelt und ein bisschen Leben hier reinbringt, ich bräuchte Beruhigungsmittel.«

Angela stand ebenfalls auf, stellte sich zu ihm ans Fenster und sah zu ihm hoch. »Janosch Jacob, wir schaffen das!«

Köhler blickte aus dem Fenster. »Ich bin mir da nicht so sicher«, sagte er leise. Dann ging ein Ruck durch ihn. »Gibt es sonst noch etwas?«

»Oh ja, ich habe heute Morgen Mr Sexy am Flughafen abgeholt. Was für ein Mann. Sorry, Janosch Jacob! So ein Charisma, ein durchtrainierter Körper, jeder Schritt ein einziges Federn, die dunklen Haare und blauen Augen, dann diese Chirurgenhände, Himmel, da komm ich mit meinen einundsechzig noch ins Träumen.« Sie seufzte hörbar. »Leider kam er inklusive ihrer schlecht gelaunten Töchter. Louisa und Georgia, die übrigens wie kleine Kopien ihres Vaters aussehen, ärgerten sich auf dem ganzen Weg zum Hotel über das kalte Herbstwetter, darüber, dass sie ins Hotel mussten und nicht in Kaiserswerth die Wohnung ihrer Mutter dekorieren durften …«

»Wieso Hotel?«, unterbrach Köhler.

»Tja, das haben Natalia und ich so entschieden. Heute ins Hotel, ab morgen kann Gregor mit den Kindern in das Haus in Oberkassel und alles in Ruhe einrichten, bis die Ermittlung beendet ist. Der Fall ist knifflig genug für Leana, sie kann jetzt keine Ablenkung gebrauchen.«

»Die doch eigentlich gut für uns wäre! Also, was verschweigst du mir, Angela?«, argwöhnte Köhler.

»Sie soll denken, ihre Töchter seien in Afrika in Sicherheit!« Sie wich seinem Blick aus.

»Angela?«

»Leana …« Sie ging zurück zum Tisch, setzte sich und wartete, bis Köhler sich zu ihr umdrehte.

»Leana was?« Er stützte die Hände auf den kleinen Tisch und fixierte die Staatsanwältin mit seinem verbliebenen Auge.

»Leana schläft mit Fitzgerald!«

Köhler schlug mit der Faust auf den Tisch.

Angela zuckte zurück. »Natalia sagt, die zwei sind verliebt!«

»Scheiße!« Köhler drehte sich weg, ging wieder ans Fenster und atmete ein paarmal tief ein und aus. »Wann kann ich hier weg?«

»Schneider hat noch nichts entschieden. Das Team denkt immer noch, dass du im Wachkoma liegst, und das soll auch so bleiben. Riskier jetzt nichts, nur aus lauter verletztem Stolz.«

»Fin ist mein Freund!«

»Köhler, du weißt so gut wie ich, dass sich Liebe nicht unbedingt an gute Umgangsformen hält.«

»Hetz ihr Gregor auf den Hals, das wird sie wunderbar ablenken.«

Angela seufzte. »Köhler, du hast Leana zweimal gehen lassen, markier hier jetzt nicht den verschmähten Loverboy. Das steht dir nicht …«, sie zögerte, »… das steht dir nicht zu, das ist Gregors Rolle in diesem Stück.«

Dr. Janosch Jacob Köhler kam an den Tisch zurück und setzte sich wieder. »Du hast ja recht, aber weh tut es trotzdem.«

»Du hast noch ein paar Tage, um deine Wunden zu lecken, und Fin wird sie eh nicht behalten. Auch er kann nicht gegen Gregor anstinken.«

Köhler lächelte: »Da magst du richtig liegen. Was hat sexy Gregor denn gesagt, als es nicht nach seinem Plan ging?«

»Nun, er hat einfach perfekt reagiert. Er sagte, er müsse endlich lernen, sich für Leanas Arbeit zu interessieren, anerkennen, dass ihre Arbeit genauso wichtig ist wie seine, sie würden schließlich auf unterschiedliche Weise Leben retten, und er wolle seiner Ehefrau den notwendigen Freiraum lassen, sonst hätte ihre Ehe keine Chance.«

»Arschloch!«

»Ich sag's dir, und *was* für ein perfektes!« Sie prusteten gemeinsam los.

Als sie sich von dem Lachkrampf erholt hatten, stand Angela auf, stellte sich neben Köhler und legte ihm die Hand auf die Schulter. »Leck noch ein paar Tage deine Wunden, ich halte dich auf dem Laufenden.« Sie drehte das Buch um, das auf dem Tisch lag und in dem Köhler gelesen hatte, als sie hereinkam. Es war Erich Fromms »Haben oder Sein«. Sie las den ersten Satz des Buchrückens laut vor: »*Die Existenzweise des Habens ist das Übel der gegenwärtigen Zivilisation, die des Seins aber steht für die Möglichkeit eines erfüllten, nicht entfremdeten Lebens.*« Sie sah Köhler an: »Echt jetzt?«

Sein Gesicht ähnelte einer Grimasse, als er zu lächeln versuchte. »Ich bereite mich auf die Zeit nach meiner Karriere vor. Hast du dich nie gefragt, wie viel noch von Angela Rotenburg übrig bleibt, wenn der Beiname ›Staatsanwältin‹ wegfällt?«

»Lass gut sein, Janosch Jacob, wir sind, was wir sind.«

Sie ging zur Tür, nickte ihm zu und machte sich auf den Rückweg nach Düsseldorf.

Tanni brach der Schweiß aus. Ihr Team hatte endlich einen Durchbruch bei der Frage erzielt, wann genau vom Steigenberger Parkhotel aus ihr Server gehackt worden war. Es waren verschiedene IP-Adressen, die allesamt über den von Hackern entwickelten Browser »Tor« kamen, der keine Rückverfolgung zuließ. Dort, wo sich die Täterin über irgendeinen Hotspot eingewählt hatte, konnte selbst Tannis Team nichts herausfinden, aber beim Steigenberger gab es ein paar mehr Sicherungsmechanismen. Tanni war es gelungen, einen Trojaner zu platzieren und damit das Zeitfenster einzugrenzen, wann aus dem Serverraum des Luxushotels die Zugriffe auf ihre Kameras und Datenbanken stattgefunden hatten. Vor zwei Monaten war es zum ersten Mal geschehen. Dann immer wieder und offenbar fallbasiert, denn man hatte genau in den Datenbanken nach Informationen gesucht, die Tanni gleich beim ersten Mord angefragt hatte. Der Zeitstempel der Überwachungskamera aus dem Steigenberger zeigte wiederholt Köhlers Besuch dort. Tanni nahm ihre Ausdrucke und lief zu Natalias Büro. Auf dem Weg dorthin klopfte sie vorher bei Leana.

»Bitte?«

Tanni trat ein: »Hast du von meinem Team die Infos zu dem Camorratypen bekommen? Seine Tochter wohnt in Düsseldorf Benrath.«

Leana blickte von ihrem PC zu Tanni hoch, die auf ihren Turnschuhen hin und her wippte. »Ja, danke, wir sind fast auf dem Sprung dorthin. Was noch? Deshalb bist du doch nicht hier, oder?«

»Kannst du bitte mit rüber zu Natalia kommen?«

Leana und Natalia parkten vor einem Dönerladen in der Nähe von Schloss Benrath. Natalia biss genussvoll in ein Lahmacun, während Leana mit den Fingern Fritten aß. »Glaubst du Tanni?«, fragte sie mit vollem Mund und leckte sich Mayonnaise vom Zeigefinger.

»Du etwa nicht? Sie hat recht, unsere Täterin muss das gefälscht haben. Köhler ist kein Computergenie. Er weiß wahrscheinlich nicht einmal, dass es überhaupt einen Browser mit dem Namen Tor gibt!«

Leana nickte, nahm eine neue Fritte und zog sie durch die Sauce. »Unsere Täterin will uns offenbar mit aller Gewalt auf JJs Fährte locken, oder siehst du das anders?«

Natalia schüttelte den Kopf. Biss ab, kaute, schluckte und sagte: »Ich habe mir die ganzen Zeitungsartikel zu dem Gerichtsfall damals angesehen. Du auch?«

»Nee, ich habe nach Don Gio Salvatore gesucht und seinen Schandtaten. Es war irgendwie sehr schlüssig, dass die italienische Camorra ein Exempel statuieren wollte. Der Boom der Chinaläden fing vor zwanzig Jahren gerade erst an, neben den etablierten Restaurants gab es die ersten Schnellimbisse. Was man so liest über diesen Don, war er sehr gewalttätig und vorausschauend.« Leana lehnte den Kopf an.

»Das schließt einander ja nicht aus!« Natalia drückte die Alufolie zusammen, wischte sich mit der dünnen Papierserviette den Mund ab und trank einen Schluck aus ihrer Wasserflasche. »Wäre nett, wenn die Tochter des Dons uns einen Kaffee anbieten würde.«

Leana nahm ihre letzte Fritte, schob sie in den Mund und rollte das leere Schälchen zusammen. »Was ist nun mit den Zeitungsartikeln über den Fall damals?«

Eine Windbö rüttelte am Auto, und ein paar Blätter der Kastanie, unter der sie parkten, klatschten auf die Windschutzscheibe. Natalia machte die Tür auf, nahm Leanas aufgerollte Schale, stieg aus und warf alles in die Mülltonne vor dem Imbiss. Sie brauchte mehrere Versuche, um sich eine Zigarette anzuzünden, setzte sich wieder auf die Fahrerseite, ließ die Tür aber offen und hielt die Hand mit der Zigarette nach draußen.

»Also, dieser Typ, Buddha, hat irgendwie aus der ganzen Verhandlung eine Show gemacht. Da er eine französische Mama hat und in Deutschland aufgewachsen ist, sprach er perfekt Deutsch und machte viele Witze. Manche fand sogar ich jetzt noch komisch. Als Gesamtanalyse, um nicht zu sehr ins Detail zu gehen, ist mein Resümee: Er hat aus dem blutigen Mord an zwölf Menschen ein Gentleman-Verbrechen gemacht. Eine heitere Anekdote über den Zwist zwischen zwei rivalisierenden Mafiaorganisationen. Den Versuch des Dons, ihn der Polizei als Täter zu servieren, hat er als eine Art Spiel zwischen ihnen präsentiert.« Natalia inhalierte, pustete den Rauch nach draußen und wandte sich wieder Leana zu, die ihre Jacke enger zog, weil der kalte Wind durch die offene Autotür hereinfegte. »Und wenn man sehr genau und bis ganz zum Schluss liest, dann hat die Geschichte noch ein interessantes Bonbon: Die, wie es so schön heißt, *rechtliche Würdigung des polizeilich ermittelten strafrechtlichen Sachverhaltes* oblag nämlich …?«

Leana zuckte mit den Schultern.

»Dr. Angela Rotenburg!«

»Nein!«

»Oh ja, genau so. Und sie hat nicht nur das Verfahren gegen Buddha eingestellt, sondern anschließend auch, was ich sehr bemerkenswert finde, das *gesamte* Verfahren!« Natalia schnippte die Zigarette unters Auto, zog die Tür zu und fuhr los. »Schön, wenn es auch dir mal die Sprache verschlägt. Unsere gute alte Angela mit dem französischen Koch als Liebhaber, tja, wer hätte das gedacht. Sie und JJ – das war der Beginn einer langen gemeinsamen Karriere!«

Um siebzehn Uhr fanden sich die Teamleiter, zum Teil gemeinsam mit Mitarbeitern, im Konferenzraum ein, um einander auf den neuesten Stand zu bringen. Maxim machte gemeinsam mit dem Biologen Sven den Anfang: Er hatte mit seinem Team im Blut aller Opfer N,N-Dimethyltryptamin gefunden, ein stark psychoaktives Psychedelikum, was durchaus erklärte, weshalb es keinerlei Abwehrversuche gegeben hatte und die Opfer sich wie betäubte Lämmer auf die Schlachtbank führen ließen. Sven übernahm und erklärte, dass dieses Tryptamin-Alkaloid, das in zahlreichen Pflanzen, aber auch in den Hautdrüsensekreten einiger Kröten zu finden sei, stets eine starke, aber sehr kurze halluzinogene Wirkung hervorrufe. Es sei ihm indes nicht gelungen, die Pflanze zuzuordnen, aus dem die in ihrem Fall verwendete Substanz stammte. Den typischen Pflanzen wie der südamerikanischen Ayahuasca, Ebena, Yopo, Jurema oder auch dem Talgmuskatnussbaum entstamme sie jedenfalls nicht. Er nahm an, dass es im vietnamesischen Tropenwald sicher Pflanzen mit dieser Wirkung gab, die in der westlichen Welt nicht bekannt waren. Aus diesem Grund war das Team zu dem Schluss gekommen, dass die Täterin die Droge mitgebracht haben musste, möglicherweise in Cremetiegeln versteckt. Während Leana noch staunte, wie unglaublich organisiert diese Täterin vorging, und darüber nachdachte, dass es immer wahrscheinlicher wurde, dass auch sie sich eines mafiösen Netzwerks bediente, führte der Gerichtsmediziner weiter aus: Das DMT wurde im Körper zügig durch Monoaminooxidasen abgebaut, und deshalb gingen sie davon aus, dass die Mörderin es mit Monoaminooxidasen-Hemmern kombiniert habe. Dort, wo diese versagten, sei sie vermutlich auf den Schlag gegen den Karotissinus ausgewichen.

»Du behältst also recht, Leana«, wandte Maxim sich mit einer Verbeugung in ihre Richtung, »bei aller Grausamkeit scheint sie Mitleid mit ihren Opfern zu empfinden.« Der junge Gerichtsmediziner, neuerdings mit einem kleinen Zopf à la Fin, beendete seine Ausführungen mit der Anmerkung, dass leider aus den gesicherten Asservaten von vor einundzwanzig Jahren keine verwertbare DNS mehr zu extrahieren sei.

Tanni stand als Nächste auf, trat an den Bildschirmtisch und warf zahlreiche Fotos auf die Hauptleinwand vor Kopf und auf die seitlichen Bildschirme. »Fünf Tote und ihre verschwundenen Angehörigen. Insgesamt reden wir von sieben Mädchen und neun Jungen im Alter zwischen vier und sechzehn, mitsamt ihren Müttern. Da sie an fünf aufeinanderfolgenden Tagen verschwanden, bleibt offen, ob unsere Täterin möglicherweise solo tanzt, zumindest hier in Deutschland. Wir suchen mittlerweile nach leer stehenden Häusern im Umland von Düsseldorf, denn irgendwo muss sie fünf erwachsene Frauen und sechzehn Kinder untergebracht haben. Und sie bei Laune halten ... falls sie sie nicht – nach Maxims Ausführungen scheint sie sich ja mit Drogen gut auszukennen – auf einen kleinen Dauertrip geschickt hat, bis Madame mit ihrem Job hier durch ist.« Tanni hob die Hände, ging zurück an ihren Platz neben Maxim und setzte sich wieder. Leana beobachtete sie, während Natalia von ihrem Besuch bei der Tochter des Dons berichtete, die in Benrath eine Kita leitete. Die junge Frau – der Don hatte sie in hohem Alter mit einer jungen Geliebten gezeugt – hatte berichtet, er sei ein harter Hund gewesen, aber er habe ihr immer geschworen, nicht zu morden und auch nicht morden zu lassen, weil er das als Armutszeugnis empfinde. Er sei immer dabei geblieben, dass die Triaden die zwölf Morde in Neuss zu verantworten hätten. Als in den Siebzigern die ersten Chinarestaurants eröffneten, war von den Triaden weit und breit keine Spur, und so hatte in NRW der Don ihnen seinen Schutz angeboten, was sie nach Erklärung des Systems akzeptiert hätten. Mit immer mehr Chinarestaurants auch in Deutschland seien die Triaden aus den Niederlanden herübergeschwappt und hätten ein Exempel statuiert. Laut der Tochter hatte der Don daraufhin alle Chinarestaurants freigegeben.

Als alle neuen Informationen durch waren, bat Natalia alle außer der Führungsriege, den Raum zu verlassen. Als sie unter sich waren, trat sie selbst an den Bildschirmtisch und warf eine lange Liste von Fällen an die Wand, in denen Dr. Janosch Jacob Köhler und Staatsanwältin Dr. Angela Rotenburg in den letzten fünfundzwanzig Jahren zusammengearbeitet hatten. »Es ist nicht auffallend oft.« Natalia warf eine Statistik von anderen Kommissaren und Staatsanwälten an die Seitenwände. »Aber sie haben doch eine bemerkenswert ordentliche Liste von Fällen, in denen die Staatsanwältin das Verfahren eingestellt hat. Nämlich genau dreißig Prozent höher als der Schnitt bei den anderen Tandempärchen.« Sie blickte Fin herausfordernd an. »Habt ihr das bei euren wiederkehrenden internen Ermittlungen nie bemerkt?«

Fin hob die Hände. »Die Interne ermittelt, wenn es Beschwerden gibt. Und um hier Angela beizuspringen: Sie gilt seit jeher als Staatsanwältin, die bereit ist, auch mal ein Verfahren einzustellen, um gerade Kleinkriminellen und Ersttätern eine Chance zu geben.«

»Sicher«, Natalia nickte Fin zu, »so kenne ich sie auch. Aber dass sie in dem Gerichtsverfahren vor einundzwanzig Jahren die Ermittlungen eingestellt hat, obwohl nicht klar war, wer die zwölf Menschen ermordet hat … dazu möchte ich sie gern vernehmen. Und Köhler ebenfalls, sobald er wieder wach ist.«

Leana ließ Tanni, die den Blick gesenkt hielt, nicht aus den Augen. Sie fühlte mit ihr, denn Leana spürte in sich selbst, wie ihr Idol JJ schmerzlich zu einem korrupten, bestechlichen Beamten zusammenschrumpfte. Fin ging nach vorn und sprach Tanni an: »Alles in Ordnung, junge Dame?«

»Yes, Sir. Ein paar blaue Flecken in meinen Gedanken will

ich gar nicht leugnen, aber Mam«, sie zeigte auf Natalia, »hat es uns von Anfang an eingeschärft: Wir ermitteln immer auch gegen uns selbst.«

Fin runzelte die Stirn. »Okay, das klingt zwar für meinen Geschmack etwas arg abgeklärt, aber ich bin auch nicht durch Natalias harte Schule gegangen.« Er hielt einen Moment inne, beugte sich nach vorn, stützte die Hände auf dem Tisch ab und blickte jeden im Raum einmal an. »Weil wir keine ferngesteuerten Monster sind, möchte ich aussprechen, was ganz sicher dem einen oder anderen von euch durch den Kopf geht.« Fin richtete sich wieder auf. »Ich finde es zum Kotzen, dass ich meinen langjährigen Freund und Kollegen so infrage stellen muss! Mir dreht sich der Magen um bei der Vorstellung, dass der Mann, der dieses erstklassige Kompetenzcenter entwickelt und an die Spitze von Deutschland gebracht hat, möglicherweise den Mord an zwölf Menschen gedeckt hat. Und falls nicht: Ich finde es auch scheiße, wenn wir herausfinden, dass er die Mörder von zwölf Menschen *nicht* hat davonkommen lassen und wir ihm mit dieser Ermittlung schaden! Ich weiß nicht, wie ich Janosch Jacob oder auch Angela je wieder in die Augen sehen soll, ob sie schuldig sind oder ob sie es nicht sind, wir sie aber verdächtigt und sie in Misskredit gebracht haben. Obwohl ich so lange im Dienst bin, verunsichert mich das zutiefst, auch weil ich gerade nicht mehr weiß, wem ich noch vertrauen soll, wenn nicht den engsten und langjährigsten Kollegen.« Fin holte tief Luft. »Und ich verabscheue die Tatsache, dass ich mehr und mehr mit der Täterin sympathisiere, die offenbar besser ermittelt hat als wir seinerzeit und einfach nicht aufgegeben hat, um die Täter von damals zur Rechenschaft zu ziehen. Ich weiß, unser Rechtssystem hat Lücken, aber darf es so versagen? Darf es die Seelen der Ermordeten so im Stich lassen? Und wie kann es sein, dass wir so dermaßen weggesehen haben?« Fin schloss die Augen, schob die Hände in die hinteren Taschen seiner Jeans und wippte ein wenig vor und zurück.

Die Stille, die auf seine geballten Emotionen folgte, nur vom Surren der Bildschirme untermalt, wurde unerträglich laut. Aber niemand durchbrach das entstandene Vakuum. Fin tat es schließlich selbst. Er schlug die Augen wieder auf und sagte: »Morgen machen wir weiter. Wir werden uns jeden einzelnen der hier aufgelisteten Fälle vornehmen. Maxim, Zorro, Theo, Sven, und sorry, eigentlich ja Ladys first, Tanni, ihr geht an jeden Fall so ran, als hätten wir ihn gerade eben erst hereinbekommen. Aber bevor ihr die Spuren, den Tathergang und so weiter neu beleuchtet, möchte ich zuerst von euch wissen, ob ihr mit den Infos, die zur Verfügung standen, der Staatsanwaltschaft empfohlen hättet, eine Anklage und die weitergehende Ermittlung anzustreben.«

»Fin, du weißt vielleicht noch nicht, wie wir arbeiten«, unterbrach ihn Natalia, »die Fälle sind schon bei unseren Teams, die die Nachtschicht machen. Soweit die nicht an aktuellen Fällen arbeiten, wird ein Teil heute Nacht die alten Spuren bewerten und der andere Teil die Spuren neu untersuchen, sodass wir morgen früh zumindest eine Tendenz haben.«

»Was immer Janosch Jacob am Stecken haben mag, dieses Kompetenzcenter ist der Wahnsinn. Danke an alle, danke Natalia für die Unterweisung. Ich möchte, dass du und Leana morgen mit Angela sprecht, und zwar bevor wir uns hier um … sagen wir um elf einfinden, mit einem neuen Update. Lasst es nicht zu sehr nach einem Verhör aussehen, aber doch ein bisschen.« Er klopfte mit den Fingerknöcheln auf den Tisch und beendete die Besprechung. Die Uhr im Konferenzraum zeigte einundzwanzig Uhr. Tanni ging an Fin vorbei und blieb dann stehen. »Fin?«

Er drehte sich zu ihr um und sah auf sie hinunter. »Bitte?«

»Danke für deine offenen Worte. Was ich von Natalia gelernt habe, ist: Er kann dein Vater sein, ein brillanter Kopf, ein herausragender Ermittler und ein Arschloch. Er kann dein Vater sein, wahnsinnig sensibel, ängstlich, beeinflussbar und der wunderbarste Mensch, den du kennst. Das, was Natalia uns immer wieder einhämmert, ist: Lasst euch nicht von euren Wünschen, Hoffnungen und Erwartungen lenken, lasst euch nicht überraschen, denn in jedem Menschen steckt alles.«

»Du …«

Tanni unterbrach ihn mit einer Geste. »Maxim ist abgekoppelt von seinen Emotionen, deshalb führt er fast immer im Hintergrund die Ermittlungen, denn er ist frei von Urteilen. Wir alle orientieren uns an ihm, wenn es uns erwischt. Vielleicht solltest du das auch einmal versuchen. Übrigens werde ich gezielt Köhlers Bankkonten von damals unter die Lupe nehmen, auch die seiner damaligen Frau. Sir!« Tanni tippte sich an den Kopf und verschwand.

Leana trat zu Fin und fragte: »Was wollte sie?«

Fin runzelte die Stirn: »Ich glaube, ich wurde gerade ziemlich kritisiert!« Er schüttelte den Kopf und lachte. »Unglaublich!«

»Was hat sie denn gesagt?«

Er beugte sich leicht zu ihr hinunter und flüsterte: »Das erzähle ich dir, sobald du nackt bist!«

Leana errötete und drehte sich zu Natalia um. »Gehst du mit uns was essen? Dann könnten wir das Gespräch mit Angela vorbereiten.«

»Nee, danke, ich muss mit Sven noch was klären.«

Leana löste sich von Fin, stellte sich neben Natalia und fragte leise: »Was ist das denn für eine bescheuerte Ausrede?«

»Genieß deine Stunden mit Fin, du weißt nicht, wie lange es dauert«, murmelte Natalia, während sie ihre Unterlagen hochnahm. Leana folgte ihr auf den Flur hinaus. »Was meinst du damit?« Sie musste Natalia bis in deren Büro folgen, um eine Antwort zu bekommen.

»Irgendwann ist der Fall gelöst, und dann muss Fin schließlich nach München zurück. Und gehen wir mal davon aus, dass Köhler unschuldig ist, dann wird er seinen Job zurückhaben wollen und sicher nicht glücklich sein, dass du und Fin ... Also, genieß es jetzt.« Natalia sicherte ihre Waffe im Safe, fuhr den Computer runter und verschloss ihre Unterlagen im Wandschrank. »Noch was?«

»Sven?«

Natalia seufzte. »Okay. Tanni und ich werden heute Abend im Steigenberger einbrechen, um an die Originalüberwachungsfilme zu kommen, die wollen sie nämlich nicht ohne Durchsuchungsbeschluss rausrücken. Und den haben wir nicht und bekommen wir auch nicht.«

»Ihr wollt ...?« Weiter kam Leana nicht.

»Stell dir einfach vor, ich müsste noch was mit Sven bereden, das ist leichter!« Grinsend ging Natalia an ihr vorbei. »Und treib es so wild, wie es nur geht! Ich hole dich morgen früh dort ab, dann fahren wir nach Kaiserswerth, du ziehst dir frische Sachen an, und wir überraschen Angela zum Frühstück. Um sechs bin ich da.«

Leana blickte ihr nach und blieb verwirrt zurück.

Fin lehnte am Kopfende, Leana saß ihm nackt und im Schneidersitz gegenüber, die Bettdecke lose über die Beine gebreitet. Die Schlagläden waren noch offen, und die Kerze flackerte, wann immer sich der Wind gegen die alten Fensterscheiben drückte. Beide hielten eine Schale in der einen und einen Löffel in der anderen Hand und genossen die würzige Gulaschsuppe. Fin balancierte den Brotkorb auf seinen Knien. Sie hatten ausführlich über den Tag gesprochen, über JJ, darüber, wie Leana und Natalia morgen Angela befragen wollten und auch darüber, was Tanni zu Fin gesagt, vielleicht auch an ihm kritisiert hatte. Leana trank den letzten Rest Suppe, beugte sich hinunter, stellte die Schale mitsamt Löffel auf dem Fußboden ab und angelte ihr Rotweinglas. Sie nippte daran und blickte in Fins grüne Augen. »Du hast noch irgendwas, richtig?«

Er stellte seine Schale auf den Nachttisch, nahm ihr das Glas aus der Hand, trank und gab es ihr zurück. »Ja. Ich möchte gern wissen, wie du das heute Morgen gemeint hast mit deinen Töchtern. Dass sie Vorrang haben.«

»Hast du damit ein Problem?« Leana kniff die Augen zusammen.

»Das meine ich nicht, ich möchte nur verstehen, was es heißt. Du willst ihnen zuliebe deinen Job aufgeben. Ich will wissen, wie weit du ihretwegen gehen würdest.«

Leana wickelte sich ganz in die Decke ein. »Es ist nicht ihnen zuliebe. Es ist *mir* zuliebe. Ich will nicht eines Tages schuld daran sein, dass ihnen etwas zustößt.«

»Wenn ein Autofahrer sie niedermäht, ist das dann auch deine Schuld?«

»Ich will nicht mit ihnen erpressbar sein, will nicht, dass sie missbraucht werden, um mich zu erpressen.«

Fin nahm die Weinflasche von seinem Nachttisch und schenkte Leana nach.

Sie ließ den Wein im Glas kreisen. »Vor ein paar Wochen, als ich nach Paris flog und wusste, ich würde nicht am folgenden Morgen am Flughafen sein, um meine Tochter abzuholen, die ihre Beine nicht bewegen konnte, da habe ich angefangen, mich zu hassen für das, was ich bin.« Leana brach ab und starrte in das Glas.

Fin beugte sich nach vorn, nahm ihr das Glas ab und hob ihr

Kinn hoch. »Du meinst, eine erstklassige Ermittlerin, die ihren Kindern einen guten Vater gegeben hat, ihnen ermöglicht hat, in einem fernen Land zur Schule zu gehen, andere Sprachen zu lernen? Bewacht und beschützt zu werden, einen Mediziner immer im Haus und einen Großvater, der sie zum Flugzeug bringt, wenn sie anderswo eine bessere medizinische Versorgung haben könnten? Finde mir auf der Welt noch ein Kind, das so luxuriös lebt, liebevoll umsorgt ist und auf so hohem medizinischen Standard betreut wird. Was meinst du, wie viele Monate müsstet du nach so einem Kind suchen?« Fin trank selbst einen Schluck. »Und da kannst du dir nicht verzeihen, dass du nicht am Flughafen warst, wohl aber der Großvater und ein Freund von dir, die dafür sorgten, dass deine Tochter wohlbehalten in der Uniklinik ankam?« Fin schüttelte unwillig den Kopf. »Willst du deinen Kindern dein Leben opfern?«

»Wenn es sein muss, wenn es für sie besser ist, dann ja, dann würde ich das tun«, trotzte Leana und widerstand nur mühsam dem Wunsch, aufzustehen, sich anzuziehen und zu gehen.

»Was ist, wenn Gregor dich zurückwill, weil eine heile Familie besser ist als eine getrennte?«

»Was soll das, Fin? Das wird nicht passieren!«

»Das ist keine Antwort. Würdest du dann zurückgehen?«

»Es wird nicht passieren. Gregor ist in Afrika und hat außerdem eine neue Freundin!« Leana verschränkte die Arme vor der Brust.

»Immer noch keine Antwort«, insistierte Fin.

»Spar dir dein Verhör!«

»Das ist kein Verhör, ich will, nein, ich *muss* einfach nur wissen, wo ich dran bin.«

Leana hob den Blick und sah ihn an. »Ich hasse Gregor nicht, er ist der Vater meiner Töchter und ein toller Mann. Wir haben entschieden, uns zu trennen. Deshalb verstehe ich nicht, warum ich mich jetzt so fühle, als müsste ich mich zwischen dir und ihm entscheiden.

Fin stand auf, zog seine Jeans und ein T-Shirt über. »Ich bringe die Schalen runter und hole uns eine neue Flasche Wein.« In der Tür blieb er stehen und drehte sich zu Leana um. »Und wag es nicht, dich anzuziehen und zu verschwinden. Wir sind noch nicht fertig!«

Leana wickelte sich fester in die Bettdecke und trat an das niedrige Fenster. Sie hielt ihre linke Hand über die Kerze und spürte, wie die Hitze der kleinen Flamme ihre Haut wärmte. Sie grollte Fin und wusste doch, dieser Groll galt eigentlich ihr selbst. *Fin hat recht, meine Töchter haben alles, aber sie verdienen doch auch eine Mutter, die für sie da ist, oder etwa nicht? Habe ich nicht auch ein Recht auf ein eigenes Leben? Was sicher viel leichter wäre, wäre ich Grundschullehrerin, oder irgendwas anderes.* Leana wusste, nichts würde sie so ausfüllen wie ihre Ermittlungstätigkeit, weil sie nichts anderes so gut konnte, für nichts so sehr brannte. Das war ihr Leben, und sie war bereit, es herzugeben, wenn sie damit ihre Töchter schützen könnte.

Hinter sich hörte sie die Tür aufgehen. »Fin, wir haben uns verliebt, als Afrika und Gregor schon hinter mir lagen, also bitte verlange jetzt nicht von mir, eine fiktive Entscheidung zu treffen.«

Fin kam zu ihr, schälte sie aus der Decke, hob sie hoch und trug sie zurück zum Bett. Er wickelte ihre langen Haare um seine Hand und zog ihren Kopf in den Nacken. »Ich möchte einfach nur sicher sein, dass wir uns wirklich in *deinem* Leben befinden und nicht in irgendeinem von Exmännern und Töchtern diktierten.« Als Leana den Mund öffnete, um zu antworten, verschloss er ihn mit einem Kuss und spreizte sanft ihre Beine.

7. FREITAG

»Hol deinen gesicherten Laptop, ich will nicht, dass wir die Filme ins System einspeisen, solange wir noch nicht sicher sind, was drauf ist, und solange wir nicht wissen, wer uns gehackt hat und ob es vielleicht noch immer jemand tut«, kommandierte Natalia und machte sich in Leanas Büro an der Kaffeemaschine zu schaffen.

»Po vašoj komandi, Mam, aber willst du mich beleidigen? Hier kommt keiner mehr ins Netz!«

Natalia drehte sich zu ihr um, zog die Kapuze ihres schwarzen Pullis herunter, befreite ihr langes blondes Haar und fluchte: »To je glupost, was ist, wenn sie besser ist als du?«

»Ich hoffe nicht! Bin gleich zurück.«

Natalia bereitete zwei große Tassen mit schwarzem Kaffee zu und trug sie in ihr Büro, wo der Nachtportier bereits die von unterwegs bestellten Pizzen auf den kleinen Tisch neben dem Schlafsofa gestellt hatte. Natalia zog die Schuhe aus, schlug die Füße unter und öffnete den oberen Karton.

Tanni kam zurück. »Eh, was sind das denn für Manieren! Ich habe noch schnell die aktuelle Gesichtserkennungssoftware draufgespielt, damit wir uns nicht alles ansehen müssen. Hier ist der kleine Süße.« Sie zog ihre Stiefel aus, kletterte neben Natalia auf das Sofa und nahm ihr das Pizzastück aus der Hand, biss hinein, während sie mit der anderen Hand den Bildschirm hochklappte. »Ist es zu fassen? Ein Laptop ohne WLAN, ohne Netzwerkanschluss, nur ein winziger süßer kleiner USB-Port.«

»Mach voran, Tanni, so ein paar Stunden Schlaf hätte ich gern noch!«

Sie starrten gemeinsam auf den Bildschirm, aßen Pizza und schlürften schwarzen Kaffee. Plötzlich hielten beide inne, und Natalia zischte: »Stopp!«

»Dođavola«, stieß Tanni hervor, »aber sieh hier, es ist ein anderer Zeitstempel! Er kann also gar nicht von dort unseren Server gehackt haben!« Sie klatschte in die Hände. »Damit ist Köhler entlastet, obwohl ich schon gern wüsste, was er dort treibt!«

Natalia stellte ihre Tasse ab. »Sieh mal genau hin, Tanni! Spul noch einmal zurück, bis dahin, wo Köhler die Bar betritt.«

Jetzt sah Tanni es auch. »Ich fasse es nicht! Das ist Angela Rotenburg, die da hinter ihm hereinkommt!«

»Genau, und das war vergangenen Sonntag, ziemlich genau zu der Zeit, als Leana und ich mit Zorro und Sven im Heli nach München saßen. Was die wohl zu bereden hatten?« Natalia schüttelte den Kopf. »Aber weißt du was, Tanni, das bedeutet entweder, unsere Täterin kennt die Rotenburg nicht, oder die steckt nicht mit drin. Ich glaube nicht, dass sie das Filmmaterial so manipuliert hätte, wenn sie Angela erkannt hätte.«

»Yep, Mam, da ist sie also, die Lücke im perfekt geplanten Mord.«

»Es sagt uns auch, dass unsere Täterin Köhler schon länger gefolgt ist und das Steigenberger nur ausgewählt hat, weil er dort war.« Natalia schloss die Augen. »Wenn ich mir vorstelle, wie lange sie uns allen vielleicht schon gefolgt ist, bekomme ich das sichere Gefühl, dass wir uns nie wirklich schützen können!«

»Soll ich es ins System stellen?«, fragte Tanni.

»Nein, lass das hier, geh schlafen, ich spiele es morgen früh Angela vor. Dann sehen wir weiter. Los, raus. Ich bin müde!« Natalia wartete, bis Tanni die Tür hinter sich zugezogen hatte. Sie holte die Bettdecke aus dem Sofakasten. Dann verstaute sie den sicheren Laptop inklusive USB-Stick in ihrer Tasche und stellte den Wecker im Smartphone auf fünf Uhr. »Drei Stunden«, seufzte sie, streckte sich auf dem Sofa aus, deckte sich zu und schlief augenblicklich ein.

Natalia wurde wach, weil sich am ganzen Leib instinktiv die Härchen aufstellten. Sie glitt mit der rechten Hand unter die Decke, umfasste ihre Waffe und lauschte in die Stille. Sie atmete tief ein, aus, wieder ein, war mit einem Satz hinter dem Sofa und berührte mit der linken Hand den Bodenschalter für das Licht.

»Verdammt!«, hörte sie Darios Stimme.

Sie kam hinter dem Sofa hoch. »Was tust du denn hier?« Sie bemerkte, dass hinter Dario ein kleiner runder Mann stand. »Beziehungsweise: Wo kommt *ihr* her? Seit wann haben wir zivile Gäste im Kompetenzcenter, wieso bist du zurück, wer hat dich überhaupt reingelassen, wer weiß davon, dass ihr hier seid?«

Dario lächelte sie gewinnend an. Sein goldener Eckzahn blinkte im Licht auf, wie immer trug er ein schwarzes Hemd und eine schwarze Jeans. »Ich habe hier einen Gast, das ist mit Maria Schneider abgesprochen und vielleicht der Schlüssel zu euren Ermittlungen.«

Natalia sicherte ihre Waffe und schob sie in die hintere Tasche ihrer Jeans.

»Warum siehst du aus wie ein Einbrecher?« fragte Dario, und Buddha trat hinter ihm hervor und nahm Natalia in Augenschein. »Ist sie das?«, fragte er in akzentfreiem Deutsch.

Natalia blickte an sich herunter, zog den Reißverschluss der schwarzen Kapuzenjacke ein wenig mehr zu und antwortete: »Weil ich heute Nacht wo eingebrochen bin. Und«, richtete sie das Wort an Buddha, »was meinen Sie mit ›Ist sie das‹?«

Der etwa einen Meter sechzig große Mann hatte tiefschwarze Knopfaugen, einen kahl rasierten Schädel und trug zu dem dunkelgrauen Nadelstreifenanzug mit Weste einen hellgrauen Seidenschal. Wenn er lächelte, was er jetzt tat, zeigten sich kleine Grübchen rechts und links von seinen weichen Lippen. »Die Frau, über die Dario die ganze Zeit gequatscht hat.«

Natalia schloss einen Moment die Augen. »Was ist hier los?«

»Kriegen wir einen Kaffee?«, fragte Dario statt einer Antwort. »Ich mach dir auch einen mit!«

Natalia zuckte mit den Schultern, blickte zur Uhr an der linken Wand ihres Büros, sie zeigte vier Uhr sieben. Sie kam um das Sofa herum, faltete die Bettdecke, ließ sie mitsamt Kopfkissen in den Kasten fallen und schob ihn unter das Sofa. »Setzen Sie sich. Ich muss jetzt erst einmal nachdenken!« Natalia wies mit der Hand auf das Sofa, Buddha folgte ihrer Anweisung, nicht ohne sie breit anzulächeln, als er an ihr vorüberging. Natalia ging hinter Dario her in Leanas Büro, wo er sich an der Kaffeemaschine zu schaffen machte.

»Was soll das?« Die Kaffeemühle schrillte und durchbrach die Stille des Morgens.

»Ich freue mich auch, dich zu sehen, Natalia, und so frisch aus dem Schlaf siehst du noch bezaubernder aus.«

Mit einem Schritt war sie neben ihm und packte sein Handgelenk, ihr Griff glich einer Schraubzwinge. »Schluss mit dem Geplänkel, was ist hier los?«

Dario drehte ihr das Gesicht zu und blickte auf sie hinunter. »Buddha ist der Mann, der damals von der Camorra auf dem Silbertablett serviert wurde. Köhler hat ihm geholfen, seine Unschuld zu beweisen, weshalb er jetzt Köhler helfen will, das Schlamassel aufzuräumen.«

»Den Schlamassel!«

»Bitte?« Dario runzelte die Stirn.

»Es heißt *den* und nicht *das* Schlamassel. Außerdem ist das hier das falsche Wort!«

»Würdest du jetzt wohl mein Handgelenk freilassen?«

»Oh, Verzeihung.« Natalia löste ihre Finger und sah, dass die großgliedrige Goldkette, die Dario ums Handgelenk trug, sich in sein Fleisch gedrückt hatte. Er reichte ihr den ersten Kaffee, schlug das Sieb aus und betätigte das Mahlwerk ein zweites Mal.

»Dario, die Geschichte von Männerehre klingt gut und ist sicher was für die Zeitung, aber verarsch mich jetzt nicht. Was tut dieser Buddha hier, der seit gestern eigentlich auf seiner Farm in Frankreich unter Polizeischutz stehen sollte, und warum wurde uns nicht mitgeteilt, dass er die Farm verlassen hat?«

Dario blickte auf die ölige braune Flüssigkeit, die sich in die dickwandige Tasse ergoss. »Schneider hat gleich gesagt, du schluckst es nicht. Buddha ist seit vielen Jahren im Zeugenschutz.«

»Wie vielen?«

»Wie vielen was?«

»Dario!«

»Okay. Seit einundzwanzig Jahren!«

»Und weshalb?«

Er reichte ihr die zweite Tasse. »Der ist für Buddha. Das ist Verschlusssache, nicht einmal ich weiß es!«

Natalia sah ihn lange und prüfend an.

»Aber er weiß viel über die Triaden.« Dario bereitete einen dritten Kaffee für sich zu.

»Er weiß viel über die Triaden, oder er *ist* die Triaden?«

Dario nahm seinen Kaffee. »Das kann ich dir nicht sagen, weil ich es nicht weiß. Ich habe den Auftrag bekommen, jemanden in Südspanien aufzulesen, mit dem Auto hierher zu bringen, damit er in dem Zimmer hinter deinem Zimmer eine

Aussage machen kann. Dein Team wird morgen, also gleich, eine gesonderte Geheimhaltungsvereinbarung unterschreiben müssen, und danach dürft ihr Buddha alles fragen!« Er drehte sich um und verließ Leanas Büro.

Natalia eilte hinter ihm her. »Das passt mir nicht!«

Dario lachte. »Auch das hat die Schneider vorausgesagt.« Er blieb vor Natalias Büro stehen, drehte sich zu ihr um und sagte leise: »Das ist eine Liga, in der wir nicht mitspielen. Besser, du begreifst das sehr schnell.« Er beugte sich leicht zu ihr hinunter, und Natalia nahm seinen Geruch wahr, eine Mischung aus Schweiß und einem herben Rasierwasser. »Wenn du denen in die Suppe spuckst, bist du deinen Job schneller los, als du A sagen kannst.« Dario hielt sie mit seinen Augen fest. Schließlich lächelte er wieder. »Komm, Buddha hat auch einen Kaffee verdient, wir sind zwanzig Stunden durchgefahren.«

Aber Buddha war eingeschlafen. Er lag friedlich auf Natalias Sofa und schnarchte leise. Natalia stellte seinen Kaffee auf den Tisch vor dem Sofa, nutzte die Gelegenheit, ihre Tasche mit dem Laptop und dem USB-Stick aus dem Weg zu räumen, und drehte sich zu Dario um. »Was wird er uns sagen?«

»Alles, nach Unterschrift der Geheimhaltungsvereinbarung. Vorher gar nichts.«

Natalia schlürfte ihren Kaffee. »Du bewachst ihn, damit ihm nicht das Gleiche passiert wie den anderen?«

Dario lächelte und zog die Schultern hoch. »Gib mir den Schlüssel für den geschützten Raum, man sagte mir, er ist in deinem Schreibtisch. Deshalb bin ich hier hereingeschlichen.«

Natalia ging zu ihrem Schreibtisch, öffnete mit einem Code den integrierten Safe und nahm den Steckschlüssel heraus. »Es ist hinter dem Foto dort, die Panzertür geht nur mit diesem Schlüssel auf.« Natalia zeigte auf zwei mit kalligrafischen Strichen angedeutete Karatekämpfer. »Ich fahre dann mal kurz nach Hause, duschen und frische Sachen anziehen.« Sie ging am Sofa vorbei, bückte sich nach der Tasche und stellte ihre leere Tasse auf den Tisch neben Buddhas. Als sie wieder hochkam, blickte sie in Darios amüsierte Augen. »Fühl dich ganz wie zu Hause«, sagte sie noch. »Auf der Rückseite des Badezimmers findest du frische Handtücher, falls ihr duschen möchtet.« Sie nahm ihren Mantel vom Haken neben ihrer Bürotür.

»Danke!«, rief Dario hinter ihr her.

»Das wird sich noch zeigen«, murmelte sie vor sich hin und hob nur kurz die Hand, eilte die Treppe hinunter und machte beim Pförtner halt. »Otto, wer hat dir die Anweisung gegeben, die zwei Typen reinzulassen?«

Otto, der seit Jahren den Nachtdienst machte und jeden mit Namen kannte, blickte sie ruhig an, holte ein Papier aus dem Schubfach seines Schreibtisches und hielt es Natalia an die Scheibe. Es war die Geheimhaltungsvereinbarung, die sie alle noch vor sich hatten und die Otto laut Datum schon gestern unterschrieben hatte.

»Dođavola«, fluchte Natalia. Otto schüttelte den Kopf, drehte sich weg von den zwei Kameras am Eingang und formte mit dem Mund tonlos einen Namen. Natalia nickte, rannte die nächste Treppe herunter und verließ kurz drauf mit quietschenden Reifen die Tiefgarage. Sie raste durch den noch dunklen Morgen, zuerst zu Tanni. Da sie zu ihrer Wohnung einen Schlüssel hatte, ließ sie sich selbst ein, weckte Tanni und hielt ihr gleich die Hand vor den Mund. Sie warf ihr Jeans und Pullover hin und machte ihr Zeichen, ihr nach draußen zu folgen. Dort setzte sie Tanni, der sie mehr vertraute als jedem anderen Mitarbeiter des Kompetenzcenters, über die aktuellen Entwicklungen in Kenntnis, schwor sie darauf ein, bis auf Weiteres niemandem von den geklauten Aufnahmen zu erzählen, auch nicht Maxim. Sie redeten Serbisch, und sie redeten schnell und mit Händen und Füßen und bemerkten gar nicht, dass es angefangen hatte zu regnen. Natalia drückte Tanni den Laptop in die Hand und behielt selbst den USB-Stick. Sie hatten beide ein sicheres Versteck, und jeder wusste von dem des anderen. Nass, wie sie mittlerweile war, stieg Natalia wieder in ihr Auto. Zehn Minuten später hielt sie dem Nachtportier des ›Csikos‹ ihre Waffe an den Kopf und erklärte ihm leise, weshalb er sie besser gar nicht gesehen hatte. Er nickte und gab ihr Fins Zimmernummer. Sie schlich ins Zimmer, hielt Leana die Hand auf den Mund und machte ihr Zeichen, ihr zu folgen und Fin nicht zu wecken.

Um kurz nach sechs standen Natalia und Leana am Fähranleger in Düsseldorf Kaiserswerth unter einem großen schwarzen Schirm und starrten auf den Rhein.

»Also, nur du und Tanni wisst von dem Film«, resümierte Leana, »und Maria Schneider hat diesen Buddha aus der Versenkung geholt? Und du denkst, das geschieht, damit er JJ entlastet? Und dieser Dario arbeitet auf demselben Level wie Fin, weshalb er mit der Schneider verbandelt ist und Sachen weiß, die wir nicht wissen?«

»So in etwa!«, stieß Natalia hervor und kickte einen Stein Richtung Rhein. »Und ich bin dabei, völlig paranoid zu werden.« Den nächsten Stein kickte sie so wütend, dass er im Wasser landete. »Wir müssen davon ausgehen, dass Köhler und Angela vielleicht auch mit drinstecken, ich wüsste nur gern, *worin* eigentlich genau? Geheimdienst? Oder nur eine Seilschaft? Verdammt, ich werd ganz irre dabei!«

Leana legte ihre Hand auf Natalias Schulter. »Lass uns reingehen, duschen und was frühstücken. Wir sprechen mit Angela, ohne ihr das mit dem Steigenberger zu beichten. Wie seid ihr überhaupt auf diese verrückte Idee gekommen? Oder nein, das musst du mir nicht beantworten, die Idee ist nicht das Problem, viel schlimmer finde ich, dass ihr das tatsächlich *könnt!*«

»Wir können noch ganz andere Sachen!«

»Das habe ich heute Morgen gemerkt. Ich meine, ich habe ganz gute Instinkte, und Fin sicher auch, aber keiner von uns hat einen Laut wahrgenommen oder auch nur einen Luftzug!«

Natalia zuckte mit den Schultern. »Tanni hat in einem Keller in Oberbilk einen geschützten Raum, dort ist sie jetzt mitsamt Laptop und hackt sich in den BND und den BGS ein.«

»Oh Gott, Natalia.« Jetzt blickte auch Leana sich hektisch um und spürte, wie sie paranoid wurde.

»Wir müssen wissen, wie Schneider, Fin, Köhler und Angela zusammenhängen, sonst können wir nicht vernünftig ermitteln! Also los, du hast recht, ich habe höllischen Hunger.«

»Mon dieu, qu'est-ce que c'est que ça?« Victor rang die Hände. Auf einer seiner Küchenanrichten lagen ausgepresste Orangenhälften und Eierschalen, auf der anderen saßen Leana und Natalia im Schneidersitz und aßen aus seiner großen Eisenpfanne gemeinsam Rührei und tranken Orangensaft. Beide hatten noch feuchte Haare und vom heißen Duschen gerötete Gesichter.

»Tut mir total leid, Victor, aber mein Kühlschrank war leer.« Leana blickte den aufgebrachten Franzosen entschuldigend an. »Wir räumen gleich auf, und ich fahre einkaufen. Noch vor Mittag habe ich alles ersetzt!«

»Mais non, die Eier seien vom Bauern in Hassels, die Orangen, ach, *merde*.« Er räumte die Anrichte frei, warf die Schalen in den Müll und wischte mit einem Tuch alles wieder sauber. »Angela hat mich gesagt, ihr habt schweres Fall, und weil ihr mein Restaurant gerettet, nach Desaster mit Chris, ihr dürft das«, er drehte sich zu ihnen um, »aber nicht viel oft!«

»Große Ausnahme, versprochen!«

Angela erschien im rosafarbenen Morgenmantel, ihre Haare standen in alle Himmelsrichtungen ab, am linken Auge klebte noch etwas Wimperntusche. Zu so früher Stunde sah man ihr die sechzig Jahre durchaus an. »Hm, das riecht lecker, darf ich?« Sie nahm einen Löffel aus dem Schubfach und tauchte ihn in die Pfanne. »Was verschafft mir die Ehre eures frühen Besuchs?«, fragte sie, ohne sich von dem Rührei abzuwenden.

»Wir müssen reden!«, sagten Natalia und Leana gleichzeitig.

Zwanzig Minuten später saßen die drei Frauen in einer Ecke in Victors Restaurant, hatten einen gedeckten Frühstückstisch vor sich und nippten verhalten an ihren Tassen. Angela seufzte vernehmlich. »Ladys, raus mit der Sprache. Mir ist schon klar, dass ihr hier nicht um sechs Uhr morgens in der Küche meines Partners auftaucht, weil ihr seine Pfannen so gern habt!« Ihre Stimme klang rau. Natalia und Leana, die sich gegenübersaßen, wechselten einen Blick. Leana nickte Natalia unmerklich zu, als Zeichen, dass sie das Reden übernehmen sollte. So konnte Leana besser Angelas Reaktionen auf sich wirken lassen. Natalia nahm sich ein warmes Croissant und tauchte es in ihren Kaffee. »Du hast eine bemerkenswert hohe Quote, genau genommen dreißig Prozent über Durchschnitt, an erst zur Anklage gebrachten und dann nicht weiterverfolgten Verfahren.« Sie ließ das Croissant abtropfen, führte es zum Mund und biss hinein.

»Wenn du dich jemals so für meine Arbeit interessiert hättest wie ich mich für deine, wüsstest du das längst, es ist kein Geheimnis und allseits bekannt«, konterte Angela und legte ihre Hand auf die Zigarettenschachtel, nahm aber keine heraus.

»Nun, die dreißig Prozent sind sämtlich Fälle, in denen du im Team mit Köhler gearbeitet hast. Diese Fälle wurden diese Nacht durch die Rechner des Kompetenzcenters gejagt, und wir erwarten heute Morgen eine erste Auswertung. Vielleicht hast du ja Lust, uns zu begleiten?« Natalia tauchte ihr Croissant wieder ein. Angela stellte die Zigarettenpackung hin, legte sie auf die Seite, stellte sie wieder hin und kippte sie um. »Komm zum Punkt, Dr. Rac!«

Natalia legte das Croissant auf ihren Teller und blickte in Angelas dunkle Augen mit den langen Wimpern. »Was ist vor einundzwanzig Jahren mit Köhler und Buddha gewesen?«

Angela erwiderte Natalias Blick, antwortete aber nicht.

»Was war die Grundlage deiner Entscheidung, die Untersuchung eines zwölffachen Mordes zu den Akten zu legen?«, setzte Natalia nach.

»Mangel an Beweisen.« Angelas Stimme klang heiser, sie räusperte sich. »Nachdem Buddha ein Alibi hatte, gab es keine Richtung, in die wir weiter untersuchen konnten.«

»Wenn Buddha unschuldig war, wieso kam er dann in den Zeugenschutz?« Natalia ließ die Staatsanwältin nicht aus den Augen. »Warum zögerst du so mit den Antworten, warum flackern deine Augenlider?«

Angela stellte die Zigarettenpackung auf den Kopf und nahm eine der drei Zigaretten, die herausgefallen waren. Natalia gab ihr Feuer. Angela inhalierte zweimal und sagte: »Es gibt Schuld, die man nicht auf sich laden sollte, weil sie nie zu begleichen ist.« Sie inhalierte noch zweimal, blickte von einer zu anderen und fügte hinzu: »Ich kann darüber nichts weiter sagen. Ich hatte damals keine Beweise, Punkt, damit ist meine Geschichte zu Ende. Das könnt ihr so oft prüfen, wie ihr wollt, ihr werdet doch immer wieder zu dem gleichen Ergebnis kommen. Alles andere müsst ihr andere fragen. Bei mir seid ihr falsch!«

»Wer sind die anderen?« Natalia nahm sich auch eine Zigarette, zündete sie aber nicht an.

Angela angelte vom Nachbartisch einen Aschenbecher. »Fragt Janosch Jacob, wenn er wieder wach ist.«

»Wieso sorgt Maria Schneider dafür, dass dieser Buddha bei uns auftaucht und in den sicheren Raum gebracht wird?«

»Auch diese Frage müsst ihr anderen stellen.« Angela blickte von einer zu anderen und schüttelte ratlos den Kopf.

Als Maxim Winter um kurz nach sieben die Gerichtsmedizin betrat, fand er Fin am Aquarium der Koikarpfen. Ohne sich zu ihm umzudrehen, fragte Fin: »Warum sind die Karpfen hier? Und als Beweismaterial für was?«

Maxim tauschte seine Jacke gegen einen weißen Kittel. Er prüfte gewissenhaft, ob sich die Stifte, das Diktiergerät, Skalpell und Schere in den Taschen befanden, wo er sie, ohne hinzusehen, fand. Dann trat er zu Fin und blickte ebenfalls in das Aquarium. »Ich weiß es tatsächlich nicht. Wir arbeiten zwar erst ein paar Monate mit Leana, doch wenn sie etwas tut, das uns ungewöhnlich erscheint, fragen wir auch nicht mehr nach den Gründen.«

»Dürfte ich erfahren, weshalb?«

Maxim streute etwas Futter auf die Oberfläche, und die Kois schnappten danach. »Leana tut Dinge aus dem Inneren heraus. Sie folgt einem tieferen Wissen und, viel wichtiger, sie vertraut diesem Wissen. Sie würden es vielleicht Instinkt nennen, aber das ist es nicht. Es ist mehr. Oft weiß sie zunächst selbst nicht, warum sie etwas tut, weshalb sie zum Beispiel die Karpfen mitgenommen hat. Ich versuche dann, die Logik dahinter zu finden, und fast immer werde ich fündig. Leana und ich funktionieren sehr gut miteinander. Kann ich Ihnen sonst noch mit etwas helfen?«

Fin lachte und drehte sich Maxim zu. »Könnten wir auch du zueinander sagen?«

»Sicher, gern. Für mich macht es indes keinen Unterschied, aber ich weiß, dass es kumpeliger wirkt auf andere.«

»Maxim, Tanni hat mir gestern einen Tadel erteilt. Weil ich so emotional reagiert habe. Sie riet mir, mich an dich zu halten.«

Maxim zog die linke Augenbraue hoch. Erst jetzt bemerkte Fin, dass der Gerichtsmediziner seine Haare im Nacken zu einem kurzen Zopf gebunden hatte.

»Ich bin nicht mit Dr. Köhler befreundet, ich betrachte alle Informationen über ihn mit demselben Abstand wie die über einen beliebigen anderen Verdächtigen. Ich erstelle ein Profil. Ich nehme seinen Charakter auseinander, ohne ihn in Bezug zu mir zu sehen. Das verschafft mir die größtmögliche Neutralität.«

»Du ziehst auch nicht in Betracht, dass er dein Chef ist, dass vielleicht dieses ganze Kompetenzcenter auf dem Spiel steht und damit deine Arbeit hier?«

Maxim entließ die Augenbraue aus der Arretierung und blickte Fin ruhig an. »Diese Gedanken wären äußerst störend für meine Konzentration.«

»Mein Gott«, Fin schüttelte den Kopf, »das ist sehr abgeklärt.«

»Es ist effizient. Und ich finde Effizienz sehr ästhetisch und elegant.«

Die zwei Männer, der eine filigran, Florettfechter und mit einem IQ jenseits der einhundertsechzig, der andere massiv, muskulös und voller Wut auf die Grausamkeit der Menschen, standen sich gegenüber und lächelten verhalten.

»Möchtest du vielleicht die ersten Resultate der Liste sehen, die die Nachtschicht gemacht hat?«

»Nein, danke, das gehen wir ja gleich mit allen zusammen durch, und bis elf ist sicher noch einiges hinzugekommen. Ich würde allerdings, wenn du das erlaubt, gern das Profil sehen, dass du über Köhler angefertigt hast.«

»Sicher, komm mit.« Maxim ging zu dem großen Bildschirm, den sie in der Sektion auch für Vergrößerungen und Detailarbeit nutzten, schaltete ihn ein, rief eine Datei auf und nahm die Fernbedienung, die unter dem Bildschirm lag. Eine lange Liste an Fragen tauchte auf:

Was treibt ihn an?
Wie wohnt er?
Familienstand?
Kurzfristige Ziele?
Langfristige Ziele?
Kleidung?
Bücher?
Filme?
…?

Nach siebzig Fragen war Schluss. Maxim drückte auf die Fernbedienung, und die Antworten erschienen.

»Es ist erschreckend, die Psyche eines Menschen so in ihre Einzelteile zerlegt zu sehen«, grollte Fin. »Woher hast du alle diese Informationen? Ich meine, woher weißt du, wie viel Geld er für seine Kleidung ausgibt? Wo er essen geht und wann? Die Bücher?«

Maxim betätigte weitere Befehle, und eine Pyramide wurde sichtbar. »Das ist Tannis Werk. Das World Wide Web ist voll mit Infos zu jedem, der online irgendwas macht. Wir wissen, was er bei Amazon kauft, was er in Supermärkten kauft, wie oft er Alkohol kauft und wie oft Schokolade, wann er Medikamente brauchte, wo er essen geht. EC-Karte, Visa oder Mastercard, Payback oder Kundenkarte. Diese Daten reichen uns völlig. Dafür muss Tanni nicht einmal ein Programm schreiben. Füllen wir also die Pyramide.« Zuunterst erschien die Beschriftung *Her-*

kunft, Familie, darüber kam der Genuss, die Eitelkeit, und die Eitelkeit setzte sich in einer direkten Linie fort bis in die Pyramidenspitze: die Karriere. »Was du hier siehst, ist das Psychogramm eines Menschen, der auf seine Herkunft nicht stolz ist. So ist sie einerseits sein Fundament, auf dem er steht, andererseits greift er darauf jedoch nie zurück. Sein geringes Selbstwertgefühl versucht er mithilfe vieler Spielarten zu kompensieren.«

»Das merkt man ihm überhaupt nicht an. Janosch Jacob strotzt vor Selbstvertrauen. Das ist Unsinn, dieses Profil.« Fin verschränkte die Arme vor der Brust.

»Das ist sicher, was Tanni dir sagen wollte. Du wehrst dich gegen dieses Profil, weil du ein starkes Gefühl zu einem Bild von Köhler hast. Jetzt siehst du ein anderes Bild. Du hast es nicht sehen können, weil Köhler die Kompensation perfektioniert hat. Seine Währung für gesellschaftlichen Erfolg sind all die Statussymbole, mit denen er sich umgibt. Teure Anzüge, teure Uhren, Manschettenknöpfe, Schuhe. Auto, Wohnung, Erfolg, Karriere, selbst die zwei Ehen, die Presseberichte über ihn. All das vermittelt dir und auch Köhler selbst: *Ich bin wer, ich habe es geschafft*. Weil das seine Währung ausmacht, weil er sich in allen für ihn relevanten Kategorien etwas erarbeitet hat, mit dem er punkten kann. Bis hin zum Doktortitel in der Kriminologie. In seiner Wahrnehmung hat er damit auch von den Intellektuellen Respekt zu erwarten. Er weiß genau, wie viel seine Leistungen in den Augen anderer wert sind, und darauf fußt sein Selbstvertrauen. Ein in sich jedoch sehr gefährdetes, fragiles Selbstvertrauen, das auf diese stützenden Konstruktionen angewiesen ist.«

»Ich verstehe das nicht«, grollte Fin düster weiter.

»Es gibt Menschen, die reden mit einem Professor auf Augenhöhe, egal, welche Ausbildung sie vorweisen können. Andere Menschen wagen sich erst auf diese Augenhöhe, wenn sie selbst einen Professorentitel vorweisen können. Das eine ist ein inneres, sicheres und schwer zu erschütterndes Selbstvertrauen. Leana ist so, Natalia nicht ganz. Das andere ist ein erworbenes Selbstvertrauen, es braucht Erfolge. Beruflicher Erfolg und Bestätigung sind das Wichtigste in Dr. Köhlers Leben, er braucht beides wie die Hure ihre Freier.«

»Du vergleichst Janosch Jacob mit einer Hure?«, fragte Fin irritiert.

»Ja«, antwortete Maxim gleichmütig, »und er ist so unzuverlässig wie eine Hure, die sich stets an den Höchstbietenden vergibt. Köhlers Charakter ist äußerst fragil, aber er hat das gut versteckt. Für seine Karriere würde er alles geben. Deshalb steht die oben in der Pyramide. Aber er hat kein solides Fundament. Wenn die Hure für die Freier nicht mehr attraktiv ist, verliert sie an Wert.«

Fin blickte den Gerichtsmediziner, der sich, wie er von Leana wusste, selbst zum Profiler ausbildete und derzeit eine Doktorarbeit über psychologische Forensik schrieb, mit zusammengekniffenen Augen an. »Woher stammt diese Idee mit der Pyramide?«

»Ich habe sie mal für eine Doktorarbeit in Psychologie entwickelt.«

»Du glaubst daran?« Fin stand breitbeinig und mit verschränkten Armen vor Maxim.

»Es geht nicht um glauben. Wir werden bei diesem Mann ganz sicher Ungereimtheiten finden, weil er hier und da etwas im Namen seiner Karriere getan hat, das besser nicht an die Öffentlichkeit dringt. Und weil seine Karriere so kometenhaft und lückenlos verlief, trifft auf seinen Lebenslauf das Gleiche zu wie auf Thien Duc, unser erstes Opfer. Köhler selbst sagte vergangenen Samstag über Thien Duc: … *der Lebenslauf ist zu lückenlos,* und … *Das sind Lebensläufe* …«

»Sag es bitte noch nicht. Ich muss das erst einmal sacken lassen.« Fin trat näher an den Bildschirm heran, las noch einmal links die Fragen, rechts die Antworten und betrachtete die Pyramide in der Mitte. »Wo der Mensch herkommt und wo er hinwill, richtig?«, fragte Fin leise und fügte hinzu, ohne die Antwort abzuwarten: »Und wenn das Fundament nicht sicher ist und dann der Weg nicht gut verläuft, wenn es Brüche gibt, dann wird man anfällig, hm, das verstehe ich. Aber warum ist es so lange gut gegangen?«

»Weil es vorher keinen Grund gab, ihn derart gründlich zu durchleuchten. Und sicher auch, weil er Opfer wurde. Dr. Köhler hat noch eine Rechnung offen mit jemandem, den er vergessen hat. Das ist genau wie mit den Rechnungen im Briefkasten. Irgendwann kommt das Inkassobüro.«

»Du hast das alles«, Fin zeigte auf den Bildschirm, »immer schon über ihn gewusst?«

»Nein. Ich interessiere mich erst für Menschen, wenn sie auf meinem Tisch liegen oder wenn ihre Profile der Ermittlung hilfreich sein könnten.«

»Danke für diesen Einblick und auch die Unterweisung. Wir sehen uns gleich oben?«

»Sicher, um elf Uhr.« Maxim blickte Fin hinterher, der die Treppe hochlief, die sich mitten im Raum befand, er nahm immer zwei Stufen auf einmal. Maxim fasste an seinen kurzen Zopf und lächelte. Dann trat er zu den Kois. »Warum ihr allerdings hier seid, das ist auch mir noch nicht eingefallen. Na ja, vielleicht ist es ganz einfach. Sie wollte euch nicht verhungern lassen?«

Leana und Natalia gingen nebeneinander her zum Auto. »Glaubst du ihr?«, fragte Natalia. »Du hast sie beobachtet.«

»Ja, ich glaube ihr. Und zwar, weil sie gezuckt hat, als du

sagtest, Schneider habe dafür gesorgt, dass dieser Buddha auftaucht. Ich hätte ja gedacht, dass sie weiß, dass er hier ist.«

Der Regen hatte aufgehört, Herbstwind jagte Laub durch die Gasse und rüttelte an den alten Kastanien. Als sie am Auto ankamen, blieb Leana an der Beifahrerseite stehen und fragte über das Autodach hinweg: »Könnten wir jemanden observieren lassen?«

»Offiziell?«

»Nö.« Leana zog die Schultern hoch.

»Ab wann?«

»Ab jetzt!«

Natalia drückte auf den Türöffner. »Verstehe!« Sie nahm ihr Smartphone, tippte darauf herum und sprach Serbisch. Dann stieg sie ein. Leana ebenfalls.

»Lass uns warten, bis er da ist, damit wir ganz sicher sind, dass nichts schiefgeht.«

Leana nickte. »Worauf lassen wir uns da nur ein?«

»Ich schätze, die bessere Frage ist: Wo haben wir da hineingestochen, dass wir Kriminelle nur mit einer Geheimhaltungsvereinbarung vernehmen dürfen?«

Nach zehn Minuten bog ein dunkelgrauer Passat in die Gasse ein. Der Wagen hielt neben Natalias. Ein junger Mann mit vernarbtem Gesicht und einer Baseballkappe auf dem Kopf ließ das Fenster herunter und nickte Natalia zu. Er stellte sich als Bojan vor, und sie nannte ihm Auto und Kennzeichen und buchte ihn für die nächsten achtundvierzig Stunden. Der junge Serbe lächelte Leana an und zeigte zwei veritable Zahnlücken. Als sie losfuhren, fragte Leana: »Wie zuverlässig ist dieser Bojan?«

»Wie Heimkinder eben so sind«, gab Natalia schnippisch zurück. Sie bog auf die Hauptstraße ab. »Sorry, war nicht so gemeint. Ich habe ihn ausgebildet, also keine Sorge, er ist gut.«

Um zehn Uhr dieses Tages hatten alle Leiter der verschiedenen Kompetenzteams die Geheimhaltungsvereinbarung unterzeichnet. Sven hatte sich zunächst geweigert mit der Begründung, er müsse bei der Vernehmung ja nicht dabei sein. Aber nach einem Streitgespräch mit Natalia, das Dario lächelnd beobachtet hatte, unterzeichnete auch Sven. Maxim hatte sich in die hinterste Ecke verzogen, Leana wusste, dass ihm der Raum zu eng und vor allem zu überfüllt war. Irgendjemand aus dem Innenministerium hatte sich die Mühe gemacht und bei Leana einen gesonderten Passus hinzugefügt, der ausdrücklich darauf verwies, dass die Geheimhaltung auch für jegliche Informationsweitergabe an die Presse galt. *Das Ministerium hat vor irgendwas ziemliche Angst,* sagte sie sich, hatte Fin ihre Erklärung hingehalten und auf diesen Zusatz gezeigt. Fins Reaktion hatte nur aus einem Schulterzucken bestanden.

Das Verhör fand in Natalias Büro statt, weil es abhörsicher eingerichtet war. Tanni hatte einen elektronischen Käfig installiert, der sofort nach der Aktivierung sämtliche Telefone blockierte, mobil und stationär, und den Raum auch gegen WiFi-Signale und GPS abschirmte. Darüber hinaus waren die Fenster in Natalias Büro von außen nicht einsehbar und aus Panzerglas.

Buddha hatte ein paar Stunden in dem sicheren Raum geschlafen und sah erfrischt und gut gelaunt aus. Maria Schneider hatte veranlasst, dass er sich bis zu seiner Abreise nur in diesen zwei Räumen aufhalten durfte. Sven, Zorro und Theo hatten auf dem Sofa Platz genommen, Tanni stand am Schreibtisch, wo sie einen großen Bildschirm installiert hatte, dahinter saß Natalia. Fin und Leana lehnten nebeneinander am Fenster, und Maxim hatte sich einen Hocker an die gegenüberliegende Wand gestellt. Buddha auf seinem Stuhl in der Mitte dieses Kreises wirkte so heiter, als befände er sich auf einer vergnüglichen Reise. Fin holte Luft, um mit dem Verhör zu beginnen, aber da klopfte es vehement an der verschlossenen Tür. Natalia ging hin und öffnete. Angela Rotenburg stand davor, reichte ihr eine unterzeichnete Geheimhaltungsvereinbarung und trat ein.

»Doktor Angela Rotenburg, was für ein Vergnügen, Sie nach all den Jahren wiederzusehen.« Buddha stand auf und ging auf Angela zu. »Sie sehen keinen Tag älter aus, und immer noch diese wunderbaren Augen mit den endlosen Wimpern. Wie geht es Ihnen?« Buddha strahlte sie an.

»Setzen Sie sich, Ho Min Chang, ich bin beauftragt, heute das Verhör zu führen.«

»Und ich werde gut zuhören«, ertönte hinter der noch nicht wieder geschlossenen Tür die Stimme von Maria Schneider.

»Das wird ja immer besser«, murmelte Natalia, sah staunend auf die kleinere Frau mit den kurz geschorenen Haaren hinunter und wechselte einen Blick mit Leana.

»Kann mir jetzt bitte erst einmal jemand erklären, was hier los ist?«, fragte Fin mit zusammengekniffenen Augenbrauen.

»Fitzpatrick, auf ein Wort«, kommandierte Schneider, und er gehorchte. Leana registrierte wieder einmal die Synchronizität ihrer Körpersprache – die zwei kannten sich wirklich sehr gut. Die flachen Schuhe und der dunkelblaue Hosenanzug waren offenbar die persönliche Uniform von Maria Schneider, Leana ahnte deutlich, dass es ihr Sicherheit verlieh. Fin Fitzpatrick und Maria Schneider gingen auf den Gang hinaus. Die im Zimmer Verbliebenen blickten sich ratlos an, aber niemand kommentierte die Ereignisse, weil Buddha in ihrer Mitte saß. Er lächelte zufrieden. Angela stellte ihre Tasche auf Natalias Schreibtisch und holte die Akte von vor einundzwanzig Jahren hervor.

Fin zog Maria Schneider zum Ende des Flurs vor ein gesichertes und ebenfalls nicht einsehbares Fenster. Er verschränkte die

Arme und musterte sie kurz, bevor er leise fragte: »Maria, bei allem Respekt, was geschieht hier? Und wieso bin ich nicht eingeweiht?« Er beugte sich zu Maria Schneider hinunter.

»Fitzpatrick, hast du es je bereuen müssen, wenn du mir vertraut hast?« Sie verschränkte ebenfalls die Arme vor der Brust und sah Fin aus ihren graublauen Augen an. »Du bist nicht eingeweiht, damit du dich nicht verrätst. Dein kleiner Wutanfall war perfekt, weil er echt war.« Sie lächelte. »Es geht hier um eine ganze Menge, und nicht nur die Landesregierung könnte Schaden nehmen, wenn das Kompetenzteam weiter in diese Richtung ermittelt. Spiel mit, sei sauer, und alles ist gut.«

»Maria, so einfach ist das nicht. Ihr habt mit dem Kompetenzcenter ein Monster geschaffen, und jetzt versucht ihr mit Gewalt, ihm einen Maulkorb zu verpassen. Glaubst du, die merken das nicht und nehmen das einfach so hin?« Fin schüttelte den Kopf und schob seine großen Hände in die hinteren Taschen der verwaschenen Jeans.

»Du wirst das schon machen«, sie lächelte weiter, »am wichtigsten ist, dass du die Meister auf deine Seite ziehst.« Sie zog die linke Augenbraue hoch. »Das wirst du wohl hinkriegen, schließlich bumst du sie.«

»Du bist ein Krokodil im Anzug.« Fin seufzte.

»Fitzgerald, du hast doch nicht im Ernst geglaubt, wir wissen es nicht, nur weil du in ein Hotel gehst, das wir nicht überwachen?« Sie schüttelte den Kopf.

»Es war einen Versuch wert«, antwortete Fin düster.

»Du wirst langfristig die Leitung dieses Kompetenzcenters übernehmen, also streng dich ein wenig an, es ist gut für deine Karriere.«

»Was ist mit Janosch Jacob?«

»Das sehen wir, wenn er wieder wach ist.«

»Das meine ich nicht. Ich will wissen, ob er mit drinsteckt?«

»Wie oft hast du gegen ihn ermittelt?«

»Dreiundzwanzig Mal!«

»Und du hast nie etwas gefunden!«

»Das, liebe Schneider, ist eine Information und kein Argument. Wenn ich etwas vertuschen soll, dann muss ich wissen, wo die Gefahrenzone ist.«

Sie tätschelte ihm den Arm. »Lass uns wieder reingehen, ich muss die Rotenburg im Auge behalten.«

»Warum?«

»Auch sie hatte Buddha kontaktiert und ihn aufgefordert, hierherzukommen.«

»Das wird ja immer besser. Weiß sie etwas, das ich nicht weiß?«

»Falls ja, werden wir es herausfinden und gegebenenfalls ändern.« Maria Schneider ging zurück zur Tür, vor der inzwischen zwei bewaffnete Männer standen, und klopfte wieder. »Komm jetzt, Fitzgerald, mach den Job, für den du bezahlt wirst.«

Maria Schneider und Fin kamen zurück in den Raum, und obwohl Leana den Kopf gesenkt hatte, beobachtete sie ihre Körpersprache. Beide waren angespannt, Fin knackte mit den Fingern, und Maria Schneider drehte immer wieder an dem dominanten Siegelring an ihrer linken Hand. Sie setzte sich zwischen Zorro und Theo auf das Sofa, mit den Worten: »Ich passe da sicher noch hin, oder?«

Macht sie sich absichtlich klein, fragte Leana sich, *oder warum versteckt sie sich zwischen den Männern? Was will sie erreichen, was will sie von uns?*

»Dr. Rotenburg, bitte beginnen Sie mit dem Verhör«, sagte Maria Schneider und lehnte sich im Sofa zurück. Leana ließ ihren Blick zu Buddha wandern, der immer noch entspannt und lächelnd auf seinem Stuhl saß. Erst jetzt fiel Leana auf, dass ihm an der rechten Hand der kleine und der Ringfinger fehlten.

»Ho Min Chang, ist das Ihr Name?«

»Jawohl, Madame!«

»Sie sind zweiundsechzig Jahre alt.«

»Zu alt für Sie?«

»Bitte antworten Sie!«

»Das ist korrekt.«

»Sie sind der Sohn von …«

Nachdem Angela die Formalitäten erledigt hatte, bat sie Tanni, Fotos der Leichen ihrer fünf ermordeten Vietnamesen auf den Bildschirm zu legen. »Kennen Sie diese Männer, Ho Min Chang?«

Buddha stand auf, trat näher an den Bildschirm und holte eine Brille aus seiner Tasche. Leana irritierte diese Geste, denn die Bilder waren groß genug. »Wonach suchen Sie?«, fragte sie.

»Lassen Sie bitte Dr. Rotenburg das Verhör zu Ende führen, Fragen stellen können Sie im Anschluss«, sagte Maria Schneider leise und so eindringlich, dass jeder im Raum wusste, wie ernst es ihr damit war. Leana holte Luft, Fin legte ihr eine Hand auf den Arm und schüttelte den Kopf.

»Ja, ich habe früher mit diesen Männern in Neuss und anderen Städten zusammengearbeitet.« Er ging zurück zu seinem Platz und setzte sich wieder. Jetzt bemerkte Leana, warum ihr vorher nicht aufgefallen war, dass ihm an der rechten Hand Finger fehlten: Er hatte offenbar im Laufe der Jahre gelernt, seine Hände so im Schoß zu falten, dass man es nicht bemerken konnte. »Ich stand damals im Dienst der Triaden. Ich war ein ›Großer Bruder‹, diese fünf Männer gehörten zu meinem Beraterkreis.«

»Was wurde in diesem Kreis beraten?« Angela las jede Frage ruhig ab und schaute Buddha dann an, ohne mit irgendeiner anderen im Raum befindlichen Person Blickkontakt aufzunehmen.

»Ein Großer Bruder hat weltweit viele Kleine Brüder, die für ihn tätig sind. Bei den Triaden, deren Tradition ins achtzehnte Jahrhundert zurückreicht, gab es jederzeit eine strikte Arbeitsteilung. Unsere Sektion war für Erpressung und Menschenhandel zuständig, keine Drogen!«

»Sie schleusten also Menschen nach Deutschland?«

»Ja, insbesondere nach dem deutschen Mauerfall brachten wir sehr viele Vietnamesen ins Land. Wir gaben sie weiter an die Abteilung für Zigarettenschmuggel und Drogengeschäfte.«

»Wieso Deutschland?«

»Ein bevölkerungsreiches Land, jedes Unternehmen strebt nach Ausbreitung, nach den größeren Fischen kommen die kleineren.«

»Ist es korrekt, dass Sie vor einundzwanzig Jahren angeklagt wurden, in dem Chinarestaurant ›Blauer Lotus‹ in Neuss zwölf Menschen ermordet zu haben?«

»Ja, das ist korrekt.«

Angela Rotenburg ließ kein Detail aus, sie fragte mit ruhiger und monotoner Stimme weiter, und selbst Leana konnte nicht ausmachen, ob ihre Freundin diesen Buddha für schuldig oder unschuldig hielt.

»Beweisstück K23.4.2«, Angela zog ein Foto aus ihrer Mappe, »zeigt Sie beim Verlassen des Restaurants, wo die Morde stattfanden.«

»Das ist korrekt«, antwortete Buddha, und Leana bemerkte, dass er ein Selbstvertrauen ausstrahlte wie ein Schauspieler in einem Stück, dessen Text er genau kennt.

»Dieses Foto wurde der Staatsanwaltschaft anonym zugesandt und ist mit einem Entwicklungsdatum versehen, das exakt dem Tag des Mordes an den zwölf Opfern entspricht: der dreiundzwanzigste August vor einundzwanzig Jahren.«

Buddha schwieg.

»Sie haben behauptet, diese Aufnahme sei einen Tag vorher gemacht worden.«

Buddha nickte.

»Als Beweis führten Sie an, dass das grüne Auto, das hier auf dem Foto zu sehen ist, am Mordtag in einen schweren Unfall verwickelt war und sich in einer Werkstatt befand.«

»Ja, ich hatte diesen Unfall selbst verursacht.«

»Sie gaben darüber hinaus an, dass auch Sie sich zum Zeitpunkt der Ermordung in der Werkstatt befanden.«

»Das ist richtig. Ich überwachte die Reparaturarbeiten an meinem Auto, einem VW Käfer, an dem ich damals hing wie an meiner ersten großen Liebe. Ich konnte ihn nicht unbeaufsichtigt der Werkstatt überlassen, auch wenn sie einem meiner Berater gehörte.«

»Der hier anwesende Dario Guillermo Rodriquez ist spezialisiert auf ostasiatische Bandenkriminalität, studierte in New York, lebte in China und Japan. Kennen Sie diesen Mann?«

»Ja, ich kenne Dario seit zwei Tagen. Er hat mich von Andalusien mit verschiedenen Autos hierhergebracht. Davor habe ich diesen netten jungen Mann nie getroffen.« Buddha drehte sich leicht zu Dario um und lächelte ihm zu, was dieser nicht erwiderte.

Angela Rotenburg las einen Moment mit gesenktem Kopf von ihren Unterlagen ab: »Dario Guillermo Rodriquez hat über die Botschaften der Morde Folgendes zu Opfer Nummer eins, vier und fünf gesagt, genauer gesagt, über die abgetrennten Ohren im zugenähten Mund: *Er hat etwas gewusst und es unterschlagen. Hier wurde jemand getötet, weil er sein Wissen für sich behalten, geschwiegen oder sogar gelogen hat.* Über die Opfer zwei und drei: *Die gespaltene Zunge steht für ein falsch abgelegtes Zeugnis.* Ist das korrekt so, Herr Rodriquez?«

Dario nickte.

»Ich höre?«, setzte Angela nach, die nach wie vor Buddha nicht aus den Augen ließ.

»Entschuldigung, ja, das ist richtig so.«

»Danke. Ho Min Chang, wenn ich das korrekt übersetze: Thien Duc, das erste Opfer, sowie die Besitzer des ›Lotusgarten‹, Opfer drei und vier, haben etwas gesehen, gewusst, mitbekommen, und haben darüber geschwiegen oder gelogen. Die Opfer zwei und drei, in Hessen ermordet, sind erstaunlicherweise die ehemaligen Besitzer der Autowerkstatt, in der Ihr VW Käfer repariert wurde. Vor einundzwanzig Jahren bezeugten sie gemeinsam, dass Sie, Ho Min Chang, sich zum Zeitpunkt des Mordes in der Autowerkstatt aufgehalten haben. Die gespaltenen Zungen sollen uns sagen, dass diese beiden Männer falsches Zeugnis abgelegt haben. Es wurden vor einundzwanzig Jahren Geschosse aus sieben verschiedenen Waffen sichergestellt. Was würden Sie daraus schließen, Ho Min Chang?«

Die Luft im Raum war dicht und verbraucht. Dennoch lauschte jeder gebannt dem konzentrierten Verhör von Angela Rotenburg. Leana löste sich von der Fensterbank und suchte sich einen Platz, von dem aus sie Maria Schneider und Buddha gleichzeitig sehen konnte, denn ihr war der Verdacht gekommen, dass die Frau aus dem Innenministerium sich tatsächlich zwischen den Männern auf dem Sofa versteckte, womöglich vor ihr. Leana fand einen geeigneten Platz auf der linken Ecke von Natalias Schreibtisch. Sie suchte Maxims Blick, um von ihrem eigentlichen Vorhaben abzulenken, aber Maria Schneider hatte bereits durchschaut, was sie versuchte, und stand ihrerseits auf. Maxim nickte Leana zu, er hatte verstanden und stand ebenfalls auf.

»Brauchen Sie alle vielleicht eine Pause, oder was soll diese Unruhe?« bellte Angela Rotenburg. Maria Schneider stellte sich neben Fin, und Maxim nahm gequält den engen Platz auf dem Sofa ein. Leana hoffe, er konnte beide sehen.

»Ho Min Chang, ich warte auf Ihre Antwort?«

Zum ersten Mal seit Beginn des Verhörs rutschte Buddha auf seinem Sitz hin und her. »Ich bewundere Dario für sein Wissen über die Sprache der Triaden. Aber die gespaltene Zunge gehört nicht dazu. Ich habe mich vor einundzwanzig Jahren von den Triaden verabschiedet. Mein Beraterkreis verblieb in dieser Organisation. Sie hatten einundzwanzig Jahre lang Zeit, ein Verbrechen zu begehen, dass diese«, er zeigte auf die Fotos der Opfer auf dem Bildschirm neben Leana, »Vergeltungsaktion ausgelöst hat.«

»Dass die Art der Morde mit den Aussagen von damals wie ein Puzzle ineinanderfällt, irritiert Sie nicht?«

»Liebe Dr. Rotenburg, es gibt sehr viel, was mich in dieser Welt irritiert, aber das hier gehört nicht dazu.«

»Wo halten Sie sich derzeit auf?«

»Seit einundzwanzig Jahren im Zeugenschutzprogramm, zunächst ein deutsches, später ein europäisches.«

»Wie kamen Sie in den Genuss des Zeugenschutzprogrammes?«

»Das wissen Sie doch am besten, werte Frau Rotenburg. Sie haben mich zum Verräter an den Triaden gemacht und konnten dank meiner Informationen einige Drahtzieher aus dem ... wie heißt es noch? Aus dem Verkehr ziehen.«

Angela nickte. »Erheblich weniger, als Sie seinerzeit versprochen haben.«

Leana sah aus dem Augenwinkel, dass Maria Schneider dezent die Hand hob. *Sie dirigiert also seine Aussage,* dachte sie.

»Mehr habe ich dazu nicht zu sagen. Verschlusssache.«

Angela legte ihre Unterlagen zusammen und schob sie zurück in die Mappe.

»Dr. Janosch Jacob Köhler ist Ihnen bekannt?«

»Das ist korrekt.«

»Er hat Ihnen damals geholfen?«

»Er hat meine Vorverurteilung nach diesem Foto in Ihren Unterlagen infrage gestellt und sich auf die Suche nach Zeugen gemacht, die meine Aussage stützen. Zu meinem Glück erfolgreich.«

»Haben Sie Köhler damals selbst bedroht oder bedrohen lassen?«

»Selbstverständlich nicht. Er war ein Polizist im deutschen Staat, den ich um Hilfe gebeten hatte.« Buddha ließ den Blick durch den Raum wandern, um dann bei Maria Schneider hängen zu bleiben, die unmerklich den Kopf schüttelte. Er stellte seine Beine wieder nebeneinander und zupfte am Stoff seiner Hose.

»Bitte sehen Sie mich an!«, befahl Angela.

Buddha hob den Kopf und lächelte. Leana dachte: *So entspannt wie ein Schauspieler, der mit seiner Rolle durch ist und weiß, dass er sie gut gespielt hat.* Angela stand auf und ging auf Buddha zu. Einen Meter vor ihm blieb sie stehen. »Ho Min Chang, sind Sie bereit, diesem Ermittlungsteam zu helfen?« Sie ließ ihn nicht aus den Augen.

»Sehr gern. Was immer ich tun kann und«, er zögerte, »darf.«

»Ich bin mir ganz sicher, dass Frau Schneider nichts dagegen hat, dass die hier Anwesenden nun ihre Fragen stellen.« Angela drehte sich zu Maria Schneider um. »Und Sie, möchten Sie auch bei dieser Befragung anwesend sein, oder reicht es Ihnen, meine kontrolliert zu haben?«

Leana zog instinktiv den Kopf ein und warf Natalia einen Blick zu. Natalia hob eine Hand, der Daumen zeigte nach oben.

Maria Schneider verzog keine Miene. »Danke für die freundliche Einladung, ich bleibe gern noch ein wenig.«

Angela nickte, wandte sich von Buddha ab, ging zu ihrem Platz zurück, nahm die mitgebrachte Akte und reichte sie Natalia. »Das ist die Akte aus dem Archiv der Staatsanwaltschaft. Aber ich bin ganz sicher, sie unterscheidet sich nicht von der offiziellen Ermittlungsakte, also müsst ihr euch nicht die Mühe machen, sie zu vergleichen. Ich lasse sie gern hier.« Angela lächelte maliziös, als Natalia die Akte entgegennahm und auf ihren Schreibtisch legte.

Fin löste sich von der Fensterbank. »Buddha, könnten Sie bitte einmal zusammenfassen, was Ihrer Meinung nach vor einundzwanzig Jahren im ›Blauen Lotus‹ in Neuss geschah?«

»Darf ich aufstehen? Ich habe«, er grinste, »in den letzten Monaten sehr abgenommen, und mir fehlt ein Polster an der richtigen Stelle.«

»Sicher.«

Buddha stand auf, ging ein wenig hin und her, kreiste mit dem Kopf und dehnte seine Arme. »Es war eine Drohgebärde, ein Exempel der Camorra. Wir, also die Triaden, kamen vor zweiundzwanzig Jahren von Holland hier herüber, weil immer mehr Landsleute insbesondere in NRW Restaurants eröffneten, von Amsterdam und Rotterdam aus gesehen quasi um die Ecke. Damals herrschte hier die Camorra unter Don Gio Salvatore. Der ›Blaue Lotus‹ war auf uns zugekommen, hatte um Hilfe gebeten. Davon bekam der Don Wind, und keine vier Tage später waren die Besitzer und alle Mitarbeiter dieses Restaurants tot. Wir haben daraufhin die Familie des Don ein wenig geschüttelt, er konnte nicht einfach unsere Landsleute abknallen, das ging zu weit. Er hatte ein Einsehen und zog sich aus dem ›Chop-Suey-Geschäft‹ zurück. Wir besiegelten das Abkommen per Handschlag, alle asiatischen Geschäfte standen fortan unter unserem

Schutz. Aber Don Gio war wohl doch sehr wütend, Italiener eben, sodass er einmal nachtreten musste; er schickte dieses Erinnerungsfoto an die Polizei und behauptete, ein Bekannter von ihm hätte mich und weitere Männer in das Restaurant gehen sehen. Nichts weiter als ein Geplänkel zwischen einem Don und einem Großen Bruder. Nun macht es sich aber nicht sehr gut, wenn ein Großer Bruder länger in Polizeigewahrsam ist, und so kam es zu dem Deal: Infos gegen Zeugenschutz. Das ist meine Sicht der Dinge.« Buddha blickte sich um. »Wäre es wohl möglich, einen Kaffee oder ein Glas Wasser zu bekommen?«

Natalia nahm den Hörer hoch, legte ihn aber wieder hin, weil kein Signal zu hören war, und ging zur Tür. Sie klopfte zum Zeichen, dass sie öffnen würde, gab ein paar Anweisungen und kam wieder herein.

»Ich wüsste gern …«, Sven kam aus den Tiefen des Sofas hoch, »… jetzt, wo alle Zeugen, die Ihre Schuld oder Unschuld belegen könnten, tot sind, und wenn damals die gesamte Familie ausgelöscht wurde: Wer tötet denn dann jetzt diese Leute?«

Buddha kehrte zu seinem Platz zurück. »Sie gehen der falschen Spur nach, weil Sie, was mir ganz unverständlich ist, offenbar ausschließen, dass diese Menschen in den letzten Jahren Verbrechen begangen haben. Aber das haben sie ganz sicher.«

»Was macht Sie da so verdammt sicher?«, blaffte Sven.

»Die Triaden, junger Mann, was für eine Überraschung. Sagen Sie mir«, er machte mit den Armen eine große Geste, wie um den ganzen Raum einzubeziehen, »haben Sie Koikarpfen in den Restaurants gefunden?«

»In Neuss nicht, in München schon«, sagte Natalia verblüfft.

»Ich dachte, das ist ein altes Märchen«, sagte Dario.

»Ja, in gewisser Weise.« Buddha lächelte. »Schon lange ist es nicht mehr so, dass der Bote, der das Fischfutter für die Kois liefert, zugleich das Schutzgeld abholt. Aber auch bei den Triaden ist die moderne Technik eingezogen. Unter den wunderschönen bunten Schuppen der Kois werden Sie Nanochips finden. Auf diesen Nanochips, wenn Sie sie auslesen können, finden Sie die Bilanzen, also wie viel der Große Bruder von seinen Beratern und die wiederum von den vielen Kleinen Brüdern bekommen haben. Nicht jeder Koi in einem Aquarium enthält einen Nanochip. Es sind in der Regel die am wenigsten wertvollen Tiere, weil sie manchmal durch das Ankleben des Chips oder die Entfernung sterben. Die Kois sind die Sterbeversicherung für die Angehörigen, wenn die schnell genug sind. Denn auch die Nummernkonten sind auf dem Chip gespeichert.«

Leana fiel der tote Koi im Münchener Becken ein. *Hat der einen Chip gehabt?*, fragte sie sich.

»Die Kois mit den Daten aller Transaktionen bleiben beim Großen Bruder. So ist heutzutage ein Aquarium mit Kois oft ein Zeichen dafür, dass Sie sich im Lokal eines in der Hierarchie weit oben angesiedelten Triaden-Mitglieds befinden. Sehr wahrscheinlich eines Großen Bruders.«

Es klopfte, Leana öffnete und nahm einen Servierwagen mit Kaffee, Tee, Wasser und Limonaden entgegen, auch ein großer Teller mit Keksen befand sich darauf. Alle standen auf und sammelten sich um den Wagen – alle bis auf Maria Schneider. Leana bemerkte, dass sie sich, scheinbar ganz in die Tatortfotos versunken, unauffällig dem Schreibtisch näherte, wo die Akte lag, die Angela Natalia übergeben hatte. Leana füllte eine Tasse, legte einen Keks auf den Unterteller und ging zu ihr. »Kaffee, Frau Schneider?«

»Ist er schwarz?«

»Ja!«

»Dann sehr gern.« Sie trank einen Schluck. »Wie halten Sie das aus, diese vielen Toten?«

»Ich denke an die Lebenden und an die, die weiterleben,

wenn ich schnell genug bin. Hier waren wir sehr langsam. Oder unsere Täterin sehr schnell, je nach Ansicht.«

»Darf ich mich ausklinken?« fragte Maxim. »Ich würde sehr gern mein Team anweisen, die Kois durch den Scanner zu schicken, ist das möglich? Ich kann hier nicht viel beitragen und würde danach zurückkommen!«

Leana beugte sich über den Schreibtisch, nahm die Akte und drehte sich zu Maxim um. »Sehr gern. Kannst du die Akte bitte Tannis Team übergeben, damit auch die schon anfangen können zu arbeiten? Und schick eine Rundmail, dass die große Besprechung später ist.«

»Mach ich. Oder kommst du eben kurz mit, Tanni?«

»Yep, dann reich die olle Flappe mal rüber.« Tanni nahm mit einer gekonnten Drehung die Akte aus Leanas Händen, folgte Maxim, der schon an der Tür klopfte, um rausgelassen zu werden, und verschwand mit ihm gemeinsam.

»Können wir dann bitte wieder!«, kommandierte Natalia und nahm sich einen Stuhl, den sie Buddhas gegenüberstellte. Sie setzte sich, Leana nahm hinter ihr auf dem Schreibtisch Platz, so konnte sie seine nonverbale Kommunikation am besten lesen. Buddha setzte sich mit seinem Kaffee und knabberte noch an einem Keks. Natalia wartete geduldig, bis er fertig war.

»Buddha. Wir vermissen derzeit einige Kinder, wussten Sie das?«

»Nein, das wusste ich nicht.«

»Nun«, Natalia massierte ihre Kopfhaut, »was uns am meisten Sorgen macht … wir reden übrigens insgesamt von sieben Mädchen und neun Jungen im Alter zwischen vier und sechzehn, mitsamt ihren fünf Müttern. Also, was mir am meisten Sorgen macht ist, dass keines unsere Opfer ein Erpresserschreiben erhielt, keine Geldforderung oder so, und noch mehr Sorgen macht mir, dass keines dieser Kinder wieder aufgetaucht ist, nachdem ihre Väter umgebracht worden waren. Was denken Sie, was mit diesen Kindern passiert ist?«

Als Buddha die Tasse zurück auf die Untertasse stellte, zitterte seine Hand ganz leicht. »Ich habe keine Idee, tut mir leid. Wie lange sind die Kinder denn schon verschwunden?«

Da haben wir ihn, dachte Leana. Nach dem auffallenden Interesse, das er an den Tatortfotos gezeigt hatte, fiel er jetzt ein zweites Mal aus seiner Rolle, die sie für einstudiert hielt, und stellte eine Frage, statt seinen Text abzuspulen. Mit einem Mal war sie ganz sicher, dass er selbst Kinder hatte und sie entführt worden waren.

»Das wissen wir nicht so ganz genau«, log Natalia, »und da ja auch unser Chef, Dr. Köhler, im Zusammenhang mit diesem Fall angegriffen und schwer verletzt wurde, haben wir einfach einen anderen Fokus, verstehen Sie?«

Buddha blickte sie irritiert an. *Sie hat seine Schwachstelle ebenfalls gespürt,* dachte Leana.

»Sie suchen also nicht nach den Kindern?«, fragte Buddha. Leana bemerkt, dass die Schneider reagieren wollte, aber genau wie sie vorhin Fin gebremst hatte, bremste er jetzt sie.

»Doch, schon, es ist aber schwierig, und wir haben nicht genügend Leute. Haben Sie Kinder?«

»Nein, leider nicht.«

»Ist das die Zeugenschutzantwort oder die Wahrheit?«

»Das ist …«

»Das geht zu weit, Dr. Rac, Sie dürfen seinen Zeugenschutz und den seiner Angehörigen nicht gefährden.«

»Na dann«, Natalia lächelte dezent, »dann hoffe ich einfach, dass es Ihren Kindern gut geht.« Sie öffnete ihren Zopf und schüttelte ihr Haar frei. »Ich habe ein wenig Kopfschmerzen, der Raum ist zu klein für so viele Menschen. Geht es Ihnen gut?«

»Danke, nach dem Kaffee und Wasser bestens.«

Natalia ließ ihren Kopf kreisen, wie sie es häufig tat, wenn sie einen Moment nachdenken musste, das hatte Leana schon oft beobachtet. »Ich muss mal persönlich werden: Ich für meinen Teil glaube ja, dass diese Frau ...«

»Welche Frau?«, unterbrach Buddha Natalia.

»Stimmt, wir haben Sie ja noch gar nicht eingeweiht. Also: Unsere Täterin ist eine hübsche junge Chinesin, Vietnamesin, ich kann das nicht so gut unterscheiden. Dario wird Sie später noch darüber aufklären, aus welchem Umfeld diese Frau unserer Auffassung nach stammt. Nun, sie schickt uns regelmäßig Botschaften, allerdings nicht über die Kinder, aber über ihre Morde, und sie fordert uns immer wieder auf, die wahren Täter zu finden. Was meint sie wohl damit? Denn sehen Sie, Buddha, wir arbeiten sehr gründlich und mit sehr vielen Spezialisten, und wir haben kein anderes Verbrechen gefunden, in dem Sie, unsere fünf Opfer und Dr. Köhler gemeinsam auf der Bühne standen. Und um jetzt meine persönliche Meinung kundzutun: Ganz wie mein Kollege Sven Alius frage auch ich mich immer wieder: Wenn die Täter von damals so tot sind wie die Opfer von damals, wer mordet dann jetzt und weshalb? Und darüber hinaus habe ich so einen Verdacht, einen persönlichen: Sie braucht uns, weil ein weiterer Mensch, an dem sie Rache nehmen will, tatsächlich für sie nicht auffindbar war. Und wir sollen ihn hochscheuchen! Wir wissen, dass Thien Duc für die Triaden Geld gewaschen und davon sehr gut gelebt hat. Er ist tot. Ich glaube ja, die Triaden rätseln an dem Mord genauso herum, wie wir es tun. Denn wenn Dario recht hat, was ich persönlich glaube, dann haben die Triaden diesen Mord nicht begangen.« Natalia drehte ihre Haare wieder hoch und befestigte sie. »Denn niemand hatte einen Grund, Thien Duc zu ermorden, und schon gar nicht auf diese spezielle Weise. Das wissen nicht nur wir.

Wer immer von den Triaden mit ihm oder den anderen Opfern zu tun hatte, fürchtet sich jetzt, und zwar so sehr, dass sowohl die Mitarbeiter des Restaurants in München wie auch die aus Neuss spurlos verschwunden sind, weil sie ganz offensichtlich sehr große Angst hatten. So wie Sie!«, schoss Natalia ihren nächsten Pfeil ab. »Ich ganz persönlich glaube, dass unsere Täterin *Sie* aufscheuchen wollte, nur Sie fehlen ihr noch. Würden Sie uns sagen, warum sie Sie sucht, oder müssen wir wirklich warten, bis sie eine Schwachstelle im System gefunden hat?«

Maria Schneider fixierte Natalia. »Sie bedrohen einen kooperativen Zeugen, der für dieses Team hier seinen Zeugenschutz verlassen hat. Bitte mäßigen Sie sich, sonst ist er schneller wieder verschwunden, als Ihnen lieb ist.«

»Wollen Sie unsere Ermittlungen boykottieren?«, fragte Leana vom Schreibtisch und über Natalia hinweg.

Fin ließ den Kopf sinken.

»Halten Sie sich an meine Regeln!«

»Haben Sie Angst vor dem, was wir herausfinden könnten, oder warum bleiben Sie hier, warum überwachen Sie die Vernehmung eines wichtigen Zeugen, und warum geben Sie ihm immer wieder Handzeichen?«

»Schluss jetzt!«, rief Fin aus.

Die Schneider starrte Leana an. »Sie machen in der Tat bald Schluss hier, Frau Meister, wenn Sie sich nicht an Regeln halten können!«

»Kein Problem, Frau Schneider, ich werde mich nach diesem Fall sowieso ins private Leben zurückziehen. Mit dem Verlust meines Jobs können Sie mir also nicht drohen.«

»Schluss!«, wiederholte Fin und schlug mit der flachen Hand auf die Fensterbank. »Sven, bring Buddha in den gesicherten Raum und bleibt mit ihm dort. Vernehmungspause. Natalia, Leana, Dario, Frau Rotenburg, ihr bleibt hier im Zimmer. Der

Rest raus! Maria, du kommst mit mir auf den Flur. Keine Widerrede! Von niemandem!«

Sie standen wieder am Ende des Flurs vor dem geschützten Fenster. »Raus mit der Sprache, und keine Umwege mehr!«, grollte Fin.

»Es ist streng geheim, und ich kann nicht riskieren, dass dieses Profiteam Buddha aus der Reserve lockt.«

»Was hast du dir dabei gedacht? Dass du es mit Deppen zu tun hast und nicht mit den Besten Europas? Ich sagte dir schon, ich habe noch nie ein so exzellentes Team erlebt.« Er senkte die Stimme. »Die sind verdammt noch einmal besser, *viel* besser als jedes Zentrum, in dem ich bisher war!«

»Wir werden das Team zerschlagen müssen. Dass Leana Meister aussteigt, ist ein guter Anfang.«

Fin rang die Hände. »Maria, was ist hier los?«

»Buddha ...« Sie blickte sich um.

»Hier, sieh, mein Smartphone: Kein Netz. Was Tanni tut, tut sie gründlich! Also rede endlich mit mir, oder ich schmeiße auch hin.«

»Buddha arbeitet immer noch für die Triaden, und er arbeitet auf Umwegen für uns.«

»Welche Umwege?« Fin ballte die Fäuste.

»Sagt dir der Club de Berne etwas?«

»Ja. Gegründet neunzehneinundsiebzig, besteht aus den Chefs der Inlandsnachrichtendienste seiner achtundzwanzig Mitgliedsstaaten. Norwegen und die kleine neutrale Schweiz dürfen mit am Tisch sitzen. Der Club handelt geheim. Ein Freund von mir, Thomas Meller, arbeitet in Brüssel für diesen Verein. Was hat der Club de Berne mit unserem Fall zu tun?«

»Sie handeln mit Buddha, er steht unter ihrem Schutz. Deshalb darf ihm weder was passieren noch darf er angeklagt werden. Ich habe ihn nur bekommen, weil ich zugesagt habe, dass die Sache von damals nicht auffliegt.«

»Was und wer darf nicht auffliegen?«

»Verschlusssache, das ist einfach so. Fitzgerald, du hast recht, ich gehe jetzt. Aber vorher spreche ich allein mit Buddha. Sieh zu, dass Leana Meister wirklich geht, wir übernehmen Tanni in eines unserer Zentren, Dr. Rac wird nach München versetzt auf deine Stelle, über Professor Winter haben wir genug Material, um ihn dazu zu bewegen, dass er freiwillig geht. Es ist alles schon geplant und in trockenen Tüchern.«

»Mein Gott, was redest du da?«

»Glaub mir, Fitzgerald, es ist sehr ernst. Ich wollte das Team aus dem Schussfeld nehmen, sie isolieren, deshalb haben wir sie weggebracht. Sie sollten mit gefälschten Beweisen gefüttert werden. Aber Marencovic ließ sich nicht davon abhalten, mit der Außenwelt zu kommunizieren, obwohl wir einen dreifachen Schutz eingebaut hatten! Denn dieses kleine Hackergenie sah unseren Schutz einfach als Fehler im System und löste für sich das Problem, damit sie mit ihrem Team kommunizieren kann. Und damit hat sie auch, ohne es zu wissen, möglich gemacht, dass die Täterin ins System eindringt. Der Standort wurde nutzlos, ich muss dir nicht sagen, was ich mir dafür anhören musste, oder? Marencovic hat mal eben etliche Millionen versenkt, aber gut, andere Baustelle. Jetzt ist die Lage so, dass es dieses Team am Ende dieses Falles nicht mehr geben wird. Und du wirst gemeinsam mit Buddha dafür sorgen, dass dieser Fall mit dem Tod der Täterin endet. Wer immer sie ist, sie weiß mehr, als sie wissen sollte. Erledigt sie, bevor sie Leana oder irgendjemand anderem was erzählen kann, sonst wird es sowohl für diese Person als auch für Leana unschön.«

»Hör auf!«

»Fitzgerald, du kannst sie eh nicht behalten.«

»Wie bitte?«

»Ihr Ehemann ist am Donnerstag mit Sack und Pack eingereist und bereitet gerade ein gemütliches Nest in Düsseldorf Oberkassel vor, um seine Ehe zu retten.«

Fin wurde blass, er atmete tief ein und aus, öffnete seine geballten Fäuste und verschränkte die Finger ineinander. Er sah Tanni und Maxim den Flur entlangkommen und ging auf sie zu. »Die Vernehmung wurde unterbrochen, bitte geht an eure Arbeitsplätze, ich melde mich.« Tanni schien zu spüren, dass irgendwas lief, und zog Maxim am Ärmel zurück. Als der Gerichtsmediziner sich zum Gehen wandte, sah Fin wieder den kleinen Zopf.

»Ich mag dieses Team«, murmelte er vor sich hin. »Kommst du, Maria? Norde Buddha ein, und dann verschwinde!« Er machte den zwei bewaffneten Beamten Zeichen, die Tür wieder zu öffnen.

Dario, Leana, Natalia, Angela und Fin standen im Büro und sprachen kein Wort, solange Maria bei Buddha im Zimmer war. Sven war nicht da, Fin hatte ihn gebeten, zu seinem Team zu gehen. Leana bemerkte, wie angespannt er war, und suchte immer wieder seinen Blick, aber er wich ihr beharrlich aus. Als Maria Schneider mit Buddha aus dem sicheren Raum kam, spürte Leana auch bei den beiden eine große Anspannung.

»Also, ich verlasse Sie dann jetzt. Machen Sie Ihre Arbeit so gründlich wie immer. Buddha steht unter meinem Schutz, sollte ihm etwas zustoßen, werde ich Sie persönlich zur Rechenschaft ziehen, und das bedeutet in der Regel das Ende einer Karriere. Denken Sie immer daran! Fitzgerald, du hältst mich auf dem Laufenden. Guten Tag.« Die Schneider nahm ihren Aktenkoffer, ging zur Tür, klopfte, wartete, dass ihr geöffnet wurde, und verschwand. Als die Tür wieder verschlossen war, bat Fin Buddha, wieder Platz zu nehmen, und forderte Dario auf, mit der Befragung fortzufahren. Immer noch wich er Leanas Blick aus.

»Buddha, wie Sie wissen, studiere ich schon sehr lange die Triaden, ihre Bräuche und Gepflogenheiten, ihre Sprache, auch die geheimen Kassibersprachen, die wir leider nur sehr selten entschlüsseln können. Ich bin also Wissenschaftler und berate die Polizei.«

»Das ist verstanden.« Buddha verschränkte seine Hände wieder so ineinander, dass die fehlenden Finger nicht auffielen.

»Sagt Ihnen die Cu-Chi-Sekte etwas?«

Buddha lächelte. »Ja, von denen hat mir schon mein Vater erzählt, wenn ich nicht spurte und er mir Angst machen wollte.«

»Wir haben«, Dario stand auf, ging an den Bildschirm und zeigte auf die zwei Opfer mit den gespaltenen Zungen, »immer wieder von dieser Sekte gehört. Unter anderem auch, dass diese gespaltene Zunge ihr Markenzeichen ist.«

Buddha schüttelte den Kopf: »Auch das habe ich in meiner Kindheit zu hören bekommen: Wenn man lügt, kommen sie und spalten einem die Zunge. Das sind alles Märchen!«

»Haben Sie eine Vorstellung davon, welche Präzision mit dem Messer notwendig ist, um eine Zunge so zu zerteilen, dass sie sich wie ein Schwalbenschwanz spaltet?«

Buddha zuckte mit den Schultern, aber Leana spürte, dass er unruhiger wurde. Dario ging an seinen Platz zurück. »Ich habe dem Team bereits gesagt: Mittlerweile bin ich überzeugt, dass es diese Sekte wirklich gibt. Denn das da«, er zeigte noch einmal auf die Bilder, »kann niemand ohne gründliches Training einfach so nachmachen, auch die Triaden nicht. Und unsere Täterin entspricht ganz und gar dem, was das angebliche Märchen erzählt: Sie ist perfekt ausgebildet, auch medizinisch, sie weiß mit Drogen umzugehen, ist sehr präzise, hat eine Scharfschützenausbildung – was übrigens der Grund dafür ist, dass Sie sich nur in diesen zwei Räumen aufhalten dürfen –, kennt sich in den Kampfkünsten aus, spricht Deutsch und hackt sich offenbar in alles ein, was irgendwie mit IT zu tun hat. Sie ist klein und zierlich, und sie ist eine einzige Multifunktionswaffe.«

»Wofür auch immer sich diese junge und offenbar psychisch gestörte Frau rächen will, ich verlasse mich auf Ihren Schutz. Und ich weiß leider immer noch nicht, wie ich Ihnen helfen kann.«

Natalia trat von der Seite dicht an Buddha heran und beugte sich zu ihm hinunter. »Indem Sie uns die Wahrheit darüber sagen, was damals wirklich passiert ist. Das wäre ein Anfang!«

»Okay. Die Schneider hat gesagt, ich darf ein wenig mehr sagen als bisher abgesprochen.« Er fuhr sich mit beiden Händen über den kahl rasierten Schädel. »Es war ein von den Triaden in Auftrag gegebener Raubüberfall. Diese fünf Toten dort sollten es erledigen, der Auftrag war ihr Türöffner für die Triaden. Sie sollten aber nur drohen und Geld mitbringen. Die Sache lief völlig aus dem Ruder. Dann tauchte das Foto von mir auf. Im Prinzip war es ein Taschenspielertrick, sie verschafften mir ein Alibi, und niemand kam auf die Idee, ihre eigenen Alibis zu überprüfen.« Er zeigte auf die Fotos.

Ich glaube nicht, dass sich JJ damit zufriedengegeben hätte, dachte Leana, *er hätte immer eine Gegenprobe gemacht und andere Zeugen gesucht, die wiederum bestätigen konnten, dass alle in der Werkstatt waren.* Sie fragte: »Wir haben fünf Tote und sechs Spieler, welche Erklärung haben Sie dafür?«

»Spieler?«

Leana ging an den PC, rief den ersten Film auf und legte ihn auf den Bildschirm. Sie beobachtete Buddha genau und war erstaunt, dass er nicht einmal zuckte.

»Was ist mit Ihren Fingern passiert?«

Buddha blickte auf seine Hand hinunter: »Alte Geschichte.«

»Haben Sie gegen den Ehrenkodex der Triaden verstoßen?«, fragte Dario.

»In jungen Jahren, ja. Zur Strafe wurden mir die oberen Glieder des kleinen und mittleren Fingers abgeschlagen. Eine gelungene Warnung. Für größere Vergehen wurden einem die Augen ausgestochen, bevor man weggeschickt wurde. Damals wollte ich vermeiden, dass jeder es erkennen kann, also hielt ich die Hand in der Tischlerei eines Freundes in die Säge.«

Leana wunderte sich nicht mehr, dass er bei dem Film nicht zusammengezuckt war, körperliche Grausamkeit war ihm vertraut. »Nun, hier auf diesem ersten Film sehen sie, dass fünf von sechs Spielpüppchen stehen und eines liegt. Das ändert sich ... beim letzten Film liegen fünf, und nur eines steht noch aufrecht. Haben Sie eine Idee, wer das sein kann?«

»Nein!« Buddha faltete seine Hände ineinander.

»Sie geben zu, diese fünf Mörder damals gedeckt zu haben?«

»So ist das in den Triaden üblich. Sie waren Lehrlinge und für ihre Tat nicht verantwortlich. Wir waren es, die den Fehler gemacht hatten, indem wir sie überschätzten.«

»Wenn Sie weiter so eine Scheiße reden, kann die Schneider Sie auch gleich wieder wegbringen lassen«, blaffte Natalia.

»Wir müssen Pause machen«, bestimmte Fin. »Buddha, bitte gehen Sie in Ihren Raum. Wir bestellen etwas zu essen, haben Sie einen Wunsch?«

»Eine Pizza mit Salat wäre prima, und ein kühles Bier.« Er stand auf und ging in den sicheren Raum. Die Tür schloss sich von selbst, kurz war der Verriegelungsmechanismus zu hören, Natalia zog den Steckschlüssel ab, dann glitt das Bild davor.

Fin blickte in die Runde. »Können wir es wagen, ein wenig frische Luft hereinzulassen?«

»Lieber nicht«, antwortete Natalia, »vielleicht weiß unsere Schwarze Witwe längst, dass Buddha hier ist. Lass uns lieber

Tanni bitten, im Konferenzraum einen zweiten Störsender zu installieren, dann sprechen wir dort weiter.«

»Okay. Ich möchte in dreißig Minuten das Kernteam im Konferenzraum sehen, bestellt Essen für alle, und Tanni soll mit einem Störsender kommen.«

Natalia schaltete den Störsender auf ihrem Schreibtisch ab und bestellte beim Pförtner Essen für alle. Dario setzte sich auf Buddhas Stuhl, und Leana eilte Fin hinterher, der rausging.

»Fin, warte kurz! Wir müssen reden!«

Er hielt auf der obersten Stufe an. »Leana, jetzt nicht, ich brauch frische Luft und ein paar Minuten für mich. Wir reden später.« Ohne eine Antwort abzuwarten, lief er die Treppe hinunter und verschwand aus ihrem Sichtfeld.

Angela Rotenburg tauchte hinter Leana auf. »Vielleicht können dann wir reden?«

Leana lachte auf und hörte selbst, wie hysterisch es klang. »In einem abhörsicheren Raum? Oder geht es auch normal?«

»Du hast Tanni die Akte gegeben.«

»Ja, weil ich das Gefühl hatte, diese Schneider würde sie sonst an sich nehmen.«

»Lass uns zu Tanni gehen und die beiden Akten vergleichen.«

Auf dem Weg zu Tannis Team erklärte Angela Rotenburg Leana ausführlich, wie wichtig es ihr sei, dass sie ihr glaube, und dass sie damals nach bestem Wissen und Gewissen gehandelt habe. »Natürlich war ich jung und karriereorientiert, aber ich wollte auch immer Gerechtigkeit! Als Janosch Jacob mir die Zeugen brachte, gab es keinen Grund mehr, diesen Buddha anzuklagen oder weiter zu ermitteln. Die Beweisspuren ergaben keine weiteren Anhaltspunkte. Die Waffen, deren Kugeln und Hülsen wir gesichert hatten, sind nie irgendwo aufgetaucht, auch auf dem Schwarzmarkt nicht. Die Triaden waren schon damals eine absolut geschlossene Gesellschaft.« Sie kamen im Erdgeschoss an, im Großraumbüro von Tannis Team. Einige der fünfzig Arbeitsplätze waren leer, weil ein Teammitglied an eine Ermittlung irgendwo in Deutschland ausgeliehen war oder gerade Nachtschicht machte. Auch hier waren die Fenster von außen nicht durchsichtig, allerdings bestanden die Fensterscheiben nicht aus Panzerglas. In zwei Ecken des gewaltigen Raums saßen Gruppen zusammen an Bildschirmen. Leana erkannte, dass eine Gruppe gerade die Akten verglich.

Ein bunter Kopf hob sich. »Hi, Fools, hier herüber!«, winkte Tanni sie zu sich. Als sie ankamen, dankte Tanni kurz ihren Mitarbeitern und scheuchte sie zu ihren Arbeitsplätzen zurück. »Da wir ja gerade die Teamsause auslassen, kann ich es euch auch hier sagen: Also, erstens haben wir herausgefunden, dass alle damaligen Fälle von Köhler und Rotenburg sauber sind! Zweitens, dass der damalige Partner von Köhler, Jon Holsterbein, den wir gern zur Befragung vorgeladen hätten, um zu sehen, was in seiner Erinnerung noch so rumturnt, tot ist. Ein Jahr nach diesem Fall, also vor zwanzig Jahren, trat er aus dem Polizeidienst aus oder wurde gegangen, vor neunzehn Jahren wickelte er sich mit seiner Harley auf.«

»Das war eine gute Idee, Tanni.«

»Nati eben!«, grinste Tanni. »Natalia hat von allen Partnern Köhlers einen Backgroundcheck gefordert, auch von dir, Mam. Nur … dieser Jon war Köhlers letzter Partner vor dir, Leana. Als du dann nach Afrika abrauschtest, ging es mit Köhlers Karriere steil bergauf, da war das vom Verein gesponserte Studium der Kriminologie, die Doktorarbeit und so weiter. Auf keinem seiner Konten haben wir irgendwelche unbehaglichen Flöckchen gefunden, auch nicht bei denen seiner Ehefrauen oder Kinder. Wenn die Triaden ihn geschmiert haben, dann vielleicht über ein Nummernkonto in der Schweiz. Dafür brauchen wir einfach mehr Zeit. Kommen wir nun zum spannenden Teil des Theaterstücks.« Tanni drehte sich einmal um sich selbst, tippte auf der Tastatur herum, und die zwei Akten, die aus dem Archiv der Polizei und die aus der Staatsanwaltschaft, erschienen nebeneinander auf dem Bildschirm. »Wir haben ein Programm entwickelt, das Vergleiche bis zu Komma und Knösel aufdeckt«, erklärte Tanni, ohne sich umzudrehen. Angela und Leana traten näher an den Bildschirm heran.

»Also keine Abweichung!«, sagte Angela enttäuscht. »Ich hatte so gehofft, irgendwas zu finden.«

»Warum eigentlich? Es könnte doch auch dich gefährden?«, fragte Leana.

»Das erklär ich dir ein anderes Mal.«

»Nicht so schnell aufgeben, old Ladys. Mein Team wäre ja nicht mein Team, wenn …«

»Tanni, mach hin!«, ertönte hinter ihnen die strenge Stimme von Natalia.

»Oh, welch hoher Besuch in den niederen Hallen«, feixte Tanni. Einen Moment lang fand Leana dieses Geplänkel lästig, aber sie wusste auch, wie nötig es war, dass sie ein wenig entspannten, einfach mal wieder lachten.

»Wir haben auch die Rückseiten eingescannt, und siehe da, das Programm fand einen Knösel!«

»Tanni«, drohte Natalia, »ich hau dich beim nächsten Karatetraining um, wenn du jetzt nicht weitermachst.«

»Et voilà, die Pointe!« Die vier Frauen blickten auf die zwei Rückseiten des Fotos, das Buddha beim Betreten des Restaurants ›Blauer Lotus‹ zeigte, einmal aus der einen, einmal aus der anderen Akte. »Bei dem Foto von Angela hat mein entzückendes Programm Unebenheiten entdeckt, die, wenn ich sie schraffiere, das hier rausrücken …« Ein Pinsel wurde auf dem Bildschirm sichtbar, schattierte sehr dünn mit Grau das

Blatt. Als er fertig war, erschien wie ein Negativ das Datum des Mordtages: der dreiundzwanzigste August.

»Ich fress einen Besen«, hauchte Angela, »also wurde es *doch* am Tag des Mordes entwickelt. Am Mordtag stand dieser VW Käfer von Buddha dort, er hatte keinen Unfall! Leute, wir haben ein Problem, denn die Polizei selbst hat diesen Unfall, in den Buddha verwickelt war, aufgenommen, aktenkundig am Mordtag! Auch das bestätigte, dass das Foto gefälscht sein musste, dass weder Buddha noch sein Auto vor dem Restaurant hätten sein können!« Angela zog einen Stuhl vom Tisch und ließ sich darauffallen.

»Tief durchatmen, ich bin doch noch gar nicht fertig, good old Lady. Der Clou ist, und wir müssen zugeben, es ist schlau gemacht: das Foto in der Polizeiakte.« Wieder tauchte der Pinsel auf, und nach der Schraffur erschienen zwei übereinanderstehende Daten. »Dieses Foto wurde so manipuliert, dass es danach aussah, als habe jemand das Datum um einen Tag vorverlegt.«

»Ich erinnere mich. Die Manipulation am Datum des Fotos wurde zugunsten von Buddha gewertet, zumal der Fotoladen, Foto Fönes in der Altstadt, es bestätigt hatte. Und unsere eigene Polizei bestätigte den Unfall. Mein Gott, was für ein Sumpf!«

»Genau.« Tanni rief das Dokument aus der Akte auf. »Der Senior Peter Fönes gab eine eidesstattliche Versicherung ab, dass der Film, zu dem dieses Foto gehörte, am zweiundzwanzigsten August entwickelt wurde. Der gute Mann hat uns den Gefallen getan, drei Jahre später das Geschäft aufzugeben und das Zeitliche zu segnen«, schloss Tanni. Sie schwang sich auf den Tisch vor dem Bildschirm und überkreuzte ihre Beine im Schneidersitz. Leana setzte sich neben Angela. »In was sind wir hier hineingeraten?«, fragte sie leise. »Das ist weit mehr als ein

Racheakt innerhalb der Triaden, hier geht es um etwas ganz anderes, oder sehe ich das falsch?«

»Jemand wollte Buddha unbedingt entlasten«, sagte Natalia und lehnte sich an die Tischkante neben Tanni, sie zog die Spangen aus ihrem Haar und schüttelte es aus. »Einen Mord an zwölf Menschen zu vertuschen«, sie schloss die Augen, »war in Jugoland nicht so selten und hatte immer mit sehr, sehr viel Geld zu tun.« Natalia schlug die Augen wieder auf und blickte Angela an: »Eine Idee, Frau Staatsanwältin?«

Die Staatsanwältin Angela Rotenburg knetete ihre Hände und starrte auf ihre Knie.

»Angela?«, fragte Leana leise, »alles in Ordnung?«

»Nein, verdammte Scheiße, das ist es nicht!« Sie blickte hoch und hatte Tränen in den Augen.

»In mein Büro«, kommandierte Natalia. »Das will ich, glaube ich, nur mit Störsender hören. Los! Wir haben noch fünfzehn Minuten, bis Fin uns im Konfi erwartet.«

Natalia vergewisserte sich, dass der Störsender eingeschaltet und die Tür zu Buddhas Raum noch verschlossen war. »Am liebsten würde ich ihn zusammenschlagen, diesen kleinen runden Menschen mit dem netten Lächeln. Angela, setz dich und rede!«

Die Staatsanwältin nahm auf Buddhas Stuhl in der Mitte des Raums Platz, Tanni und Leana verzogen sich auf das Sofa ihr gegenüber, Natalia blieb stehen und lehnte sich gegen die Fensterbank. Gebannt lauschten Tanni, Natalia und Leana der Staatsanwältin, die schon seit über dreißig Jahren eine tiefe Freundschaft mit Janosch Jacob Köhler verband. Ja, gab sie zu, er sei immer schon sehr ehrgeizig gewesen, manche hätten gesagt, vom Ehrgeiz zerfressen, aber auch stets ein verlässlicher Kumpel. Und einer, der Sachen auch mal anders machte. »Ich habe zu spät begriffen, dass jemand, der einmal was auf eigene Faust macht, es irgendwie immer wieder tut. Als ich diese Neigung bei mir selbst ebenfalls feststellte, hörte ich ganz damit auf, Ausnahmen zu machen, man beklagte sich, ich sei eine Hardliner-Staatsanwältin geworden. In den letzten fünfzehn Jahren kam Köhler nur noch mit eindeutigen Fällen zu mir«, sie schaute Natalia an, »deshalb haben wir auch dreißig Prozent mehr niedergelegte Fälle als andere Tandempaare. Nun«, sie hielt noch einmal inne, »als vor einundzwanzig Jahren dieser Fall zur Anklage kam, schlug eines Abends Köhler bei mir auf, er hatte ziemlich viel getrunken. Er schwor mir, dass er die richtigen Beweise beibringen würde, aber ich müsste ihm versprechen, die Anklage gegen Buddha fallen zu lassen, denn die Triaden hätten seine damalige Frau. Es war natürlich eine Zwickmühle für mich, und ich merkte wirklich deutlich, wie Köhler während der ganzen Befragungen unter Stress stand. Aber als wir die Zeugenaussagen der Männer hatten, die jetzt tot sind, gab es keinen Grund mehr, Buddha festzuhalten. Also kam er frei.«

»Es hat dich nie gewundert, dass die Glaubwürdigkeit der Zeugen nicht überprüft wurde?«

Angela schüttelte den Kopf. »Das ist Job der Polizei, nicht meiner. Legt mir die Polizei eine Zeugenaussage als geprüft vor, habe ich keinen Grund, sie zu hinterfragen. Schon gar nicht, wenn fünf Zeugen sich einig sind.«

Leana ließ sich gegen die Rückenlehne des Sofas fallen: »Das zeigt wirklich, dass JJ tief drinsteckt. Ich meine, ich habe von ihm gelernt, immer wieder an einen Tatort zurückzukehren, noch einmal und noch einmal, jede Zeugenaussage durch andere bestätigen zu lassen, denn oft findet man dann heraus, dass ein angeblicher Entlastungszeuge zum Tatzeitpunkt in der Sauna oder in einem Café war und dementsprechend gar nicht mit dem Angeklagten zusammen gewesen sein konnte.

Das habe ich von JJ gelernt, immer noch einen Schritt weiter und weiter, um alles abzusichern. Wenn er das nicht getan hat damals, und es sieht ganz so aus, hat er den Fall manipuliert.«

»Da stimme ich dir voll und ganz zu. Wir können uns also vom Leiter unseres erfolgreichen Kompetenzcenters verabschieden. Aber du, Angela, was willst du uns jetzt sagen?«, insistierte Natalia.

»Ich …« Wieder knetete sie ihre Hände im Schoß. »Nun, also, nach dem ersten Mord bat Köhler mich noch Samstagnacht um ein Treffen an einem neutralen Ort.«

»Und ihr habt euch vergangenen Sonntagmorgen zu einem gemütlichen Aperitif getroffen, in der *Étoile Bar* des Steigenberger!« Natalia sah auf Angela hinunter.

»Genau. Ich will gar nicht wissen, woher du das weißt. Nun, Köhler sagte mir jedenfalls, er habe das Opfer wiedererkannt, es sei einer der Männer, die damals für Buddha ausgesagt hätten.« Angela machte eine Pause. »Mein Gott, war ich naiv …« Sie fasste zusammen, dass sie Köhler vorgeschlagen habe, doch erst einmal zu sehen, was das Team rausfinden würde, bevor er wieder die Triaden ins Spiel brachte. »Als ich ihm sagte, er solle auf jeden Fall dafür sorgen, dass seine zweite Frau und die Zwillinge in Sicherheit seien, blickte er mich irritiert an. Er konnte sich nicht erinnern, worauf ich anspielte.«

»Lügen vergisst man relativ leicht, die Wahrheit nie«, sagte Leana.

»Genau. Dennoch hielt ich es zunächst für eine Stressreaktion. Gestern war ich zum zweiten Mal …« Natalia wollte unterbrechen, aber Angela hob die Hand, »… ja, gestern war ich zum zweiten Mal bei Köhler. Er ist seit Mittwoch wieder wach. Er sah erbärmlich aus. Wieder spielte ich auf die Bedrohung seiner Familie an, keine wirkliche Reaktion. Gestern dann … Es ging um dich, Leana, ich schlug vor, dich einzuweihen. Aber er wollte es nicht und sagte schließlich: *Leana ist anders als ich, sie wäre einfach aus dem Polizeidienst ausgeschieden, sie lässt sich nicht erpressen, schon gar nicht für so etwas Prosaisches wie ihre Karriere*!« Angela hielt inne, seufzte und fuhr fort: »Als ich wegfuhr, beschloss ich, der ersten Frau Köhler einen Besuch abzustatten. Und abgesehen davon, dass sie immer noch nicht sehr gut auf ihren Exmann zu sprechen ist, kann sie sich überhaupt nicht daran erinnern, es jemals mit irgendeiner Bedrohung zu tun gehabt zu haben. Was immer Köhler damals getan hat, und ich schwöre, ich weiß nicht, was es war, aber er tat es für seine Karriere! Es ist eine einzige Scheiße!« Resigniert blickte sie erst Leana, dann Natalia an – Tanni war so still geworden, dass man fast vergessen konnte, dass sie mit im Zimmer war.

»Wenn ihr mir einen Fehler nachweisen könnt, quittiere ich selbstverständlich meinen Dienst.« Angela stand auf, ging zu Natalia ans Fenster und lehnte ihre Stirn gegen die kühle Glasscheibe. »Und ich habe keine Ahnung, warum Maria Schneider aus dem Innenministerium mit drinhängt. Ich wollte Buddha holen lassen, als weitere Opfer auftauchten, die auch zu dem Fall von damals gehörten, fand, er hatte sich lange genug auf unsere Kosten im Zeugenschutz die Eier geschaukelt. Aber er war schon unterwegs und mehr als willig, hier aufzutauchen.« Angela rang die Hände und ging zu ihrem Stuhl zurück.

»Na ja, da kann ich ein wenig aushelfen«, meldete sich Tanni plötzlich zu Wort. »Mr Sexappeal eins, also Fin, arbeitet immer mal wieder – um nicht gleich zu sagen, es ist sein Hauptjob – für unseren Nachrichtendienst. Die Leitungsstelle vom LKA München ist sein offizielles Gesicht.«

»Das wird ja immer besser!«, donnerte Natalia.

»Ja, Mam, und Mr Sexappeal zwei, Dario, pflegt als offizielles Gesicht seine Beratertätigkeit, und ist …? Genau, Mitarbeiter des spanischen CNI! Von wegen, Sexappeal eins und zwei kennen sich aus einem Seminar!«

»Scheiße, geht es noch schlimmer?«, fragte Natalia.

»Was geht noch schlimmer?«, fragte Fin, dem gerade die Tür geöffnet wurde. Leana bemerkte sofort, dass die nervöse Anspannung von ihm gewichen war, an ihre Stelle war große Entschlossenheit getreten. Sie fragte sich, ob diese Entschlossenheit den Ermittler oder den BND-Agenten zeigte. Sie blickte zu Natalia, die unmerklich den Kopf schüttelte, und beließ es dabei, obwohl sie ihn am liebsten geohrfeigt und mit der Wahrheit konfrontiert hätte.

»Kommt ihr bitte in den Konferenzraum? Ich habe einiges mit euch zu klären. Angela, du auch, bitte. Wichtig ist noch, dass Maxim, Sven und Theo dabei sind, Zorro bitte auch. Wo ist Dario?«

»Wahrscheinlich schon im Konferenzraum, er hat vorhin bei uns den Störsender abgeholt.«

»Gut, dann kommt.«

»Ich muss nur noch schnell ins Bad«, sagte Natalia, »geht schon mal vor, ich bin in fünf Minuten bei euch.«

Leana verließ den Raum als Letzte und hörte Natalia hinter sich noch fluchen: »Dođavola! Dođavola! Dođavola!« Sie wusste, dass Natalia dieses Kompetenzcenter von ihnen allen am meisten bedeutete, es war ihr Baby, ihre Familie, ihre Zukunft.

Im Konferenzraum herrschte eine angespannte Stimmung. Sven tuschelte mit Natalia, Tanni stand neben Maxim am Bildschirmtisch und hatte wie er die Arme vor der Brust verschränkt, Leana saß ihnen gegenüber zwischen Theo und Zorro, Angela stand am anderen Ende des Raums und lehnte an der Wand, auch sie mit abwehrend vor der Brust verschränkten Armen. Vor Kopf stand Fin, neben ihm saß Dario. Fin schloss die Augen, verschränkte seine Finger und ließ die Gelenke knacken. Dann zog er die Finger auseinander, öffnete die Augen, atmete einmal tief ein und wieder aus. Natalia kam herein und schloss die Tür.

»Okay. Was ich jetzt tue, wird mich wahrscheinlich meinen Job kosten«, begann Fin und legte Dario die Hand auf die Schulter. Dann wanderte sein Blick zu Leana, und sie spürte die tiefe Zuneigung, die darin lag, und war irritiert, weil sein Blick dann sehr hart wurde. »Leana, von dir brauche ich zunächst eine Entscheidung. Du hast mir und heute auch Maria Schneider gesagt, du verlässt dieses Team. Wenn du dabei bleibst, möchte ich, dass ich du jetzt diesen Konferenzraum und auch die Ermittlung verlässt, denn was ich zu sagen habe, ist nicht für eine Privatperson bestimmt.«

»Das kannst du nicht machen!«, fauchte Leana und lehnte sich nach vorn.

»Das *muss* ich machen. Ich stehe im Moment hier als dein Vorgesetzter und bin weisungsbefugt. Wenn du dieses Team verlassen willst, kannst du es ebenso gut sofort tun.«

»Leana?« Maxim sah sie flehend und überrascht an, denn er und Tanni hatten Leanas Ausruf in Natalias Zimmer nicht mitbekommen. Leana spürte seine Angst, von ihr alleingelassen zu werden, sie wusste, nur sie und Tanni waren ihm nah. Ihr wurde heiß. *Ist er das jetzt, der Moment des Abschieds?*, fragte sie sich. Alles in ihr sträubte sich dagegen, jedes auf sie gerichtete Augenpaar spiegelte eine Mischung aus Wut, Entsetzen und hilflosem Flehen. »Ich brauche einen Moment«, bat sie.

»Den hast du nicht«, antwortete Fin erbarmungslos. »Ob du deinen unglaublich verwöhnten Töchtern eine ausreichend gute Mutter bist, wenn du weiterhin deine wertvollen Fähigkeiten in den Dienst der Verbrechensbekämpfung stellst, oder eine bessere, wenn du dieses Team im Stich lässt, ist eine Luxusentscheidung, die gründlich durchzukauen uns massiv die Zeit fehlt.«

Leana war zumute, als habe sie einen Schlag auf den Solarplexus bekommen. Sie konnte nicht sprechen, also stand sie auf.

»Wenn du jetzt gehst, bist du raus!«, setzte Fin nach.

»Tu das nicht!«, keifte Maxim so, wie noch keiner im Team ihn je gehört hatte.

»Er hat recht«, sagte Theo neben ihr, »wir sind nur gut, wenn wir alle da sind, geh nicht.«

»Mam?« Tanni hatte Tränen in den Augen.

Leana suchte Natalias Blickkontakt, aber die starrte auf den Tisch vor ihr. Sven schüttelte den Kopf. Leana wurde übel. *Gestehe dir endlich ein, dass das hier, diese Arbeit, die Menschen, mit denen du hier arbeitest, dir einfach wichtiger sind als das Gefühl, eine Supermutter zu sein.* Aber was war mit dem Bedürfnis, ihre Töchter nicht mehr in Gefahr zu bringen? Irgendwas in ihr wollte sagen, *ich kann das nicht*, aber etwas viel Stärkeres machte, dass sie sich wieder setzte und Fin zunickte. »Du kannst anfangen«, sagte sie leise.

»Sehr gut! Was ich euch jetzt sage, darf diese Wände und dieses Team nie verlassen. Punkt eins, auch wenn ich mir denken kann, dass Tanni es längst herausgefunden hat: Ich bin ein Agent des Bundesnachrichtendienstes. Auch wenn ich sehr wahrscheinlich meinen Job bald los sein werde, denn was ich hier gerade tue, verstößt gegen alle Regeln des BND. Punkt zwei: Maria Schneider ist seit gut zehn Jahren meine Führungsagentin und damit Vorgesetzte. Mir ging in den letzten Jahren immer mal was gegen den Strich, das gehört dazu, aber jetzt geht es mir zu weit. Denn …«, Fin machte eine Pause und blickte jeden im Raum einmal an, »… das Ende unseres Falles soll auch das Ende dieses Teams sein.«

»Was?« Natalia sprang auf, und die anderen redeten aufgeregt durcheinander.

»Ruhe!«, polterte Fin und klopfte mit den Handknöcheln auf den Tisch. »Setz dich, Natalia! Die Schneider sagte mir wortwörtlich, dass dieser Fall zu enden hat mit dem Ausstieg Leanas und dem Tod unserer Täterin, dass Natalia auf meine Stelle nach München verschoben wird, ich hierbleibe und Köhlers Posten übernehme, Maxim ausscheidet, weil man gegen ihn genug in der Hand hat, und Tanni in eines der Zentren abberufen wird.«

Die eintretende Stille im Raum war so intensiv, dass jeder seinen eigenen Atem hören konnte.

»Angeblich ist das alles schon durchgetaktet, aber aus Erfahrung weiß ich, dass das Krokodil so etwas gern einfach behauptet, wenn sie keine Diskussionen mehr wünscht.« Fin atmete zweimal tief durch. »Um dieses Ende der Angelegenheit zu vermeiden, müssen wir mit der Täterin zusammenarbeiten, sie als unsere Partnerin sehen, die uns aufzudecken hilft, was Schneider und Co so verzweifelt zu verbergen suchen, dass sie nicht nur bereit sind, ein so außerordentliches Team aufzulösen, sondern mit Sicherheit notfalls auch Todesfälle im Team in Kauf nehmen werden.« Er sah Leana an, die ungläubig den Kopf schüttelte. »Wir müssen schneller sein als sie.«

»Hast du schon einen Plan?«, fragte Natalia.

»Ja, zumindest eine Idee. Ich spiele für Schneider weiter ihren Mitarbeiter und berichte ihr, wenn nötig, was sie zu hören wünscht. Leana nimmt Kontakt zu diesem Journalisten von *dpa* auf, diesem Baumgartner, er soll schon mal den Fall von damals aus journalistischer Sicht recherchieren, einen Artikel vorbereiten, in dem wir Buddha hinhängen, ihn quasi der Meute zum Fraß vorwerfen … wenn wir das können!«

»Oh, wir können!«, meldete Tanni sich zu Wort und fasste

kurz zusammen, was sie bereits Leana, Angela und Natalia erklärt hatte.

»Das ist sehr gut. Dieser Artikel muss morgen bundesweit erscheinen, kriegt der Journalist das hin?«

»Klar«, sagte Natalia. »Korbinian war mit mir im Jugoslawienkrieg, der kann einiges sehr schnell!«

»Es muss zunächst nach einer Vermutung klingen, als Anlass soll er die Morde nennen, so als wäre er selbst drauf gekommen, dass die fünf irgendwie zusammenhängen. Für irgendeine Sonntagsausgabe dann Köhler und die Schneider dazu.«

»Die ganzen Infos könnte Korbinian ja von der Täterin bekommen haben«, sagte Tanni grinsend, »immerhin hat sie unser System schon einmal gehackt.«

»Gute Idee.« Fin nickte. »Angela, bist du dabei?«

Sie nickte. »Mit dem größten Vergnügen!« Auch Angela berichtete jetzt dem restlichen Team, was sie bereits in kleiner Runde erzählt hatte.

»Sehr gut. Dann schlage ich vor, du hörst mit deinen Besuchen bei Köhler auf, das macht ihn nervös, stattdessen erbittest du noch heute bei Maria Schneider einen Termin, der dringlich ist, berichtest ihr von deinem Verdacht gegen Köhler und dass das Team hier angedeutet hätte, die Akten stimmen nicht überein. Frag sie, ob sie eine Idee hätte, was es sein könnte. Das sollte reichen, um sie nervös zu machen, aber noch nicht in die Verfassung bringen, einen Mord zu begehen.« Fin atmete tief ein und aus. »Sven, Zorro, Theo, ihr macht normal weiter, bearbeitet auch andere Fälle, es sei denn, ihr bringt es irgendwie fertig, das Beweismaterial von damals noch einmal unter die Lupe zu nehmen und es unter dem neuen Fokus zu untersuchen, dass es wahrscheinlich zumindest zum Teil gefälscht ist. Tanni, finde eine Möglichkeit, Kontakt mit der Täterin aufzunehmen, wir müssen ihr mitteilen, dass wir sie gehört haben, dass wir ihre Hilfe brauchen. Maxim, wenn bei dir im Moment nichts anderes auf dem Programm steht, ein Profil oder so, beschäftigst du dich mit der Frage, was Schneider gegen dich in der Hand haben könnte. Was immer es ist, ich will es nicht wissen, Tanni soll dir helfen, es verschwinden zu lassen.« Fin machte noch eine Pause, es schien, als hakte er in Gedanken eine Arbeitsliste ab. »Leana, der Schneider gegenüber tun wir so, als wärest du ausgeschieden, das nimmt dich aus der Schusslinie. Ihr alle besorgt euch ein Prepaid-Handy für die wirklich wichtigen Telefonate, denn selbst eure privaten Nummern könnten abgehört werden. Alles Offizielle läuft über die LKA-Nummern, ich denke, unsere Smartphones wurden nur hierbehalten, um sie in Ruhe mit Wanzen zu versehen. Leana, du gibst dein Handy und auch deinen Ausweis ab, das macht es glaubwürdiger. Habe ich was vergessen?« Fin zog den Stuhl zurück, hinter dem er die ganze Zeit gestanden hatte, und nahm neben Dario Platz.

»Ich bereite auf Grundlage dessen, was ich weiß, schon mal eine Anklage vor«, meldete sich Angela zu Wort, verließ den Platz an der Wand und setzte sich neben Theo, »denn im Zweifelsfall müssen wir Maria Schneider schneller unter Anklage stellen, als uns lieb ist. Auf jeden Fall, bevor sie final veranlassen kann, das Team hier aufzulösen.«

Fin nickte. »Leute, eines muss euch klar sein: Nach dieser Aktion wird es ein paar einflussreiche Leute geben, die uns überhaupt nicht mehr lieb haben. Ich habe einfach vorausgesetzt, dass euch das nicht besonders interessiert. Aber wenn doch, könnt ihr jetzt noch aussteigen.«

»Na ja«, sagte Theo gedehnt, »dafür wird sich aber auch auf sehr lange Zeit keiner mehr trauen, uns anzurühren, oder sehe ich das falsch?«

»Ganz und gar nicht.« Natalia lächelte. »Sehe schon Korbinians Schlagzeile: *Erfolgreiches Ermittlungsteam des LKA war dem BND ein Dorn im Auge!* Nein, uns wird erst einmal keiner mehr anrühren. Die nächsten ein oder zwei Jahre genießen wir einen neuen Welpenschutz.«

»Dann los. Ich muss noch was mit Dario besprechen. Leana, Natalia, bitte wartet in Natalias Büro auf mich. Den Störsender bring ich dir gleich runter, Tanni.«

»Ich schlag eher vor, jeder kommt bei mir vorbei und holt sich seinen eigenen Störsender, damit wir offen miteinander reden können, wann immer es nötig ist. Ich habe zwanzig Stück davon.«

»Sehr gut! Und nehmt euch bitte was zu essen mit vom Wagen, der draußen steht, es gibt Pizzen, Salat, Obst und so weiter. Wir müssen bei Kräften bleiben.« Alle standen auf und begaben sich Richtung Tür.

Sven blieb vor Fin stehen. »Könnte Maria Schneider wirklich veranlassen, dass einer aus unserem Team umkommt?«

Fin blickte ihn von unten an und sagte nichts.

»Ich verstehe«, sagte Sven leise und folgte den anderen. Fin schaute ihm und dem Team nach, das schweigend den Raum verließ.

Sie blinzelten in das helle Tageslicht. Über der Welt dort draußen vor den nicht verspiegelten Fenstern wölbte sich ein tiefblauer Himmel, die Sonne ließ das Laub der Bäume leuchten. Tanni nahm zwei Pizzen und folgte Maxim, der ohne sich etwas zu nehmen Richtung Gerichtsmedizin lief.

»Das ist dein Todesurteil, Fin, bist du von allen guten Geistern verlassen?« Dario schüttelte den Kopf, stand auf, fischte einen Karton mit Pizza und Besteck vom Servierwagen neben dem Konferenzraum, kam wieder herein und schloss die Tür. Er zerschnitt die Pizza in Achtel und schob sie Fin hin. »Wieso müssen die Deutschen immer Pizza essen, wenn es schnell gehen soll? Sie liegt schwer im Magen, ist nicht nahrhaft und macht lahm.«

Fin lachte, nahm ein Stück und biss herzhaft hinein. »Ich will dir was sagen, Dario, seit ich diesen Job mache, habe ich mich noch nie so gut gefühlt – höchstens vielleicht mal ganz zu Anfang beim BND. Wirst du mich verraten?« Er fragte es in einem Ton, als erkundige er sich bei Dario, ob er wisse, wie das Wetter morgen würde. Dario rollte sein Pizzastück zusammen und blickte es missbilligend an. »Ich gehöre nicht zum BND, Schneider ist nicht meine Vorgesetzte, also muss ich ihr nichts berichten.«

»Und deinen Leuten?«

»Die werden schon fragen, vor allem, wenn ihr die Schneider abserviert. Sie ist bei vielen gemeinsamen Aktionen die Drahtzieherin und von allen am besten vernetzt.«

»Das gibt uns genug Zeit. Aber Dario, ich bin mir sicher, das Team, mindestens Tanni, weiß bereits, wo du in Wahrheit hingehörst.«

Dario grinste. »Hoffe, das macht mich sexy in Natalias Augen.«

»Du könntest mir noch einen Gefallen tun: Such noch einmal alles raus, was du zu dieser Tunnelsekte hast. Ich glaube, Buddha ist so kurz davor«, er hielt Daumen und Zeigefinger nah beieinander, »einzuknicken.«

»Ja. Was denkst du, warum er so nah an die Bilder herangetreten ist? Er hat nach dem Stempel der Triaden gesucht und ihn nicht gefunden. Seit einigen Jahren signieren die Triaden ihre Leichen. Ein Kreis auf der Schulter bedeutet: Hier ist Ende. Ein Kreuz: Die Familie ist auch noch dran. Und so weiter. Ich wüsste selbst verdammt gern, ob es diese Tunnelsekte wirklich gibt oder nicht. Ich meine, der Vietcong hat ja auch in diesen Tunneln gelebt, sogar Waffenfabriken und Krankenhäuser dort installiert.«

»Es müsste jeden Geheimdienst interessieren, wie ein solcher Tunnel funktioniert, wie eine solche Kämpferin ausgebildet ist.«

»Ich sage nur: zwanzig Jahre! Wir müssten also unsere Leute im Alter von drei bis vier Jahren rekrutieren, ich schätze, das verstößt gegen jedwede Menschenrechte.« Dario biss ab, kaute und wechselte das Thema: »Macht es dir nichts aus, Maria Schneider den Haien zum Fraß vorzuwerfen?«

Fin stützte das Kinn in die Hände. »Das Krokodil wird selbst den Haien nicht besonders schmecken. Ich hoffe, ich komme nie an den Punkt, den viele beim Geheimdienst irgendwann erreichen: dass alle Menschen nur noch Spielfiguren sind, die man nach Belieben aus dem Spiel herausnimmt und entsorgt. Als mir die Schneider heute zwischen den Zeilen befahl, Leana und die Täterin umzubringen, sollten sie je miteinander sprechen, wurde mir klar, dass sie längst an diesem Punkt angelangt ist. Sie hat nicht einmal mehr gemerkt, dass sie mich auffordert, die Frau umzubringen, in die ich total verknallt bin.«

Dario nickte: »Ja, aber vielleicht wollte sie dich nur testen?«

»Moment!« Fin sprang auf. »Spielfiguren! Die Täterin zeigt uns mit den Videos deutlich, dass die Toten nur die Spielfiguren sind. Und sie braucht uns, um an die Spielführer heranzukommen.«

»Du redest jetzt nicht davon, die Schneider umbringen zu lassen?«

Fin nahm ein neues Stück Pizza. »Nein, auch wenn ich mich heute durchaus danach fühlen würde. Aber ich kann sie und Buddha als Köder benutzen. Die ganze Zeit dachten wir, die Spielpüppchen in den Filmen zeigen nur an, wie viele noch ermordet werden. Aber das stimmt nicht. Sie will die Spielführer, die wahren Täter, und das sind Buddha und Schneider. Köhler nicht, er war auch nur eine Art Spielfigur. Der Artikel von Baumgartner muss eine Botschaft für die Täterin enthalten, die nur sie verstehen kann, und das sehr deutlich. Damit locken wir sie aus der Reserve!« Fin biss zweimal ab, dann war das Stück verschwunden. Er nahm eine kleine Flasche Cola vom Tisch, öffnete sie zischend und trank sie aus. Er rülpste laut. »Entschuldigung, ich musste einfach mal Druck ablassen.«

»De nada!«

»Also, vielleicht findest du noch einen Beweis, was die Sekte betrifft, es beruhigt jedenfalls alle ein bisschen, wenn du weiter danach forschst. Ich geh jetzt rüber.« Er nahm sich noch ein Stück Pizza und verließ den Konferenzraum.

Nachdem Natalia und Leana über eines der Prepaid-Handys, die Natalia immer im Safe hatte, mit Korbinian Baumgartner telefoniert hatten, faltete Natalia Leana gründlich zusammen. Sie erklärte ihr in gewaltiger Lautstärke, warum dieses Team so gut war: dass es damit zu tun hatte, dass man sich gut kannte, sich wirklich aufeinander einließ, ganz wie in einer Ehe. Das Jawort bedeute, dass man bleiben wollte, und das Kompetenzcenter sei nicht für frustrierte Ehefrauen auf Sinnfindungskurs gedacht, die erst ihre Wunden lecken würden und dann gleich in eine Lebenskrise stürzten, nur weil anscheinend die Kinder bedroht würden. »Du wirst dir den Respekt und vor allem das Vertrauen von uns allen ganz neu erarbeiten müssen, und das ist verdammt noch mal eine große Scheiße, weil Misstrauen Energien bindet, die wir woanders brauchen. Hast du wirklich noch nicht begriffen, wie wichtig dein emotionaler Rückhalt für Tanni und Maxim ist? Du hast sie eingelullt mit deinem Verstehen und sie heute eiskalt fallen lassen. Du hast diesen einen Joker! Leana, höre ich noch einmal ein Wort des Zweifels von dir in diesen Hallen, hast du hier nichts mehr verloren. Ist dir das klar?«, brüllte Natalia.

Es klopfte, Fin trat ein und entband damit Leana von der Notwendigkeit einer Antwort.

»Habt ihr den Journalisten erreicht?«

»Ja«, antwortete Leana tonlos, »ich habe mich mit ihm im Aquazoo verabredet.«

»Wann?«

»In einer halben Stunde.«

»Gut, dann gib deine Sachen ab, aber behalte die Waffe.«

Leana nickte, nahm ihre Zugangskarte vom Gürtel ihrer Hose, holte aus der hinteren Hosentasche die Karte für den Safe in ihrem Zimmer und konnte es kaum erwarten, rauszukommen und allein zu sein, wenigstens für ein paar Minuten.

»Hier«, Natalia reichte Leana das Prepaid-Handy, »damit können wir dich erreichen, alle wichtigen Nummern sind drin, ich sorge dafür, dass alle hier vorbeikommen und sich ihre holen.« Natalia hielt das Telefon einen Moment fest und zwang Leana, sie anzusehen. »Ich meinte das vorhin sehr ernst!«

»Und ich meine Entscheidung zu bleiben auch!«

Die Tür schloss sich hinter Leana. Natalia warf Fin ein Handy zu. Fin fing es geschickt auf und sagte: »So, dann kommen wir jetzt mal zum gemütlichen Teil.« Er rieb sich die Hände. »Erstens ernenne ich dich offiziell zu meiner Stellvertretung, sollte mir etwas geschehen, ich habe dir schon eine E-Mail geschickt. Zweitens: Können wir irgendwo mit Buddha hin, an einen schönen, dunklen, unbekannten Platz, wo niemand ihn findet?«

Natalia lächelte: »Du denkst an das Gleiche wie ich?«

»Was ist es denn?«

»Wir dürfen ihn ein bisschen quälen, damit er auspackt?«

»Yes, Mam, und wir nehmen ihn als Köder.«

»Das ist gewagt …«

»Und unsere einzige Chance. Und wenn der richtige Zeitpunkt da ist, werden wir auch Frau Schneider einladen.«

»Wow, Fin, ich hoffe, du bleibst unser Chef, wenn das alles vorbei ist, es könnte mir Spaß machen.«

»Wie kriegen wir ihn hier heraus, ohne dass es zu sehr auffällt?«

»Wir haben für solche Fälle ein fertiges Szenario. Wir nennen es den kleinen Gasunfall, der, sagen wir mal, aus der Gerichtsmedizin über die Lüftung läuft und ein paar Leuten Atemnot macht. Würden fünf Krankenwagen reichen? Wovon einer zu uns gehört?«

Fin grinste: »Wie lange brauchst du?«

Natalia blickte auf ihre Uhr: »Würde dir vierzehn Uhr dreißig passen?«

»Ausgezeichnet, dann haben wir ein Date.«

»Die offizielle Seite?«

»Wir haben ihn in Sicherheit gebracht. Ich kenne das Krokodil, sie plant sicher schon, Buddha wieder in der Versenkung verschwinden zu lassen. Dass wir wissen, wo er ist, und sie keinen Zugriff auf ihn hat, ist eine notwendige Versicherung.« Fin ging zur Tür und klopfte an, um herausgelassen zu werden. Er lief direkt in Tanni hinein.

»Fool, hast du noch 'ne Minute, wo immer du auch hinwillst?« Tanni grinste ihn von unten an. Fin machte eine galante Geste mit der Hand. Natalia saß inzwischen an ihrem Schreibtisch, Tanni setzte sich auf das Sofa und zog die Füße hoch. »Also, wir haben noch einen kleinen Erfolg, heute Abend um zwanzig Uhr haben wir ein Date per Videokonferenz mit der geschiedenen Frau von Thien Duc, die damals Bian Chai hieß. Sie weiß ja vielleicht noch etwas von damals, was in keiner Akte steht.«

»Großartig! Wie habt ihr sie gefunden?«, fragte Fin anerkennend.

»Das willst du gar nicht wissen«, grinste Tanni. »Außerdem haben wir in Maria Schneiders Terminkalender versehentlich eine Besprechung für siebzehn Uhr gelöscht, und bevor irgendwer voreilig auf die Idee kommt, die alte Dame hätte dann Zeit, haben wir Angela dort eingetragen. Einen schönen neutralen Treffpunkt, ich dachte mir, die *Étoile Bar* im Steigenberger wäre ganz sexy, weil Korbinian dann Fotos machen könnte. Und«, Tanni grinste über das ganze Gesicht, »mit den Fotos, die wir aus dem geklauten Film generieren, könnte sich ja vielleicht Beweismaterial dafür ergeben, dass sich Frau Schneider letzten Sonntag mit meinem Vater getroffen hat.«

»Das ist ein super Timing«, sagte Fin, setzte sich neben Tanni und lehnte sich zurück. »Um vierzehndreißig tritt das Gas aus, Buddha flieht, wir bringen ihn weg, fahren zum Treffpunkt, hören ein wenig zu und überraschen Angela und Maria, dann sehen wir gleich, wie Maria reagiert. Eine Sache noch: Könnte das Gas nicht aus der Biologie entweichen?« Fin kam wieder hoch und drehte sich zu Natalia. »Ich habe ein wenig Sorge, dass die Schneider Maxim feuert, sobald sie erfährt, dass es die Gerichtsmedizin war, und das wäre nicht gut.«

»Kein Problem, Sven hat die gleiche Lüftung. Tanni, geh runter und sag ihm Bescheid. Vierzehndreißig das Gas, vierzehn Uhr vierunddreißig der Alarm, ein paar röchelnde Teammitglieder auf dem Flur, Anforderung von vier Krankenwagen, den fünften fahre ich. Start einer Evakuierung, fünfzehn Uhr Entwarnung. Wir bringen Buddha in deinen Keller, da ist er sicher und gut verwahrt. Tanni, du überwachst die Bar im Steigenberger, Angela wird sicher zuerst dort sein. Sobald die Schneider reinkommt und die beiden sich guten Tag gesagt haben, rufen wir Angela an, sie tut, als würde sie den Anrufer abweisen, und wir hören ein bisschen zu. Hoffe, es kommt ein Mitschnitt heraus, der Buddha weichklopft. Tanni, schnapp dir Angelas Smartphone und tausch die Tasten aus, damit sie, falls die Schneider hinsieht, wirklich auf Anrufer abweisen drücken kann!«

»Gott, ich möchte dieses Team nicht zum Feind haben«, lachte Fin, »und auch wenn ich mir keine großen Chancen ausrechne, das hier beruflich zu überleben, ich würde verdammt gern weiter mit euch arbeiten.«

»Tanni«, Natalia warf auch ihr ein Handy zu, »informierst du bitte Leana auf der unter ihrem Namen gespeicherten Nummer über den Plan?«

»Mach es selbst.« Tanni sprang von Sofa. »Gib mir auch die Handys für Sven, Zorro, Theo und Maxim, ich nehme sie mit.« Sie ging zur Tür. »Wieso muss Leana es überhaupt wissen? Sie kann ruhig mal zu schmecken bekommen, wie es wäre, außen vor zu sein.« Tanni klopfte, um rausgelassen zu werden. »Bis gleich dann.«

Fin stand auf. »Dann mach ich das, und Tanni kann noch ein bisschen grollen.«

»Du hast ganz schön scharf geschossen heute.« Natalia notierte die ausgegebenen Handys auf einem Zettel und verschloss ihn im Safe.

»Leana musste eine Entscheidung treffen, und es hilft nicht immer, Zeit zu haben, um es sich genau zu überlegen. Zudem: Jemanden im Team zu haben, der eh hinschmeißen will, taugt nichts. Ihre Töchter werden es überleben.«

»Ganz sicher.« Natalia kam zu ihm. »Ich geh dann mal nachsehen, wie es Buddha geht, und sage ihm, dass wir mit der Befragung weitermachen. Und ich sag der Fahrbereitschaft, dass wir einen Krankenwagen brauchen.«

»Okay. Ich rufe Leana an und sag Zorro und Theo Bescheid,

damit die auch hier im Raum sind, wenn es losgeht. Wir brauchen ausreichend Zeugen.«

Fin ging erst in die untere Etage, um Zorro und Theo zu bitten, an der weiteren Vernehmung teilzunehmen, dann verließ er das Gebäude an der Rückseite und trat in die kalte Herbstluft hinaus. Zwischen den LKA-Gebäuden eilten Menschen hin und her, manche schon in Stiefeln und dicken Jacken, andere trotzten den deutlich herbstlichen Temperaturen und waren noch sommerlich in Hemd und Sandalen unterwegs. Fin lockerte seine Nackenmuskeln, kreiste mit den Armen, sprang ein paarmal hoch, dehnte sich nach allen Seiten, atmete tief ein und aus und rief dann Leana an. Er erreichte sie, als sie schon im Aquazoo angekommen war und den Journalisten in Sichtweite hatte.

Leana stockte der Atem, als sie hörte, dass Fin und Natalia Buddha entführen würden. Ihre Wut auf Fin verflog augenblicklich und machte der Angst um ihn Platz. Es schnürte ihr die Kehle zu, denn sie wusste: Er riskierte gerade alles, um den Fall zu lösen, auch seine eigene Karriere. »Wichtig ist, dass dein Journalist im Text deutlich sagt, dass wir jetzt den Drahtziehern hinter allem auf der Spur sind, den Spielführern, dieses Wort ist ganz wichtig.« Rasch fasste er für Leana seine Überlegungen zu den Spielpüppchen zusammen. »Wir sehen dich dann zur Videokonferenz um zwanzig Uhr im Konferenzraum.«

»Okay, danke für das Briefing. Ich stehe Korbinian fast gegenüber. Bis später.«

»Leana?«

»Hm?«

»Ich bin sehr froh, dass du im Dienst bleibst, deine Fähigkeiten zu verlieren wäre ein Desaster!«

»Fin, wenn ihr Buddha befragt, denk an die Kinder, das ist

seine wunde Stelle, nicht nur seine eigenen. Tut so, als wüsstet ihr, dass seine Kinder auch entführt sind. Ich halte das für sehr wahrscheinlich. Bring ihn dazu, dass er glaubt, wir wären die Einzigen, die sie ihm zurückbringen können.« Leana hielt die Hand vor das Telefon. »Hallo, Korbinian, schön, dich zu sehen, ich bin sofort da.« Sie drehte sich von ihm weg. »Also, Fin, denk an die Kinder von Buddha, Tanni kann sicher rausfinden, wie viele er hat.«

»Danke.« Fin legte auf, schob das Mobiltelefon in seine vordere Jeanstasche, machte zwanzig Liegestütze und ging wieder ins Gebäude. Noch zehn Minuten bis zum Countdown. Es war Zeit, mit Buddhas Vernehmung fortzufahren.

Um siebzehn Uhr dieses Tages betrat Angela erneut das Steigenberger Parkhotel in der Düsseldorfer Innenstadt und begab sich in die *Étoile Bar,* wie Tanni es ihr mehr oder weniger befohlen hatte. Da die Bar erst um diese Uhrzeit öffnete, war Staatsanwältin Dr. Angela Rotenburg die Erste. Der Barkeeper, ein Afrikaner, dessen Haut so schwarz war, dass das Weiß der Augen hell zu leuchten schien, begrüßte sie freundlich.

»Warum lächeln Sie so, haben Sie mich erwartet?«

»Oh, Madame, ich freue mich immer über den ersten Gast, denn hat er ein freundliches Gesicht, wird es ein guter Abend!« Seine strahlend weißen Zähne blitzten zwischen den vollen dunklen Lippen. Er kam näher, während er mit einem weißen Tuch die Theke polierte. »Bitte setzen Sie sich in die Nähe des Eiskübels«, flüsterte er und bewegte sich langsam weiter. Angela kletterte auf den hohen Lederstuhl und drehte sich zum Eingang. Sie überprüfte ihre Uhr: fünf Minuten nach fünf. Fin hatte ihr gesagt, sie solle mindestens bis achtzehn Uhr warten. Ihr Smartphone legte sie auf die Theke, die Jacke hängte sie über die Lehne, dann griff sie nach der Getränkekarte.

»Ich heiße übrigens Guillaume«, sagte der attraktive Barkeeper und krempelte beide Ärmel seines rosafarbenen Hemds bis zu den Ellbogen hoch. »Was darf ich Ihnen bringen? Oder nein, warten Sie.« Er legte den Kopf schräg und fixierte Angela. »Wenn Sie wütend sind, trinken Sie gern Gin Tonic, am Anfang eines schönen Abends eher einen Manhattan, heute am frühen Abend würde ich Ihnen gern einen sehr besonderen Whisky anbieten, sanft zu Zunge und Gaumen und mit einem rauchigen Geschmack nach Lavendel. Beruhigt und konzentriert.«

»Ein Wasser«, antwortete Angela unbeeindruckt, »alles andere später, und jetzt verziehen Sie sich an das andere Ende der Theke.«

Guillaume hob die Hände und verschwand. Maria Schneider betrat den Raum, wie immer im blauen Anzug und mit Aktenkoffer. Sie ging leicht in die Knie und stellte den Aktenkoffer zwischen Theke und Fußstützen, sodass er nicht umfallen konnte. »Was gibt es so Eiliges?«, fragte sie, ohne sich hinzusetzen.

»Wir haben ein Problem«, eröffnete Angela das Gespräch.

»Gäbe es keine Probleme, gäbe es uns nicht.«

Angelas Smartphone klingelte.

»Dafür habe ich keine Zeit«, sagte die Schneider und ging bereits wieder in die Knie, um ihren Koffer zu nehmen.

Angela drückte auf den roten Knopf, um den Anrufer abzuweisen. »Schon abgewimmelt«, beeilte sie sich zu sagen und schob direkt hinterher: »Die Akten stimmen nicht überein.«

Maria Schneider kam wieder hoch und stützte ihren linken Ellbogen auf die Theke: »Wer sagt das?«

»Durch diese Unstimmigkeit ist das Team den Drahtziehern dicht auf der Spur.«

»Was reden Sie da für einen Unsinn? Es ist eine einfache Mordserie mit später Rache.« Wieder ging Maria Schneider in die Knie.

»Köhler hat ausgepackt«, pokerte Angela.

Maria Schneider blickte Angela an und an ihr herunter. »Sind Sie verkabelt?«

Angela hob die Arme und schüttelte den Kopf. Sie zog ihr Jackett von der Stuhllehne und reichte es Maria Schneider, die es nahm und absuchte. »Er bereut zutiefst, dass er für seine Karriere so weit zu gehen bereit war«, sagte sie.

Der Barkeeper kam mit der Flasche Wasser und zwei Gläsern, stellte alles ab, goss den beiden Frauen ein und verschwand. Maria Schneider kletterte auf den Barhocker und umfasste ein Glas mit der linken Hand. Ihr Siegelring klirrte dagegen. »Dr. Rotenburg, Köhler hängt vielleicht nicht mehr an seiner Karriere, ich aber schon, und ich hoffe, Sie auch. Also, was wollen Sie?«

»Wie wäre es mit der Wahrheit?«

»Vergessen Sie es. Nicht einmal in kleinen Häppchen würden Sie die vertragen, und es geht Sie, mit Verlaub, auch überhaupt nichts an.«

»Irgendwas müssen Sie mir geben!« Angela nahm ihr Glas und trank einen Schluck, ohne ihr Gegenüber aus den Augen zu lassen. »Sonst gibt es keinen Grund für mich, den Fall von damals nicht wieder aufzurollen, die Toten erneut in die Öffentlichkeit zu zerren und Buddha des zwölffachen Mordes anzuklagen. Es muss nur einmal in der Presse stehen, dass ein Mann, der im Namen der Triaden mindestens zwölf Menschen getötet hat, unter dem Schutz des BND steht.« Angela machte eine Kunstpause. »Was glauben Sie, wie lange Sie Ihren Job dann noch haben? Glauben Sie wirklich, Sie könnten Buddha erneut im Zeugenschutz versenken?«

Maria Schneider starrte Angela aus leeren Augen an. »Woher wissen Sie das?«, fragte sie gefährlich leise.

»Wir haben alle unsere Quellen, nicht wahr?«

»Das überleben Sie nicht, Rotenburg.«

»Wesentlich besser als Sie, Frau Schneider. Ich habe einen wunderbaren Partner, Freunde, stehe kurz vor der Rente, finanziell ist ausgesorgt. Würde mir das Gericht fehlen? Ja, vielleicht ein wenig, aber nicht zu sehr. Das wäre doch ein prima Fall, um mit Pauken und Trompeten in den Ruhestand zu gehen. Oder meinten Sie das anders, das mit dem Überleben? Im Übrigen, für Sie immer noch *Doktor* Rotenburg.« Angela leerte ihr Glas und nahm ihre Tasche. »Wenn wir dann hier fertig sind?«

»Bleiben Sie sitzen! Was wollen Sie?«

Angela goss sich in aller Ruhe nach und füllte auch Maria Schneiders Glas wieder voll, obwohl sie nur wenige Schlucke getrunken hatte. »Überlassen Sie Buddha uns!«

»Das geht nicht!«

»Er könnte doch irgendwo verloren gehen. Ich bin ganz sicher, jemand anderes ist auch geeignet, seinen Job zu übernehmen.«

»Wofür wollen Sie ihn?«

»Ich muss irgendwen für die Tat von damals zur Rechenschaft ziehen.«

»Sie lassen mich und den Nachrichtendienst raus?«

»Gern.«

»Keine öffentliche Verhandlung?«

»Gern.«

»Sie können ihn haben. Sind wir fertig?«

»Noch nicht ganz. Sie rühren das Team nicht an, weder Tanni noch Maxim, weder Leana noch einen anderen, und Sie akzeptieren, dass Fin Fitzgerald der neue Leiter des Kompetenzcenters ist.«

»Wir haben einen Deal!« Maria Schneider rutschte von ihrem Barhocker, ging in die Knie, hob ihren Aktenkoffer und reichte Angela Rotenburg die Hand. »Danke für das Gespräch.«

»Ganz meinerseits.« Angela hielt die Luft an, bis Maria Schneider die Bar verlassen hatte. Mit zittrigen Händen nahm sie ihr Smartphone von der Theke: »Habt ihr alles?«

»Du warst großartig«, lobte Fin, »Tanni schneidet den Text schon zurecht, ihr Team macht die Fotos. Fahr nach Hause, Angela, und trink auf dein Wohl!« Es klickte in der Leitung. Angela rollte ihren Kopf in den Nacken. »Jetzt hätte ich gern einen ausgezeichneten Armagnac«, seufzte sie. Guillaume wärmte ein Glas vor und befüllte es dreifach.

»Warum sollte ich eigentlich hier beim Eis sitzen?«

Guillaume grinste, und seine strahlend weißen Zähne blitzten. »Es war so eine kleine blonde Frau da, buntes Make-up, ein T-Shirt mit Stars und Stripes, eine Leopardenhose und eine Baseballkappe mit dem Text: *you need me.* Ein entzückendes Wesen, haben Sie ihre Nummer?«

Angela nahm das Glas, trank es in einem Zug aus und hielt es dem Barkeeper noch einmal hin.

»So schlimm?«

»Viel schlimmer«, sagte sie mit rauer Stimme.

Maria Schneider trat aus dem Steigenberger Parkhotel. Ihr Fahrer fuhr vor. Sie trat an die schwarze Limousine heran, und der Fahrer ließ auf der Beifahrerseite die getönte Scheibe herunter. »Fabrice, ich laufe ein Stück und nehme mir dann ein Taxi. Bleiben Sie bitte hier und sorgen Sie dafür, dass der alte Mercedes, der in der nächsten halben Stunde die Tiefgarage des Hotels verlassen wird, auf dem Weg nach Kaiserswerth einen Unfall hat. Danach können Sie Feierabend machen.« Sie ging Richtung Deutsche Oper in den Hofgarten. Am Wasser blieb sie stehen, blickte sich um und nahm ihr Smartphone aus der Tasche: »Schneider hier. Holt Buddha ab und sorgt dafür, dass er verschwindet und nicht wieder auftaucht. Für Fin Fitzgerald gilt ab sofort Code 23.3, er ist raus und zum Abschuss frei.« Sie legte auf, ließ das Telefon in ihre Tasche gleiten, bückte sich, nahm einen Stein hoch und ließ ihn über das Wasser tanzen. »Sieben Sprünge«, sagte sie zufrieden, drehte sich um und ging Richtung Ratinger Tor.

Um kurz vor zwanzig Uhr fanden sich alle Teamleiter des Kompetenzcenters im Konferenzraum ein. Tanni hatte den Störsender überprüft, sie waren unter sich. Zunächst fasste Fin die Ergebnisse des Nachmittags zusammen, die gelungene Entführung Buddhas, der gar nicht weit von ihnen entfernt in einem geheimen Versteck untergebracht war. Gemeinsam begutachteten sie die erstellten Fotos: Auf einigen sah man Angela mit Maria Schneider, auf anderen die beiden mit Janosch Jacob Köhler. Selbst der ausgesprochen detailversessene Maxim konnte nichts an den Fälschungen entdecken, es sah wirklich so aus, als würden Maria Schneider und Dr. Köhler in der *Étoile Bar* des Steigenberger Parkhotels in der Düsseldorfer Innenstadt die Köpfe zusammenstecken. Danach lauschten sie den zusammengeschnittenen Bändern. Um Punkt zwanzig Uhr schaltete Tanni den Störsender aus, und der Hauptbildschirm vor Kopf flackerte. »Ich habe zwar eine gesicherte Leitung, und mittlerweile wissen wir ja«, Tanni grinste, »dass die IT vom BND nicht so ganz gut ist wie ich, aber trotzdem besteht immer die Gefahr, dass jemand mithört. Ich habe den Störsender abgeschaltet, Wanzen haben wir keine, aber zur Sicherheit solltet ihr alle anderen elektronischen Geräte jetzt ausschalten und bitte auch die Akkus entfernen.«

Jeder nahm gehorsam die LKA-Smartphones und die ausgeteilten Prepaid-Handys und tat wie von Tanni geheißen.

»Bian Chai weiß von uns noch gar nichts, nur, dass es um ihren Exmann geht. Wir haben ihr versprochen, während der Übertragung keinerlei Namen zu nennen, und auch ihr Aufenthaltsort wird nicht preisgegeben. Also, los geht's.« Tanni tippte auf dem liegenden Monitor, und das Bild wurde scharf.

»Guten Abend«, sagte Thien Ducs Exfrau. Ihr rundes Gesicht sah freundlich aus, die schwarzen Haare mit vielen silbernen Strähnen hatte sie zu einem Knoten aufgesteckt, der Hintergrund der Übertragung war neutral weiß. »Meine Tochter kann nicht hier sein heute, aber sie kann sich ohnehin an nichts erinnern. Bitte entschuldigen Sie mein Deutsch, ich habe es lange nicht gesprochen. Es tut mir sehr leid, dass mein Exmann gestorben ist!«

Leana erhob sich, stellte sich vor und fragte: »Woher wissen Sie vom Tod Ihres Mannes?«

»Es ist sehr viel Geld auf unseren Konten eingegangen, seine Lebensversicherung.«

»Die Kois«, sagte Leana, »der tote Koi in München. Wer hat das Geld überwiesen?«

»Es ist wie immer ein Nummernkonto in der Schweiz, es wechselt aber jedes Mal. Möchten Sie die letzte Nummer haben?«

Leana drehte sich zu Tanni um, die abwinkte. »Es kostet uns viel zu viel Zeit, das herauszufinden.«

»Wissen Sie sonst noch etwas über den Tod Ihres Exmannes?«

Sie schüttelte den Kopf: »Nein. Nein, wir hatten all die Jahre keinen Kontakt mehr.«

»Darf ich Sie fragen, warum es damals zur Scheidung kam?«

Bian Chai zögerte so lange, dass Leana sich entschloss, ihr einen Überblick der letzten Woche zuzumuten, auch auf die Gefahr hin, dass sie aus Angst gar nichts mehr sagen würde.

Als Leana fertig war, schwieg die Frau auf der anderen Seite des Atlantiks, sie blickte auf den Tisch vor sich. Ihre Schultern zuckten, sie weinte.

»Frau …«, weiter kam Leana nicht.

»Es ist das Mädchen.« Sie sah hoch, wischte schnell mit beiden Händen die Tränen weg. »Es ist das Mädchen!«

»Geht es etwas genauer?«, insistierte Natalia.

Bian Chai lehnte sich zurück. Ihr Gesicht war versteinert und wirkte durch die Videoübertragung wie ein Aquarell. »Damals, als dieser grausame Mord in diesem Restaurant geschah, gab es auch ein Wunder. Hinter der Theke, zwischen zwei Kühlungen, hatte ein Korb gestanden mit einem wenige Monate alten Baby, einem kleinen Mädchen. Gott hat die Hand über sie gehalten, denn sie schlief, sie schlief noch, als die Polizei kam. Sie ist von den Schüssen nicht wach geworden, oder wenn doch, hat sie keinen Ton von sich gegeben.«

»Es gibt nirgendwo Unterlagen darüber!«, sagte Tanni entrüstet.

»Nein, es wurde zum Schutz des Kindes nicht einmal im Polizeibericht erwähnt. Aber mein Exmann bekam von oberster Stelle den Auftrag, das Mädchen zu finden und zu ermorden. Das war der Moment, als ich mit meiner Tochter Deutschland verließ, nach Amerika kam, von hier aus die Scheidung einreichte und einen anderen Namen annahm.« Sie starrte in die Gesichter im Konferenzraum. »Es macht mich sehr froh, dass sie überlebt hat, dass sie zurückgekommen ist, um Gerechtigkeit für ihre Familie zu fordern. Ich werde jetzt hinausgehen in diesen neuen Morgen und Gott danken. Leben Sie wohl, genießen Sie den Abend und lassen Sie das Mädchen ihre Arbeit zu Ende bringen!« Sie stand auf.

»Warten Sie bitte noch!«, rief Leana.

Thien Ducs Exfrau verschwand aus dem Bild, zurück blieb

nur die weiße Wand. Tanni schaltete ab und den Störsender wieder an.

»Verdammt!«, presste Sven hervor und fuhr sich mit der Hand über seinen kahl rasierten Schädel. »Wir dürfen nicht noch einmal mit einer Täterin sympathisieren, so schwer es auch ist.«

»Und das ist wahrhaftig schwer«, sagte Leana, entsetzt von dem, was sie gehört hatte. »Denn genau wie bei Monika Gruber haben wir wieder ein Opfer, das vom Staat alleingelassen selbst sein Recht fordert.«

»Verdammt«, Sven war außer sich, »es gibt viele Menschen, auch in Deutschland, die vom Staat alleingelassen, vom Rechtsstaat im Stich gelassen werden, aber wo kommen wir hin, wenn die es alle selbst in die Hand nehmen?« Er ballte die Fäuste.

»Vielleicht macht es doch einen kleinen Unterschied«, nuschelte Zorro, »ob deine ganze Familie ausgelöscht wurde oder du einfach nur eine Strafe für etwas bezahlen musst, das du nicht begangen hast.«

»So ein Unsinn, ein Baby, wie soll dieses Kind sich daran erinnern, dass seine Familie ausgelöscht wurde und vom wem?«

»Jemand wird dafür gesorgt haben«, beschwichtigte Natalia ihn, »dass sie sich erinnert. Wir haben jetzt nicht darüber zu richten, ich würde sie tatsächlich immer noch gern finden, bevor sie den nächsten Mord begeht!«

»Wo ist sie in den letzten einundzwanzig Jahren gewesen?« Leana blickte in die Runde und in ratlose Gesichter.

»Die Tunnelsekte«, sagte Dario düster und hob die Hände, »das ist das Einzige, was mir einfällt, um ihr spurloses und jahrelanges Verschwinden zu erklären. Denn wenn Thien Duc den Auftrag bekommen hatte, das Baby zu finden und zu ermorden, hatte er das gesamte Netzwerk der Triaden hinter sich, und glaubt mir, denen entkommt niemand, auch kein Baby! Die Triaden vergessen niemanden, der auf ihrer Todesliste steht, auch über noch so viele Jahre nicht.«

»Okay.« Fin stand auf und ging nach vorn. »Fassen wir zusammen: Wir haben eine junge Frau, die Rache nimmt und bestens ausgebildet ist. Das, was du gerade gesagt hast, Dario, bringt mich darauf, dass es bemerkenswert ist, dass Buddha noch lebt.«

Dario nickte: »Ja, du hast völlig recht, es war zwar top organisiert, aber gewundert hat es mich trotzdem, dass wir unbehelligt von Südspanien bis hierher fahren konnten. Ich habe mich gewundert und nicht weiter darüber nachgedacht!«

»Du sagst damit«, Natalia verschränkte die Arme, »dass Buddha wahrscheinlich noch im Salär der Triaden steht?«

Fin nickte.

»Und gleichzeitig im Zeugenschutz ist?«

»Genau. Der Club de Berne hält die Hand über ihn.« Fin ließ seine Fingergelenke knacken.

»Wow«, Natalia atmete flach, »dann ist jetzt wohl der Zeitpunkt gekommen, wo ich mich wundern sollte, dass wir alle noch leben?«

Fin sah sie an und durch sie hindurch. »Ja«, sagte er nur und wandte sich Leana zu. »Wann und in welchen Medien erscheint morgen was?«

»*Spiegel online, Rheinische Post* und, am wichtigsten, die *FAZ* und die *Süddeutsche*. Korbinian geht davon aus, dass es morgen Abend dann auch in den Nachrichten sein wird.«

»Bis dahin, also bis zum Erscheinen der Morgenzeitung, verlässt keiner das Gebäude. Buddha ist gut untergebracht, sicher und mit allem versorgt. Jeder von uns, der jetzt dorthin gehen würde, brächte das Versteck in Gefahr. Wir müssen bis morgen warten.«

»Was ist mit unseren Familien?«, fragte Theo. »Ich hänge an meinen Kindern.«

»Keine Sorge«, beschwichtigte Fin, »die Triaden wollen offenbar, dass Buddha überlebt, sie bedrohen bestenfalls ihren Kontakt beim BND, der BND wiederum wird nach Buddha suchen, er ist unsere erste Versicherung. Ich bin ganz sicher, dass wir heute Nacht Besuch bekommen. Deshalb: Alle Beweise, die Fotos, die Tonbänder, dreifach gesichert und als Ausdruck und Tapes in die Tresore. Wir brauchen es für das Verhör mit Buddha.« Fin schloss die Augen und atmete ein paarmal tief durch. »Haben wir sonst noch etwas?«

Tanni konnte mit der Neuigkeit aufwarten, dass Buddhas Ehefrau die drei gemeinsamen Töchter, Marlene, drei, Bernadette, vier, und Solange, sieben Jahre alt, schon vor einer Woche in Frankreich vermisst gemeldet hatte, aber die Meldung einen Tag später wieder aufgehoben wurde. Maxim hatte die Kois sanft sediert und durch den Scanner geschickt, dabei hatte er noch einen Chip gefunden, auf dem er jedoch nur Zahlencodes gefunden hatte. Tannis Team saß an der Entschlüsselung, hatte aber nicht viel Hoffnung auf baldige Ergebnisse.

»Bleibt trotzdem dran«, bat Fin, »wer weiß, welche finanziellen Transaktionen wir darauf noch entdecken können. Gut, oder auch nicht gut …« Er blickte auf die Uhr im Konferenzraum, es war kurz vor zehn. »Bekommen wir noch Essen geliefert?«, wandte er sich an Natalia.

»Schon bestellt, es wartet unten beim Pförtner.«

»Dann lasst uns jetzt Pause machen und irgendwie gemeinsam die Nacht rumbringen. Haltet eure Waffen bereit, wenn ihr später schlafen geht. Und jetzt die Smartphones wieder an, und wenn fallbezogen gesprochen wird, immer schön an die Störsender denken.«

Natalia schob den Akku rein, schaltete ihr Smartphone ein

und sah, dass sie sieben Anrufe in Abwesenheit hatte, alle von Bojan.

»Was ist?«, fragte Leana, die bemerkt hatte, wie blass sie geworden war. Natalia schaltete ihr Prepaid-Handy an und wählte Bojans Nummer. Da sie Serbisch sprach, konnte nur Tanni verstehen, was sie sagte, und die hielt sich vor Schreck die Hand vor den Mund. Als Natalia aufgelegt hatte, wählte sie mit ihrem LKA-Smartphone die Nummer, unter der Sonderkommandos geordert werden konnten, ohne Umweg über den normalen Prozess. Jeder im Raum hörte ihr gebannt zu. Als sie auch dieses Gespräch beendete, stand sie auf. »Ich hol mal eben den Slibowitz aus meinem Schrank«, sagte sie und verschwand.

»Tanni?«, fragte Leana, »was ist da los?«

Tanni schüttelte den Kopf und knibbelte an ihrer Leopardenhose herum. Natalia kam mit einem Schwung kleiner Gläser und einer eisgekühlten Flasche Slibowitz zurück. Sie goss neun Gläser randvoll. »Darf ich bitten?« Sie wartete, bis alle aufgestanden, zu ihr gekommen und ein Glas genommen hatten, dann hob sie ihr Glas: »Auf das Leben!« Sie leerte es in einem Zug, goss sich selbst nach und trank auch das wieder auf ex. »Angela ist durch großes Glück noch am Leben, dank zwei dreifacher Armagnacs und der von Leana und mir privat organisierten Observierung. Scheiße, was für eine Sahne!« Sie trank noch ein Glas leer und ließ sich auf einen Stuhl fallen. »Als Angela das Steigenberger Hotel verlassen hat, wollte Bojan sich direkt an sie dranheften, und da fiel ihm auf, dass hinter ihm eine Limousine fuhr. Er ließ sie überholen, um ein Foto von dem Kennzeichen zu machen, denn er hat nur vorn eine Kamera im Auto. Als Angelas Wagen von der Kaiserswerther Straße auf die Niederrheinstraße abbog, folgte ihr die Limousine, überholte und bremste Angela aus. Ein großer Typ im dunklen Anzug stieg aus, und Bojan sah, dass er eine Waffe trug. Also gab er Gas, er wollte den Typen umfahren, aber der sprang beiseite. Also rauschte Bojan in die Limousine hinein und schob sie in den Graben. Der Typ blieb verschwunden. Bojan eilte zu Angela, die wohl eine ordentliche Fahne hatte, drängelte sie rüber auf den Beifahrersitz und fuhr sie nach Hause. Als er sie Victor überreichte«, Natalia lachte auf, »hat sie irgendwas gelallt. Bojan nahm sich ein Taxi und ließ sich zur Unfallstelle zurückfahren. Sein verbeultes Auto und die Limousine waren verschwunden.«

»Und die Kamera?«, fragte Maxim, der den Slibowitz in homöopathischen Dosen zu trinken versuchte.

»Die hat Bojan mit einem Griff gleich beim Aussteigen mitgenommen.« Natalia blickte Leana an. »Ich sagte doch, ich habe ihn ausgebildet.«

Fin schlug mit der flachen Hand auf den Tisch. »Das hat das Krokodil veranlasst, so wahr ich hier stehe.« Er drehte sich zu Dario um. »Das hätte ich ihr nicht zugetraut, und eigentlich weiß ich nicht, warum nicht. Was ist jetzt mit Angela?«

»Ich habe auch dort eine Einheit hingeschickt, in der Annahme, dass der BND mithört, extra über das Smartphone, damit die Bescheid wissen, dass wir Bescheid wissen«, antwortete Natalia, wollte sich noch einmal nachgießen, überlegte es sich aber anders. »Vielleicht muss ich heute Nacht noch schießen«, sie grinste böse, »und es wäre schade, wenn ich nicht treffe. Bojan hat die Fotos beim Pförtner abgegeben, Tanni, ihr habt zu tun. Es wäre doch schön, wenn wir unserem Lieblingsjournalisten Korbinian diese Nacht noch eine Fotostrecke schicken könnten. Angela und Schneider im Steigenberger, dann die Autofahrt, und alles mit Zeitstempeln, die wir nicht einmal fälschen müssen. Während ich noch vor wenigen Tagen dachte, diese Schneider ist zu weit oben, um ihr sagen zu können, sie solle sich zum Teufel scheren, habe ich jetzt das sichere Gefühl, es bald tun zu können, egal, was Angela ihr versprochen hat. Ich denke doch, ein Mordversuch macht alles hinfällig, oder?«

»Schätzchen«, sagte Sven, »es wundert mich immer wieder, wie du am Ende doch noch deinen Willen bekommst.« Er streichelte ihr sanft über den Kopf, und Leana wunderte sich kurz, dass sie es sich gefallen ließ, denn normalerweise schätzte Natalia während der Dienstzeit den Austausch von Zärtlichkeiten nicht besonders, aber … Leana blickte zur Uhr und dachte: *Die Dienstzeit ist längst vorüber, und der Angriff auf Angela hat uns alle aus dem Gleichgewicht gebracht.* Angela Rotenburg war bislang die einzige Frau, die sie in Düsseldorf als Freundin empfand, und Leana gruselte es bei dem Gedanken, dass sie aufgrund ihrer Ermittlung in solche Gefahr geraten war.

Es klopfte an der Tür, der Pförtner brachte das Abendessen und, wie angekündigt, eine kleine silberne Digitalkamera, der man ansah, dass sie vor Kurzem noch mit Klebeband an einer Windschutzscheibe befestigt gewesen war.

8. SAMSTAG

Es war bereits zwei Uhr morgens, als Fin und Leana sich in ihr Büro zurückzogen. Fin hatte angeordnet, dass in dieser Nacht keiner auch nur eine Sekunde lang allein bleiben sollte. Sie konnten ohnehin alle nicht schlafen vor lauter Anspannung. Fin war immer wieder mit Dario durch das Gebäude gegangen, hatte kurz mit dem Einsatzkommando an den Außentüren gesprochen. Tanni hatte Korbinian Baumgartner das gesamte Foto- und Tonmaterial geschickt und die Genehmigung von Natalia, die Drahtzieher Buddha und Schneider namentlich zu nennen, man erwarte am nächsten Tag auch die Hintergründe für die Verschleierung liefern zu können. Auf Natalias Geheiß hatte Tanni sehr klar formuliert, dass die Veröffentlichung in der Presse die Lebensversicherung des Teams sei. »Wenn einer das hinbekommt, dann Korbinian«, hatte Natalia überzeugt gesagt. Maxim saß mit Tannis Team zusammen, in der Hoffnung, dass sie den Zahlencodes des Chips aus dem Schuppenkleid des Kois seine Geheimnisse entlocken konnten. Theo, Sven und Zorro spielten in der einen Ecke des Konferenzraums Skat, Dario und Natalia Schach in der anderen Ecke.

Leana ließ das Licht aus und öffnete ein Fenster. »Die kalte Luft tut gut«, murmelte sie, löste den lockeren Knoten in ihrem Nacken, und ihre Haare fielen ihr über den ganzen Rücken. Fin trat von hinten an sie heran und legte die Arme um ihre Taille, zog sie leicht an sich und fragte: »Was für ein Tag. Hättest du das heute Morgen gedacht?«

»Nein, ich habe nur von Anfang an gespürt, dass du und die Schneider ein Team seid, und als Natalia heute Morgen an meinem Bett stand, wusste ich, es wird irgendwie eng. Aber das alles? Nein, damit konnte keiner rechnen. Meine Güte, Fin«, sie lehnte sich an ihn an und genoss seine Nähe, »in was für einem Staat arbeiten wir?«

Fin schob ihre Haare über eine Schulter und küsste sie zärtlich in den Nacken. »Nun, der BND macht auch ein paar sehr gute Sachen und beschützt tatsächlich häufig die Bürger Deutschlands. Aber die Wahrheit ist auch, dass er mit so weitreichenden Kompetenzen ausgestattet ist, dass die Öffentlichkeit es besser niemals erfährt.«

»Erzähl mir davon«, bat Leana.

Er drehte sie um. »Ein andermal.« Er zog sie an sich und umarmte sie.

»Hast du mir irgendwas zu sagen, Fin?« Leana löste sich vorsichtig von ihm und sah in seine grünen Augen, die jetzt schwarz schimmerten.

»Das kann man an meiner Umarmung spüren?«

»Man vielleicht nicht, aber ich schon. Mein Mann und meine Töchter haben meinen Instinkt immer gehasst.«

»Tja, du solltest vielleicht wissen …«

Die Tür flog auf, Natalia schlug auf den Lichtschalter: »Fenster zu«, kommandierte sie, »sie sind da, wir haben den BND im Vorzimmer, was jetzt, Fin?«

»Ich sollte verschwinden – ich könnte mir vorstellen, das Krokodil hat was dabei, das ihr erlaubt, zumindest mich abzuführen. Leana, du musst so tun, als würdest du deinen Schreibtisch ausräumen.«

»Dann ab mit dir in den gesicherten Raum«, schlug Natalia ihm vor.

»Den kennt die Schneider, kann ich nirgendwo raus?«

Natalia lächelte. »Nein, das ist auch gar nicht nötig.« Sie tippte an Leanas Wand auf einem unsichtbaren Display eine Nummernkombination ein, und eine Tür öffnete sich – zu Leanas Überraschung gab es auch in ihrem Büro einen sicheren Raum. »Während nebenan mithilfe von Wärmebildkameras ein Körper ausfindig gemacht werden kann, geht das hier schönerweise nicht. Tanni erfindet manchmal Sachen, und dann testen wir sie selbst. Also, rein da. Nimm eine Flasche Wasser mit und schlaf schön!«

Fin griff sich eine Flasche von Leanas Schreibtisch und verschwand in dem kleinen Zimmer. »Nichts für Leute mit Platzangst«, rief er, »gibt es hier genug Sauerstoff?«

»Für ein paar Stunden schon«, lachte Natalia und verschloss den Raum wieder. »So, Chefin, hier.« Sie zog einen Karton unter dem Schreibtisch hervor. »Räum deinen Schreibtisch. Wir anderen sind im Konferenzraum und bleiben dort. Aber ich höre, was hier gesprochen wird, nur für den Fall. Fin ist seit dem Gasunfall heute Nachmittag offiziell mit Buddha verschwunden.« Sie umarmte Leana und ging.

Leana zitterte innerlich. Sie spürte mehr, als dass sie wusste, dass diese Nacht noch lang und grausam werden würde, und da sie keine Ahnung hatte, von wo die Gefahr drohte, konnte sie nichts tun, nur abwarten. Das machte ihr Angst. Die Minuten zogen sich in die Länge, ihre Bewegungen liefen wie in Zeitlupe. Dann hörte sie eine Etage tiefer die ersten lauten Stimmen. Schritte, viele Schritte von Männern in Kampfstiefeln. Leana nahm ihre beiden Handys vom Schreibtisch und schob sie in ihre Schuhe. Inzwischen zitterten auch ihre Hände. Sie zwang sich, tief durchzuatmen, um nicht zu hyperventilieren. Und dann stand sie da, in der offenen Tür ihres Büros: Maria Schneider, wie immer im dunkelblauen Anzug, aber diesmal ohne Aktenkoffer.

»Wo ist Buddha?« Ihre Stimme war leise und schneidend wie eine frisch geschärfte Klinge.

»Wir hatten heute einen Gasunfall und mussten ihn aus dem gesicherten Raum holen. Er hat die Gelegenheit genutzt, um zu verschwinden. Wir gehen davon aus«, wagte sich Leana vor, »dass Sie das veranlasst haben, damit wir ihn nicht weiter verhören können.«

Maria Schneider trat einen Schritt vor und schloss die Bürotür. Plötzlich lachte sie schallend. »Wo ist Fitzpatrick?« Sie stand jetzt neben Leanas Schreibtisch.

»Ich weiß es nicht. Ich nehme an, er sucht Buddha. Wie Sie ja sicher schon wissen, habe ich meinen Dienst quittiert – wenn Sie mich also gehen lassen würden?« Leana griff nach ihrem Karton und wollte aufstehen. Aber Maria Schneider war blitzschnell hinter ihr, packte mit einer Hand ihre langen Haare, drückte Leana in den Stuhl und hielt mit der anderen Hand eine Spritze gegen ihren Hals. »Darin ist ein hochtoxisches Nervengift, meine Liebe.« Sie zog noch fester an Leanas Haaren und zwang sie, zu ihr hochzusehen. »Es wird Sie erst zum Reden bringen und dann einige irreparable Schäden in ihrem Gehirn anrichten, die dafür sorgen, dass Sie sich an diesen Moment hier nicht mehr erinnern. Wollen Sie das wirklich riskieren?« Maria Schneider drückte Leana die Nadel in die Haut.

Plötzlich flog die Tür auf, und Natalia stand mit gezogener Waffe im Rahmen. »Runter mit der Spritze!«, brüllte sie.

»Nein. Sehen Sie, Dr. Rac, ich muss nur noch zudrücken, die Einstichstelle färbt sich schon.«

»Was wollen Sie?«

»Na was wohl? Buddha, meine Liebe, einfach nur Buddha.«

Natalia ließ die Waffe sinken. »Okay, ich fahre Sie hin, nur ich weiß, wo er ist!«

Maria Schneider ließ Leanas Haare los, die Spritze blieb aber, wo sie war. »Sagen Sie mir, wo das ist.«

»Sie kommen da ohne einen von uns nicht hinein!«, sagte Natalia und ließ Maria Schneider nicht aus den Augen. »Sie können Leana noch so viel Gift spritzen, sie kennt den Ort nicht. Sie brauchen meinen Fingerabdruck. Oder haben Sie vielleicht was dabei, um meinen Zeigefinger abzutrennen?«

Leana bewunderte Natalias Kaltschnäuzigkeit, und ihr inneres Zittern ließ allmählich ein wenig nach.

»Wo steht Ihr Auto?«

»In der Tiefgarage.«

»Holen Sie es, ich warte mit Frau Meister vor der Tür, sie wird uns für den Fall der Fälle begleiten.«

Natalia verschwand, und Leana stand langsam auf. Maria Schneider nahm die Spritze von ihrem Hals und drückte sie in Leanas Rücken. »Im Rückenmark wirkt es noch schneller, also keine waghalsigen Manöver.«

Leana sah, dass Männer in Kampfanzügen Computer die Treppe hinuntertrugen. Stumm dankte sie Fins vorausschauender Planung: Sie mussten nur noch zwei Stunden durchhalten, dann erschienen Korbinians Artikel in den Printmedien, und der Aufschrei in der Presse würde sie retten. Um sechs Uhr würde der Artikel bei *Spiegel online* live gehen.

Maria Schneider dirigierte sie mit der Spritze vor sich her. Der Pförtner blickte sie ängstlich an, und Leana zwang sich zu lächeln, denn sie wollte auf jeden Fall vermeiden, dass er auf die Idee kam, den Helden zu spielen. Sie traten aus der Sicherheitsschleuse heraus in prasselnden Regen. Das Adrenalin, das durch Leanas Adern pulste, machte sie unempfindlich gegen die nasse Kälte, die sich auf ihre Haut legte. Eine Männerstimme hinter ihnen fragte: »Frau Schneider, was machen wir mit den Computern und Laptops? Untersuchen?«

»Nein«, Maria Schneider lachte, »diese Marencovic hat ganz sicher in jedem PC irgendeinen Winkel eingerichtet, den wir nicht finden können. Bringen Sie alles jetzt sofort in die Müllverbrennung.«

»Sie müssen wirklich große Angst vor dem haben, was wir finden könnten.«

»Finden *konnten*, Schätzchen. Dieses Team wird es ab Montag nicht mehr geben. Ich habe bereits alles in die Wege geleitet, auch wenn Fitzpatrick das nicht glauben wollte.«

Natalia fuhr mit quietschenden Reifen vor. Maria Schneider befahl Leana, vorne einzusteigen, setzte sich schnell hinter sie und drückte die Spritze wieder an ihren Hals, mit der anderen Hand zog sie Leanas Kopf an den Haaren nach hinten. »Fahren Sie ordentlich, Dr. Rac, ich will nicht, dass die Polizei uns anhält.«

Die nächtliche Straße war nahezu menschenleer. Wo lange kein Auto gefahren war, bildete das frisch gefallene Laub Ornamente auf dem Asphalt. Leana bemühte sich, still zu sitzen, um nicht noch mehr Zug auf ihrer Kopfhaut zu erzeugen, denn die Schneider hielt ihre langen Haare wie in einem Schraubstock. An ihrem linken Knöchel spürte sie das leichte Vibrieren, mit dem auf ihrem Smartphone Nachrichten eingingen, und nahm an, dass Tanni sich bemühte, sie mit hilfreichen Informationen zu versorgen. Leana war nicht sicher, ob sie diese Nacht überleben würde, denn sie hegte keinen Zweifel daran, dass Maria Schneider vorhatte, sie und Natalia umzubringen, sobald sie Buddha zurückhatte. Als sie in Düsseldorf Oberbilk die Ellerstraße erreichten, verlangsamte Natalia die Fahrt.

»Sie haben ihn also im Marokkanischen Viertel versteckt, sehr klug«, sagte Maria Schneider. Natalia setzte den Blinker, was Leana verwunderte, denn Natalia fand Blinken gemeinhin unsinnig und sagte, das bräuchten nur Autofahrer, die schliefen, was grundsätzlich nicht geraten sei. Natalia bog in die Toreinfahrt eines arabischen Reifenhändlers ein, drehte den Zündschlüssel und entriegelte die Türen. »Wir sind da«, sagte sie und stieg aus.

»Schön langsam«, warnte Maria Schneider.

Im Hof lagen Reifen verschiedener Größe verstreut. Aus einem offenstehenden Fenster plärrte arabische Musik durch den Hinterhof. Das Büro des Reifenhändlers hatte eine Tür aus Drahtglas und war mit einer schweren Eisenkette gesichert. Natalia schloss auf, drückte die Klinke herunter und griff um die Ecke nach einer Taschenlampe. Es roch nach Gummi und Schmieröl, auf einer Werkbank lagen Autobatterien. Zielstrebig ging Natalia durch die Werkstatt. Leana nahm wahr, dass Maria Schneider die Tür hinter ihnen offenstehen ließ. Da Natalia so auffällig langsam gefahren war und geblinkt hatte, nahm Leana an, dass ihnen Fin gefolgt war, denn jeden anderen Verfolger hätte Natalia sicher abzuschütteln versucht. *Und was ist, wenn es die Leute von Maria Schneider sind,* fragte sie sich quälend, *die mich und Natalia genauso verschwinden lassen wie die Limousine?*

Natalia schob eine auf Rollen laufende Holztür auf. Dahinter blinkte ein elektronisches Gerät. Natalia öffnete die Abdeckung, legte ihren linken Zeigefinger auf den Scanner und wartete. Die schwere Eisentür entriegelte sich. Natalia schob sie auf und leuchtete auf die Treppe vor sich: »Bitte, gehen Sie mit Leana vor.«

»Keine Chance!«

»Sie müssen, die Tür bleibt nur so lange auf, wie mein Finger darauf ist. Hier, nehmen Sie meine Waffe, wenn Sie sich damit sicherer fühlen.« Natalia hielt Maria Schneider ihre entsicherte Waffe hin.

»Keine Tricks!«, sagte die Schneider und ließ Leanas Haare los, um nach der Waffe zu greifen. Als sie den Griff packte, zog

Natalia sie blitzartig zu sich, ihr Knie schnellte hoch und traf Maria Schneider krachend am Kinn, dann drehte sie sich leicht und beförderte ihre Widersacherin mit einem Seitentritt in die Nieren die Treppe hinunter. Mit zwei Sprüngen war Natalia unten, trat die Waffe in eine Ecke, packte die stöhnende Frau, fixierte ihr die Hände auf dem Rücken und legte ihr Handschellen an. Sie angelte nach der Waffe und warf sie Leana zu, die die Treppe heruntergekommen war.

»Ich vergesse immer wieder, wie unglaublich schnell du bist.«

»Eigentlich müssten unsere Leute jeden Augenblick auftauchen, Tanni weiß schließlich, wo Buddha ist, und ich dachte, wo wir schon einmal hier sind, könnten wir ihn ein wenig verhören. Hast du dein Smartphone?«

Leana bückte sich und nahm es aus ihrem Schuh. »Tanni hat drei Fotos und eine Audiodatei geschickt.«

»Prima. So, hoch mit dir, altes Mädchen.« Natalia zog die stöhnende und sabbernde Maria Schneider auf die Füße.

»Du hast ihr den Unterkiefer gebrochen«, staunte Leana.

»Dann brauch ich sie nicht zu knebeln. Komm!«

Natalia öffnete eine weitere Tür, nahm eine Taschenlampe aus einem Loch im Mauerwerk und ging weiter. Es folgte ein langer dunkler Gang, eine weitere Treppe nach unten und noch eine Tür.

»Wie um alles in der Welt habt ihr diesen Ort gefunden?«, fragte Leana und stolperte hinter Natalia her.

»Man muss die Stadt kennen, in der man arbeitet. Du kannst dich einmal quer durch den Stadtteil Oberbilk bewegen, ohne einmal Tageslicht zu sehen. Nach hier unten reicht keine Wärmekamera.« Natalia öffnete die nächste Tür, und dort saß Buddha an einem Tisch und spielte mit sich selbst Karten. Eine Öllampe erfüllte den Kellerraum mit eigenartig romantischem Licht. Seine Füße steckten in Eisenschellen, die mit einer schweren Kette an der Wand fixiert waren. In einer Ecke stand ein Chemieklo, in einer anderen mehrere Kästen mit Wasser in Plastikflaschen. Als Buddha sich zu ihnen drehte und Maria Schneider sah, die sich nicht artikulieren konnte, runzelte er die Stirn. »Scheiße«, sagte er nur. Natalia ließ Maria Schneider einfach los und zu Boden fallen, trat einen Stuhl an den Tisch Buddha gegenüber und lächelte ihn an wie eine Wölfin. *Es trennt uns nur sehr wenig von denen, die wir jagen,* dachte Leana. Natalia war eine Frau mit Killerinstinkt.

»Lieber Buddha, es ist einfach Zeit, zu reden. Leana, würdest du mir bitte dein Smartphone geben?« Leana warf es ihr zu. Natalia stellte auf Aufnahme, verlas Buddha die Rechte, als säßen sie in einem normalen Vernehmungszimmer, und stellte es ihm frei, zu schweigen, er müsse sich nicht selbst belasten.

»Ich habe Ihnen nichts zu sagen.« Buddha rieb sich mit dem Handrücken den Schweiß von der Stirn.

»Sicher.« Natalia nickte. »Wissen Sie, wo Ihre Kinder sind?«

»Lassen Sie meine Kinder aus dem Spiel! Kinder sollten niemals für die Vergehen ihrer Eltern zahlen!« Seine Augen wurden dunkel, fast schwarz.

»Ja, das sehe ich ganz genauso.« Natalia lächelte weiter, vollkommen ruhig. »Sie wissen es also nicht.« Sie lehnte sich nach vorn und sah ihn von unten an. »Hat Frau Schneider Ihnen versprochen, Ihre Kinder, die schon seit über einer Woche weg sind, zurückzuholen, hat sie vielleicht so getan, als hätte sie Ihre Kinder in Schutzgewahrsam genommen, und haben Sie deshalb die Vermisstenmeldung bei der französischen Polizei zurückgenommen?«

Buddha versuchte, sie anzuspucken, aber Natalia war zu schnell für ihn und wich aus.

»Für das Protokoll«, sagte sie deutlich und laut in Richtung von Leanas Smartphone, das auf dem Tisch lag, »wir werten das als ein Ja.« Sie beugte sich wieder vor. »Wir, lieber Buddha, sind die Einzigen, die Ihre Kinder zurückholen können.«

»Schneider hat es mir versprochen«, zischte er, »und sie hat bisher alle ihre Versprechen eingehalten.«

»Ist das so?« Natalia grinste, tippte auf Leanas Smartphone und rief die Fotos auf: »Das hier ist die Ihnen bekannte Staatsanwältin Angela Rotenburg, und ich denke, die Dame daneben kennen Sie, oder?« Natalia tippte auf die Audiodatei und ließ das zusammengeschnittene Gespräch der beiden laufen, in dem Maria Schneider für sich aushandelte, aus allen Gerichtsverfahren rausgehalten zu werden, und dafür Buddha opferte. »Was denken Sie?«

Der kahlköpfige Mann starrte sie an. Buddha versuchte, ihrer habhaft zu werden, indem er über den Tisch griff. Als trainierte Dan-Karateka wehrte sie seine Hand mit der Linken ab, schraubte die Finger ihrer Rechten um seinen Ellbogen, erwischte den dort liegenden Schmerzpunkt und drückte den jaulenden Buddha wieder auf seinen Stuhl. Sie ließ ihn los, lehnte sich ruhig zurück und fragte, als wäre nichts gewesen. »Wenn Sie jetzt, und zwar genau *jetzt* auspacken, lieber Buddha, dann helfen wir Ihnen, Ihre kleinen Töchter zu finden, und wir erwirken Strafmilderung, aber nur, wenn Sie jetzt«, Natalia schlug auf den Tisch, »*jetzt* reden. Also?«

Buddhas Augen wurden glasig. Leana ahnte, dass er mit sich kämpfte, vielleicht sogar abwog, ob die Kinder es ihm wert waren. Ihr wurde schlecht bei dem Gedanken, dass er in der Lage wäre, sie zu opfern. Er blickte zu der am Boden liegenden Schneider, als warte er darauf, dass sie ihm ein Zeichen gab, aber dazu war sie nicht imstande.

Natalia ließ ihn nicht aus den Augen. Plötzlich ohrfeigte sie ihn. »Jetzt, Buddha, oder wir lassen Sie und Schneider hier unten, wo niemand Sie sucht und niemand Sie findet, und Sie werden jämmerlich zugrunde gehen, gemeinsam mit ihr!« Sie zeigte auf die gekrümmte Frau, der permanent Speichel aus dem rechten Mundwinkel lief. Buddhas Kopf ruckte zu ihr hinüber, dann schüttelte er sich, strich sich mit den Händen über die Glatze, verbarg schließlich sein Gesicht in den Händen und erzählte die ganze Geschichte. Er berichtete, dass er damals, vor einundzwanzig Jahren, schon ein Großer Bruder und sehr erfolgreich in den Triaden gewesen war, ganz vorn mitspielte. Dann sollte er NRW übernehmen und war völlig überrumpelt davon, wie zugetan die bestehenden Chinarestaurants dem Don waren und wie gut der seine Schäfchen bewachte. Also galt es ein Exempel zu statuieren. Er nahm drei Kleine Brüder mit, keinen von denen, die hinterher falsches Zeugnis ablegten. Geschossen hatte nur er selbst, das wurde von ihm erwartet; mit verschiedenen Waffen, damit es aussah, als seien viele dort gewesen. Erst hatte er das Personal im Restaurant hingerichtet, einer wie der andere wie gelähmt vor Angst. Dann war er in die Küche gegangen, schließlich in die Lagerräume. Keiner hatte eine Chance, zu fliehen. Vor allen Ausgängen lungerten weitere Kleine Brüder herum, für den Fall, dass es jemandem gelang, so weit zu kommen. Diese Hinrichtung war seine Prüfung, um weiter aufzusteigen. Aber der Don hatte ihn verfolgen lassen, und so war dieses Beweisfoto zustande gekommen. Anschließend saß er in Untersuchungshaft, in Einzelhaft, mehr als sechs Monate, und er wusste, mit jedem Monat verlor er an Einfluss bei den Triaden, und je länger es dauerte, desto eher würde man denken, er hätte ausgepackt. Dann tauchte eines Tages Maria Schneider bei ihm auf.

Als er ihren Namen erwähnte, stöhnte sie am Boden leise auf, aber keiner von ihnen kümmerte sich darum, auch Buddha nicht. Er erzählte weiter, dass sie herausgefunden hatten, welch hohe Position er in der Organisation bekleidete, und ihn als

Kontakt in den Triaden hatten verpflichten wollen, und zwar für Geschäfte, die in keinen Akten auftauchen sollten. Maria Schneider erbot sich, sie würde sich um alles andere kümmern, um seine Freilassung, seine Reputation in den Triaden und den offiziellen Zeugenschutz, der ihm und seiner Familie ein gutes Leben im Süden Europas ermöglichen würde. Buddha willigte ein. Die Alternative hätte über zwanzig Jahre deutsches Gefängnis bedeutet. Dieser Dr. Köhler, berichtete er, habe die Zeugen beigebracht, hatte die Kleinen Brüder für ihre Aussage sogar trainiert. Leana legte die linke Hand auf ihren Bauch, weil ihr schlecht wurde, in der rechten hielt sie die Waffe.

»Was für Geschäfte sind das?«, hakte Natalia nach, als Buddha in Schweigen verfiel.

Sein Blick glitt durch den Raum, ruhte einen Augenblick auf Leanas Gesicht, streifte die vor Schmerzen wimmernde Maria Schneider und kehrte zu Natalia zurück. »Waffen.« Buddha massierte die Fingerstümpfe an seiner rechten Hand. »Deutschland exportiert jedes Jahr Waffen im Wert zwischen zwei und fünf Milliarden Euro. Die Triaden verkaufen an Länder, mit denen Deutschland offiziell nichts zu schaffen haben will, jedes Jahr drei bis vier Milliarden. Zehn Prozent bleiben in unserer Organisation, der Rest fließt über Scheinfirmen in die deutsche Steuerkasse und steht so dem Staat wieder zur Verfügung.«

Natalia starrte ihn ungläubig an. Schließlich schüttelte sie sich. »War das jetzt ganz sicher alles?«

»Alles Weitere, Madame, weitere Namen und Informationen über geschäftliche Verbindungen, erhalten Sie im Austausch gegen meine Immunität, eine neue Identität für mich und meine Familie und die Ausreise in ein außereuropäisches Land.«

»Das müssen andere entscheiden. Bestätigen Sie doch bitte noch, dass Sie diese Aussage freiwillig gemacht haben.« Natalia lächelte ihn maliziös an. Buddha tat wie ihm geheißen, Natalia drückte auf die Stopptaste von Leanas Smartphone und warf es ihr zu.

»Geh damit eine Etage höher, da hast du wieder Netz, und sende es an Tanni und an unseren Journalisten.« Sie prüfte die Uhrzeit. »Kurz vor vier, vielleicht geht es noch in die Morgennachrichten. Wer weiß, was die Schneider noch so für uns vorgesehen hat. Wir wollen nichts riskieren.«

Leana wandte sich zur Tür. Blieb stehen und fragte: »Was ist mit Köhler, hat er auch mit diesen Geschäften zu tun gehabt?«

»Ich habe ihn nie wiedergesehen.« Buddha hob die Hände.

»Warum sind Sie dann jetzt zurückgekommen?«

»Weil Maria Schneider es wollte. Ich sollte Ihre Ermittlungen in eine andere Richtung bringen. Dass es dabei auch um diesen Köhler ging, erfuhr ich erst, als auch Angela Rotenburg sich bei mir meldete. Ich habe den Mann einundzwanzig Jahre lang nicht gesehen.«

»Es ging also überhaupt nicht darum, Köhler zu retten«, sagte Leana leise. »Er sollte uns nur ablenken.« Sie lachte leise. »Sie wollte, dass wir glauben, Buddha solle uns von JJ weglocken, und damit hat sie uns von den Waffengeschäften abgelenkt. JJ war also auch nur ein Spielball.« Sie öffnete die Tür, schaltete die Taschenlampe an und lief in die Richtung, aus der sie gekommen war. Eine Gänsehaut überzog ihren ganzen Leib, die körperliche Manifestation des Entsetzens darüber, dass ein Mensch, den sie gut zu kennen geglaubt hatte, in der Lage war, so zu handeln. Sogar ihr sonst so zuverlässiger Instinkt hatte ihr gesagt, er sei einer von den Guten. Sie blieb stehen und übergab sich. Als sie wieder zu Atem kam, wischte sie sich mit dem Ärmel den Mund ab und ging weiter. Am Absatz der nächsten Treppe hatte sie Empfang. Sie schickte die Audiodatei an Korbinian, zusammen mit dem Text: *Es ist leider alles wahr!* Dann schickte sie die Datei an Tanni, rief sie direkt danach an und bat um ein Kommando, das sie hier abholte. Sie schob das Smartphone in ihre hintere Hosentasche, entsicherte die Waffe wieder und eilte zurück. Ihr Magen krampfte sich immer noch zusammen, in ihr tobte eine unglaubliche Wut.

Als Leana sich der Tür näherte, bemerkte sie, dass sie offen stand. Sie war vollkommen sicher, sie hinter sich geschlossen zu haben. Aus dem Raum war nichts zu hören.

Leana schaltete die Taschenlampe aus. Sie tastete sich an der gegenüberliegenden Wand entlang, denn die Tür ging genau in die andere Richtung auf. Das Mauerwerk in ihrem Rücken war uneben. Als sie durch den offenen Türspalt spähte, sah sie entsetzt, dass Natalia am Boden lag, eine Hand am Hals, und nach Luft rang. Leana trat die Tür auf und brüllte: »Stopp!«

»Da ist die letzte Gast«, sagte die junge Vietnamesin, die Leana im Keller der Polizeistation in Neuss als chinesische Dolmetscherin vorgestellt worden war. Sie trug wieder den hautengen schwarzen Anzug, der aus einem Material bestand, das selbst Tanni nicht identifizieren konnte. Sie stand hinter Buddha, der auf dem Stuhl saß. Sie hatte ihm die Handgelenke an den Stuhllehnen fixiert, seine Hände hingen schlaff herunter. Ihre rechte Hand ruhte auf Buddhas Schulter und hielt lose den Griff einer Sichel, die um seinen Hals lag wie ein Kragen.

»Natalia, alles in Ordnung?«, fragte Leana und zielte weiter auf die Täterin.

»Sie kann im Moment nicht reden, aber keine Sorge, die Zungenlähmung ist in paar Minuten wieder fort.«

»Wie heißen Sie?«, fragte Leana.

»Das würden Sie nicht verstehen, nenne mich einfach Kim.«

»Was würde ich nicht verstehen?«

»Ich bin der Fluss, der die Kraft besitzt, die Dinge wieder ins, wie sagt man das, Lot zu bringen.«

»Das Gleichgewicht der Welt?«, fragte Leana.

»Die Balance, ja, das kann es sein.«

Leana versuchte fieberhaft, Zeit zu schinden, und überlegte, wie lange das Sonderteam brauchen würde, um sie zu erreichen. »Unser Land hat eine eigene Balance, um das Gleichgewicht der Gesellschaft wiederherzustellen. Das Gericht.«

Kim lächelte Leana an: »Das weiß ich.«

»Wenn Sie Buddha jetzt töten, können wir viele Menschen nicht zur Rechenschaft ziehen.«

»Ich weiß. Aber Sie mussen verstehen, alles folgt eine Plan, ein Gleichgewicht ist eine komplexe, nein, eine komplizierte Angelegenheit.«

Leana blickte kurz zu Natalia, die wieder ruhig zu atmen schien, aber offenbar weder sprechen noch sich wirklich bewegen konnte. Alles in ihr spannte sich an. Sie wusste, dass jeden Augenblick etwas Schreckliches passieren würde.

»Wenn Sie Buddha töten, werde ich Sie töten.«

»Sie dürfen Sie nicht töten«, flehte Buddha, »sie hat meine Kinder, sie ist die Einzige, die weiß, wo sie sind. Bitte, egal, was sie mir antut, aber töten Sie sie nicht, bitte!« Er rang nach Luft. »Bitte, töten Sie sie nicht.«

»Haben Sie ihn unter Drogen gesetzt?«

»Ein bisschen.«

»Nein, hat sie nicht, ich bin ganz klar, bitte, denken Sie an meine Kinder! Nur sie weiß, wo meine Kinder sind, ich werde nichts mehr sagen, wenn Sie sie töten, bitte, meine Kinder!« Buddha wurde zunehmend hysterisch.

Blitzartig schnellte Kim nach vorn, und bevor Leana überhaupt realisierte, dass sie sich bewegte, war sie in ihrer Position zurück, die Sichel lag wieder um Buddhas Hals.

»Sehen Sie, er hat Drogen in sich.«

Leana bemerkte, dass an der Sichel Blut war. Dann sah sie

Buddhas abgetrennte rechte Hand vor dem Stuhl liegen. Leana wurde klar, dass diese Frau so schnell war, dass sie keine Chance gegen sie hatte, außer wenn sie jetzt schoss. Die Kugel zischte durch den Raum und traf Kim in den Brustkorb, auf der linken Seite. Die Sichel rutschte herunter, und Kim sank zu Boden.

»Nein, nein, nein!«, brüllte Buddha und versuchte sich loszumachen, aus seinem Armstumpf kam das Blut in Stößen. Leana ließ die Waffe fallen und stürzte zu Kim, die im Schneidersitz hinter Buddhas Stuhl kauerte. Ihre Augen waren schwarz, und sie lächelte Leana an. »Die Hand hat meine Familie getötet«, sie atmete schwer, »jetzt ist es zu Ende.«

»Meine Kinder, meine Kinder, sag mir, wo meine Kinder sind!«, brüllte Buddha.

»Die Kinder und Frauen der anderen sind seit einer Stunde frei.« Ihr Atem rasselte, weil Blut ihre Lunge füllte. »Such seine Kinder nicht. Sie sind fort. Sie werden in weniger als zehn Jahren zurückkehren, um ihren eigenen Vater zu ermorden.« Blut rann aus ihrem Mund. Sie hob noch einmal den Blick, und Leana konnte nicht anders, sie umarmte die zierliche kleine Frau. Ihren Kopf an Leanas Schulter gelehnt, starb Kim. Als ihre Hand von Leanas Bein rutschte, sah Leana eine Tätowierung auf der Pulsader: einen stilisierten Schwalbenschwanz. *Es gibt sie also doch,* dachte sie, *die Cu-Chi-Sekte, die Menschen in den Tunneln,* und auf eine eigenartige Weise fand sie es tröstlich, dass es sie gab und dass sie sich um das Gleichgewicht der Welt sorgten.

Natalia kämpfte sich mühsam auf die Beine. Sie stützte sich mit einer Hand an der Wand ab und versuchte, sich ganz aufzurichten. Zuerst kam nicht mehr als ein Krächzen, sie schlug mit zwei Fingern auf ihre Zunge und hustete. »Scheiße, was für ein Schlag«, murmelte sie undeutlich, aber anerkennend, rollte den Kopf, und es knackte vernehmlich, als würde ein Wirbel wieder in seine Position springen.

»Nein, nein, bitte, nein!«, brüllte Buddha weiter. Natalia schleppte sich mühsam auf ihn zu und verpasste ihm zwei schallende Ohrfeigen, die etwas schwächer ausfielen, als sie es normalerweise getan hätten.

»Ruhe jetzt.« Sie zerriss ihre Bluse und band Buddhas Armstumpf ab. Plötzlich hörten sie Lärm und Rufe im Gang. Natalia griff trotzdem zur Waffe. Aber es war das Sonderkommando, das kam, um sie abzuholen. Natalia leierte für Buddha und Maria Schneider »Im Namen des Gesetzes verhafte ich Sie wegen zwölffachen Mordes, illegalen Waffenhandels ...« und so weiter herunter, und als sie damit fertig war, wies sie das Sonderkommando an: »Beide ins Gefängniskrankenhaus und bitte in den Hochsicherheitstrakt, ich weiß nicht, wie die Triaden über das denken, was hier heute passiert ist. Und einen Leichenwagen, die Leiche hier geht in unsere Gerichtsmedizin. Und hier«, sie bückte sich und hob Buddhas Hand hoch, »vielleicht kann man die noch wieder annähen. Wir machen dann hier zu!« An Natalias Hals zeichnete sich ein großer blauer Fleck ab.

Buddha und Maria Schneider wurden auf Liegen weggetragen. Natalia räumte das gesamte elektronische Equipment in eine eigens dafür vorgesehene Tasche. Sie knibbelte sogar die Rückstände vom Panzerband, das die Kabel gehalten hatte, von Boden und Wänden. Andere Dinge wie die Sichel packte sie für die Spurensicherung ein. Leana bewunderte Natalias Routine, aber sie ahnte auch, dass ihr die gewohnten Abläufe dabei halfen, sich wieder zurechtzufinden.

»Ihr habt noch eine Leiche für uns?« In der Tür erschienen zwei von Maxims Mitarbeitern. Leana kniete immer noch am Boden und hielt die tote Frau im Arm. Sie weinte und konnte sie einfach nicht loslassen. Natalia ging zu ihr, legte ihr die Hand auf den Kopf und sagte leise: »Komm, lass sie gehen.« Sie bückte sich und hob Kims Kopf von Leanas Schulter. Sie machte den Fahrern ein Zeichen, auf die andere Seite zu kommen. Natalia schob die kleine Frau in ihre Richtung, dann zog sie Leana hoch, blieb vor ihr stehen und sah sie von unten an: »Ich hätte sie auch gern am Leben gelassen, denn diesen Schlag«, sie zeigte auf ihren Hals, »hätte ich verdammt gern von ihr gelernt.«

»Sie wollte, dass ich sie töte«, sagte Leana tonlos.

»Ja, du warst Teil ihres Plans.«

»Das ist grausam!«

»Ich würde es als eine Ehre betrachten. Jeder von uns hätte geschossen. Sie hat Buddhas Hand schneller abgeschlagen, als unsere Augen sehen konnten. Es war wie Überschall! Ich habe so was noch nie gesehen. Die Sichel will ich haben, wenn die Spusi damit durch ist.«

Leana blickte auf sie runter, und plötzlich musste sie unter Tränen loslachen. »Du bist einfach unglaublich.«

»Komm, jetzt machen wir den Slibowitz leer und befreien Fin.«

Auf dem Weg zurück an die Oberfläche fragte Leana: »Warum bist du eigentlich so langsam gefahren, als du in die Straße eingebogen bist, und warum hast du geblinkt?«

Natalia blieb stehen und drehte sich zu ihr um. »Ich hoffe, du wirst mir das verzeihen, denn ich habe hoch gepokert.« Sie seufzte. »Ich hatte schon beim Verlassen des Parkplatzes vom LKA bemerkt, dass uns jemand folgte. Ich wusste, es konnte noch keiner von uns sein, denn die mussten alle noch abwarten, dass Schneiders Trupp wieder abzieht. Und die Schneider hat entweder ihren eigenen Leuten nicht getraut, sonst hätte sie von Anfang an zur Absicherung jemanden mitgenommen, oder«, Natalia hielt einen Augenblick inne, »sie wollte keine Zeugen haben, wenn sie uns alle beseitigt. Mir war klar, dass nur Kim es sein konnte, die uns da folgte.«

»Und du dachtest an Fins Worte, wir müssen uns mit ihr verbinden?«

»So in etwa. Ich wusste nicht, ob ich die Schneider würde überlisten können, hatte noch keinen Plan und dachte, das Mädchen ist vielleicht unsere einzige Rettung, wenn die Schneider wirklich plant, uns umzubringen.«

Leana umarmte Natalia. »Danke, dass du so mutig bist und so schnell in deinen waghalsigen Entscheidungen.«

Natalia schob sie weg. »Du verarschst mich!«

Leana lachte. »Nein, keineswegs. Ich war auch vollkommen sicher, sie bringt uns um. Kim hingegen, oder wie immer sie hieß, hatte es nicht auf uns abgesehen. Komm, fahren wir nach Hause.«

Als sie zurückkamen, befand sich das gesamte Team im Konferenzraum. Natalia hatte eine neue eisgekühlte Flasche geholt und befreite Fin aus seinem Versteck, der sie mit verschlafenen Augen begrüßte und nicht glauben konnte, was in den wenigen Stunden passiert war, die er zu seinem eigenen Erstaunen verschlafen hatte. Gemeinsam sahen sie sich die ersten Meldungen an, die über den Ticker kamen. Korbinian Baumgartner hatte die größte Story seines Lebens am Wickel, er wurde für das Morgenmagazin um sechs Uhr angekündigt. Und sie hatten noch mehr für ihn: Tannis Team war es gelungen, das Zahlensystem auf dem Chip zu entschlüsseln, es zeigte den Weg, den zumindest ein Teil des Waffengeldes genommen hatte. Trotz der grauenhaften Nacht feierten sie, was ihnen gelungen war: Sie hatten einen Fall aufgedeckt, der in höchste Regierungskreise reichte.

Irgendwann schlichen sich Leana und Fin davon, verschlossen Leanas Bürotür und liebten sich wild.

Langsam zog Leana ihre Hand zurück, die auf Fins Brust lag. Er schlief tief und fest, und sein gleichmäßiger Herzschlag hatte sie beruhigt. Sie rollte auf den Rücken, angelte nach ihrem Mobiltelefon und sah, dass es kurz vor acht Uhr war. Sie stand auf, duschte, zog sich an und schrieb Fin gerade einen Zettel, als er die Hand nach ihr ausstreckte und murmelte: »Wo willst du denn hin?«

»Ich werde jetzt JJ verhaften, das ist mit Angela so abgesprochen. Ich fahre in die Eifel.«

»Bist du ganz sicher, dass du das tun willst?«

Leana beugte sich nach unten und küsste ihn auf die Stirn. »Ja, ich muss es tun. Check später aus dem Hotel aus und komm nach Kaiserswerth, vielleicht gelingt uns ja so etwas wie ein Wochenende.«

»Wir müssen dringend reden!«

»Gern, aber später.« Leana drückte sich hoch, nahm ihre Jacke und ging zur Tür. Sie drehte sich noch einmal zu Fin um und lächelte.

Im Konferenzraum stank es nach Slibowitz. Maxim schlief auf dem Tisch, Tanni lag auf dem Boden und hatte ein Mousepad zum Kissen umfunktioniert, Zorro, Sven und Theo hatten sich Stühle zu einem improvisierten Bett zusammengestellt, es sah sehr unbequem aus. Natalia saß aufrecht und schnarchte wie ein Bierkutscher. Leana stupste sie vorsichtig an, und blitzschnell packte Natalia sie am Handgelenk. Sie sah aus roten Augen zu ihr hoch. »Was willst du?«

»Du hast eine Fahne.«

»Was willst du?«

»Natalia, bist du meine Freundin?«

Sie ließ Leanas Handgelenk los, legte ihren Kopf auf den Tisch vor ihr und stöhnte: »Ich fürchte, ja.«

»Wieso fürchtest?«

»Freunde sind lästig, pflegeintensiv und wollen regelmäßig irgendwas, so wie du jetzt.«

»Ich fahre jetzt JJ verhaften. Willst du mit?«

Natalia hob eine Hand und zeigte mit dem Daumen nach unten.

»Gut, danke. Danach fahre ich nach Hause, wir sehen uns dann Montag.«

Natalia drehte den Daumen hoch. Leana klopfte ihr liebevoll auf den Rücken.

Als Leana schon längst unten aus der Tiefgarage gefahren war, ruckte Natalia plötzlich hoch. »Scheiße, irgendwas wollte ich ihr doch noch sagen?« Es fiel ihr nicht ein, und so legte sie den Kopf auf ihre Unterarme und schlief weiter.

Es war ein nebliger Morgen in der Eifel. Buntes Laub schimmerte durch die wabernden weißen Wände, die mal ein Fachwerkhaus, dann wieder eine Wiese mit Schafen preisgaben. Leana genoss die Stille in ihrem Auto, nur durchbrochen vom Navi, das ihr hin und wieder sagte, wo sie abbiegen sollte. *Vor einer Woche,* dachte sie nach, *gab es eine Chance, dass JJ und ich ein Paar werden, ich bin aufgeregt in diesen Abend gegangen, habe gehofft, dass wir miteinander im Bett landen, und dann kam dieses Foto …* Wieder stand ihr das Foto aus George Batailles Buch ›Die Tränen des Eros‹ vor dem geistigen Auge. Sie dachte an Fin, wie gut er roch, wie wunderbar er sich anfühlte, daran, wie gespannt sie darauf war, die Geschichten zu all seinen Narben zu erfahren und die hinter jedem Tattoo. Sie fühlte sich verliebt und aufgeregt wie damals, als sie Gregor kennenlernte, nur dass Fin ein ganz anderer Mann war und dass er die Leidenschaft für ihren Beruf teilte. In Gedanken verloren erreichte sie das verborgene Militärkrankenhaus in der Eifel. Es war kurz vor neun, und der Einsatzwagen wartete schon auf sie.

»Frau Meister, man sagte uns, Dr. Köhler erwarte Angela Rotenburg zu sehen. Wir begleiten Sie nach oben, lassen Sie aber allein mit ihm sprechen.«

»Genau so.« Sie sicherte ihre Waffe, legte sie in den Autosafe, nahm ihre Marke und ging mit den drei Polizisten ins Gebäude. Es dauerte fünfzehn Minuten, bis sie alle Sicherheitsmaßnahmen durchlaufen hatte. Als sie endlich vor JJs Tür stand, zitterten ihre Hände. Leana schloss die Augen, konzentrierte sich, drückte energisch die Klinke nach unten und trat ein.

»Angela, endlich …« JJ stand am Fenster und rauchte, der ganze Raum roch danach. Er drehte sich um, erkannte Leana und senkte den Kopf.

»Dr. Janosch Jacob Köhler.« Sie atmete tief ein und aus. »Ich nehme dich fest im Namen des Gesetzes. Du wirst beschuldigt, den Mord an zwölf Menschen vorsätzlich verschleiert, Beweise manipuliert und Zeugen beeinflusst zu haben. Du hast das Recht, zu schweigen …«

»Nein!«, brüllte JJ und fegte mit dem Arm den kleinen Tisch um. Bücher, der Aschenbecher, alles flog durch die Luft und zerbarst am Boden. »Ich wollte doch nur meine Frau …«

»JJ, bitte tu das nicht. Sowohl Buddha als auch Maria Schneider haben geredet, beide sitzen im Gefängnis, und sie belasten dich schwer als Mittäter.«

»Leana, bitte, ihr müsst mir glauben!«

»Nein, das hast du verwirkt.« Aber so hart sie auch klang – irgendetwas in ihr wollte immer noch die Hand ausstrecken und sie dem alten Freund reichen, dem Mann, der so lange ihr Vorbild gewesen war. Er sah so verletzlich aus mit dem verbundenen Auge, und das andere war weit aufgerissen vor Panik.

»Ihr seid es mir schuldig, verdammt, das seid ihr! Ich habe dieses Team zusammengestellt, schräge Vögel, die sonst niemand wollte, weil man sie für führungsunfähig hielt, ich …«

Es schmerzte sie, wie er um ein letztes bisschen Anerkennung kämpfte für das, was er geleistet hatte, aber zugleich wurde sie wütend. »Ja, JJ, das war ein mutiger Schritt. Aber sie sind, was sie sind, nämlich die Besten, und das waren sie schon vor dir und werden es auch nach dir sein. Du hast ihre Freundschaft verwirkt. Du hast meine Gefühle für dich verwirkt«, Leana kämpfte für einen Augenblick mit den Tränen, »du hast uns alle belogen.«

»Leana, bitte, du kennst mich doch besser als alle anderen!« Mit seinem einen Auge sah er sie flehend an.

Leana spürte, wie ihr Gesicht hart wurde. »Maxim hat ein Profil von dir erstellt. Du brauchst den Erfolg so dringend wie eine Nutte ihre Freier oder ein Junkie seinen nächsten Schuss, und du bist genauso unzuverlässig. Mein Gott, JJ, ich verzweifle daran, dass ein Gerichtsmediziner mit seinem Profil deine Persönlichkeit besser errechnen konnte als deine engsten Freunde.«

»Hat es dich endlich mal zweifeln lassen an deiner Sicherheit, immer zu fühlen, was einen Täter bewegt?« Er klang eher traurig als spöttisch.

Leana schluckte. Ja, das hatte in der Tat an ihr genagt. »Das lag daran, dass du dich selbst so vortrefflich betrogen hast. Du musst mit dir leben, JJ, und ich bin froh, dass ich es nicht tun muss.« Sie schämte sich, dass sie ihrem Wunsch nachgab, ihn zu verletzen. Da stand er vor ihr, sie hasste ihn, sie wollte ihm wehtun … und doch wünschte etwas in ihr fast verzweifelt, er könne ihr Freund bleiben.

Er blickte sie starr an, sein Auge tränte von der noch nicht gewohnten Überanstrengung. »Leana, bitte, lass mich nicht fallen, ich habe alles verloren.«

»Ja, ich weiß, und glaub mir, ich weiß genau, wie es sich anfühlt. Vor ein paar Monaten kam ich hier an, nur mit ein paar Koffern, und stand vor dem Nichts. Man kann daran wachsen.«

Sie wandte sich zur Tür. »JJ, tu dir selbst den Gefallen und sag ab jetzt die Wahrheit, vielleicht kann dir dann irgendwann deine Tochter Tanni verzeihen.«

Köhler trat gegen den Tisch, der in zwei Teile zerbrach.

»Sie können ihn mitnehmen«, sagte Leana zu den drei wartenden Männern und ging an ihnen vorbei. Sie hatte das Gefühl, zu schweben, als sie die Treppen hinunterlief und in den nebligen Herbsttag trat.

Leana hatte auf dem Düsseldorfer Markt am Carlsplatz ausgiebig eingekauft, Fisch, Gemüse, Salate und einen riesigen Strauß Tulpen für Angela. Sie bog in ihre Straße in Kaiserswerth ein und freute sich darauf, in Ruhe mit Angela einen Kaffee zu trinken, ihr zu erzählen, wie unglaublich verknallt sie in Fin war und wie glücklich. Sie wollte gemeinsam mit ihr die Wunden lecken, die dieser Fall hinterlassen hatte, auf Fin warten, mit ihm kochen und ganz ungestört mit ihm Zeit verbringen, und sicher würden sie am Ende doch wieder alle in Victors Restaurant sitzen und Armagnac von 1931 trinken. Sie betrat das Restaurant, bepackt mit Tüten, und fand Angela an der Bar bei einem Pastis. »Ist das nicht etwas früh? Gerade erst drei Uhr, meine Liebe!«

Angela zog die Schultern hoch. Sie hatte versucht, Gregor und den Töchtern klarzumachen, dass sie keine zu großen Erwartungen haben sollten, denn Leana hatte gerade erst in dieser Nacht einen sehr schwierigen Fall gelöst. Sie hatte vorsichtig gemahnt, dass der Erfolg von Überraschungen vom Timing abhing … und dieses Timing denkbar ungünstig war. Aber der selbstbewusste, attraktive Herzchirurg kannte offenbar keine Zweifel. »Leana ist meine Frau, sie ist die Mutter meiner Kinder, ich will sie zurück, und natürlich wird sie sich freuen, ihre Familie wieder bei sich zu haben. Leana ist ein Familienmensch«, hatte Gregor auf ihre Mahnungen nur lächelnd erwidert. Angela seufzte innerlich. »Leana, Schätzchen, ich muss dir jetzt endlich was sagen!«

»Erst ich«, lachte Leana, stellte die Tüten ab, nahm die Blumen und kam zu Angela. »Ich bin nämlich total …«

»Sag es nicht«, zischte Angela, lächelte gequält und fügte hinzu: »Dreh dich mal um!«

Leana drehte sich um und runzelte die Stirn. Rechts im Restaurant hing ein großes und offensichtlich selbst gebasteltes Schild, auf dem stand: »Wir lieben dich!« Darunter erkannte Leana ihre eigenen Koffer, die offensichtlich irgendjemand gepackt hatte. »Angela, was hat das …«

»Überraschung!«, grölten Gregor und ihre Töchter Louisa und Georgia und sprangen hinter einem Raumteiler hervor. Leana blieb der Mund offen stehen. »Was macht ihr denn hier? Urlaub?«

Gregor kam zu ihr und zog sie in seine Arme. »Hast du wirklich geglaubt, ich lasse die Frau meines Lebens einfach ziehen? Süßes Herz, es tut mir leid, dass es so lange immer nur um mich ging.«

»Wir haben ein superschönes Haus in Oberkassel, und Dad hat einen Job hier an der Uniklinik«, lachte Georgia und umarmte sie auch. »Mom, es ist eine echt schöne Stadt!« Leana strich ihrer Tochter hilflos über die Locken. »Ja, Düsseldorf ist wunderbar«, sagte sie leise und hatte das Gefühl, der Boden gäbe unter ihr nach.

Louisa drängelte sich mit dazu und lachte Leana glücklich an. Leana strich auch ihr über die Locken und versuchte einen klaren Gedanken zu fassen, was ihr kläglich misslang.

»Jetzt sind wir wieder eine Familie«, hörte sie Louisa sagen.

Leana wurde erst schwindelig und dann schlecht. »Was ist mit meinen Koffern?«, hauchte sie.

Gregor lachte, drängte sich mit in die Umarmung und küsste

sie mit seinen vollen Lippen auf den Mund. Seine blauen Augen leuchteten. »Wir haben schon für dich gepackt, der Wagen steht vor der Tür, dich erwartet ein wunderbares Wochenende mit deiner Familie. Ist doch großartig, oder? Ich kann dir gar nicht sagen, wie froh ich bin, diesen Schritt«, er fasste unter ihr Kinn, »auf dich zu gemacht zu haben.« Er küsste Leana noch einmal. »Und jetzt los, alle Taschen in den Wagen und ab ins neue Zuhause.«

Die Mädchen liefen los, nahmen die kleineren Taschen, Gregor die zwei großen Koffer. Wie betäubt stand Leana da und sah ihnen hinterher. Victor kam um den Tresen herum und drückte Leana ein großes Glas Armagnac in die Hand, sie stürzte es hinunter, ohne darüber nachzudenken. Als Georgia zurückkam und den letzten kleinen Koffer holen wollte, sagte Leana: »Stopp, der kleine Koffer und die Einkäufe bleiben hier. Geh schon mal vor, ich muss noch eben mit Angela sprechen.«

Georgia hielt abrupt in ihrem Schwung inne und fixierte ihre Mutter. Leana wich dem Blick ihrer Tochter aus. Georgia zog die Schultern hoch, legte den Kopf schräg und verließ das Lokal mit einem missbilligenden Gesichtsausdruck. Leana kannte diese Miene, sie sollte ihr sagen: *Du benimmst dich nicht so, wie ich es von dir erwarte!* Es war, als hätte es sich die Tochter vom Vater abgeschaut, es war genau der gleiche Blick.

Sie ging zu Angela an die Theke. »Hast du das gewusst?«

Angela nickte schuldbewusst.

»Seit wann?«

»Seit Mittwoch. Natalia auch.«

»Wow, ihr seid echte Freunde.«

»Wir haben dir Fin einfach gegönnt.«

»Oh Gott, Angela, das ist meine Familie, sie sind meinetwegen nach Deutschland gekommen. Ich kann sie doch jetzt nicht enttäuschen!«

»Ich weiß, und das wird Fin ganz sicher auch verstehen.«

»Hat er es gewusst?«

»Nein, zumindest nicht von mir oder Natalia.«

»Mom, kommst du endlich!« Louisa stand quengelnd in der Tür. Auch sie sah enttäuscht aus, weil die Überraschung offenbar nicht so gezündet hatte, wie sie es sich vorgestellt hatte.

»Gleich, Schatz, ich muss euch sowieso in meinem Auto hinterherfahren, steigt schon mal ein.«

Mit demselben Blick wie eben ihre Schwester wandte sich Louisa ab und ging zum Auto. Leana wandte sich wieder ihrer Freundin zu. »Angela?« Ihre Stimme klang schrill und panisch.

»Am Platz!«

»Du darfst das Appartement nicht weitervermieten, stell diesen Koffer hinein, es sind die Fotos aus meiner Kindheit, und vermiete es nicht, ich zahle die Miete.«

Angela umarmte sie: »Geh, ich halte es so lange für dich frei, wie du nur willst. Aber jetzt hast du ein paar andere Dinge zu regeln.«

»Deshalb der frühe Pastis?«

Angela nickte und umarmte sie noch einmal. »Übrigens«, sagte sie dann, »bereite dich darauf vor, dass Köhler gar nicht angeklagt wird.«

»Wie bitte?«

»Wenn Köhler angeklagt wird, Beweise fingiert zu haben, müssen die Fälle der letzten einundzwanzig Jahre noch einmal aufgerollt werden, und das will wohl keiner. Die Anwälte haben sich schon ausgetauscht. Es kann sein, dass die Schneider die Schuld in diesem einen Fall übernimmt. Er scheidet freiwillig und aus gesundheitlichen Gründen aus dem Polizeidienst aus.«

»Das darf nicht wahr sein.« Leana schüttelte den Kopf. »Ich habe JJ aufgefordert, endlich die Wahrheit zu sagen, wenn er zumindest Tanni zurückgewinnen will.«

»Es rettet auch das Kompetenzcenter, Leana, immerhin hat Köhler es ins Leben gerufen.«

Leana stand reglos da und wusste nicht, was sie sagen, was sie denken sollte.

»Warten wir ab, was wird.« Angela umarmte Leana noch einmal und sagte dann: »Es ist Zeit, dass du gehst, da draußen warten ein paar Leute auf dich.«

Als Leana verschwunden war, kam Fin aus der Küche.

»Das war also der schöne Mr Sexy?« Er rutschte auf den Barhocker neben Angela und bestellte sich ein Bier bei Victor, der mit ihm gemeinsam die Szene durch die Küchenluke beobachtet hatte.

»Quelle merde!« Victor knallte das nur halb fertig gezapfte Pils auf die Theke. »Und jetzt? Madame ist einfach weg? Mon cœur, parle avec moi!«

Angela schüttelte den Kopf. »Ich weiß es doch auch nicht.« Sie sah Fin von der Seite an. »Ich habe dich ihr gegönnt, weißt du.«

»Das ist ganz reizend, Frau Staatsanwältin.« Er leerte das Glas und reichte es Victor zurück. Fins Smartphone klingelte, es war Leana. Er lehnte den Anruf ab. Dann klingelte sein Prepaid-Handy, auch da drückte er Leana weg.

»Willst du nicht wenigstens mit ihr reden?« Angela schüttelte den Kopf. »Fitzpatrick, kämpf um diese Frau! Sie braucht einen Partner, der sie versteht, und keinen, der will, dass sie perfekt ist.«

Wieder klingelte sein Smartphone, wieder Leana, und wieder lehnte er den Anruf ab. »Was denkst du, was ich gerade mache? Ich tue es auf meine Weise. Jetzt mit ihr zu reden, während sie im Auto sitzt und in ihr neues Zuhause fährt, und mir Entschuldigungen und Erklärungen anzuhören, das gehört nicht zu meinem Plan«. Er grinste Angela an. »Sag mal, hast du jetzt ein Apartment frei?«

»Nein«, beeilte Angela sich zu sagen, »das bleibt bis auf Weiteres Leanas Wohnung.«

»Mais bien sur, das große, wo wohnen will niemand!«, rief Victor.

»Aha. Wieso will das keiner haben?«

»Nun, da hat einer der Vergewaltiger drin gewohnt, aus dem Fall Monika Gruber.«

»Was willst du dafür?«

»Sagen wir fünfhundert? Es ist riesig, super eingerichtet. Wenn dich der Vormieter nicht stört, ist es ein Schnäppchen.«

Fin reichte ihr die Hand, Angela schlug ein.

»Alors«, Victor klatschte in die Hände, »das Menu für heute Abend, du isst doch mit uns, n'est pas …?«

ENDE